金色火种

百年银行往事拾遗
Golden Tinder

毛志辉◎著

中国金融出版社

责任编辑：赵晨子
责任校对：孙　蕊
责任印制：丁淮宾

图书在版编目（CIP）数据

金色火种：百年银行往事拾遗／毛志辉著. --北京：中国金融出版社，
2025. 7. -- ISBN 978-7-5220-2805-7

Ⅰ. I25

中国国家版本馆CIP数据核字第202573BW27号

金色火种：百年银行往事拾遗
JINSE HUOZHONG：BAINIAN YINHANG WANGSHI SHIYI

出版
发行　　中国金融出版社

社址　　北京市丰台区益泽路2号
市场开发部　　（010）66024766，63805472，63439533（传真）
网上书店　www.cfph.cn
　　　　　　　（010）66024766，63372837（传真）
读者服务部　　（010）66070833，62568380
邮编　　100071
经销　　新华书店
印刷　　北京九州迅驰传媒文化有限公司
尺寸　　185毫米×260毫米
印张　　20.75
字数　　353千
版次　　2025年7月第1版
印次　　2025年7月第1次印刷
定价　　88.00元
ISBN 978-7-5220-2805-7
如出现印装错误本社负责调换　　联系电话（010）63263947

序一　从历史经验中获得力量

复旦大学中国金融史研究中心主任　吴景平

自 1907 年 12 月 8 日批准设立、1908 年 3 月 4 日正式开业以来，交通银行已经走过了 110 多年的历史。作为我国历史最悠久的国有商业银行之一，交通银行历经晚清、民国、新中国三大历史时期而不辍金融报国之志，百年命运与各时期的国势休戚相关，折射出不同时期的政治变革与社会兴衰，演绎了近代以来的百年金融镜像。尤其是 1987 年重新组建以来，在党的领导下，交通银行为打破中国银行业传统经营模式和体制机制进行了一系列的探索和尝试，扮演着百年民族金融品牌继承者和中国金融体制改革先行者的双重角色。

近年来，对于中国银行业历史的研究逐渐成为学术界关注的热点之一。交通银行在百余年的发展之路中，极为重视有关经验的归纳与总结，留下了浩如烟海的档案资料，为多层次、全方位开展行史的系统研究提供了充分有利的条件。鉴于交通银行的历史地位重要、业务范围较广，学术界对交通银行史开展的专题研究也成果丰硕，除了交通银行牵头编著的《交通银行史》四卷本（商务印书馆 2015 年版）外，还有《交通银行研究（1907—1928）》（张启祥著，复旦大学 2006 年博士学位论文）、《1908—1937 年的交通银行》（潘晓霞著，中国社会科学出版社 2015 年版）等，涉及交通银行史的著作和论文则不胜枚举。

在交通银行史的研究中，红色历史可以说是一个空白领域。作为一家具有悠久历史的银行，在国民政府时期，交通银行长期处在官僚资本的控制下，加上马克思主义在交通银行的传播较晚，学术界一直对此不太关注。志辉作为交通银行的员工，重视利用有关的工作条件，投入了大量精力，从全国各地的档案馆、图书馆中爬梳相关史料，撰写了一批有关交通银行红色人物和事件的作品，使交通银行所蕴含的"红色基因"

得以凸显出来。杨修范、葛一飞、葛师良、施振、顾树桢等人都是在红色金融史上占有一定地位的人物，南汉宸、张平之、李祥瑞、龚浩成等则是对交通银行发展产生了重要影响的当代银行家，志辉逐一将他们的事迹从浩瀚的史料文献中拣选出来，勾勒出交通银行历史中鲜为人知的红色画卷。尤为值得一提的是，这些历史人物的故事，不仅能够生动地反映党和人民"水乳交融、生死与共"的历史事实，而且充分展现出了交通银行员工迎难而上、奋勇向前的奉献精神，进一步彰显出交通银行在中国"红色金融"版图上的重要历史地位。我认为，志辉所做的这项工作，是一种难能可贵的尝试，就其现有的成果而言，无论对于交通银行自身的文化建设，还是对于金融史学界后续的拓展研究，都具有积极意义。

金融史的写作和研究应当充分了解和尊重过往史事与人物。本书各篇内容做到了论从史出、史论结合，足见志辉矢志探究金融史和弘扬金融文化的不懈努力。不过，一个小小的遗憾是，志辉主要还是依从金融文化创作的标准来开展写作，而未能按照学术研究的规范标注所征引的一些重要史料和史事的出处，这或许会对后来者的进一步研究带来一定的不便。当然，对于历史题材的任何写作者而言，都必然会面临作品学术性和可读性的"两难选择"，相信在志辉嗣后的作品中会得到更妥当的处理。

习近平总书记在致中国社会科学院中国历史研究院成立的贺信中指出，"历史是一面镜子，鉴古知今，学史明智"。重视历史、研究历史、借鉴历史是中华民族的一个优良传统。回望历史，交通银行既是国家、民族一百多年近现代历史的亲历者和参与者，也是中国共产党从诞生到发展壮大历史的见证者和追随者。同时，也正是在党的坚强领导下，交通银行历经劫难后，有幸在历史鼎革之际涅槃重生，并不断发展壮大。作为一家历史悠久、底蕴深厚的金融机构，交通银行承载着丰富的红色资源，通过对有关历史人物和事件的梳理与研究，既能在历史事实中找到"镜鉴"，也可以从历史经验中获得"力量"。相信志辉在金融史园地里的持续深耕，必将会对深入认识百年交通银行乃至中国银行业的发展变迁起到积极的作用。

2025 年 1 月 5 日

于复旦大学光华楼

序二　金融文化大有可为

上海金融文化促进中心理事长　范永进

　　金融文化学者毛志辉关于银行史的书稿《金色火种——百年银行往事拾遗》即将由中国金融出版社出版。在提交出版社之前，志辉就将书稿发送给我，并邀我作序。银行史是金融文化的重要方面。我个人长期从事经济金融管理和实务工作，一直比较喜欢阅读金融文化方面的书籍，也编写和主编过一些金融文化作品，因此，当我看到志辉所写的书稿时，亲切感油然而生，也借此机会谈谈我的一点感想吧。

　　我从20世纪80年代中后期开始在上海市外资委、市证管办、市重组办、市金融办工作，有机会完整地了解、见证、参与企业改制上市、资本市场发展以及上海国际金融中心建设事业，还有创设小额贷款公司、融资性担保公司等为中小企业、"三农"、地方经济服务的准金融机构；我又服务于上海爱建集团、爱建特种基金会和上海金融文化促进中心，在工作中与各类金融机构建立了紧密的联系。金融是现代经济的核心，金融文化则是金融软实力的体现，是金融机构的精神命脉。我时常想，自己生逢盛世，亲身参与、见证了上海改革开放的宏伟事业与上海金融发展的不凡之路，有责任将经历和感悟写出来，也有责任带动其他同好，一起为金融文化园地的百花齐放作出力所能及的贡献。我很高兴，在上海的金融机构中，能有志辉这样志同道合的年轻人，矢志于银行史的研究和金融文化的创作，并且硕果累累。

　　在与志辉的多次深入交谈后，我逐渐知道，他本科就读于吉林大学勘查技术与工程专业国家工科基地班，硕士就读于中国科学院自然科学史研究所科学技术史专业。毕业后他进入出版社，开始从事文史图书的编辑工作，跨界之大，可以想见。到金融机构工作后，他又在繁忙的工作之余开始了对金融文化的关注，并利用工作的便利尝试写作银行史的作品。虽说兴趣是最好的导师，但一次次转身进入新的领域，毫无疑

1

问是需要巨大勇气、投入大量心力、克服重重困难的。所幸的是，志辉既能坐得住冷板凳，又出得了好成果，很快成为上海金融文化圈内的一名青年才俊。所以，面对他的书稿，我由衷地为他感到高兴。

银行素为百业之母。志辉所选择的银行史研究方向，是近年来学术文化界关注的热点之一。与纯学术性的历史研究者不同，志辉开展银行史写作时，在占有丰富史料并保持中立客观研究立场的基础上，更多地带有一些"隐恶扬善""鉴往知今""资政育人"的色彩，这也与他作为金融机构文化工作者的身份相关。在过去的几年里，他沉浸于银行史丰富遗存的整理挖掘中，沉浸于金融发展史上众多人物事件的刻画叙述中，沉浸于优秀金融文化的传承弘扬中，创作出一篇篇让人读之有味、津津乐道的作品。

综观志辉的作品就可以发现，他持之以恒的写作，不是出于功利的目的，而是由心出发、向光而行，这也让他的金融文化作品显得真诚而纯粹。他细致梳理中国近代以来银行史上多位重要人物的事功，展示他们在工作和生活上的闪光点，凸显出一代代银行人的金融报国理想；他深入探求金融史上的重要事件，拨开历史的迷雾，力求清晰地展示出银行在时代前进中的作用、意义和担当；他着重挖掘有关中共地下党在旧官僚资本银行交通银行活动的史料和改革开放后交通银行重新组建初期发展的史事，昭示出"金色火种"能在旧交通银行"燎原"是职工群众的自主选择，新交通银行能在党的领导下获得蓬勃发展则是历史的必然；他还不忘考察那些银行史中"寂寂无名"的职员，展示他们的不同面相，描摹他们追求光明、红心向党的奋斗之旅，并试图从他们身上寻找到普通银行人不断向善、向上的动力之源。

马克·吐温有句名言：历史从不重复，但是总在押韵。对于历史写作者，其责任就是要从那些散发着霉味的故纸堆里找到历史的"韵脚"，小心翼翼而又精准巧妙地将历史这部早已写就的"乐曲"的"韵脚"和"音阶"连缀成篇，再用自己的文字将它们富有韵律地演绎出来。如此，读者才能真切地感受到多年前的"乐曲"的精彩和美妙。可以说，志辉对银行史的书写、对金融文化的挖掘，正是基于这样的立场。他试图通过对金融事件和历史人物的再还原，赋予金融文化动听的声音和动人的色彩。

值得一提的是，本书中所收的文章，都曾在《中国金融》《中国银行保险报》《金融时报》《中国银行业》《金融博览》等报刊上公开发表过，不仅在金融文化领域乃至中国银行业内有着不错的反响，在学术界也得到过不少知名学者的认可。本书的结集出版，于志辉而言是银行史探究之路上的一座里程碑，于金融文化建设而言也具有深刻意义，充分表明了中国近代以来金融文化的醇厚、繁荣和大有可为。当然，就金融文化而言，银行史方面可拓展与挖掘的空间还很大，如近代以来中国银行业的对内对外关系、章程文本、管理制度、组织架构、运作机制、企业文化以及在当代金融改革等重大事件中的地位作用等，都是富有意义、值得探讨的课题，志辉和广大金融文化研究者、工作者们依然任重道远。

书中存在不足和值得进一步斟酌之处也是难免的。书中所涉及的人物和事件本身大多颇为复杂，尽管是置于金融文化的范畴，但由于社会联系面很广、动态变化颇大，要全面、恰当地把握和揭示实属不易，对一些关键人物和重要事件，无论是材料的挖掘、细节的钩沉还是面貌的整合、过程的摹画上，都还有进一步致力的空间。当然，志辉有着对学术文化的真诚热爱和不懈追求，有着严谨求实、精益求精的创作态度，相信他一定能够通过努力进取，不断在金融文化领域取得新的创获。

在 2025 年的钟声敲响之际，再次衷心祝贺志辉，并共勉。

2025 年 1 月 1 日

目 录

名人篇：百年传薪火

附　录

史事篇：初心映党旗

中共基层组织在交通银行的萌芽与发展

成立于 1908 年的交通银行，是中国历史最悠久的银行之一，也是民国时期的四大银行之一。虽然马克思主义在银行业的传播并不始于交通银行，银行业第一个中共支部也不是诞生在交通银行，但是共产主义思想的传播和中共组织的建立，对这家当时在国民政府控制下的国家银行具有划时代的意义。今天，回顾中共组织在交通银行萌芽和发展的历程，感悟共产党人的初心和使命，领略信仰的坚定和力量，仍有不少可资借鉴的经验和启示。

个体觉醒：进步青年追随党的旗帜

上海是中国共产党的主要发源地、诞生地和中共中央的长期驻扎地。20 世纪 30 年代初期，由于在国民党统治区内的党组织遭到严重破坏，中共临时党中央不得不于 1933 年初迁入中央苏区。此后，中共上海中央局接连遭到 6 次重大破坏，到 1935 年 7 月不得不停止活动。这一时期，在国民政府严密控制下的银行里，虽然马克思主义尚未得到有效传播，但革命的星星之火已在全国各地呈燎原之势。

1935 年 8 月 1 日，中共驻共产国际代表团草拟了《中国苏维埃政府、中国共产党中央为抗日救国告全体同胞书》，主张停止内战，组织国防政府和抗日联军对日作战。中国共产党提出的抗日民族统一战线政策深受全国人民拥护，有力地推动了抗日救亡运动的兴起。此时上海的党组织虽已遭严重破坏，与党中央也暂时失去联系，但星星之火并未就此熄灭，大部分党员也未曾丧失斗志、动摇信仰，在党的方针政策的感召下，他们依然独立地、英勇地开展斗争，做好发动群众、建立统一战线的工作。

交通银行总管理处发行部办事员杨修范是较早具备觉醒意识的文化青年，早在 1929 年秋，他就与沙千里、许德良等进步青年一起，组建过青年之友社，这是在中国共产党影响和领导下的职业青年文化团体；青年之友社被国民党当局查处后，1930 年

12月，杨修范又和沙千里、李伯龙、许德良等成立蚁社，成为全国性的以职业青年为主的文化团体；1934年，杨修范和蚁社的部分骨干一起，参加了中共外围组织苏联之友社，与进步人士共同组织哲学座谈会、国际问题座谈会、妇女问题座谈会等；1936年2月9日，杨修范又和沙千里、章乃器、许德良、李伯龙等成立了上海职业界救国会，这是由商业、银行、保险等各界职员组成的抗日救国团体，主要进行抗日救亡和团结职业界青年的工作。

青年杨修范

在进步活动的实践中，杨修范深切感受到抗日救亡是中华民族争取解放的唯一正确道路，只有在中国共产党的领导下，把一切爱国力量团结起来，才能达到民族解放的目的。经受了种种斗争考验后，1936年10月，杨修范正式成为中国共产党党员，也成为交通银行最早入党的职员。

加入中国共产党后，杨修范在参加抗日救亡的同时，也在交通银行内外从事秘密活动。他的言行举止和以身作则，不仅使他成为金融业中党员的楷模，也感染带动了交通银行内的一批青年，逐步在行内形成一股进步思潮，为这家旧银行带来了新气象。1937年8月，经杨修范介绍，张承宗加入了中国共产党（张承宗后来担任了上海金融党委首任书记，解放后任上海市副市长）。

杨修范具有很高的政治觉悟。当时职业界救国会的党员约有10人，分别编为几个党小组，杨修范、王明扬、陈敏之是一个党小组。杨修范团结银钱业进步青年张承宗、袁君实、杨子发、王心明等，在上海职业界救国会有序开展进步活动，凝聚了一批银钱业的爱国进步同人，为日后上海市银钱业业余联谊会（以下简称"银联"）的成立做好了准备工作，也为更广泛地团结组织银钱业的职员群众奠定了基础。

群体参与：群众工作壮大党员队伍

全面抗战爆发后，金融业职工的爱国热情不断高涨，这与党组织的领导密不可分。经过中共上海三人团的过渡，1937年11月初，经中共中央批准，中共江苏省委正式成立。根据党中央确定的白区中心城市党组织的建立和恢复，不以地区而以产业与职业划分工作的有关指示精神，中共江苏省委成立后不再按地区建立区委，而是按照不同系统设立了6个系统党委。在6个系统党委中，职员运动委员会与银行业密切相关。上海地方党组织逐步恢复和发展后，尽一切可能打开广泛的群众运动新局面，马克思主义在上海银行业也得到了更为迅速的传播和发展，为金融业基层党支部的创建奠定了基础。1937年下半年，中共在辛泰银行建立了金融业第一个支部，随后于11月成立中共银行业支部。1938年初，鉴于"银联"组织不断扩大，中共江苏省职员运动委员会决定在"银联"成立中共银联党团。1938年7月，中共银行业支部扩建为中共银钱业总支委员会（以下简称"总支"）。"总支"除了直接领导银联党团外，还在1938年下半年陆续成立了4个支部，分别为银联班会支部、保险业支部、中国银行支部、"北四行"联合支部。在"总支"的领导下，党的秘密活动和在群众团体中的公开活动巧妙地结合在了一起。

虽然党的基层组织在金融业发展较为迅速，但在交通银行却显得相对"落后"，这主要与两个方面的因素有关。一方面，上级党委十分注重抓工作重点，避免平均使用力量，先期将中国银行（国家银行代表）、金城银行（"北四行"代表）、浙江实业银行（"南四行"代表）、新华银行（交通银行与中国银行合股设立，"南四行"代表）等作为重点单位来抓。交通银行与中国银行是当时体量最大、声誉最高的两家银行，职员间交流较多、关系密切，交通银行的党员和积极分子大多参加了中国银行党支部组织的职工进步活动；另一方面，作为一家具有悠久历史的银行，交通银行的老职员待遇较为优渥，岗位较为稳定，因此，老职员大多安于现状，对业务比较专注，较少关心政治。

从1933年开始，交通银行通过考试招录了几批"甲种试用员"和"乙种试用员"，他们虽然是作为低级职员和练习生进入交通银行工作，但有一定的文化水平，爱国热情较高，思想较为活跃，有学习业务和参加文体活动的愿望。年轻人的大量进入，给交通银行带来了新的气象，不仅同事间的感情变得"泄泄融融"，还时常结伴旅行或开联谊会，为进步活动的开展奠定了基础。

交通银行的不少青年在群众工作中表现出较大热情，被党组织列为考察和发展的对象。例如，1934年以"乙种试用员"考入交通银行无锡支行、1939年因战事而撤退到上海的办事员储祖弼（后改名为储伟修），平时积极发动交通银行职工参加"银联"话剧团的活动，组建了由交通银行职工组成的话剧团第14分队，反响良好。同时，储祖弼还是"乙种试用员联谊会"的主要发起人之一，他和民国路支行办事员孙震——

道，在行内联合王厚渭、朱德隆、王毓钧等人，组织开展阅读进步书籍、举办歌咏比赛、练习乒乓球等文体活动，深受职工欢迎。其中，较有影响的是他们组织的"雪影读书会"，一方面针对当时的一些进步书籍进行阅读和分享，如毛泽东的《论持久战》、斯诺的《西行漫记》等；另一方面写稿揭发斥责当时伪华兴银行所发行的钞票，指出该银行的目的在于欺骗民众、掠夺物资并破坏中国的金融。在孙震一入党后不久，1939 年 5 月，孙震一又介绍储祖弼入党。

储祖弼，原交通银行无锡支行办事员，撤退到上海后，加入中国共产党。

1939 年 12 月，孙震一被派往湘行服务，储祖弼划归金融党委委员江春泽、叶景灏联系领导，秘密从事金融党委的组织工作。1940 年初，储祖弼又介绍 1934 年 2 月入行的"乙种试用员"朱德隆入党。1943 年，经金融党委委员江春泽介绍，总管理处业务部办事员游凤起入党。

交通银行的党员学历未必高，家庭经济条件也大多欠佳，但普遍有着敬业的精神和出色的工作能力，因而在职工群众中享有很高的威望。实际上，具有良好的道德情操和职业能力，享有群众威信，既是党组织对党员的要求，也是发展党员的重要标准。抗战时期，地方党委明确要求基层党组织"选拔出那些群众中最有威信最有能力的分子……以便得到好的发展"。这些党员，也在进步活动中得到锤炼和成长，成为交通银行乃至整个金融业内永不熄灭的星星之火。

化茧成蝶：革命斗争锤炼党的组织

抗战胜利后，中国共产党已经逐渐成为一个组织遍及全国、充满活力和政治上成熟的党，如何按照着重在思想上、政治上建党，同时在组织上建党的要求，加强党的支部建设成为一个亟须解决的问题。在这样的背景下，随着交通银行总管理处从重庆回迁上海，建立交通银行支部成为形势发展的必然。

当时，重庆的接收人员到达上海后，在政治上、经济上对沦陷区人员加以歧视。金融党委反复研究后，决定带领行局职工发动一场在政治上和经济上相结合的反歧视斗争。在持续几个月的斗争后，党领导下的行局职工取得完全胜利。同时，金融党委抓住时机，迅速行动，于1946年3月3日成立上海市四行二局员工联谊会（以下简称"六联"），为广泛深入联系群众、开展经常性的进步活动提供了一个新阵地。交通银行职工中的约1/3都加入了"六联"，并积极参加"六联"举办的各项活动。通过在"六联"的锤炼，一批积极分子涌现出来，并成为中国共产党党员；同时，还有几位党员从不同途径转入交通银行，地方党组织党员人数不断增加。

1946年4月，上海分行打字员罗经北由复旦大学罗经文介绍入党；随后，游凤起介绍上海分行办事员宋书元入党；11月，党员王自慎考进交通银行，被派在总管理处会计处工作。不久，党内成立行局总支，由中国银行刘善长任书记，中国银行周耀瑾、交通银行王自慎任委员。

1947年4月，原在老闸分局做便衣警的党员陈品梅进入上海分行当便衣警，成为交通银行工友中的第一位中共党员。9月和10月，工友中的积极分子任龙生和李经芳先后由陈品梅介绍入党。12月，总管理处信托部试用生冯宝豫、虹口支行雇员严孝修先后入党，组织关系也转入交通银行。这些党员都在各项活动和斗争中发挥了突出作用。1948年2月，行局总支建立行局工友支部，由陈品梅任支部书记。

冯宝豫（左）、唐荣钰夫妇在新中国成立后的合影。他们均在上海解放前加入中国共产党。

1948年3月13日，中国银行职工罢工斗争后，国民党当局意欲取缔"六联"。为了做好斗争应对工作，同时加强交通银行内部的力量，金融党委于5月把交通银行上海分行储蓄股办事员葛一飞的组织关系转到交通银行，并随即成立中共交通银行支部，由王自慎兼任书记，葛一飞任组织委员，冯宝豫任宣传委员。交通银行支部的建立，标志着这家旧银行里有了一个用马克思主义武装起来的无产阶级先锋队组织。

在保卫"六联"的斗争中，交通银行支部的党员们发挥了先锋模范作用，不仅扛住了来自国民党当局的压力，而且组织积极分子和群众，采取灵活主动的方式有效化解了多次正面冲突。在"六联"被限令解散后，他们又改变策略，避免和国民党当局硬拼，转向分散活动，继续开展斗争。正是在交通银行支部的领导下，以党员和积极分子为骨干，交通银行内先后成立了"交通剧团""员工互助会"等职工组织，同时广泛开展政策宣传、情报收集等工作。

青年葛一飞

在斗争中，交通银行支部的党员队伍不断发展。1948 年 9 月，交通银行霞飞路支行实习生张凤仪的组织关系转入支部；下半年，陈品梅介绍高岐山、许学连、吴海涛、郑泉、凌永浩五位工友入党。1949 年 2 月，经葛一飞介绍，唐荣钰入党；同时，总管理处信托部东大名路仓库的临时雇员刘奋之（1946 年 10 月入党）和虹口支行提篮桥办事处的临时雇员杜梦陵（1948 年 10 月入党）的组织关系分别转入交通银行支部和行局工友支部。中共交通银行支部的党员队伍日益壮大，他们进一步团结职工、凝聚人心，为迎接解放做好了充分的准备。

破旧立新：迎接解放完成历史使命

为了适应新的斗争形势，便于党和群众组织更灵活有力地配合解放军解放上海，上海市委自 1949 年 2 月开始，在党内普遍开展会师教育和城市政策教育，使每位党员明白，党员的任务主要是配合和协助解放军，上海解放后，应立即在思想上、组织上与解放军结成一体，形成新的组织系统来统一领导。

根据上级指示，交通银行支部全力做好里应外合的配合工作。支部首先安排葛一飞通过她的哥哥、交通银行总管理处业务室专员葛师良加意收集交通银行的股份组成、人事派系、投资去向等相关资料。1949 年 4 月下旬，人民解放军渡江后，支部组织党员和积极分子广泛调查收集交通银行的资金、财产及仓库物资储存情况，以及交通银行机构邻近地区的国民党军政机构动态。在接到上级统一部署后，支部进一步组织党员深入搞好调查研究，在东大名路交通银行仓库工作的党员刘奋之和积极分子曹尔阶对仓库内的储存物资进行登记造册，并对仓库管理人员的简历和政治态度进行排摸；陈品梅则与许学连等，调查收集仓储情况及邻近地区国民党军政机构地址，写出了详细的书面材料。

这些材料为上级党组织系统掌握交通银行的情况提供了重要参考。同时，交通银行支部还积极争取上层分子留沪，发动群众组织起来保障自己的安全和生活。

在上海临近解放的最后几天里，敌我斗争十分尖锐。交通银行支部和行局工友支部的党员们全力以赴为迎接解放、协助接管做好准备。当时，汤恩伯派出部队日夜不停地抢运中央银行库存的金银外币、证券账册准备逃跑，工友支部的党员们冒着极大的风险，对搬运工人进行说服工作，动员他们尽量慢装少装，"留一点，好一点"，起到了组织怠工的作用。陈品梅还以"负责收藏保管"为名，集中控制了交通银行警卫班的全部枪支弹药，并组织工友和警卫人员站岗巡逻，防止破坏。

1949 年 5 月 24 日，解放上海的战斗在郊区打得激烈。当晚，王自慎带领陈品梅来到江海关，向上海人民保安队总部领取到人民保安队袖章几十个和《上海人民》报数百张，起到迎接解放、稳定人心的积极作用，形成了配合解放军解放上海的强大政治力量和组织力量。

1949 年 5 月 27 日，上海全面解放，接管旧金融机构的队伍随同解放军进入上海。解放次日，军代表储伟修、副代表杨修范进驻交通银行总管理处，执行军事监督及办理一切接管事宜。军代表进驻交通银行后，立即向交通银行支部了解情况，听取对接管工作的意见。支部党员积极配合接管，并发动和团结在交通银行工作的进步职工和爱国的高级职员，为接管工作的顺利开展贡献了力量。此后，随着新的中共交通银行支部成立，原交通银行支部光荣地完成了历史使命。

上海解放时，整个上海金融业有中共党员 163 人，分布在 43

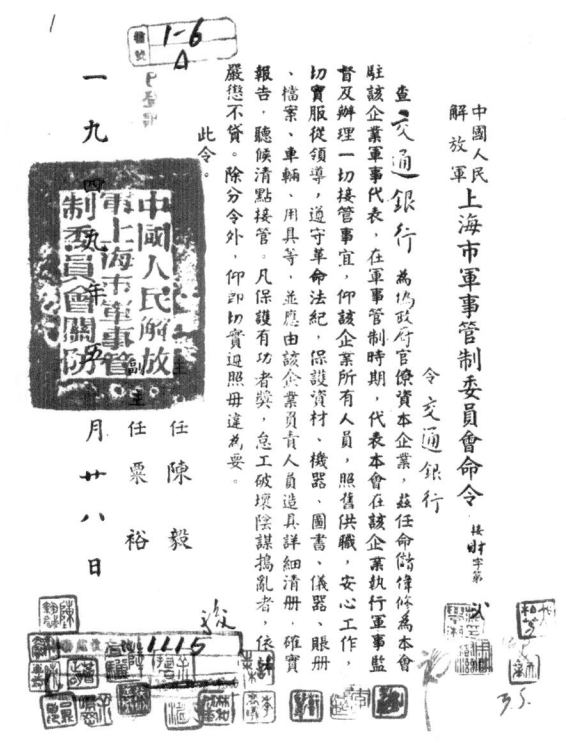

中国人民解放军上海市军事管制委员会命令。该命令任命储伟修为驻交通银行军事代表。

个单位，其中交通银行职工党员有 22 人，分别为交通银行支部的王自慎、葛一飞、游凤起、冯宝豫、罗经北、严孝修、唐荣钰、刘奋之、张凤仪 9 人，行局工友支部的陈品梅、任龙生、李经芳、吴海涛、高岐山、许学连、郑泉、凌永浩、杜梦陵 9 人，以及党组织关系在外的杨修范、王正安、钱祖恩、笪中 4 人。与此同时，支部在交通银行职工中还培养造就了一批具有共产主义倾向的积极分子。

1949 年 11 月 1 日，交通银行总管理处和上海分行复业。依据"能称职的地下党同志则大胆提拔""在解放后工作中表现良好的积极分子也酌量选择提拔"的原则，原中共上海地方党组织的党员和积极分子均得到了重用，如杨修范担任上海分行副理，葛一飞担任上海分行人事课长，张宗祜担任上海分行襄理兼业务课长，吴志本担任上海分行襄理兼文书课长等。

余论

从抗战初期到上海解放的十几年中，以交通银行支部为代表的中共上海基层组织在旧金融机构的发展，经历了从无到有、从小到大的过程，在严峻、险恶的白色恐怖环境中，不断克服各种困难和挑战，成长蜕变。这是上级党组织正确领导和广大职工群众拥护支持的结果。同时，党员群体理想坚定、素质过硬，党支部重视自身建设、不断发挥党员先锋模范作用，也是十分重要的因素。

这一时期中共基层组织在旧金融机构的萌芽与发展，有许多做法值得总结。第一，党组织贯彻实事求是的思想路线，善于将银行职工争取生活改善的日常利益与争取民族解放的根本利益有机结合，通过各种进步活动广泛发动和组织职工参与，在对付恶劣的政治环境和进行经济、政治斗争中也就拥有了深厚的群众基础；第二，党组织重视做好群众的思想工作，让原本趋向保守的银行职工破除了幻想，大多数人在斗争过程中逐步打破了安于现状、明哲保身的思想，不同程度地倾向革命；第三，党组织通过银行职工的各种关系开展了大量的统战工作，争取到不少上层人士和中层人员对进步活动的同情与支持，为工作的开展提供了土壤；第四，党组织的工作方针一直因应形势而灵活调整，一方面注重保护党员和骨干，另一方面通过宣传教育和组织斗争持续扩大群众基础，在保存有生力量的前提下不断改变斗争形式、壮大革命队伍；第五，党组织善于总结斗争经验，在政治建设、思想建设、组织建设、纪律建设方面都有了质的进步，在作风建设、制度建设方面也有了明显改善，从而能够较好地发挥党在群众中的核心作用，不断从胜利走向胜利。

当然，马克思主义在旧金融机构的传播并不是一帆风顺的，其中也经历了不少曲折和坎坷。然而，正是在各种职工进步活动和反抗斗争中，马克思主义日益显现出真理的光芒，越来越多的进步青年转变为共产主义者，从而为交通银行第一个党组织的建立奠定了基础，也为上海解放后的顺利接管、清理和整编铺平了道路。

党的统一战线在旧上海银行业的实践

上海是中国共产党统一战线的发祥地。1922 年，中国共产党在第二次全国代表大会上通过《关于"民主的联合战线"的议决案》，标志着中国共产党正式提出了统战政策。以之为起点，党在长期革命、建设、改革中进行了统一战线的成功实践，逐步形成了完整的统战力量。

在旧上海银行业，党的统战工作开展得相对较晚。抗日战争爆发前，银行业号称"百业之首"，在社会经济中占有举足轻重的地位，银行业的职位素有"金饭碗"之称，职工普遍经济条件较佳，思想上则趋于保守，明哲保身。"九一八"事变后，中日民族矛盾上升为主要矛盾，抗日救亡运动蓬勃发展，银行业职工的爱国热情也得到激发并不断高涨。1935 年 12 月，中共中央召开的瓦窑堡会议指出，凡愿意为党提出的主张而坚决奋斗者，都可以加入中国共产党。在此情况下，党的队伍得到空前壮大，党的统战工作得以在银行业有效开展，并取得了重要成果。

抗战救国：银行业统战的发轫与发展

抗日战争爆发前，上海银行业即有党员活动。1925 年间，在中共闸北区委领导下，10 名党员成立了"银行支部"，支部书记为楼建南（后为应修人）。1927 年春，上海工人第三次武装起义胜利，北伐军进驻上海，在上海总工会的号召下，上海商业储蓄银行、金城银行等职工组织工会拥护国民革命。"四一二"反革命政变后，这些工会组织都被取缔。在革命低潮中，仅剩个别中共党员开展隐蔽活动。

日本侵占东北三省后，中国共产党顺应时代的要求，适时转变政策策略，提出了建立抗日民族统一战线的主张，受到各界的拥戴。为了宣传党的抗日主张、推动抗日救亡运动的发展，党在上海银行业内培育和发展新生力量，逐步培养造就一批倾向于支持党的事业的先进分子。

1935 年，上海辛泰银行、上海市银行和中央银行的几位青年张人俊（张承宗）、张昆者（张困斋）、袁君实、周晴（周士华）等同情和拥护中共抗日救国的主张，经常聚谈国事。为了响应北平的"一二·九"学生抗日救亡运动，他们经过商议，在周围群众中组织了"职业青年抗日救国大同盟"团体，到南京路、福州路、外滩散发传单、张贴宣言，要求停止内战、一致抗日。这个团体的成立，不仅标志着上海银行业职工进步活动的生根萌芽，也标志着党在上海银行业影响力的提升。

1936 年 2 月 9 日，"上海职业界救国会"（以下简称"职救"）正式成立。"职救"下设 5 个大队，银行业和钱业会员属于第四大队，有七八十人，其中大队长张人俊和中队长袁君实、杨子发、王心明都是银行职员。通过"职救"，银行业会员们参与了包括抗日示威游行、组织时事学习、举办读书会、编排短剧演出等在内的各种活动。更重要的是，"职救"凝聚和发展了一批党员。原来零散的党员们得以汇集到"职救"中来，如王明扬、金菊如等；一批表现优异的进步青年则得以加入了中国共产党，如杨修范、陈敏之等。王明扬以"职救"组织部为基础，发展了新党员，建立了党小组，并在党小组的每个成员周围组成"联盟"的小组；顾准则作为"职救"党团的负责人积极投入工作。"职救"可以视为党的统一战线在银行业的发轫，通过"职救"，党的组织逐步发展，党的抗日救国主张被银行业职员了解和认同。同时，在具体的工作中，党团认识到，需要建立一个职员联谊性质的团体，把更多的从业人员团结到抗日救亡的活动中来。

1936 年 6 月，第四大队张人俊、邵君美、周晴等 20 余人开始筹建上海市银钱业业余联谊会（以下简称"银联"）。筹建活动获得各银行、钱庄职员的积极响应，在 10 月 4 日"银联"正式成立前，已经有 441 名会员，其中人数较多的有：中国通商银行 39 人，上海市银行 27 人，交通银行 22 人，中南银行 22 人，大陆银行 17 人，中国企业银行 13 人，大中银行 13 人，金城银行、浙江实业银行、四明银行、国信银行、麦加利银行各 11 人。作为一个在党的影响下筹建的组织，"银联"一方面积极开展统战工作，争取中上层人士的帮助和支持；另一方面及时向国民党上海市党部和市社会局申请立案登记，谋求"合法"地位。

"银联"在筹建过程中就争取了大陆银行襄理许逊公、浙江实业银行主任陆吟父、辛泰银行经理张德成、中国通商银行主任金慕尧、新华银行襄理田定庵、银行联合准备委员会交换科科长陈棣如等中层人士作为赞助人。随后，在多方运作下，中国银行上海分行副经理蔡承新、浙江兴业银行常务董事徐寄庼、中国垦业银行总经理秦润卿、四行储蓄会协理兼交通银行常务董事钱新之、四行储蓄会调查部主任潘仰尧等具有爱国思想的银行业上层代表性人物，也都表示愿意担任名誉理事或顾问。银行公会秘书长林康候还在成立大会上作了赞助讲话，并为大会特刊封面题字。由于争取到了这些中上层人士的支持和赞助，"银联"的合法性也"水到渠成"，上海市党部和市社会局不得不颁发立案许可证书。

"银联"的成立，标志着上海银行业的抗日救亡运动在党的领导下发展到了一个新的阶段。"银联"使上海银行业的群众工作开创出了新的局面。"银联"将行业内外的统战工作巧妙结合，开展了一系列群众性活动，如举办青年讲座、歌咏班、球队、业务补习班等，对广大银行业职员进行爱国主义、集体主义的教育，扩大了群众基础。

"七七事变"后，中共中央立即发表宣言，号召全国人民、政府和军队团结起来，筑成民族统一战线的坚固长城，抵抗日寇的侵略，得到全国各界积极响应。"八一三"抗战爆发后，上海人民同仇敌忾，"银联"理事会进一步明确，决定以支援前线为中心工作，迅速组建同人战时服务团开展支援。服务团做了大量工作，如为前线募集了大量军用物资和补给品，还组织宣传队、慰问队扩大宣传，举办形势报告会鼓舞人心，举办战时常识、救护训练班做好后方支持等。

通过开展一系列的进步活动和抗战斗争，银行业内的进步青年们接受了锻炼，提高了觉悟，树立了榜样。根据1937年5月8日毛泽东同志在中国共产党全国代表会议上提出的"我们党的组织要向全国发展"精神，从"八一三"抗战到1937年底，上海地方党组织将一批近10人的金融业积极分子陆续吸收入党，并成立了中共银行业支部。银行业支部的成立，为领导银行业的职工进步活动筑起了坚强有力的堡垒，也为在银行业更好地开展统战工作打下了坚实的基础。

中共银行业支部在"银联"的积极分子中不断发展新党员，银行业内党的力量持续壮大。1938年7月，中共银行业支部扩建为中共银钱业总支委员会。10月，根据党中央在白区工作"荫蔽精干，长期埋伏，积蓄力量，以待时机"的方针，上海地方党组织让各团体活动中吸收的银行党员们，绝大多数回到单位开拓群众工作，发展党员，建立支部，让群众运动进一步巩固壮大，也使党的力量更好地隐蔽在群众中。为了更好地开展统战工作，中共银钱业总支委员会在力量较强的中国银行成立了党的支部，随后，金城银行、中南银行、大陆银行和盐业银行也成立了中共北四行联合支部。以此为开端，党的组织逐渐渗透到整个上海银行业。随着工作的深入和党的力量的加强，1939年3月，中共银钱业总支委员会扩建为中共上海金融业工作委员会。

上海沦陷期间，"银联"一直在党的领导下开展工作。一方面，充分利用广泛的人际网络开展统战，如通过在中国银行担任襄理的胡宣同，让伪中国银行董事长吴震修了解中国共产党的主张，拒绝日伪在沦陷区恢复中国银行分支机构、扩展业务的需求；通过谢寿天、吴承禧、陈伯流等，影响金城银行董事长周作民，争取他坚持民族气节，拒绝与日伪合作。另一方面，坚持"转向生产，深入基层"，创造性地开展各具特色的群众活动，坚持和发展抗日民族统一战线。这一时期，党的统一战线不断扩大，在银行职工中的影响已经"从原来局限于青年群众的局面，发展到能呼应基本群众生活要求，并领导他们进行生活斗争"，"尤其是几次生活斗争中，培养了一批骨干"。不论环境怎么恶化，"银联"始终坚持阵地，保存有生力量，并在活动内容与方式上根据客观环境和群众需要进行创新，在巩固原有群众的基础上，使党的力量深入银行内部，以利于坚持长期斗争。

党的高层领导人张闻天曾对在群众团体中开展统战工作做过概括，有"自下而上"和"自上而下"两种方法：前者是在各种下层组织中发展党员或建立新团体，然后成立上一级的领导机关；后者指先进入群众团体的领导机关，在具体活动中物色党员和积极分子，再通过他们建立下层的党组织。类似的方法在抗战时期的上海银行业得到了灵活而系统的运用，并显示出相当的成效。

人民民主：银行业统战的巩固和胜利

抗日战争胜利后，面对国家的前途与命运向何处去的问题，中国共产党科学分析形势，为争取和平、民主而斗争，深刻总结统战工作的历史经验，制定正确的统战工作方针，进一步巩固工农联盟，并制定保护民族工商业的政策和措施，广泛争取各民主党派和无党派民主人士，发展第二条战线，扩大了人民民主的统一战线。

随着国民党加紧对中国共产党的"围剿"，上海的形势发生了重大变化，地方党组织的活动受到极大的限制。不过，党组织并没有在困难面前退缩，反而在国民党的各种围追堵截中不断壮大。除了继续保持"银联"体系中党组织的活力外，还于1946年3月成立了上海市四行二局员工联谊会（以下简称"六联"，含中央银行、中国银行、交通银行、中国农民银行、中国信托局、邮政储金汇业局），在国民党的金融中枢机构进一步壮大党的力量。由此，上海金融系统成为地方党组织一个战斗十分活跃的阵地。

"六联"成立后，及时创办会刊《联讯》，使之成为联系职工群众、进行宣传教育的工具，也成为与群众互通声气、联络感情的桥梁。在党的直接领导下，"六联"还积极开展了一系列为群众争取利益的突击性活动（如1947年的"九二六"饿工斗争、1948年的"三八"等工斗争和"三一三"罢工斗争等）和适应群众多种多样兴趣与需要的经常性活动（如组织旅行郊游、"六联话剧团"、"六联杯"小型足球赛等），在深受"四行二局"职工欢迎的同时，也有效掩护了党的组织和活动。

鉴于"六联"在职工群众中有着巨大的影响力，所组织的活动又严重威胁到国民党的统治，总统府督促四联总处查明"六联"相关情况，"该会组织情形如何，参加分子若干，负责人姓名职务与最近活动情形如何，密函各行局严加详实查明具报"。1948年9月，国民党当局以"员工联谊会既未经政府许可，并出版未经核准登记之《联讯》刊物，租用第二一九号邮政信箱为通讯工具"为由，下令取缔"六联"。"六联"虽然停止活动，但党的组织已经在"四行二局"深深扎根，各行局内又迅速建立起新的组织，继续开展工作。随着解放军在各个战场不断取得重大胜利，国民党政权的全面崩溃已经日益临近。党中央要求上海工人阶级组织起来，保护工厂和人民财产。上海地

1946年3月，上海市银行商业同业公会第一届留任、新选理监事合影。这些银行家们成为党的重要统战对象。

方党组织围绕加强职工组织、进行政策宣传、反对逃跑、保护行产和职工安全、加紧调查研究、争取中上层人员、做好接管准备等开展统战工作，其中，调查研究和争取人员一定程度上又成为统战工作的重点。

从1948年下半年开始，交通银行的党员就开始通过一些比较进步的中上层职员收集商股股东名册、人事派系、投资去向等资料。1949年4月，行局党组织统一部署在各单位进行调查研究工作。中央信托局党支部通过党员和积极分子收集了秘书、购料、易货、信托等重点部门的经营范围、业务概况、库存物资和存放地点等资料，同时对各部门负责人的情况进行了分析研究。中央银

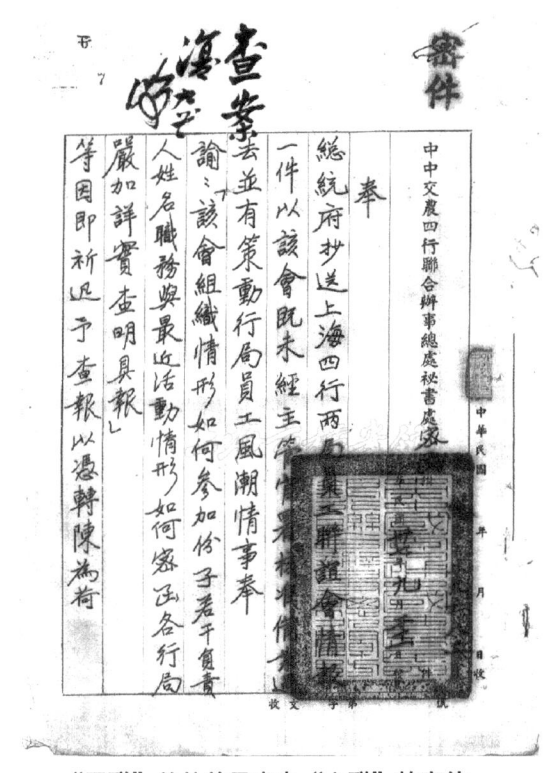

"四联"总处关于查办"六联"的密件

行的党员和积极分子也收集了资产负债表、金银有价证券保管清单、物资储备情况、主任以上人员简况、房地产清单、国库收入资料以及上层人员活动情况等。中国银行的党员和积极分子则收集和研究了资财、对外投资、放款对象、金银外币库存和账册档案，以及所有各大楼和仓库的平面图、物资存储和各部门人员情况等。这些工作做得非常细致，所收集的资料经党组织汇总后提供给中央和第三野战军，为党顺利解放上海、接管上海作出了不可磨灭的贡献。

在争取银行中层方面，各行局的党员们组织群众开展了广泛的宣传工作和统战活动。交通银行党组织通过员工互助会向中层职工宣传党的接管政策，以消除顾虑，稳定人心。中央银行党组织通过应变互助会向主任以上人员，每人发一张小纸条，请他们"认清形势，不要南迁"。中央信托局党组织通过工友，将宣传文件放在各部门经理、副理、襄理等中上层人员的办公桌上，还由党员向他们秘密发送"安守本位，保护国家财产，迎接解放"的信件。

党组织对银行的上层人士也积极争取，其中中国银行董事长宋汉章是争取的主

要对象。宋汉章作为金融业具有深厚资历和卓著声望的银行家，他的去留对于上海银行家群体而言，无疑具有风向标的意义。经过发动群众挽留等形式和各种渠道的争取说服工作，宋汉章表示愿意留沪。虽然他最后还是被国民党强行架走，但最终没有去台湾，表明党组织开展的争取工作取得了积极的成效。此外，浙江兴业银行董事黄延芳、中汇银行董事长杜月笙、交通银行董事长钱新之等，都是党的重要统战对象。

党在经济战线统战工作的开拓者许涤新，在抗战期间居留香港，就与迁往香港的上海银行家们有过较多的接触。1946年，许涤新就对黄延芳做过统战工作。1948年，党的代表夏衍、潘汉年曾去看望杜月笙，杜月笙向他们保证，在共产党解放上海时，一定安分守己，不会捣乱。周恩来则通过黄炎培，长期与钱新之保持联系。

稳定团结：对银行业头面人物的统战

上海解放前夕，为了不"打碎"上海，党提出了"瓷器店里捉老鼠"的策略，力图团结一切可以团结的力量。在变局面前，上海的银行家们纷纷为回避政治而撤离上海，但他们中的大部分人，并未随国民党奔赴台湾，而是滞留于香港。他们一方面对国民党已经失去信心，另一方面对共产党的政策还持观望态度。不过，他们也并未与上海彻底隔绝，内心深处仍然希望与上海保持联系，正如陈光甫曾吐露的，"人在香港，心在上海"。他们也通过各自的中间人，继续经营着上海的银行业务，如陈光甫的上海商业储蓄银行由伍克家、资耀华打理，周作民的金城银行由徐国懋经营，杜月笙的中汇银行由其子杜约翰维持。

上海解放之初，党十分重视统战工作。陈毅市长提出，要团结一切可以团结的人，调动一切可以调动的力量，克服当时面临的种种困难。他在中国银行召开了工商界上层代表人士座谈会，在稳定人心方面起到了很大作用。针对离沪出走的银行家，则将他们作为重点争取的对象，进行说服和劝回。周作民是所有上海银行家中最先离开上海避走香港的，也成为党开展统战工作的第一个目标对象。

1948年秋，周作民在上海受到蒋经国的威胁，

周作民

气愤潜往香港。周作民本人在处事上八面玲珑、精明圆滑。他到香港后，便曾主动通过香港分行经理陈伯流，与党在香港开展统战工作的章汉夫、潘汉年、许涤新等取得联系，并出资捐助《群众》周刊的印刷发行，还租了一艘轮船载送不少民主人士从香港去往北平和华北解放区。

党内同志曾建议陈伯流，要继续争取周作民，希望他能稳下来，解放后留在上海。中共中央统战部副部长张执一也对陈伯流说过，请他争取周作民，稳定上海工商界，不要让国民党破坏上海。上海解放后第三天，许涤新就找到陈伯流，请他赴香港找周作民帮忙买一些棉纱，此时金城银行已经没有外汇，但周作民仍然想办法尽力去办。当陈伯流建议他返回内地时，周作民回答："我一定回去。"显然，党对周作民的争取，取得了积极的效果。

不过，周作民并未立即返回内地，与其他银行家一样，他仍然在观望。他委派金城银行总经理徐国懋先行回到内地。周恩来接见了徐国懋，向他询问留港的上海银行业几位头面人物如张嘉璈、钱新之、陈光甫、周作民在港生活和事业情况，肯定了他们过去在经济金融方面的工作，并提出希望他们早日回来，共同建设我们的国家。周恩来还嘱咐徐国懋，要多做些工作争取他们回来；同时，周恩来又致电潘汉年，请上海市政府对徐国懋和金城银行多加照顾。在党的政策的感召下，周作民终于下定决心，于1950年8月由香港经天津、北京返回上海。1951年2月，周作民在金城银行作报告时仍感慨，自己以衰老之年，看到国运更新，"便感觉和大家，和新生的国家与人民一样地年轻了"。

不过，党对滞港银行家的统战工作并非一帆风顺。尽管做了大量工作，但陈光甫、钱新之、李铭等银行家因为各种原因，最终未能顺利返回内地。

陈光甫移居香港后，周恩来多次派章士钊前去看望，希望能动员他回到内地。1949年7月，章士钊在拜访陈光甫时，明确提出，希望他能和李铭、李国钦去北平。陈光甫始终抱有顾虑，认为去北平将被蒋介石"理解为一种敌对行动"，甚至用手比拟砍头的动作，说："这么多人，性命攸关啊！"黄炎培和李济深分别受周恩来和毛泽东委托，请陈光甫回来"共为新中华努力"，但陈光甫以健康状况推辞。

党对陈光甫的统战工作，很快被国民党方面获悉。1950年11月，陈光甫还曾接见两名自称周恩来特派代表的国民党特务，他们以请陈光甫出资办报为由，刺探他与北京方面接触的情况。陈光甫识破了对方的身份，虽然没有遭受非常对待，但此后他与北京方面的接触就变得非常谨慎，很少再有直接的联系。

　　曾担任交通银行董事长并兼任金城银行董事长的钱新之，赴港前就辞去了交通银行董事长职务，到港后更是很少过问银行事务。1949 年 6—7 月，受周恩来委托，黄炎培曾发电报至香港，请他早日回归。钱新之与黄炎培交情甚笃，曾长期合作，风雨与共，但这次却一反常态，未予响应。1950 年 4 月 7 日，钱新之致函金城银行董事会，称"迩来衰病有加，更非昔比，而行务重要，不能一日无人主持，与其徒托虚名，何如另推贤俊，且病躯屡弱，跋涉难堪，将来董会召开，势亦不能返沪与会"，请求辞去金城银行董事长、常务董事。6 月 3 日，经过整顿后的交通银行召开第一届第一次董事会，本着周恩来"只要不是战犯，没有倒向台湾，都全部予以承认"的指示精神，七位常务董事的名单中依然保留了钱新之的名字。10 月 20 日，大陆银行总经理许汉卿致函钱新之，希望他能回来参加 11 月 19 日在天津召开的第 22 届股东常会，钱新之亦以"衰病滞此，暂难北归"谢辞。

　　"海上闻人"杜月笙也是党一直争取的工商巨子之一。上海解放时，陈毅就公开致电杜月笙、陈光甫、钱新之等人，邀请他们回来建设新上海，并派杜月笙曾经的秘书徐采丞赴香港迎接。受毛泽东的委派，章士钊也曾到香港杜府，劝说其回归。但杜月

1949 年 7 月 7 日，上海银钱业职工高举标语参加庆祝上海解放百万群众大游行。

笙本着对国共两党"两边都不得罪"的原则，选择留在香港。

上海银行业的头面人物虽然大部分没有回到内地，但在党的统战政策的感召下，他们也没有进一步向国民党靠拢。1950 年 3 月，中国银行新一届董监事会在北京召开前，党通过郑铁如把开会通知书送到在港的各位商股董监事手中，并表示欢迎他们来京出席。宋汉章、陈光甫、钱新之、张嘉璈、杜月笙、李铭等商股董监事都亲自写了委托书，委托郑铁如代表他们出席。他们还在私下表示，对人民政府邀请他们作为董监事参会表示满意，"中共这着棋子很厉害"。新华社播发中国银行新董事会召开和宋汉章、陈光甫、钱新之等商股董监事也委托出席的消息后，引起了台湾的震动，这也显示出党的统战政策发挥了积极的作用。

和衷共济：旧上海银行业统战的历史经验

党对旧上海银行业的统战，始终与实际相结合，经历了一个不断探索、不断调适、不断取得突破的过程，为中国的革命和建设事业作出了重大贡献。回顾统战工作的历程，可以给我们诸多的启迪。

围绕中心，在党的领导下与时俱进地调整工作重点，是统战工作取得成功的根本原因。因应斗争形势的需要，党在不同的阶段，有重点地针对职员、行业和银行家采取了不同的统战策略。抗日战争时期，在"抗日民族统一战线"的旗帜下，通过深入社会团体和对银行业中上层的统战，团结银行业的一切爱国力量，党明显地壮大了在中等阶层中的社会基础。解放战争时期，党又建立起"人民民主统一战线"，围绕化敌为友、化友为我、变中间势力为依靠对象、变一般朋友为挚友的目标开展工作，不仅为壮大党的力量提供了一定数量的干部、技术人员和专门人才，积累了必要的资金、器材等物资，更重要的是为后来接管上海积蓄了力量，创造了条件。在上海解放前银行家们纷纷撤退到香港的情况下，党的统战政策又及时调整，以最大的诚意欢迎银行家们回归内地。尽管仅有个别银行业的头面人物被争取回来，但大多数都没有去台湾再为国民党效力，并且一大批知名银行家（如徐国懋、郑铁如、林凤苞等）在党的统战政策感召下，积极投身于新中国金融事业的建设。

广泛联谊，以组织网络为载体凝聚各阶层力量，是统战工作取得成功的重要法宝。正如习近平同志指出的，"联谊交友是统战工作的重要内容，也是统战工作的重要方式"。党充分利用"职救""银联"等组织，以公开合法的方式开展各种进步活动，培育和团结积极分子，不断发展壮大党的队伍，锤炼提升党组织的战斗力；抗战胜利后，为配合金融业职工争取改善待遇的要求，党又领导建立了"六联"，最广泛地团结了银行业的职员。同时，通过这些组织网络，党又巧妙地将银行业的中上层人士吸收进来，在壮大统一战线的同时，还通过中上层人士进一步开辟了新的活动阵地。

兼容并蓄，正确处理统战过程中的一致性和多样性，是统战工作取得成功的重要基础。党对银行业的统战工作，注重在分歧中寻求共识、在矛盾中寻求统一。一方面，在银行业职员中最大限度地寻求共同点，并通过组织各类联谊活动和反抗国民党当局的斗争逐步扩大共同点，不断扩大"同"的深度和广度，使党的路线、政策成为最大多数人的自觉行动，提高银行业职员为实现统战目标而团结奋斗的责任感和使命感；另一方面，在对待中上层人士尤其是银行业头面人物的时候，党始终本着团结合作的态度，"求大同，存小异"，高举爱国主义的旗帜，在差异中寻求共识，真正使统一战线成为"同"和"异"的统一体，从而凝聚人心、汇聚力量。

以史为鉴，才能更好地面向未来。在不同的历史时期，党的统一战线的具体内容会有所差异，但它始终是党的总路线、总任务的重要组成部分，始终担负着为完成党在各个时期历史任务凝心聚力的重要责任，始终是党领导人民不断夺取新胜利的重要法宝。过去，党发挥统战优势，在旧上海的银行业取得了一个又一个胜利；而今，在新时代新征程上，我们更要按照习近平总书记的要求，充分认识到统一战线是我们党凝聚人心、汇聚力量的政治优势和战略方针，坚持与时俱进、守正创新，踔厉奋发、勇毅前行，为全面建设社会主义现代化国家、全面推进中华民族伟大复兴而团结奋斗。

战争年代银行与生活书店的合作共赢

银行与企业唇齿相依、水乳交融、互惠共赢，它们的关系是社会经济运行中最重要的关系之一。1932年7月1日成立的生活书店，是解放前重要的进步文化机构，出版发行了大量进步的社会科学和文艺书籍。生活书店在经营中，一方面，通过出版大量充满进步性和战斗力的书刊，受到广大读者的欢迎，让书店得以不断发展壮大；另一方面，也通过在发行、贷款、出版等方面与银行业密切互动，以金融之"源头活水"，助力自身发展。生活书店与银行的互动和共赢，成为"银企合作"的一个典型案例。

特约银行免费汇兑

创立之初，生活书店规模很小，由邹韬奋主持编辑工作，由徐伯昕协助邹韬奋负责印制、发行。在战火纷飞的岁月里，办刊、出书、开书店成为生活书店的业务主线，在艰难困苦中奋勇前行。生活书店草创时只有2000元注册资金，经过几年的发展后迅速成长为一个具有庞大发行网络、强大读者基础的出版发行企业。这是与以邹韬奋、徐伯昕等为代表的领导者在出版业务和经营管理上的诸多创新密不可分的。生活书店不仅通过开架售书、电话购书、编印《全国总书目》、刊登全国出版物联合广告、创办服务部等举措便利读者，还创造性地同银行合作，为读者提供免费经汇购书款服务，在当时实为具有轰动效应的社会事件。

鉴于内地及海外读书界采购书报有诸多不便，为了让读者节省信资、汇费，减少手续和不必要的麻烦，书店与银行洽商，由银行免费经汇购书款。在1934年生活出版合作社第一届理事会第二次理事会议上，徐伯昕在报告中提出，已与5家银行接洽，可由银行代为收款购书并不收汇费，分别为中国银行、交通银行、上海银行、新华银行、江苏省农民银行。

1934 年 8 月 31 日，生活书店在《申报》《时事新报》等报刊上刊登了《生活书店举办银行免费汇款购书》一文："生活书店近为业务上便利起见，已于八月二十七日起迁到福州路三八四号新址办公，该店除出版各种参考书籍，发行定期杂志，及经售全国图书杂志外，尤注重于内地及海外读书界之服务，如代购代定全国各种图书杂志，举办既属最早，成效尤为特著，手续简捷，办理认真，深荷社会赞许，誉为我国读书界与出版界最忠实的沟通机关。近为更谋读者便利起见，特先后商得中国银行、交通银行、上海银行、新华银行、江苏省农民银行之同意，订定免费汇款购书办法，自九月一日起，凡委托上列五银行各地分支行汇款向该店定购各种图书杂志者，一律免收汇费，同时将书价照各原出版处门市价之外再打九折，或九五折，以示特别优待，务期减省读者负担，而谋文化之愈益普及，在内地读者既可免去分函采购之麻烦，又可节省手续与费用，一举数得，洵属称便不少也。"

文中的"一举数得"绝非虚言。事实上，对于读者、书店、银行三方来说，汇款购书都有不小的益处。

对于读者而言，只需通过银行汇款，就可以购买到折扣图书，不必另行寄信，不

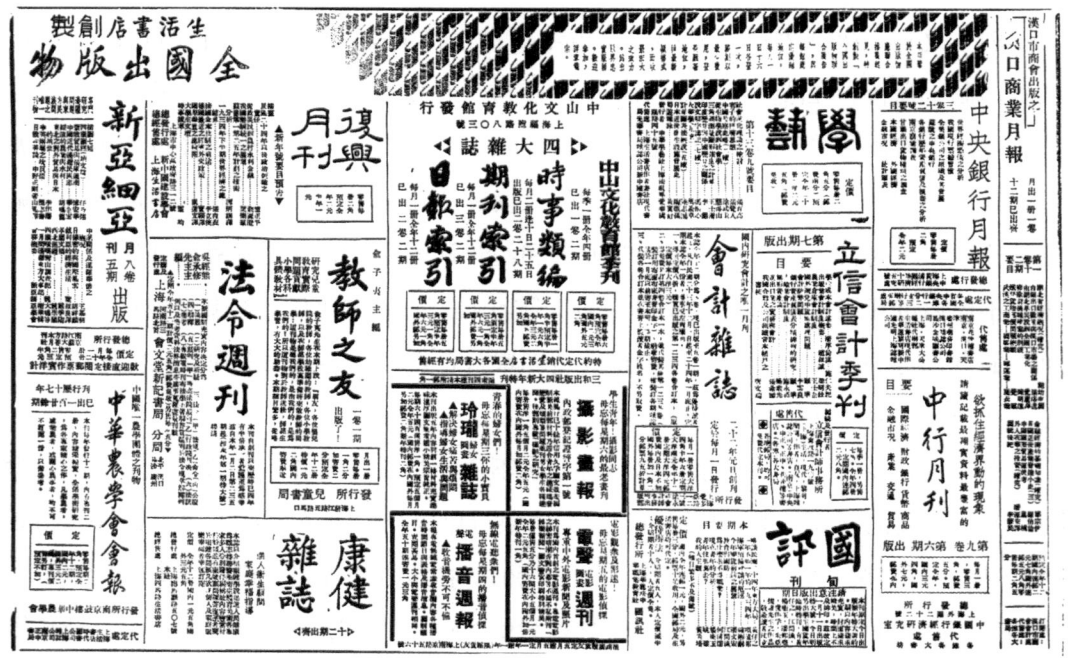

1935 年 1 月 1 日，《新闻报》第三版刊登的《生活书店创制全国出版物》广告。

仅手续简便，而且省时、省力、省邮资。购书的余款，可在书店立往来卡结存，下次汇款购书时还可以合并结算。

对于书店而言，通过汇款购书，节省了店铺和人力成本，扩大了销售渠道，流动资金更加充裕，并且读者的购书余款存在书店，积少成多，也是一笔不菲的资金，可以用于周转且不用支付利息。同时，汇款购书往来次数的增加，也能让书店与读者之间的友谊愈加深厚。1935 年 4 月 8 日的《申报》刊发《生活书店特约银行免费汇兑》一文，评价生活书店"素为沟通文化努力不顾巨大牺牲，定为书业中之模范"。可见，汇款购书对于书店形象的建构而言，实有莫大的好处。

对于银行而言，虽然读者汇款购书一般资金量不会太大，免费汇款并没有什么实质性的收益，但却可以带动银行的汇兑

1935 年 3 月 18 日，《新闻报》第一版刊登的《生活书店特约十大银行免费汇款》广告。

业务，培养用户的汇兑习惯。这些汇款从接收到兑付也需要一段时间，又可以增加银行周转所需的社会资金。此外，生活书店在各大报刊刊登银行免费汇款购书的广告，其中必然会提及银行的名称，无形中也是在为银行做广告，增加了银行的知名度和社会信誉。

生活书店这一开创性的举措，让三方各受其益，读者获得新知的渠道更加便捷通畅，书店良好形象的建立更加迅速有效，银行相关业务的推广更加方便快捷。

随后，生活书店又继续拓展银行渠道，增加了浙江兴业、富滇新、聚兴诚、大陆、华侨五家银行作为合作伙伴，并于 1935 年 3 月间在各大报刊继续广为宣传。一时之间，"生活书店与十大银行签约"成为当时社会上的一个热点事件，得到社会各界的一致赞赏。

与十大银行合作，国内外 500 多个分支行一律免费代收汇款，带动了读者数量的

大量增加，生活书店邮购业务蒸蒸日上。生活书店原有邮购读者三万余户，"经在手续上之改进、办理之迅速、选书之审慎，以及服务之周到等，同时又特约中国、交通、上海、新华、江苏省农民、华侨、浙江兴业、富滇新、聚兴诚、大陆等十大银行，免费收受购书汇款，使读者更便利而省费，以致在二十八年三四月间激增至五万余户，较过去增加一倍有半"。同时，本版书的营业额也大幅增加，逐渐超过了外版书。在与银行合作之前，本版书营业额仅及外版书1/2强，至1938年底结算时，本版书营业额已超过外版书1/5而有余。

银行贷款助力发展

在书店发展过程中，遇有头寸上的困难，免不了要向银行贷款。新华银行是生活书店长期合作的伙伴。新华银行总经理王志莘曾任《生活》周刊第一任主编，是邹韬奋、徐伯昕的老朋友，与书店的同人也保持着良好的关系。在1933年7月8日的第一次生活出版合作社社员大会上，以不记名投票方式选举产生了5位理事，王志莘以31票当选，排名并列第一，可见他在书店中的凝聚力和号召力。凭着这层关系，加上生活书店信誉极佳，新华银行自然就成了书店最牢靠的透支银行，每当纸张价格下跌时，就通过新华银行的贷款支持吃进一批，使书刊的印刷成本大大降低，为书店的良性发展打下了较好的基础。

淞沪沦陷后，生活书店一方面感到上海营业情形恶劣，另一方面意识到推广内地文化之重要，因之将总店由沪迁汉口，建立内地营业中心。旋为业务上管理便利起见，将总店改称为总管理处，成为管理各分店之机构。全面抗战

位于汉口交通路的生活书店（1937年）

爆发后的一年内，生活书店密切配合抗战需要，为民族的解放和人民革命事业出版进步书刊，书店发展步入快车道，先后增设分店、支店、办事处等 20 家。1938 年 8 月间，武汉局势紧急，总管理处决定迁移至重庆。迫于 10 月间广州失陷后，武汉情势突更危迫，于 10 月 25 日将留守之一部分同人完全撤退至重庆。

分支机构和造货品种的增加，以及局势紧张造成的交通运输不便，给生活书店带来巨大的资金压力。在此情况下，书店采取了两方面的措施：其一，在交通问题导致本版货供应不全的情况下，鼓励各分店自行接洽贩卖外版书以谋补救，减轻经济上的压力；其二，通过向银行借款，缓解资金流动上的困难。1938 年 5 月 13 日，徐伯昕在临时委员会第二十四次常会上报告业务概况时指出，由于分支机构增多，存货也随之增加，"每月外版现金尤巨，加以三处进货，纸张等囤积极多，现金周转，大感困难，自向新华银行借款二万元后，现又需经常向该行透支四五千元，但仍感应付困难，现正在设法调整中"。

作为生活书店最密切的合作伙伴，新华银行始终在书店的发展中发挥着不可或缺的作用。1938 年 8 月 4 日，在汉口分店召开的临时委员会谈话会上，徐伯昕报告营业情况，在提到经济情况时表示："最近因造货关系，经济支出浩大，计向汉口新华借洋两万元，透支一万元；向粤新华透支五千元；向沪新华透支五千元；另向私人借洋一万元；共五万元。又在重庆向银行抵押借款三万元。"

1939 年 1 月 1 日，新华银行总经理王志莘以书店理事身份出席了在重庆召开的生活书店理事会第一次会议。徐伯昕报告了书店情况。1938 年全年，生活书店营业额计 40 余万元，但因战时造货成本提高，运输迁移及同人旅费支出突增，并以广州分店匆促不及迁退，全部存货遭受损失，而汉口、长沙等处分店撤退时也有部分损失，因而估计营业损益需纯损 3 万余元。至 1939 年 1 月，生活书店的分店大半沦陷敌手，营业打击不可言喻，"在印刷困难、成本高贵之情形下，虽可提高定价，然销路恐不能畅旺，因之本店将经济上之周转、营业上之调整，均须予以深切之审虑也"。会上，徐伯昕感谢了王志莘等人对书店的热诚赞助，在讨论决议事项时，王志莘还被推定为五位常务理事之一（另外四人分别为徐伯昕、邹韬奋、胡愈之、金仲华）。

除了新华银行外，作为当时主要国家银行之一的交通银行也成为生活书店密切的合作伙伴，为书店提供贷款支持。1939 年 9 月 30 日，在第五届理事会常务理事会第三次会议上，徐伯昕报告了各分店调整情形和筹措经济问题，并提出了拟向银行商借款项的方案，"向新华、交通商洽借款十万至二十万元，定期五年至十年，逐年摊还，采透支限额递降办法，由邹韬奋、徐伯昕两先生与王志莘、钱新之先生进行接洽"。在接洽过程中，新华银行、交通银行均表示了合作的诚意，但由于生活书店希望与银行一起合作办理印刷所、造纸厂，所需款项不菲，两家银行也提出了疑虑。10月31日，在第五届理事会常务理事会第四次会议上，徐伯昕报告"上届决议推定邹先生及本人向新华、交通商洽借款事，业已拟具借款办法及创办印刷所、造纸厂计划书，与王志莘先生作初步接洽。据王先生意见，投资印刷所可无问题，造纸厂则再须考虑，且认为二十万元为数太巨，进行恐有困难，故拟减为十万元，俟钱新之先生来渝后续行商洽"。

生活书店重庆分店，位于武库街（今民生路，摄于1937年）。

当时，励精印刷所因经营困难，拟将所有印刷机件出让，其中排字铸字部分计铅字、铜模等约价25000元，印刷部分计机器等约价25000元，连同流动资金10000元，共计需资本60000元。生活书店有意接办，但苦于资本金不够，经与新华银行协商后，"决定与新华共同投资接办，惟以本店必须认股半数为原则"，同时，双方约定，"合作购贮印刷材料办法，决定各半投资，盈利均分，手续费照扣"。随着造货的增加，生活书店面临入不敷出的"经济奇窘"状态。负责经营的徐伯昕不得不想出各种办法进行腾挪，比如将生活书店的卡车以13000元出售，将抵押给中国银行的存纸提高押额，

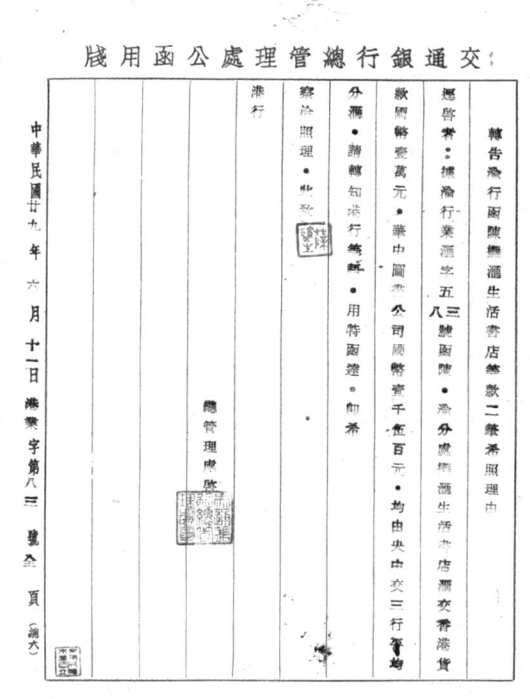

将昆明的存纸进行抵押等。

在战时极端困难的情况下，银行又一次成为书店发展的后盾，不仅新华银行、交通银行伸出援手助力生活书店的经营发展，中国银行也参与其中，为生活书店提供押款支持。在1939年12月8日召开的第五届第三次理事会临时会议上，徐伯昕作关于经济状况及调度的报告时就指出，"旧欠新华银行借款二万元，息四千余元，劝工借款三千元，吟记借款二万元，均须于本年三月底准备归还"；"关于店债之发行，因事实上甚多困难，决定暂缓"；"向银行进行借款事，经邹总经理与徐经理数度奔走接洽，已承交通银行允许透借十万元。

1940年6月11日，交通银行总管理处致港行关于渝行函陈摊汇生活书店汇款的函。

该项借款以本店所有版权纸型及存货作为抵押，限定四年归清"；"本店与新华银行合作购储印刷原料方面，业经进行各半投资，共值国币四千元"；"原有存纸向中国银行押款，最近已提高押额，办妥手续"。需要指出的是，虽然邹韬奋个人与中国银行和交通银行的高层都有交往，但同银行接洽借款事宜却几乎全部是由徐伯昕"夙夜筹划、往返磋商"，可谓殚精竭虑，功不可没。

第五届第三次理事会临时会议确定了生活书店与新华银行共同出资筹设一家印刷所的事宜。"在重庆方面，本店拟与新华银行合资筹设一印刷所，除双方各自投资二万元外，并向其他方面另筹二万元，凑足资本总额为六万元。董事会拟设董事五席，由本店及新华银行各推二人为代表，此外一人由外股推派。将来经理人选拟由本店推荐，会计主任拟由新华推派。印刷所名称及章程等由董事会草拟决定。"这无疑是生活书店与新华银行的合作进一步深化的标志。

在新华、交通、中国等银行的支持帮助下，生活书店的资金紧张问题得到一定程度的缓解。1939 年 12 月 18 日，在第五届理事会常务理事会第五次会议上，徐伯昕终于长舒了一口气，表示"资金问题最近已获解决办法，第一年可向银行透用七万二千元"，但是"运用原则必须依照订定计划"。此后，生活书店还曾向上海银行、赈济委员会、经济部等单位借款，以缓解资金困难。

志同道合携手共进——以王志莘、钱新之为例

生活书店之所以能长期在汇款、抵押、贷款等方面得到各大银行的支持，除了其自身的经营情况较好外，还与书店主事者同银行业人士志同道合有着密切的关系。

早在 1923 年，邹韬奋甫入中华职业教育社任职时期，就与银行业发生了千丝万缕的联系。当时，黄炎培倡言职业教育，喊出"振兴实业""教育救国""实业教育"等口号，深得各界实业人士的青睐，并得到了银行业人士的大力支持，中国银行的宋汉章、交通银行的钱新之、上海银行的陈光甫等，都曾对中华职业教育社所办的事业予以赞助。

主持生活书店后，邹韬奋的思想和立场同样得到了银行业进步人士的认同。如前所述，新华银行总经理王志莘还兼任生活书店的理事，他青年时期从美国学成归来，就受黄炎培之请，担任了《生活》周刊的第一任主编，并始终追随黄炎培提倡"职业救国"和"实业救国"。进入银行业工作后，作为上海金融界中思想比较进步的上层人士，王志莘与邹韬奋、徐伯昕等保持着密切的关系，对于邹韬奋呼吁团结抗日的主张高度认同，因此，他对生活书店的进步事业才一再从经济上加以支持，且力度颇大，多次帮助生活书店渡过难关。

1939 年，国民党开始有计划、有步骤地对生活书店进行迫害和摧残，一方面，造谣、污蔑、威吓，说生活书店是接受共产党的津贴；另一方面，对书店同人的自治会、读书会等，说有"政治目的"，并说生活书店藏有武器等，以此打击书店。从 1939 年 4 月起的一年内，生活书店"受限制日趋严厉"，不少分支店及办事处被查封关闭或迫令停业，内地分店从鼎盛时期的 30 余处缩减为渝、蓉、筑、滇、桂、曲六处，经济上也遭受巨大损失，"受封店、捕人、禁书之损失约在十五万元之谱"。不过，即使在这样恶劣的形势下，新华银行、交通银行、上海银行等也仍然对生活书店予以支持。因为新华银行对生活书店"格外关照"，王志莘也受到国民党特务的监视，1943 年他准备赴昆明

考察分行业务时，飞机票都已经买好，却在到达机场时遭到阻拦，未能离开重庆。

交通银行董事长钱新之，也是《生活》周刊的忠实读者，与邹韬奋惺惺相惜，有着多年的交谊。1928年初，邹韬奋曾拜访过时任四行储蓄会副主任的钱新之，公事谈毕之后，谈及《生活》周刊，钱新之大加赞赏，说："《生活》周刊办得真好，我是期期看的，外面对于《生活》没有不说好的，现在声誉非常之大了。"当时，钱新之还对邹韬奋提出建议，他觉得《生活》的中缝太狭窄，不易于装订，自己很想装订后保藏起来，因此非常希望以后《生活》的中缝能放宽一些。邹韬奋一面道谢，一面趁机"拷竹杠"，提出要请四行储蓄会买一块常年可吃的"豆腐干"（登一块小广告），钱新之亦慨然应允。此后，《生活》周刊果然采纳钱新之的建议将中缝放宽了些，而四行储蓄会也开始在《生活》周刊上刊登广告。

1936年底，国民党制造了"七君子"事件，以"危害民国"的罪名在上海将全国各界救国联合会领导人沈钧儒、章乃器、邹韬奋、李公朴、沙千里、史良、王造时逮捕入狱。这一事件，引起了全国上下的高度关注，各界人士纷纷要求国民党政府改变这一错误做法。国民党感到十分被动，先后请《大公报》总主笔张季鸾、上海市地方协会会长杜月笙、交通银行董事长钱新之等前往关押处劝说"七君子"，试图让他们悔过。国民党之所以选择钱新之和张季鸾，就是因为他们跟"七君子"中的大多数都较为熟稔，且与沈钧儒、章乃器、邹韬奋等人关系颇密。全民族抗战爆发后，"七君子"被无罪释放。尽管钱新之是作为国民党的代表前去与"七君子"多次晤谈，但他作为一位同样有着浓厚爱国情怀的银行家，显然对邹韬奋等人"为救国无罪而努力"的行为抱以深切的同情，整个过程中都十分尊重"七君子"的抉择。1937年10月9日，由上海市各界抗敌后援会发起的上海市国民对日经济绝交委员会成立，邹韬奋和钱新之还一致行动，共同参与，邹韬奋担任了执行委员，钱新之则担任了监察委员。

钱新之始终与邹韬奋保持着良好的关系，他比邹韬奋年长十岁，在抗战救国的大是大非、以新知促进文化服务社会、对服务精神的崇尚和发扬等问题上，他们都有着不谋而合的认知。这也有利于交通银行和生活书店之间的合作。

1944年7月24日，邹韬奋在上海病逝。钱新之闻讯后，深感悲痛。9月26日，由中华职业教育社等在重庆发起的追悼活动上，钱新之、黄炎培、王志莘、潘序伦等50余人到会致哀，在回忆到邹韬奋生平为人的种种时，钱新之等人不禁为之饮泣。10月1日，由重庆各界人士发起的追悼会上，钱新之又致送了花圈和挽联。

结语

资金是银行的细胞，是企业的命脉，它将银行与企业紧密地联系在一起。回顾生活书店与银行的合作互动，可以看出当时条件下一种十分难得的银企关系。其一，是抱诚守真，促进合作双方稳进提质。十大银行为书店开展免费汇兑，一方面，银行"牺牲"了原来手续费的"真金白银"，切实促进了生活书店经营效益的提升；另一方面，为银行汇兑业务的开展做了很好的广告宣传，为银行赢得了市场口碑。其二，是肝胆相照，构建银企共生共赢关系。在生活书店发展的过程中，多家银行始终一路相伴，既有"锦上添花"的常态化支持，又有关键时候"雪中送炭"的伸以援手，银企之间合作坦诚、配合密切，在艰难的环境下获得共同发展。其三，是驰而不息，与时俱进适应外部变化。生活书店在外部环境变化的情况下，不断调整分店布局和业务方向，构建新的发展格局；银行则对生活书店充分信任，不仅不以结果为导向进行责任追究，反而在合作办印刷厂、提升纸张押额、提供充足贷款等方面予以大力支持，充分表明双方合作的基础十分坚实。

当然，生活书店与银行的合作过程中也并非没有短板，其合作过于依赖主事者之间的个人关系，是一把"双刃剑"。另外，银行经营的惯性、支持实体经济能力的不足、测算信贷效能等工具的缺失等，都是当时银行业普遍存在的弱点，也潜藏着不少的风险。不过，无论如何，生活书店与银行的合作，都可以说是一种典型的合作共赢关系，是民国时期银企互动的一个生动标本，也能够为当下新型银企关系的构建提供一定的借鉴。

新中国成立前后
党对交通银行的接管与改造

新中国成立前夕，随着解放战争的节节胜利，各新解放地区的旧官僚资本银行陆续被人民政府接管。交通银行是国民政府金融体系的支柱之一，对其进行接管是构建以中国人民银行为中心的新中国金融体系过程中的一项重要工作。由于交通银行分支机构遍布全国各地，而各地解放时间不一，接管工作的开展顺序也就有先有后。大城市中，天津和北平是较早获得解放的地区，对两地交通银行的接管工作也得以率先进行；上海解放后，上海市军管会接管了交通银行总管理处和上海分行，标志着对交通银行整体接管的开始。

对天津分行的接管和改造

民国时期的天津是中国北方最大的工商业城市，也是整个华北地区的金融中心。1948 年 11 月，平津战役爆发后，中国人民银行即成立金融处，调集 900 多人到河北霸县进行集中培训，学习接管政策和金融知识，着手准备在胜利后对天津金融机构实施接管。

1949 年 1 月 15 日，天津解放，党迅疾成立军事管制委员会（以下简称军管会），全面负责天津的各项接管工作，其中，金融机构的接管工作由军管会接管部下属的金融接管处负责，其成员大多来自中国人民银行、瑞华银行、冀中银行等金融机构。时任军管会接管部副部长的胡景沄兼任处长，何松亭、尚明任副处长。同日，中共中央发布《中央关于接收官僚资本企业的指示》，明确"必须严格地注意到不要打乱企业组织的原来的机构"，对企业原有的人员、组织、制度均"应照旧保持，不应任意改革及宣布废除"；而由党派驻企业的军代表，"不直接去管理生产，只监督原来的人员去管理生产，保障生产能照旧进行"。这一政策，不仅保证了接管工作的效率，也保障了官僚资本企业财产在接管后能最大限度地为新政权所用。

根据中国人民银行和天津市军管会的指示要求，金融接管处着手稳定金融市场，配合肃清国民政府发行的货币，禁止金银外币的计价行使，确立人民币为一切公私会计、交易计价单位，建立单一的本币阵地；同时，派张平之为军事代表，领导独立的接管小组，负责交通银行天津分行及其附属机构的接管。由此，天津分行成为第一家被接管的交通银行大型分支机构。

在接管交通银行天津分行时，党的相关政策一直是根据实际情况在变化的。按照原来的设想，接管后"交通银行天津分行"改为"中国人民银行天津分行实业部"。1949年3月1日，经过一个多月的接管、清理和整编后，"中国人民银行天津分行实业部"开业。当时，中国人民银行行长南汉宸于3月中旬在西柏坡参加中央七届二中全会后，根据中央领导同志许多新的指示精神，认真思考察辨，发现天津接管官僚资本金融机构中，特别是对中国银行和交通银行的接管中，有些政策的处理上还欠妥当，还要及时做些调整，因此，他立即赶赴天津。到天津后，南汉宸找来天津分行的行领导和参与接管的军代表们说："中国银行、交通银行与其他完全是四大家族一手搞起来的四行二局一库不同，它有官、商两个股份，在海外都有其分支机构，需要我们努力用心地去争取团结他们。而且，这两行在全国解放后要建成我们国家的专业银行……因此，接管后要保留中国、交通两行原来的名义和机构，原有的员工原则上都要留用。"胡景沄等接到这一新的指示，立即对相关工作做了调整，把原来已经取消了的"交通银行天津分行"的名称又恢复回去。

交通银行天津分行于1949年3月15日复业，作为中国人民银行天津分行领导下的发展工矿、交通、运输、电讯事业的专业银行，对华北地区几个大中城市的工矿企业发放贷款，帮助恢复生产。5月25日，中国人民银行总行明确：在天津等大城市，交通银行可以原有名义继续营业，但在内部，应是当地人民银行分行的一个部（实业部）。由此，交通银行的一个主要分支机构首先纳入人民银行体系。

交通银行天津分行复业后，大力扶持工矿企业，起到了立竿见影的效果。为了扶助各纸厂扩大生产，天津分行特别采用定期质押活存透支和定货等方式发放贷款。当时天津分行的负责人提出："凡积极改进技术、提高质量、努力生产之纸厂，将从各方面，予以照顾，以期短期内做到新闻纸之完全自给。"在天津分行的有力支持下，天津在解放前就已经陷入半停顿状态的21家造纸厂（共有职工3000余人）于3月底全部复工，各厂产量都达到解放前的水平，一部分工厂的产量和质量还超过解放前。华北最大的国营天津纸业公司，3月的产量就超过了原来的1倍多；私营星星造纸厂的产量，则从解放前的每天2吨提高到了5吨。这些纸厂复工后，产品畅销于天津、北平、唐山、济南等地。

天津分行发放的贷款以纺织、面粉、造纸、化学等行业为重点，在1949年4月初至5月12日贷出款项总项中，纺织业占33.29%，化学业占23.1%，面粉业占14.6%，造纸业占13.2%，火柴业占8.46%，铁业占3.96%，油业占1.67%。为了使工业贷款尽可能全部用于生产，并保证厂商的原料供给，1949年4月，天津分行在张平之主持下，从"公私两利"出发创办了定货折实贷款，并制订了"发放工业贷款，大力扶助工业，恢复与发展生产，贷款形式以定货为主"的工作计划。

所谓定货贷款，是在工厂贷款时，银行除收一部分实物利息外，还向其订购约定质量数量的期货，定货种类以牌号明、销路广、与军需民用关系密切的大路货为限；折实贷款则将所贷货币折成实物，归还时仍按实物折算货币，基本精神与定货贷款一致，但这是一种辅助形式。天津分行首次贷予私营华新织染公司20支纱10包，折购该公司面袋22000条，华新织染公司获得原料后，将其60台棉织机中的50台开动，并将久已停工的18台丝织机和2台线呢机改装为棉织机，加紧生产；位于秦皇岛的耀华玻璃公司也以定货贷实放款的形式与天津分行合作，于1949年4月7日签订契约，分行以1120万元贷给耀华玻璃，耀华玻璃既可以实物计息，也可以货币计息，贷款到位后耀华玻璃很快购储了生产原料，机器全部开动，职工生产情绪高涨，生产量较解放前增产了2倍左右。可以说，天津分行在放款上的这一创新充分发挥了贷款对发展生产的效能，保证了贷款的用途，控制了投机行为，并且有力地促进了企业生产的恢复和发展。这两种贷款方法由于"无论物价涨或落，借贷两方均无亏损"，在当时得到了全市各行业的普遍欢迎，也便利了生产的进行。

天津分行以其卓著的信誉和高效的作风受到社会的肯定和欢迎。1949年6月，天津分行共发放各项贷款23000余万元，其中化工、面粉、钢铁、造纸、橡胶等私营工业企业共计39家。6月正值农忙，天热多雨，运输不便，致使某些工业品不易推销，影响工厂资金周转。有赖于交通银行及时提供贷款，多家工厂才得以继续生产。如慎兴泉化学厂因所产硫化碱销路不畅，5月底曾陷入半停工状态，经交通银行贷款后，才购进原料，继续生产，之后津沪交通恢复，硫化碱销路逐渐好转，到6月末销出2000

多桶，产量也由解放前平均日产 100 桶提升到 140 桶；各面粉厂组成的统购委员会，由交通银行贷款 4000 万元后，赴徐州一期购得小麦 50 万斤，供应各厂生产，让各厂得以维持正常运营；长江造纸厂利用贷款修理损坏的报纸机和厂房等，短期内即恢复了报纸出厂，其他得到贷款的纸厂也都添配了机件或购买了原料，保证了生产的进行。

天津分行还对染织业试行贷实收实放款，将以定货贷款方式从纺织业收回的纱再贷给染织业，从而收回布匹或面袋等，得到此项贷款的有华新、仙兴两家企业。这一贷款方式在当时的条件下是一种难能可贵的创新，贷方直接得到生产原料，并保证利润；而银行又可减少收回实物再行出售的手续，并取得适当的实物利息，继续扩大资金扶持生产。

对北平分行的接管和改造

1949 年 1 月 30 日，在党的努力争取下，北平和平解放，对其金融机构的接管工作随即展开。

在接管天津的经验基础上，党对北平的接管显得更加高效。1948 年 12 月 21 日，中共北平市委发布《关于如何进行接管北平工作的通告》，指示人民解放军进入北平后，立即实行军事管制，对原有行政、经济机构及其系统，先自上而下原封不动、系统地进行接收、管制，接收完毕后再有分别、有步骤、有计划地统一处理。北平和平解放后，党成立北平市军事管制委员会，并与投诚的傅作义方面成立联合办事处，确保了接管工作的高效顺利开展。

北平市军管会下设物资接管委员会，物资接管委员会下辖的金融接管处以张云天为首，专责接管国民政府金融机构。对交通银行北平分行的接管工作，由金融接管处派遣军事代表领导开展。北平分行的接管工作进展迅速，也于 1949 年 3 月 15 日批准恢复营业，在中国人民银行北平分行领导下专门办理对工矿、交通、邮电事业的存放款业务。

北平分行复业后，致力于扶植工矿企业的恢复和发展。

在存款业务上，分行主动与公营企业军事代表取得联系以开立存户；主动访问交通银行旧日往来户，向其解释，解除其疑虑，得以重建往来关系；主动向私营工厂阐明政府扶助有益于国民经济的私营企业发展的政策，以吸收其存款。同时，分行还用派员往存户指定地点收送款项、简化内部手续等办法，给予顾客各种方便。

在放款业务上，分行以定货、折实、质押、定期等形式向公私营企业办理放款，放款用途大部分限于购买原料，获得贷款的厂商有的扩大了经营，有的赖以维持了淡月滞销、资金困难时期的生产。

北平分行于1949年4月上旬首批核准公营的燕京造纸厂和企业局汽车公司、私营的善成皮革厂和万华铁工厂的贷款（金额共计人民币475万元）后，在社会上引起广泛影响，各工矿企业纷纷前来办理贷款。1949年4月，分行发放贷款7400万元，5月则达到23155万元，有力地支撑了工矿企业的发展。私营小型企业是北平分行贷款支持的重点，1949年4—5月，得到北平分行贷款的私营企业有振北制革厂、信丰油厂、厚生信记染织厂、大华植物油厂、大众工厂、民大油厂、华兴工厂、大众南洋火柴厂等21个单位，每家获得贷款多数为20万元。各工厂在取得贷款后，大部分用于购买原料及添置设备以扩大生产。

1949年6月，北平分行开始举办折实与定货两种贷款，不到一个月就贷出人民币6795万余元，又让一批企业获益。如大众染织厂因获得贸易公司"用纱换布"的扶植，原有织机不敷应用，获得交通银行折实贷款300万元（贷款和还款均按实物单位折价计算），该厂便立即从沈阳添购机器六台；中兴等三家煤矿因为获得45000吨煤的定货贷款5000余万元，而维持了淡月的生产；大华窑业公司也在滞销期间获得定货贷款，使生产维持不坠。

华北全境解放后，发展生产成为压倒一切的中心任务。中国人民银行行长南汉宸多次强调，银行的工作方针要有适时的转变，"从十余年来扶持分散的小生产，发展小农业、手工业，达到分区自给的方针，转变为大力恢复工业生产；推进农业生产更多的粮食、工业原料和出口物资；组织与促进城乡交换，建立保护生产、内外互惠的对外贸易。从以争夺市场为主的对敌货币斗争，转变为大力扶持出口，完全为生产服务的外汇工作，逐步实现金融工作的统一集中、调剂筹码、反对投机、稳定金融的业务方针"。根据这一方针，在中国人民银行领导下，交通银行天津分行、北平分行积极作为，在生产运销过程中组织公私资本，根据发展生产"公私两利"的原则，在资金上予以必要的和可能的帮助，积极推动经济建设向前发展。

同时，张平之等人在领导天津分行、北平分行开展贷款业务的过程中，不断总结经验教训，认识到"在工作上的粗枝大叶，不精细研究，这会给生产以不利的影响，就不可能很好地去帮助生产发展"，"只有根据客观现实，以'实事求是'的精神去规定各种章则，才能改革旧制度，树立新制度，使工作向上提高"。他们对放款期限、利息、手续等方面存在的不足及时进行深刻的反思，并做了必要的改进。津、平两地分行的成功接管和顺利复业，确实起到了投石问路的效果，为此后交通银行总管理处和上海分行的接管与复业打下了良好的基础。

对总管理处和上海分行的接管和清理

1949 年 5 月 27 日，中国最大的工商业城市和金融中心上海解放。第二天，上海市军管会即派储伟修、杨修范分别为正、副军事代表进驻交通银行总管理处和上海分行，执行军事监督，办理一切接管事宜。

储伟修、杨修范都是金融业资深的地下党员，并且都曾在交通银行工作，曾策划、组织、参与交通银行职工进步活动，具有良好的群众基础，对交通银行内部的情况也比较了解。他们根据华东局事先制定的"保留原名称，自上而下按照系统原封不动整套接收"的方针，结合交通银行的具体情况，开始有条不紊、循序渐进地开展接收工作。

接管的内容主要集中在资产和人事两个方面。经过长达三个月紧张而周密的工作，资产方面，将总管理处和上海分行的生财器具做了清点，追索了交通银行原有而被逃避的资财，追回了部分被隐匿与盗卖的公物，追查了隐蔽于个人名下的本行股票。人事方面，根据原封不动"包下来"政策开展工作。交通银行有大量金融人才，解放时交通银行留沪职工（含工友）共 1765 人（除了高管层外，离沪去粤者不足 10 人），占全国交通银行职工人数的一半，涵盖银行工作各个方面的技术人才，经过思想改造，均可成为新中国建设的有用人才。

军代表把接与管联系起来，将接管与建行工作相结合，接收期间按照原来的系统办理移交，原交原接，以增强职工爱护祖国财产的责任心，并为建行复业打下基础。对于一些重复、不必要的单位则大胆裁并，原来总管理处和上海分行共有处、部、室、课、股 52 个单位，接管过程中合并为 27 个，如将总管理处各室、处、部的文书科一律撤销，统一由秘书室设文书科，使机构的设置既精干适用，又在彼此间发挥牵扯、推动、督促作用，还照顾到原有职工的特殊工作才能，使其不致因调整组织而情绪低落。

1949 年 8 月 23 日，中央人民政府派张平之为接管交通银行总管理处和上海分行的军代表，储伟修调往中国人民银行杭州分行。张平之到任后，继续开展接管和整编工作。当时交通银行的职工们对党的政策的认识普遍较为模糊，有的还存在这样那样的误解。通过对他们的思想教育和理论辅导，大家对党的政策都有了一定的认识，为此后交通银行的整体改造打下了思想基础。

总管理处和上海分行被顺利接管后，交通银行南京、杭州、汉口、长沙、福州、广州等分行及所属机构也先后被接管。

完成接管后，对交通银行的清理工作很快被提上日程。对交通银行债权债务以及资财进行清理，是改造交通银行过程中的重要工作。交通银行的清理工作自1949年8月开始，至1951年6月底基本结束。

军管会派驻交通银行军事代表于1949年8月13日发布布告，成立前上海交通银行债权债务清理委员会及清理处，由吴隆治任主任委员，华春任副主任委员，直接对军代表负责。清理委员会首先就上海地区连同当地所能掌握的行处，包括京、津、沈、常、太等地在沪撤退行的办账处，开始债权债务的清查核对及转账，以及解缴资财的审核及转账等项工作。当时，全国需要清理的前交通银行机构共247个（国内239个，海外8个），但在总管理处复业前，对各地行的领导关系尚未建立，清理的主要工作只能是局限于上海地区所能掌握的材料。总管理处复业后，清理工作由清理处负责继续开展，至1951年6月底，国内239个交通银行机构中有184个全部清理完成，占总数的76.99%；接近完成的有22个，占9.21%；仍在清理中的有23个，占9.62%；未报告清理情况的有10个，占4.18%。

经过清理，交通银行的资产得以重新清算。1951年8月15日，第一届第一次董事监事联席会议行务报告显示，交通银行清理后结余的资产共计人民币2690亿元，移转台湾的外汇资金，已查清的，折合共计人民币2207亿元。

在接管和清理期间，虽然还未复业，交通银行上海分行仍陆续举办业务。解放初期，为了配合沪市恢复与发展经济建设，上海分行代理了收兑金圆券的工作，以肃清敌币市场。打击银元投机与收兑外币之后，为了促使货币回笼，稳定物价，保障职工生活，分行又举办了折实储蓄与代收税款的业务。

1949年6月15日，奉上海市军管会金融处令，上海分行开办活期折实储蓄业务，6月21日又开办定期折实储蓄业务，交通银行职工们都争先恐后参加，各工厂职工会则依据职工一致的要求，纷纷到交通银行请求派员驻厂办理。到6月30日，分行已办收储的各工厂计51个大单位，已接洽但尚未开办的还有十余家，定期单位计37962份，合人民币13933690元；活期单位计860459份，合人民币379917200元。有些工厂体量太大，交通银行的职工不得不驻厂办理，晚上住宿在厂内，每天早上 8:15 即时将当日牌价单分发给厂内各部门。由于储户存款踊跃、业务量巨大，为了做好折实储蓄业务，诚意服务人民，交通银行特别组织了专办折实储蓄的机构，动员 300 余人参加，分成 72 个小组分头办理；同时，还自 6 月 21 日起增开南京路、民国路、静安寺、虹口、林森路五个支行，以及曹家渡、提篮桥两个办事处，举办折实储蓄。

折实储蓄业务的推出广受好评，有的工人这样评价："折实存储开办以来，牌价天天照物价实际调整，在职工方面已经获得了一种坚定的信仰。认定这项存款的的确确是替大众保持了原有的购买力，也就是有效地保障了大众的生活。"在 1949 年 11 月 1 日复业前，交通银行共发展折实储蓄存户 352481 户。

此外，1949 年 8 月，上海分行还与航运处合作，办理修捞船舶贷款，协助轮船公司修建船舶，加强运输力，推动各地物资的交流与沟通。8—9 月，物价下跌，折实储蓄业务趋于冷淡，吸收资金的方法又扩展为收揽定期存款和短期货币储蓄。从 10 月起，上海分行配合中国人民银行上海分行开展十万户运动，大力充实国家资本，共吸收了 4715 户，为复业奠定了较好的基础。

交通银行其他各地分支机构也在党的领导下迅速恢复业务。以汉口分行为例，从 1949 年 6 月 16 日复业后，截至 7 月 13 日，在不到一个月的时间内，就吸收私营企业与市民存款 67000 余万元，存款结余额 25000 余万元，折实储蓄达 7000 多个实物单位，对公私企业贷放款 13000 余万元及 14 万个实物单位，为公营企业如电信局等代收款项也日渐增多，呈现出良好的经营局面。

总管理处和上海分行的整编和复业

解放初期，上海银行界普遍存在从业人员良莠不齐、鱼龙混杂的现象，且与旧政权有着千丝万缕的瓜葛。例如，在交通银行留沪人员中，就有国民党员 74 人、三青团员 7 人。此类人中有不少人心存异志，对新生的人民政府抱着怀疑甚至敌视的态度，甚至不乏作奸犯科、在解放前就有反动行为的"宵小之辈"。为了巩固胜利成果、净化员工队伍，交通银行自 1949 年 9 月 8 日起开展整编运动，成立整编节约委员会。

整编节约委员会通过群众路线的方法，以军代表为核心，依靠积极分子，团结正派人士，有组织、有领导地进行整编动员。整编的开展，秉持"既不全部打乱也不原封不动而进行恰当改造"的精神，力求新的组织编制精干、适用，成为今后负担新工

天津、北平、上海等地的交通银行被接管后，积极办理工业贷款和折实储蓄业务。图为新中国成立前，国内各大媒体的相关报道。

作任务的金融机构。由于交通银行职员大多是小资产阶级出身的知识分子，存在浓厚的爱面子意识，为了做好思想动员，打破顾虑，特别在整编时号召全行学习有关整编文件，通过学习提高大家的认识，并召开学习组长、整编干事及各单位的动员会议，针对现实问题反复进行思想动员，收到了良好效果，群众情绪都异常饱满。

1949年10月1日，中华人民共和国成立当天，中国人民银行行长南汉宸抵沪。上午9:00，南汉宸召集人民银行全体干部讲话，对上海金融接收及管理工作成绩良好表示嘉许，并指示如何建立新民主主义的金融体系及国家银行。在视察交通银行时，南汉宸又对交通银行职工宣讲了当时的政治经济形势和金融业的调整问题。根据南汉宸的讲话精神，军代表加快了对交通银行的整编工作，内设机构和人员安排都做了相应的调整。

整编工作是一场有方案、有准备、有组织、有原则并在工作中不断总结、进步的运动，最终取得了较为突出的成绩。1949年10月10日，各单位的整编工作大体结束，前后历时40余天。经过整编，扫除了积弊并且精简了机构，留用人员的思想也得到了深刻的改造。交通银行的组织和个体均在面貌上焕然一新，为今后成为新中国的重要金融机构奠定了扎实基础。

经过一系列紧锣密鼓的准备，1949年11月1日，奉华东军区司令部令，交通银行总管理处暨上海分行及各支行办事处复业大会于下午六时在上海总工会会场举行，金融工商界人士谢寿天、陈朵如、盛丕华等来宾及交通银行职工共700人左右参加。复业大会由副总经理洒海秋主持，报告筹备及整编情况。交通银

前對外簽發單證仍暫用原有章戳特此通告。

統由本分行在原址繼續辦理各經辦處

十一月十一日起所有該行各經辦處普通及折實儲蓄業務

企業單位之儲蓄經辦處已奉命歸併本分行合作儲蓄部自

查交通銀行上海分行儲蓄部份及所屬派駐各機關暨

公佈

中國人民銀行上海分行通告 一九四九年十一月十一日

1949年11月11日，中国人民银行上海分行发布的通告。

三十六號）清理特此通告。

解放前關於儲蓄部份之債權債務由本行清理處（九江路

在外灘十六號惟各經辦處仍在原址辦公）繼續辦理至在

其他儲蓄存款業務一併移歸中國人民銀行合作儲蓄部及

十一月十一日起將本行及各派出經辦處所有折實儲蓄及

顧。至深感荷茲為配合國家金融政策實行專業化起見定於

本行經辦折實儲蓄及各種儲蓄存款業務多承各界惠

交通銀行上海分行通告 一九四九年十一月十一日公佈

1949年11月11日，交通银行上海分行发布的通告。

行原有职工 1128 人，整编后留用 716 人，其中 189 人仍在接受教育学习，其余人员一部分已转业，一部分未定。整编后的机构，总管理处下设秘书、人事、设计、业务、会计五室，上海分行设文书、人事、出纳、会计、营业、仓库六种。今后业务，将注重扶助国营企业、工矿交通邮电等事业及有利于国计民生的私营工业发展生产。主要负责人中，总经理为张平之，副总经理为洒海秋，上海分行经理由张平之兼任。

重新复业的交通银行采取总、分、支三级制，其下属行处受总管理处和当地人民银行的双重领导；在全国范围内的业务方针、计划及主要干部的任免，受总管理处垂直领导；有关具体工作的执行与日常生活的管理均受当地人民银行领导。同时，按照中央人民政府财政经济委员会的指示，交通银行将走向专业化的道路，暂时经营工矿交通事业的存款、放款和汇款等短期信用业务，并准备将来改组为扶助工矿交通事业的长期信用银行。为配合国家金融政策实行专业化起见，交通银行上海分行信托部从 1949 年 11 月 1 日开始移交中国人民银行上海分行，所有之前多订对外承租及出租契约以及签发的仓单，均由中国人民银行信托部继承处理；11 月 11 日，交通银行上海分行又发布通告，即日起，分行及各派出经办处所有折实储蓄及其他储蓄存款业务一并移归中国人民银行合作储蓄部继续办理。

交通银行的复业被社会普遍看好，"金融及工业界对此新生后的交通银行均抱有极殷切的希望"。总管理处和上海分行复业后，在中国人民银行华东区行的领导下开展工作。全国各地的交通银行分支机构经过接管和整编后，也在当地的中国人民银行领导下开展存、放、汇等业务。此时的交通银行彻底荡涤了旧社会的污泥浊水，犹如凤凰涅槃，获得了新生，转变为服务于人民建设事业的新中国金融机构，并着手对新业务进行规划和研究。

恢复营业后，交通银行有了全新的面貌，所有职工都表现出了干事创业的极大热情，一个突出例子是大家在认购公债中的踊跃表现。1949 年 12 月底，交通银行上海分行掀起了认购公债的热潮，当时学委会拟定的认购目标为 6000 分，在分行 50 余个小组的挑战应战中，第二天就达到了 3000 分，三天后认购总数达到 5400 分左右，其中内勤股张励之以超过一个半月的薪津（154%）创最高纪录，供给制同志陈铸青、余瑾、董志苓、钱通等则各以春季日用费及一个月津贴认购一分向全行挑战。众多的挑战应战，充分展示了交通银行职工发挥的工人阶级积极与带头作用。

总管理处迁京

新时期的交通银行是中国人民银行领导下的专业银行，为了能更加及时、准确地贯彻国家的金融方针政策，1949年12月，中央人民政府财政经济委员会指示交通银行总管理处须于1949年底迁北京。为此，总管理处专门成立了迁京委员会，组织动员全体职工迁京。至1949年底，职工分三批抵京，占总人数的九成。迁京的职工共233人，其中职员203人，工友30人。

1950年元旦，总管理处在北京东交民巷20号正式办公。次年11月，又迁入位于公安后街3号的新大楼办公，当时交通银行总管理处有职工270余人。

1950年5月5日，中央人民政府政务院发布命令，承认除战争罪犯以外的原有商股董事和监事，并任命南汉宸、胡景沄、曹菊如、何长命、章伯钧、王绍鳌、杨卫玉、武竞天、钱之光、钱昌照、陈穆、张平之、李钟楚13人为公股董事，朱学范、陈郁、孙越琦、何松亭、王磊5人为公股监事。命令发布后，交通银行即积

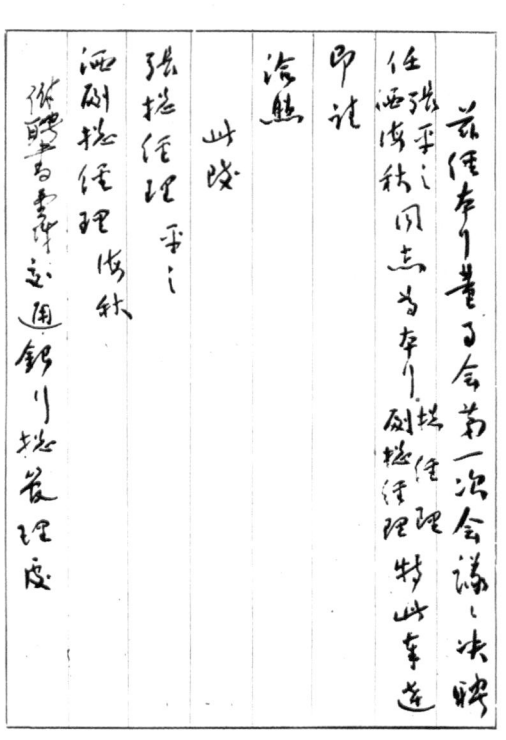

总管理处关于第一届第一次董事会的决定

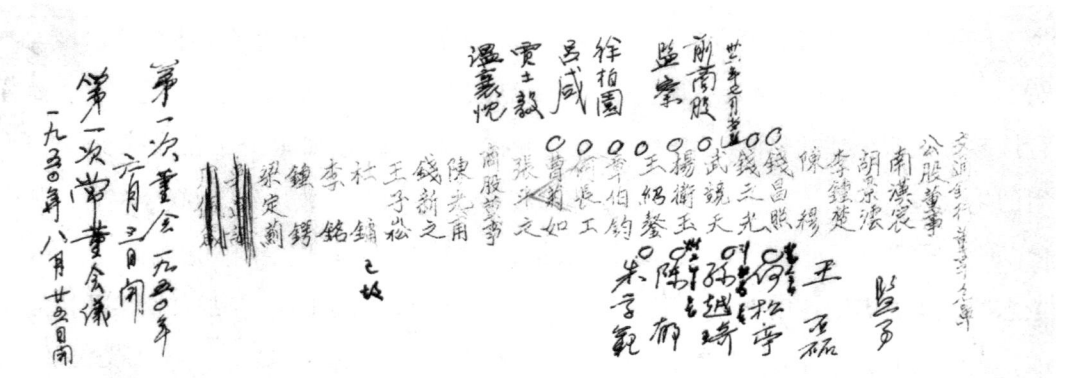

交通银行董事名单底稿，此稿写于1950年第一届第一次董事会召开前。

极筹备董事会的召开。

1950 年 6 月 3 日，交通银行召开第一届第一次董事会，公私股董事 20 人出席，国外少数因病或因事不能出席者，书面委托其他董事代表。董事会通过了多项议案，包括建议政府修订公布交通银行条例；追认上海解放后因总管理处负责人离散，由政府临时任命的张平之为总经理，洒海秋为副总经理，并追认他们在本届董事会以前自 1949 年 11 月 1 日起的一切行务措施，包括编制的变更、人员的任免、业务、会计事务以及对国内外行处所发的指示；追认交通银行总管理处迁京办公；交通银行发往国外行处主持人及派往国外人员的授权书，决定仍照例由董事长或总经理签发；通过总经理张平之关于复业后的业务及组织与人事变更报告；决定了董事会及常务董事会的集会时期；等等。

总经理张平之在业务报告中指出，新中国成立后，交通银行已"改造成为一个名副其实的实业专业银行"，并且在一年中通过存、放、汇等业务，扶植了有利于国计民生的工、矿、交通等事业的恢复与发展，工作中取得了不少成绩，并创造了很多适合当时需要的新型贷款方式。同时，海外行处的工作也有了很大的进展，在 8 个海外行处中，香港、加尔各答、仰光三行在战胜国民党反动派各种阴谋破坏后，与总管理处恢复了正常关系。

1950 年 7 月 6 日，周恩来签发政务院令，任命胡景沄为交通银行董事长、张平之为总经理，洒海秋为副总经理，并同意第一届第一次董事会互选的常务董事胡景沄、钱新之、钟锷、南汉宸、章伯钧、张平之、杨卫玉七人准予备案。

时光荏苒，韶华易逝。1908 年 3 月，交通银行诞生于北京，其后经历了四十余载春秋，其间几多风雨、几许波折，仍不忘初心。时隔多年后，获得新生的交通银行再次回到了昔日的出生地，这

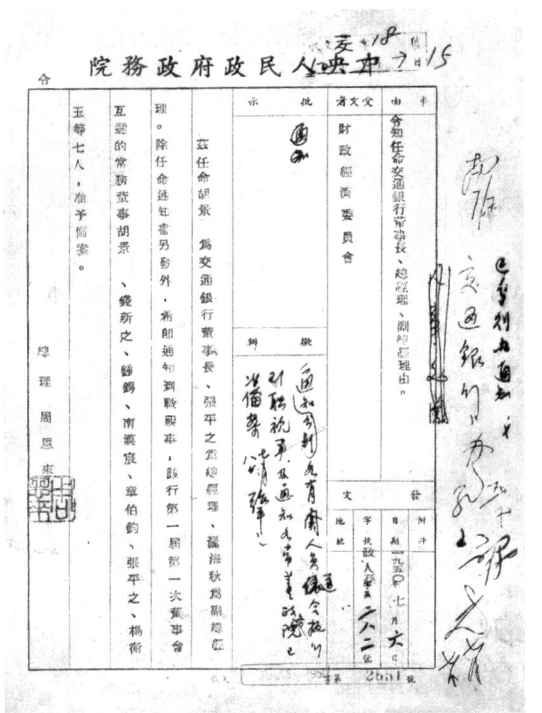

1950 年 7 月 6 日，周恩来签发政务院令，任命胡景沄为交通银行董事长、张平之为总经理，洒海秋为副总经理。

也算是历史的一种巧合。交通银行总管理处迁北京后，针对各地所属机构不够健全的状况，陆续重组了南京、杭州、武汉、重庆、西安等分行。各分行又根据辖区的业务需要，报经总管理处批准后，恢复了一些支行、办事处。

国民经济恢复时期交通银行的职能与任务

从新中国成立到 1952 年底的三年，是国民经济恢复时期。虽然新中国成立了，但从国民党政府手中接过来的是一个经济凋敝、民不聊生、物价飞涨、千疮百孔的烂摊子，整个国民经济处于崩溃状态。在百废待兴的情况下，国家财政经济极端困难，既要支持解放战争和抗美援朝战争，又要恢复国民经济；既要发展交通运输、治理大江大河，又要稳定市场、抑制物价、改善人民生活。正是在这样艰难复杂的大背景下，中国共产党和人民政府制定了符合中国国情的指导方针和基本政策，迅速恢复了国民经济，为进行有计划的经济建设创造了条件；交通银行也在党的领导下，逐步明确了新时期的职能和任务，为国民经济的恢复与发展作出了自身的贡献。

1950 年 2 月 21 日，中国人民银行召开第一次全国金融会议，通过了《关于调整机构的决定》。其中提到：依据工作发展的需要，金融机构的建设应本着集中统一、城乡兼顾、减少层次、提高效率、力求精简的方针，建立与健全中国人民银行，有计划地建立与调整专业银行，逐步实现各专业银行与国家银行分别办理长期与短期信用，普遍设立县、市支行。同时，会议还明确了交通银行 1950 年的首要任务和基本任务，其首要任务是把国民政府时期的"国家行、局、库 300 余户投资企业管起来，从中吸取经验，学会管理，再逐步接受管理国家投资企业的任务"，基本任务是"整理投资、试行管理、清理财产、进行调查研究、培养专业干部"。交通银行参加了这次会议。

根据会议的决定，交通银行有条不紊地开展了各项工作。

对公私合营企业的公股清理

国民政府时期，国家资本投入到企业中的很多，但是没有统一的专管机构予以集中掌握，同时也没有意识到这是什么性质的经济，故而使国家资财遭受私人非法侵占和剥蚀。新中国成立后，人民政府为了查清这些投资的翔实数目，发挥其在企业中的积极作用，以促进生产、配合国家经济建设，责成交通银行在中国人民银行领导下，把国家分散投资的股权以及官僚战犯的投资股权集中起来，加以清理。

总管理处复业以后，交通银行就开始收集有关国民政府时期"四行二局一库"的投资材料，编制了"前国营行局库投资数额及地区分布统计表"寄发各行。经过调查了解，清出了许多过去无人过问的合营企业。

全国金融会议决定，交通银行先行把"四行二局一库"的投资企业"整理起来从中吸取经验学会管理，再逐步接受国家投资于企业的公股管理任务"，交通银行清理投资的使命进一步得到明确。1950年5月19日，中国人民银行发布指示，将清理范围扩大到所有被接管的国民政府国家金融机构投资单位。与此同时，中国银行和交通银行联合发出《关于两行投资移交办法的指示》，规定中国银行投资企业下的纯进出口贸易企业继续由中国银行管理，交通银行名下的同类企业全部移交中国银行管理；中国银行其他类型企业则全部移交交通银行管理。交通银行在进行资产整理、与中国银行办理移交工作的同时，开始全面开展对旧金融机构投资的清理工作，具体清理对象为旧中国的金融机构（除"四行二局一库"外，还包括地方省市银行及其他类型的金融机构）的投资。

1950年10月，政务院财政经济委员会颁发《关于统一清理公私合营企业公股的决

1951年11月，交通银行总管理处迁入位于公安后街3号的新办公楼。图为1952年"五四"青年节，交通银行青年职工在交通银行大门前的合影。

定》，责成交通银行统一办理公私合营企业公股的清理和股权管理。1951 年 1 月 5 日，政务院第六十六次会议通过《企业中公股公产清理办法》，进一步指定交通银行为投资主管机关，负责公私合营企业公股股票的保存、股息和红利收解及财务计划执行状况的检查。根据这一办法，先前中国银行负责接收的纯进出口贸易投资也全部移交给交通银行。至此，交通银行完全接收了中国银行解放前所有的投资事业。接收中国银行所有投资事业后，交通银行的规模和实力得到壮大。除了清理旧金融机构的投资外，交通银行还要负责对旧政府机关投资、敌国资产以及战犯、汉奸资产的清理工作，以及对新中国国家机关、企业机关投资的清理。

交通银行按照上级指示要求，邀请有关部门共同组织公股清理委员会，具体确定了统一清理公私合营企业公股股权办法、公私合营企业公股登记及股票据等移转办法、股票据移转后主管部门与银行对投资企业关系等，本着公平合理、实事求是的原则，对全国公私合营企业中的公股股权进行清理，并按照股权大小给予适当的管理，促使对提高生产发挥重大作用。

1952 年，各行配合"三反""五反"运动开展申报、检举，清理的户数激增；同年 5 月，交通银行划归财政部领导，清理及集中股权等工作得到极大便利，截至年终清理总户数达到 6380 户，其中清理完成保留公股继续经营的 1080 户，内中就有股权资料的 633 户，其资本总额共计 58614 亿元，为国家经济建设聚拢了更多的资金。经过清理之后，公股的代表参加了经营管理，使这些企业的生产逐步发展，效益提高，职工生活得到了相应改善，公私股东也获得了应得的利润。

1953 年 5 月，根据国家财政工作总方针及交通银行今后的任务，确定基本结束清理工作。交通银行历时三年多的清理公私合营企业公股股权的工作，对于端正公私关系、保护国家及私人财产、积极发展生产、恢复经济和促进私营企业的社会主义改造有着重要的意义。

管理公私合营企业公股股权

按照第一次全国金融会议确定的精神，从 1950 年对公私合营企业的公股清理开始，交通银行就已经逐步开展管理公股股权的工作，对部分企业的生产经营率先以公股股东身份联合有关部门进行监管。上海分行对新光内衣厂、上海飞轮制线厂等企业实行监管，对企业恢复生产、改进管理、提升效益等各方面都起到了积极的作用。

1951 年 1 月召开的第二次全国金融会议，进一步明确了交通银行在新时期的一项基本任务："代表国家管理公私合营企业中的公股股权，以公股股东身份从发展各该企业的观点上通过董事会配合业务主管部门与行政部门进行监督管理。"在管理公股股权的过程中，交通银行需要做到"一方面端正企业的经营方针，检查内部组织管理制度是否合理，使之能够按照国家的经济建设进行生产，另一方面根据企业的基本情况，从金融角度上帮助其解决实际困难，组织产销与资金的协调运用，做到'发展生产，公私两利'，从而使之进一步向国营经济靠拢，发挥其国家资本主义的经济作用，成为国营经济领导私营经济的有力助手"。

在对公股股权进行边清理边管理的过程中，交通银行逐步认识到，对公私合营企业的管理方式不同于国营企业，也不同于私营企业，交通银行除了需要帮助企业建立财务收支计划、组织资金合理使用外，还应经常从财务角度考虑其资金周转情况，必要时提出国家对该企业的扶植方案，并把股权管理和监督贷款相结合，使合营企业愿意接受监督，也可以保证贷款的正确使用。尽管公股股权管理和财务监督的工作相当烦琐，且需要根据每个企业的不同情况进行区别开展，不过交通银行还是在不断的探索中积累了不少经验。

由于交通银行当时还担负着基本建设拨款的繁重任务，不可能抽出主要精力来对公私合营企业的股权进行管理，同时，主管部门对公私合营企业的管理工作也还处在摸索经验和积累经验的时期，因此对公私合营企业的股权管理和监督，也仍然处于在个别地区进行摸索的阶段。直到 1953 年，公股股权清理基本完成后，交通银行对公私合营企业的工作重点才转换到财务监督。1954 年 9 月 2 日，政务院公布了《公私合营工业企业暂行条例》，明确规定"人民政府财政机关和所属的交通银行，负责监督合营企业的财务"。接着，政务院又于 10 月通过了《关于成立中国人民建设银行的决定》，基本建设拨款监督工作由中国人民建设银行专职办理，交通银行则专职办理公私合营企业财务监督工作。至此，交通银行开始将工作重点转变为对公私合营企业进行财务监督。

组织长期资金市场

新中国成立初期，中央人民政府对开放长期资金市场一直持积极、慎重的态度。1949 年 6 月，在天津成立了新中国第一家证券交易所；1950 年 2 月，又成立了北京证券交易所。这对于减少资本外流、提高资本家恢复与发展生产的积极性、吸收游资、减少物价波动等，均发挥了重要作用。

自 1950 年初国家实行统一财经政策后，全国物价稳定，投机倒把的行为受到严厉打击，私营企业获得了发展空间，私商也有富余资金可用于投资。中央人民政府财政经济委员会要求在编制 1951—1955 年恢复和发展经济计划时，要"考虑以扩大现有的或建立各种新的私营和公司合营的股份公司，而政府加以领导的办法，吸收私人资金用于基本建设的可能性"。1950 年 6 月，中国人民银行提出，"公私金融业倡导组织投资公司，以便投资或长期贷款于工商业"，并决定在北京、天津两地设立投资公司，连同在上海接收的投资公司，一起用于吸收私有资金办理长期投资业务。

1950 年 8 月 28 日，北京市兴业投资股份有限公司举行创立大会。9 月 1 日，公司正式开业。这是由中国人民银行北京分行于 1950 年春发起，先后有北京市工商界及地方人士数十人参加而成立的新中国第一个公私合营的投资公司。公司以"结合公私力量，投向生产，恢复与发展国民经济之建设"为宗旨，营业范围包括有利于国计民生的工矿交通公用事业之投资、承受工矿交通公用事业发行之公司债、代募或承募企业发行之股票及公司债、保管企业之还债基金并代理发付股息及债券本息、呈准政府代理有价证券买卖。它的诞生标志着国内长期资金市场的启动，交通银行总经理张平之参加了公司的成立大会。交通银行副总经理洒海秋和业务室主任薛遗生作为公股董事，行使对公司的监督责任。

北京市兴业投资股份有限公司股本 200 亿元，分 20 万股，每股 10 万元。其中，公股占 30%；私股来自社会各个阶层，包括金融业、地方人士、工商界、闲散游资、证券行及经纪人、公教人员和学生等。公司开业后，就参加了北京针织染整股份有限公司、中华科学企业公司、合成化学工业公司、利华企业公司和畜产联营社等企业的投资，对北京市的工业发展起到了积极的推动作用，也带动了不少工矿企

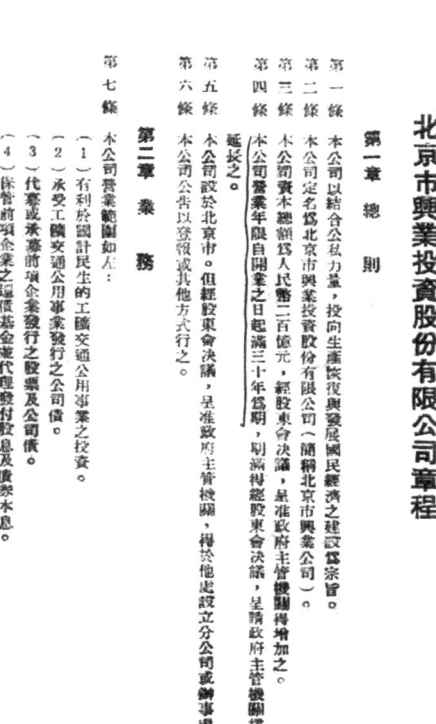

北京市兴业投资股份有限公司章程

第一章 总 则

第一条 本公司以结合公私力量，投向生产恢复与发展国民经济之建设营业宗旨。

第二条 本公司定名为北京市兴业投资股份有限公司（简称北京市兴业公司）。

第三条 本公司资本总额额定为人民币二百亿元。经股东会决议，呈准政府主管机关得增加之。

第四条 本公司营业年限，自开业之日起满三十年营期，期满得经股东会决议，呈请政府主管机关核准延续之。

第五条 本公司设于北京市。但经股东会决议，呈准政府主管机关，得设他处或设立分公司或办事处。

第六条 本公司公告以登报或其他方式行之。

第二章 业 务

第七条 本公司营业范围如左：

（1）有利于国计民生的工矿交通公用事业之投资。

（2）承受工矿交通公用事业发行之公司债。

（3）代募或承募前项企业发行之股票及公司债。

（4）保管前项企业之还债基金并代理发付股息及债券本息。

— 2 —

业努力改善经营、改进技术、创造条件争取得到该公司的支持。

此后，天津、上海、广州等地也设立了投资公司。受中国人民银行的委托，交通银行负责领导这些投资公司的日常业务，主要是通过公司集中社会闲散资金，有计划地投向有利于国计民生的生产事业，帮助恢复和扩大生产，创办新的企业，以达到引导资金流向、发展生产、繁荣经济的目的。

1951年，中国人民银行把"组织与领导长期资金市场，以服务于国家生产建设的需要。在大城市推动筹设投资公司与证券交易所，动员与组织私人资金，用于长期的生产建设"作为国家银行的一项主要工作。交通银行领导投资公司积极作为，对于改善资金市场、推动地方经济发展起到了积极作用。不过，经过1952年的"三反""五反"运动，已成立的几家投资公司均处于业务停顿状态。1952年5月，随着交通银行划归财政部领导，这项业务也移交给了中国人民银行，交通银行组织长期资金市场的历史使命宣告结束。

需要提及的是，1957年，根据国务院关于"一般投资公司应该采取收缩的方针，撤销行政机构"的通令，全国各省市将各投资公司（华侨投资公司除外）移归交通银行接管，对外仍保留投资公司名义，如有游资仍可继续吸收。1957年3月，北京市兴业投资股份有限公司即开始准备移交事项；5月18日，正式移交给交通银行，投资的企业也先后实行归口管理。国内其他城市的投资公司也都移归交通银行管理。这一状况，一直延续到1958年交通银行停办内地业务。

全面开展调查研究

交通银行复业时，总管理处意识到今后要向名副其实的实业银行道路发展，调查研究为业务服务，应先从积累资料着手，然后根据资料分析研究，作为制定政策、开展业务的准备。基于这一认识，由上海分行牵头，开始在上海市进行工业和运输业的调查，首先是航运业，其次是机器工业。其时，除了上海分行外，总管理处尚未与各分支行恢复领导关系。1950年2月，全国金融会议决定交通银行"为人民银行领导下，经营工矿交通事业之长期信用银行"，并对调查研究工作做了原则性的指示，即"加强有计划的集中的调查研究工作，这是走上专业途径的基础"。因此，调查研究工作成为1950年全行的中心任务之一。

全国金融会议以后，总管理处开始和分支行恢复领导关系，这也是领导调查工作的开始。总管理处首先确定了"由粗至细,自浅入深"的原则,拟订了调查计划,制定了调查表格,布置了统一的全国工矿交通事业的基本调查。调查的重点,是工矿事业的设备和生产能力与交通事业的设备和运输能力,要求各分支行在 1950 年 6 月底前完成任务。总管理处原则上不做直接调查,而是根据分支行的调查资料,按地区、按行业加以整理,进行分析研究。

在调查步骤的实施上,首先调查的是公营工业,其次是公私合营及私营工业。基本调查工作展开后,根据各分支行的反映,在进行中发生了许多困难:首先,最主要的就是一般公营厂矿对交通银行的方针任务不了解,不肯供给资料;其次,政务院发布了保密指示,政务院财政经济委员会又布置了全国公营和公私合营的工业普查,导致交通银行对公营和公私合营厂矿的调查不能顺利进行。因此,交通银行将调查的重心转移到了私营工矿方面。1950 年 6 月,中国人民银行总行为了协助交通银行克服困难,在扩大行务会议中决定,交通银行应成为国家及国家银行的征信所。交通银行的调查工作便开始和中国人民银行的短期业务相结合。

由于各分支行在调查过程中,受客观条件的限制,不能按照预定的步骤进行,进度很受影响,直到 1950 年 10 月,各行的基本调查基本上才算完成。

基本调查是 1950 年交通银行调查研究工作中的一个中心环节。在开展的过程中,交通银行与有关各部建立了联系,取得了参加各项专业会议收集资料的便利。如先后参加了邮电部的电信,轻工业部的造纸、火柴、橡胶和制药,纺织工业部的毛麻纺织和复制印染等会议,在各种会议中,取得了各行业最有时效、最全面的资料。由于调查工作的迅速开展,交通银行也开始向国家及国家银行的征信所途径发展。

试办长期贷款

第一次全国金融会议确定交通银行为经营工矿交通实业的长期信用银行。为此,交通银行将所有短期业务全部结清,移交给当地中国人民银行,积极试办长期贷款业务,为新中国经济建设提供资金支持。

1951 年 1 月召开的第二次全国金融会议进一步明确长期贷款业务是交通银行承办的主要业务之一。交通银行办理有利于国计民生、符合国家经济政策的工矿交通公用等事业一年以上的长期贷款,解决生产企业需要长期资金的困难。

在新民主主义经济建设中开办长期贷款业务,史无前例。因此,交通银行经历了一个"由无到有，由不会到会，由少到多"的过程。为了让贷款收到切实效果，交通银行始终坚持长期性、监督性、企业性、计划性，并对企业性质和贷款用途开展周详的分析和审查，再进行核贷。交通银行认为，只有坚持长短期资金完全划分，才能使贷款的企业有计划地、正常地恢复与发展。同时，对每一个申请贷款的企业，还要深入了解其内部情形，如组织是否庞大、人事是否臃肿、有无实行精简、有无自备资金，以及能否保本自给，再考虑核贷与否。

交通银行的长期贷款业务让不少企业受益，如南洋橡胶厂、三北轮埠公司、鼎鑫纱厂、民生实业公司等。这些公司内部情况不一，有的在投入一定的贷款后转危为安（如三北轮埠公司贷款），有的则接受贷款后依然无力回天，甚至需要更多贷款才能有所好转（如南洋橡胶厂贷款），还有的从政治、经济等各个角度考量都应该倾尽全力予以贷款支持（如民生公司的建造铁驳贷款）。

对民生公司发放长期贷款，是交通银行长期贷款项目中的一个典型案例。当时民生公司为配合承运成渝铁路机车器材，计划于 1950 年 10 月建成适应枯水季节行驶长

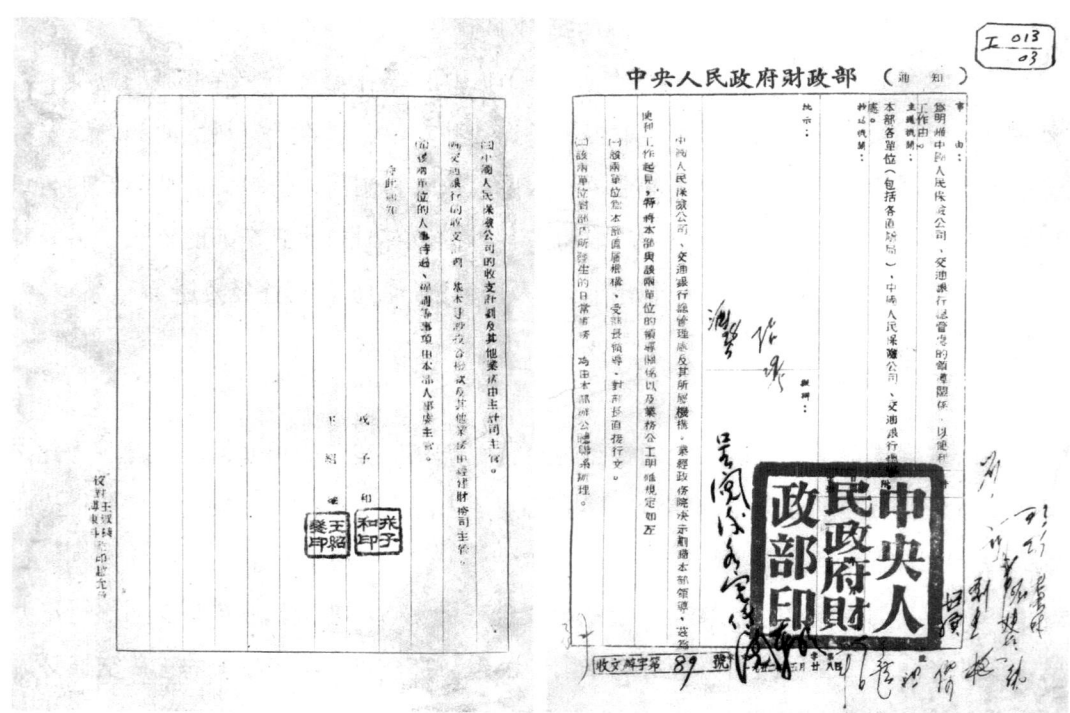

1952 年 3 月 1 日，中央人民政府财政部通知，交通银行总管理处及其所属机构，业经政务院决定划归财政部领导。

江上游的 500 吨铁驳 6 艘，所需钢料已全部备妥，所有工价申请人民银行贷款 168 万折实单位。根据政府对于民生公司决予扶持及管理的精神，经中国人民银行总行核准后，交通银行按照该公司拟造铁驳 4 艘所需工款，贷予 108 万上海折实单位。之后，交通银行每次放款前，都会根据民生公司监工员的工程报告，再会同港务局及民生公司工程师实地检查是否完成，如已完成，由港务局签出证明书，交通银行即凭证明书付款；如尚未至规定阶段，即暂停付款，待完成后再付。在第五期工程进行时，虽已接近付款日期，但工程尚未完成，造船厂因年关需款急迫，曾请求民生公司转商交通银行通融支给放款，但交通银行坚决表示必须按规定付款。于是，造船厂不得不想办法日夜开工、积极赶造，仍按计划完成，交通银行才予放款。交通银行还对民生公司的历次用款都予以监督，确保了贷款的正确使用。

承办国家基本建设投资拨款

新中国成立后，百废待兴，国家在财力很有限的情况下，集中大量资金用于发展经济。1950 年至 1951 年 5 月的一年多时间里，国家把基本建设工作都直接交由各主管部门全面负责，基本建设投资的使用缺乏监督与管理。为了合理使用建设资金，非常需要有一个专职机构代表国家对基本建设资金拨付的全过程实行监督。借鉴苏联的经验，这个专职机构只能是专业银行。为此，政务院财政经济委员会于 1950 年 12 月 25 日颁发了《货币管理实施办法》，其中规定，"凡国家年度预算中对国家基本建设的投资，由财政部委托中国人民银行指定专业银行统一办理拨付，并负责监督使用"。

当时，新中国的银行除了中国人民银行，只有中国银行和交通银行这两家专业银行。其中，交通银行具备经办长期投资的基础，在国民经济的恢复中发挥了专业银行的作用，客观上具备管理基本建设投资拨款的能力。从 1950 年开始，交通银行已经开展了经济建设的社会调查，翻译当时苏联的专业图书，学习苏联工业银行的相关经验，为承担基本建设投资拨款的任务做准备。1951 年 2 月 1 日，中国人民银行发布《基本建设投资拨款由专业银行监督拨付的通知》，指定交通银行为办理基本建设投资拨款的专业银行，交通银行被赋予了新的历史使命。

交通银行华东分行会同上海市财政局迅速草拟了《上海市地方级基本建设拨款办法》，从 1951 年 4 月 16 日开始在上海试办市属基本建设拨款，这成为交通银行办理基本建设拨款的开端。

1951 年 6 月 5 日，中国人民银行总行正式发布《关于交通银行 6 月 1 日起开始办理中央基本建设拨款工作的指示》，明确"交通银行办理中央基建拨款，除工矿、交通、运输、公用、财政、贸易、建仓、地质勘测，及中央市政建设等事业的投资外，农业、水利、林垦的投资，亦由该行代理"。交通银行开办基本建设投资拨款，在银行史上是一个创举。交通银行董事长胡景沄在第一次全国拨款会议上的讲话中就指出："基本建设投资拨款，在中国是新的工作，而且从拨款的数量上来看，也是历史上空前的。"随着拨款范围的扩大，工作任务加重，基本建设投资拨款很快发展成为全行最重要、最基本的工作。

1952 年 6 月，政务院又批准设立东北区基本建设投资银行，接受交通银行的领导，专门办理东北区基本建设投资的拨款和监督工作。在此后的三年多时间中，交通银行紧紧依靠党的正确领导，在有关部门的大力支持和全体干部职工的努力下，创建了基本建设投资拨款管理规章制度，建立了基本建设投资拨款管理机构，保证了基本建设资金及时供应并监督资金的合理使用，使这项全新的业务稳步开拓前进，每年都取得了较大进展。交通银行办理基本建设投资拨款的具体工作内容主要有以下几个方面：

首先，及时供应资金，监督资金合理适用。交通银行采取了实事求是、稳步前进的方针。当时的拨款办法规定，交通银行要按照批准的基本建设计划和工程项目一览表以及技术设计预算拨款，实际执行中往往由于基本建设程序不规范、文件不完备，需要进行相应的变通，在一段时间里，都是先按主管部门批准施工的文件拨款，事后进行检查监督，以保证基本建设项目的顺利开展。1951—1954 年，国家各级财政预算中的基本建设支出共 256 亿元，约占同期全部国家财政预算支出 765 亿元的 1/3，其中通过交通银行拨款的将近 200 亿元。

其次，为财政调度资金。新中国成立之初，财政给国家确定的工程项目拨款时，往往出现大量工程预算拨款要集中支付，而财政收入却需要慢慢积

东北区基本建设投资银行编制的资料

累收入才能实现。同时，建设单位拿到钱后不会一下子花出去，但财政调度却会很紧张。交通银行负责办理拨款后，实行按建设项目匡算用款进度来调度资金，一定程度上缓解了财政收支调度的困难。

再次，集中主要力量管理重点工程。自1953年国家开始执行发展国民经济的第一个五年计划，交通银行办理了156个国家大型项目的基本建设投资拨款，并在重点建设项目所在地设立了专门机构。如治淮工程跨越安徽、江苏、河南等省，为了加强管理，就在治淮指挥部所在地设立专门管理治淮拨款的蚌埠专业分行，开创了跨省区设置专业机构的先河；在长春汽车厂，设置了专门办理汽车厂拨款的孟家屯专业分行；此外，在湖北荆江分洪工程、张家口官厅水库等项目中也都组建了专业支行。这种按重点项目设置专业机构的做法是重要的创新，之后也成为交通银行和中国人民建设银行在机构设置方面的重要原则之一。

最后，开展核定出包工程预付备料款和按工程进度结算付款、审核器材供应计划、动员建设单位内部资源、调剂处理积压器材、检查计划外工程、监督建筑安装企业的财务、发放短期贷款等方面的拨款监督业务工作，为国家节省了大量建设资金，促进了建设单位和建筑安装企业管理的加强。

特别值得一提的是，从1951年到1954年的三年多时间中，交通银行接办了政务

存放于财政部的 1951—1955 年的交通银行部分档案卷宗

院所属各部委除核工业和航天工业以外的中央级基本建设投资拨款，以及绝大多数省级基本建设投资拨款；建立了覆盖全国大部分地区的分支行处机构网络；制定了基本建设拨款暂行办法及与之相配套的拨款实施细则和资金调拨办法，形成了拨款规章制度的雏形；组建了按行政区划和建设任务需要相结合的机构网络，培养了一大批专业干部；在基本建设领域有关部门的支持下，开展了各项拨款监督工作，为此后中国人民建设银行的创建与发展奠定了良好的基础。

计划经济时期交通银行的收缩与归并

1953—1978 年，是中国的计划经济时期。这个时期是从中共中央提出过渡时期的总路线，实行集中统一的有计划经济建设开始的。在计划经济体制的背景下，金融领域建立了高度集中的金融组织体系和金融管理体制，银行成为"全国性的簿记机关，全国性的产品的生产和分配的计划机关"。交通银行是当时高度统一的金融组织体系的一个重要组成部分，经历了与中国人民建设银行的分离、公私合营企业财务监督业务的收缩、全行机构的陆续归并等阶段，映射了高度集中计划经济模式下专业金融机构的命运。

交通银行基本任务的调整

基本建设投资的拨款监督工作，从 1951 年就已正式提出由专业银行办理，1952 年 1 月政务院财政经济委员会（以下简称"中财委"）正式公布基本建设办法，并指定由公私合营的交通银行办理。

1952 年 12 月 1 日，交通银行召开了第四次全国区分行经理会议，讨论了 1953 年交通银行工作的方针与任务，提出了修订基本建设拨款办法的建议，并重新修订与拟定了业务、会计、统计等各方面的章则与制度。

会议认为，1953 年是国家开始大规模建设的第一年，根据"把基本建设放在首要地位"的方针和基本建设财务管理实行经济核算制的要求，交通银行的基本任务是及时供应基本建设资金与监督资金的合理使用。

为完成上述任务，需要解决四个问题：一是加强重点管理，先把工业、交通、水利投资的重点建设单位的拨款工作做好；二是深入现场检查，检查重点是查账、查料、查工程进度；三是改进拨款办法，建议把基本建设拨款暂行办法修订为一般原则性的办法，在 1953 年内根据上述办法依中央各部基本建设不同情况和条件，分别制定具体执行办法，以求保持统一而又能机动执行；四是管理国营包工企业自有流动资金，举办短期信贷。

会议还特别提出关于清理与管理公私合营企业股权的工作，决定自 1953 年起分别将公股股权移交各级企业主管部门接管，作为财政部门对业务主管部门的投资，由业务主管部门负责管理，以统一事权，使交通银行成为专门办理基本建设拨款的专业银行。

1953 年 1 月 1 日，《人民日报》发表元旦社论，宣告中国开始执行第一个五年计划。随着"一五"计划的展开，基本建设被提到首要地位。

1953 年 1 月 9 日，财政部向中财委和总理、主席报送《全国交通银行区分行经理会议综合报告》。1 月 24 日，中共中央转发《交通银行会议的报告》，中央同意财政部综合报告的内容，认为其所规定的基本任务和为完成这一基本任务所规定的四项办法都是正确的，希望各级党委督促有关部门协助交通银行实现。同时，财政部指出，公私合营企业系国家一大笔财产，过去管理较差，也须由各级党委帮助交通银行妥善处理。

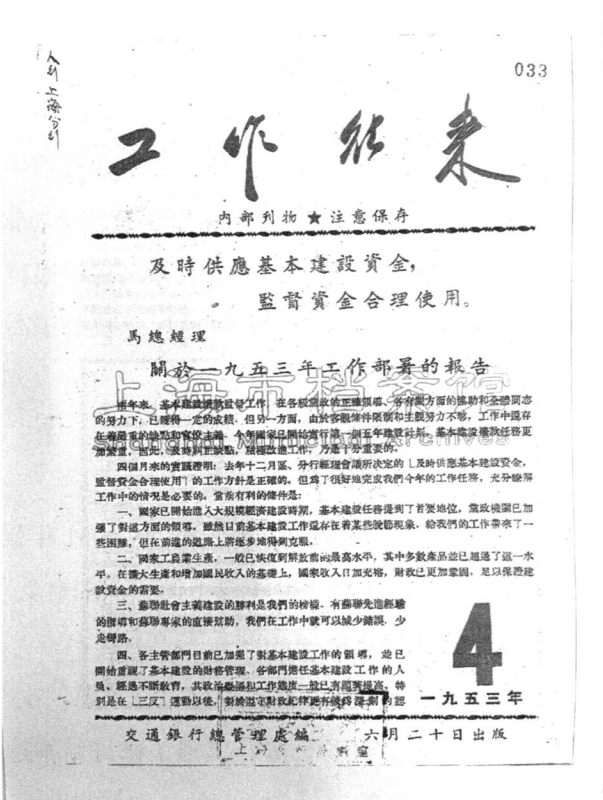

交通银行总经理马南风关于 1953 年工作部署的报告

随后，朱德在《交通银行会议的报告》上批示，应把交通银行改为工业投资银行。1953 年 1 月 30 日，薄一波在给朱德的报告中说："总司令，您在转发交通银行会议的电报上批示，应把交通银行改为工业投资银行，我们完全同意总司令的意见，已告中央财政部具体研究"，"拟同意总司令所提意见，成立各种专业银行，专门研究一下，俟有结果后再报告总司令和中央"。中央领导的批示，为此后交通银行与中国人民建设银行的"分家"埋下了伏笔。

1953 年 2 月 18 日，财政部发布《关于对交通银行工作加强领导的指示》，指出 1953 年国家开始大规模经济建设，基本建设工作在整个国家工作中已提到首要的地位。财政部决定，交通银行及东北长期投资银行是办理基本建设拨款的专业银行，从本年起，由其负责执行企业利润折旧抵拨基本建设资金的工作。各级财政部门必须加强对各级交通银行的具体指导与帮助，使其成为财政部门监督执行预算的有力机构。由此，交通银行的工作重心转向基本建设工作。随着有计划、大规模的经济建设全面铺开，交通银行的基本建设拨款监督任务变得十分繁重。

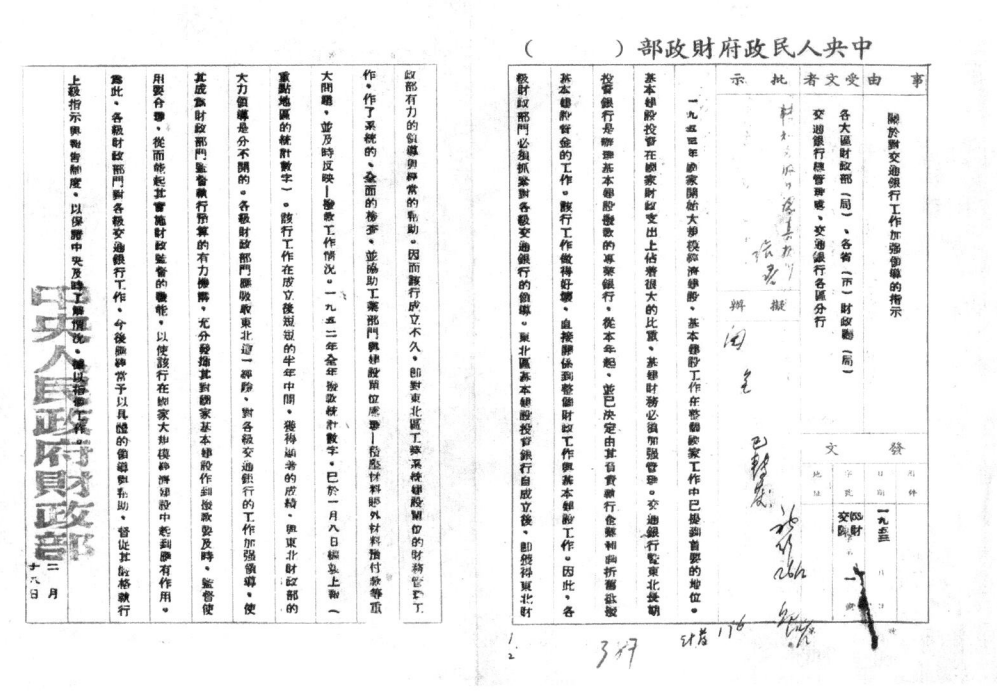

1953 年 2 月 18 日，财政部发布《关于对交通银行工作加强领导的指示》。

中国人民建设银行的成立

为了保证基本建设拨款监督任务的顺利开展，交通银行总管理处全面进行了机构调整和增设，在拨款任务多的地区均建立了固定机构，在任务少的地区设置了支行或办事处，其他地点则委托当地中国人民银行办理。到 1953 年底，交通银行除总管理处外，已有 6 个大区分行、43 个省市分行、187 个支行、221 个办事处，全行共有各级机构 457 处，较 1952 年增长了 64%，各级干部增加了 1 倍。

同时，随着国家资本主义的深入开展，公私合营企业财务工作也日见繁重，在此情况下，机构与任务的矛盾日趋尖锐。交通银行当时所担负的任务，一是国家基本建设拨款工作，二是公私合营企业的财务管理工作，两者性质根本不同，工作内容也无联系，两项任务很难兼顾。特别是随着基本建设拨款工作日趋繁重，容易顾此失彼，对于银行专业化的发展也有所不利。此外，当时在全国范围内还面临的一个现状是，有基本建设的地区不一定有合营企业，而有合营企业的地区又未必有基本建设，这一矛盾也不好解决。

对于交通银行自身而言，由于是公私合营性质，在国外也还有部分机构和财产存在，为保护国外财产，需要按所在地政府的规定提供业务上全面性的报表；在国内，按照公私合营企业的规定，每年要对董事会报告业务，而交通银行经办的基本建设拨款工作多属于国家重大机密，不便对外披露，这也导致在技术层面发生了不少困难。

针对当时所存在的实际情况，财政部苏联专家伊·维诺格拉多夫多次建议，在财政部系统下正式建立办理基本建设投资拨款监督工作的专业银行，并将公私合营企业财务管理工作移交性质相同的机构。为了使国家巨额投资能发挥最大效能，财政部研究后认为，必须建立专业银行，按照国家预算办理基本建设的拨款工作，以促使基本建设按计划完成，推进经济核算，降低成本，从而达到积累建设资金、加速社会主义工业化进程的目的。

为此，财政部于 1954 年 5 月 10 日向中财委报送《关于在交通银行原有机构和干部基础上正式建立办理基本建设投资拨款监督工作的专业银行的报告》。中财委同意财政部的报告。根据报告，凡中央及地方各部门对基本建设的投资，均集中由该行监督拨款，并办理对建设单位及包工企业的短期放款业务。交通银行则专管公私合营企业的公股股权清理与财务管理工作，以专责成。至于干部问题，拟在交通银行原有的机构和干部基础上分出一部分，成立中国人民建设银行。

"中国人民建设银行"这个名称，是财政部副部长方毅提出，并经当时兼任财政部长的邓小平同意，由周恩来总理确定的。1954 年 6 月 9 日，中财委又向陈云主任并毛泽东主席请示，建议成立中国人民建设银行。6 月 18 日，中共中央批复中财委，同意在交通银行原有机构和干部基础上，以不增加编制的原则，建立基本建设专业银行，由财政部领导，负责办理基本建设投资拨款监督工作。随后，交通银行总管理处即通知各级机构开始积极筹备成立中国人民建设银行，并要求于 9 月 25 日前筹备就绪。

1954 年 9 月 9 日，政务院第 224 次政务会议通过《关于设立中国人民建设银行的决定》。10 月 1 日，中国人民建设银行正式成立，交通银行总经理马南风被任命为第一任行长，郭沫若题写了行名。中国人民建设银行的成立，标志着我国基本建设投资管理进入了一个新的阶段。

中国人民建设银行成立时，

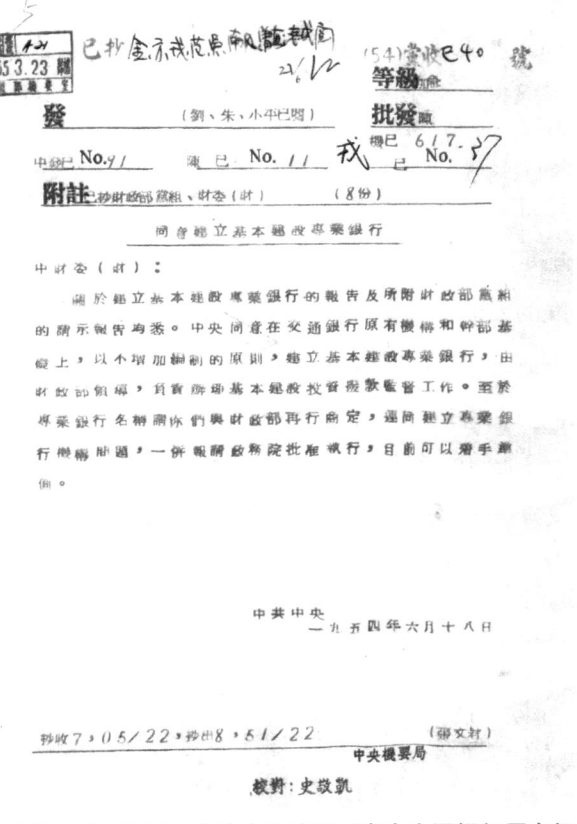

1954 年 6 月 18 日，中共中央关于同意在交通银行原有机构和干部基础上建立基本建设专业银行的批示。

仍在原交通银行总管理处办公楼办公，只是在"交通银行"行标旁加上"中国人民建设银行"的行标。中国人民建设银行承接了交通银行办理的全部基本建设投资拨款业务和相应的内设处室、职工以及全部的分支机构，全国交通银行原有的 9000 多人大部分转到中国人民建设银行。交通银行总管理处仅保留了公私合营企业管理处及 15 名干部，相应配备了文秘、人事、后勤人员 20 多人，于 1955 年 9 月迁至北京西交民巷新址办公。交通银行在全国各地分支行处，仅在当时公私合营企业较多的北京、上海、天津、武汉、西安、重庆、广州、福州、杭州、南京、青岛、宁波等大中城市继续保留交通银行机构，全国交通银行共有职工约 480 人。

独立建制后的短暂发展

1954 年 10 月，与中国人民建设银行分离时，交通银行总管理处只保留了 15 名公私合营企业管理处干部，以及 25 名文秘、后勤等人员。在中国人民建设银行分离出去前，交通银行的业务重心放在基本建设拨款监督工作方面，合营企业财务监督工作开展得较慢。两行分离后，交通银行专注于负责监督合营企业财务工作。

1955 年 3 月，国务院发布了《关于加强对公私合营企业公股、代管股的股权、股息红利和公积金的管理监督工作的通知》，除了重申统一整理公股股权以外，还明确规定公私合营企业的公积金都应当专户存储交通银行。此后，在国务院五办、八办批准的交通银行 1955 年工作方案中，对公积金以外的其他各项专户资金如折旧基金、多余流动基金、固定资产变价收入和待分配盈余等，也指定由交通银行组织收存，这就把公私合营企业中一切可能组织收存的资金全部收存起来，为加强对公私合营企业的资金管理、促使企业按照计划用款和便于国家对这些资金进行统筹调剂提供了有利的条件。

根据国务院的通知要求，交通银行开展了卓有成效的工作。仅在 1955 年一年中，就组织收存各项专户资金 60708 万元。在收存总数中，按企业性质划分，中央级公私合营企业占 47.57%，地方级公私合营企业占 52.43%；按专户资金性质划分，待分配盈余存款占 57.53%，公积金存款占 15.8%，基本折旧基金存款占 17.55%，多余流动资金存款占 9.12%。这些专户资金的收存，不仅促使企业划分了长期资金和短期资金，增强了各项资金运用的计划性，克服了一些企业财务混乱、资金适用不合理的现象，而且还把这些资金运用到扩展公私合营企业方面，以加强对资本主义工商业的社会主义改造，同时减少了国家财政支出。

根据财政部 1955 年 11 月 4 日致国务院五八办关于交通银行的报告，交通银行"对增加国家财政收入，监督企业资金合理使用，组织积累可用的资金，推动企业改善经营管理，已初步起到一些作用"；同时，为了让交通银行的工作能进一步开展起来，财政部提出，"在贯彻精简的原则下，根据具体工作需要，把交通银行机构迅速建立和健全起来，干部给予适当充实，以适应工作需要"。

1955 年 9 月，交通银行总管理处迁至北京西交民巷新址办公，标志着交、建两行已完全划分，各自独立发展。交通银行仅在北京、上海、天津、武汉、西安、重庆、广州、福州、杭州、南京、青岛、宁波等当时公私合营企业较多的大中城市保留分支机构，在合营企业少的地区采取委托人民银行代理的办法，暂不设置交通银行机构。结合全国各地的业务情况，在经过近一年的调整发展后，至 1955 年底，交通银行在全国有分支机构 78 个，员工约 800 人。

1956 年 1 月 26 日，财政部下发通知，要求所有公私合营企业的财务监督工作，一律责成交通银行专职办理。同时，财政部还电告交通银行当年的两项主要任务，分别是"建立健全制度，加强对公私合营企业的财务监督工作"和"要组织合营企业收入，监督合营企业支出，国家对合营企业的预算收入和预算支出采取分级管理办法，中央级的列入中央预算，地方级的列入省、自治区、直辖市预算"。

1956 年，全国对资本主义工商业改造进入高潮。全国范围内合营的企业，除了商业外，仅工业就有十多万户，如全部由交通银行管理，工作量将增加数十倍，这对于当时不足千人规模的交通银行而言显然是很难完成的任务。1956 年 1 月 29 日，在交通银行全国分支行经理会议上，副总经理张平之就指出："我们 1956 年的工作任务是紧急、繁重而又十分艰巨的，要完成这些任务，在工作执行上是存在着一些困难的，比如我们的机构还很不健全，干部数量还差得很远，现有的干部大多数又是其他部门新调来的，对业务还不够熟悉。"同时，张平之又分析指出，有利条件还是主要的："首先是中央对这一工作的重视和各级党政对这一工作领导的加强；其次是企业中的职工都站在社会主义改造的前列，热烈拥护走社会主义的道路……最后，在全行业合营的条件下，企业的生产资料掌握在国家手里，开始按照社会主义方法来经营管理……"当时，全行上下都将自己的工作看作光荣的政治任务，士气高涨。最终，交通银行在全行业合营不久、情况复杂多变、财务收支不稳定的情况下，积极组织收入，合理监督支出，除及时供应企业生产与改组改造中所需的资金外，还超额完成了国家规定的财政积累任务，并且在提高合营企业财务管理水平、实行国家的资本主义改造政策方面起到了积极作用。

同时，为解决交通银行机构规模、干部力量与工作任务不相匹配的问题，经国家计划委员会批准，交通银行 1956 年的编制人数扩充至 5000 人，根据各省、市、区企业的多少，分布情况，交通条件，生产、基建任务的大小，财务任务多少，分散与集中的情况等，进行分配。为此，交通银行各级机构都对人员进行了扩充。1956 年 5 月 17 日，财政部批准交通银行总管理处增设 5 个处，分别为秘书处、综合计划处、财务监督一处、财务监督二处、会计处。上海分行则从年初的 52 人陆续充实到年底的 284 人，为原有人数的 5 倍多。交通银行迎来独立建制后的短暂发展。

还需要提及的是，在收缴公私合营企业的公股股息红利和监督拨付扩展公私合营企业公股投资及审查公私合营企业财务计划等方面，交通银行也做了不少工作。几年中，交通银行共收缴公股股息红利 9491 万元，为国家扩展公私合营工作积累了大部分资金，基本符合"以资养资"和减少财政支出的要求；自 1955 年国家扩展公私合营企业的公股资金通过交通银行监督拨付以后，全年实际拨付公股资金共计 3848 万元，只占年度投资计划指标 7008 万元的 54.91%。拨付款少于指标的原因，主要是有关部门贯彻了"投入少量资金"的原则，以及交通银行加强财务监督的结果。如交通银行武汉支行对 24 户公私合营企业申请的投资计划，会同主管机关根据实际需要进行核算，将原申请的投资额根据实际需要核算后，较原申请数减少了 49.77%。在审查公私合营企业财务计划方面，交通银行会同主管业务部门共同核定流动资金定额，促使企业纠正了定额偏高的现象，并督促处理积压物资。如交通银行天津分行在重点核定公私合营企业的流动资金时发现有 90% 的企业定额过高，经过审核以后，较原来的定额减少了 14.51%；江苏分行对公私合营江南汽车公司和中国、江南两个水泥厂进行检查，督促处理了大批的呆滞积压材料。

加强公私合营企业的财务监督，一方面避免了企业盲目发展、同国家计划发生脱节的现象；另一方面为国家财政积累了一部分资金，以支援国家的重点建设。交通银行在这方面的实践，对于完成资本主义工商业的社会主义改造和增加财政积累都有着重要的意义。1956 年全行业公私合营以后，经过一系列改组改造工作，绝大部分企业实行了定息，企业性质也发生了根本性变化。从 1957 年开始，公私合营企业的财务改为归口管理，交通银行的财务监督任务基本完成。

各级机构相继归并

随着公私合营高潮期的过去，交通银行承办的合营企业财务监督业务逐渐转入财政部下属的各个部门，业务量不断减少。从 1957 年起，先是冶金、建筑材料、煤炭、第一机械、电机制造、电力和建筑工程七部所属合营企业的财务收支，按照国营企业办法归口主管部与财政部主管司直接管理，收支不再通过交通银行；随后，交通部、化学工业部、商业部等所属合营企业财务收支也相继转为由交通部和财政部主管司直接管理，不再由交通银行进行监督。在业务量陆续萎缩的情况下，交通银行的机构和人员的精简也就难以避免。

1957 年初，关于交通银行何去何从的讨论就已经在交通银行内部展开。有的分行提出，1957年对公私合营企业的预算管理改为分级全额列入预算的方法，收支都通过金库，与财政工作更加密切，交通银行应予取消，并入财政部门；辽宁、吉林、黑龙江、内蒙古、山西、河南等分行对于究竟保留交通银行还是并入财政厅没有肯定意见；大多数行的意见，还是主张交通银行机构不动，为适应工作和体制的要求，下属机构适当调整，仍做合营企业财务监督工作。

1957年10月，财政部就交通银行今后的工作向国务院呈交报告。报告提出，在1956年全行业公私合营以后，绝大部分企业基本可以按照国营企业办法归口管理，在此情况下，交通银行因为还有私股和国外机构及历史较久等，名义还不宜取消，但需要解决今后的工作问题；同时，地方国营企业和公私合营企业财务都还需要加强，可以仍用交通银行现有机构统一办理地方国营企业和地方公私合营企业的财务监督工作。为此，在工作职责上，从1958年起，交通银行办理的中央级公私合营企业的财务监督工作移交给财政部有关财务司办理，把交通银行转变为在财政机关领导下办理地方企业财务监督的专业银行；在机构安排上，交通银行总管理处加挂财政部地方企业财务司牌子，各省、自治区、直辖市财政厅局的企业财务管理部门与交通银行分行合并。

事实上，在财政部提交报告前，交通银行的部分机构已经与地方财政局合并。1957年6月，徐州市支行并入当地财政局；7月，西安市支行并入当地财政局；9月，无锡市支行并入当地财政局……到1957年底，已经有不少机构与当地财政局合并，除了有一个对内的称呼外，对外还保留交通银行的名义。

1958年1月29日，财政部向国务院呈交《关于建设银行、交通银行的机构性质和管理分工问题的报告》，主要提出以下内容：根据这两个单位的情况，虽有一定的业务收入，但就其性质和任务来看，应明确为行政性质的业务机构；在业务政策方面，应在中央集中统一领导下，注意因地制宜地发挥地方的积极性，凡属全国性的业务方针政策和重要法令制度，均仍由各该总行、总管理处负责拟定，并报中央有关部门批准执行，属地区性的问题由地方自行掌握，重要问题抄送各上级行政管理处；各地建设银行、交通银行系统的人员编制，纳入地方行政人员总编制，有关机构设立、裁撤、改组等也由地方考虑决定；自1958年起，建设银行和交通银行系统的经费，统一列入行政管理人员经费支出款项下开支。

1958 年 3 月 18 日，国务院批转了财政部的报告，并请各地研究执行。从此，交通银行被明确为行政性质的专业机构，人员也纳入地方行政人员编制。全国各地政府据此陆续调整相关行政机构。3 月底，上海市财政局专门下发通知，交通银行上海分行与上海市财政局企业财务处合署办公；5 月 15 日，上海市财政局将交通银行上海分行的人员编制报送上海市编制委员会。随后，交通银行上海分行发布关于机构变动的通知，自本年 11 月 1 日起，上海分行"一部分业务归并于上海市人民银行领导，一部分业务归并于上海市财政局经营"。

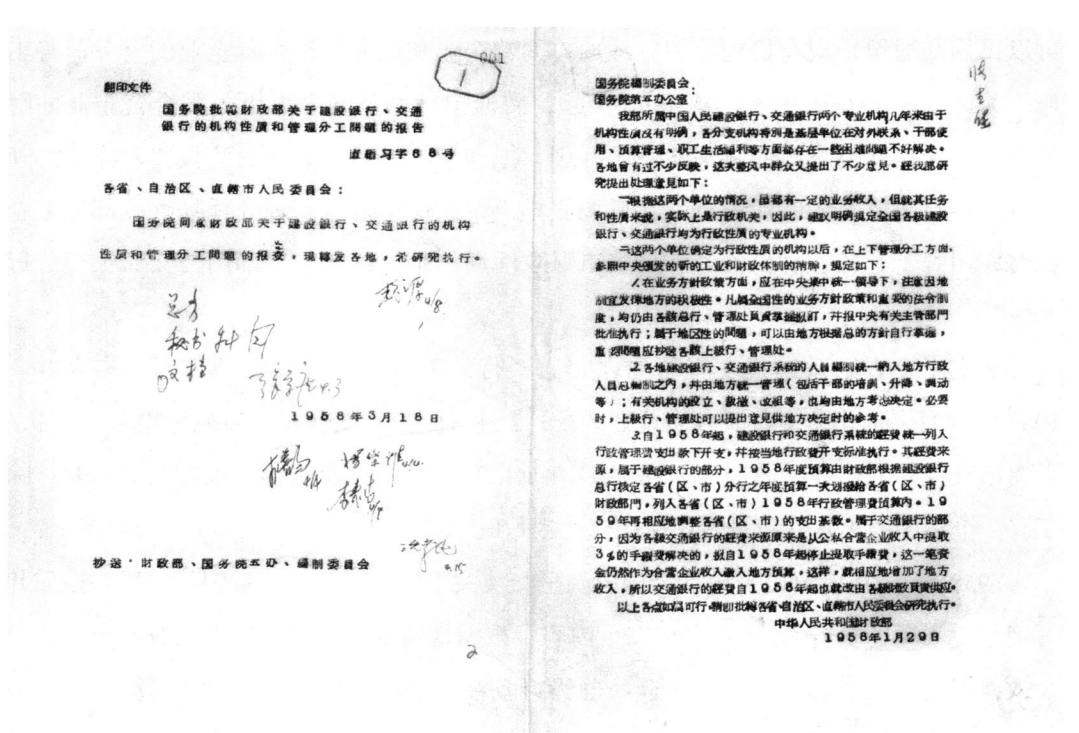

1958 年 3 月 18 日，国务院批转财政部《关于建设银行、交通银行的机构性质和管理分工问题的报告》。

1958 年 7 月 22 日，经国务院批准，交通银行总管理处划归中国人民银行领导。1958 年 12 月 15 日，国务院正式批准财政部《关于建设银行、交通银行的机构性质和管理分工问题的报告》。

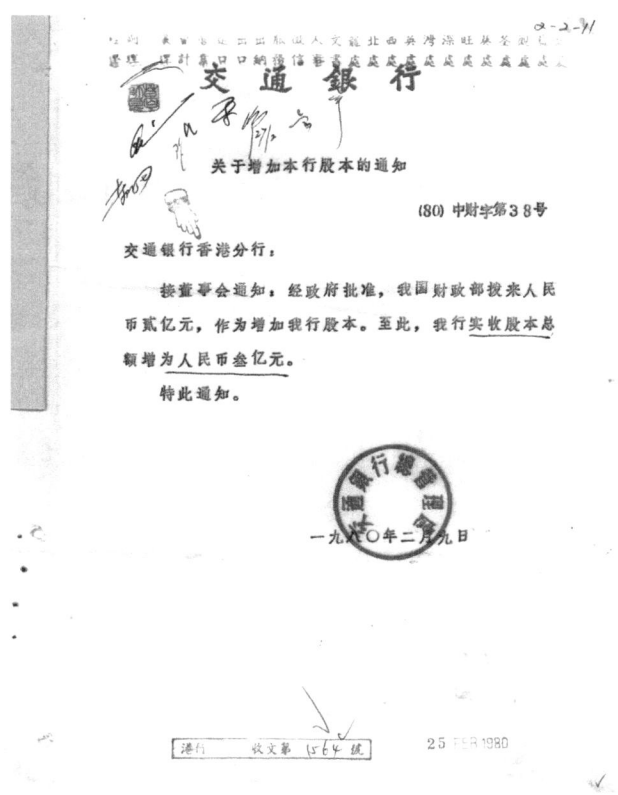

1980 年 2 月 9 日，交通银行总管理处致函交通银行香港
分行，增加股本 2 亿元。

　　此后，在中国人民银行的领导下，交通银行总管理处一直存在，以便于对交通银行香港分行等海外机构的领导与联系。有需要时，交通银行总管理处也会对外发布信息，如 1959 年 6 月，向交通银行股东发出《关于补发股息问题的通知》；1980 年，向交通银行香港分行发出《关于增加本行股本的通知》。交通银行内地各分支行则相继归并、裁撤，业务活动陆续转入当地财政部门，交通银行香港分行继续营业。

交通银行在上海的重新组建

作为一家有着 110 多年历史的银行，交通银行的成长过程中历经波折。1958 年以后，交通银行内地各分支机构相继归并、裁撤，业务活动陆续转入当地财政部门，只有总管理处继续存在。直到 1984 年底，金融体制改革和改造振兴上海的双重使命相叠加，使得"设立一个综合性银行，属于全国性专业银行序列"的设想被提出，让交通银行又迎来了"新生"。

"设立一个新的、全国性的银行"

在全国进一步改革和开放的形势下，1984 年 9 月 20—26 日，中共上海市委、上海市人民政府邀请全国各省市和本市的专家、学者，国家部委的高级官员，以及国务院改造振兴上海调研组成员共 200 余人，在南京路友谊会堂召开了上海经济发展战略战役研讨会。大家畅所欲言，剀切陈词，对于如何使上海这个老工业基地和经济中心发挥优势、增添活力，提出了许多极为重要的意见。其中，著名经济学家、国务院经济研究中心常务干事徐雪寒在会上提出，应当有一个专门属于上海、支持上海发展的银行。他的建议立刻得到在场多数人的赞同，与会官员、学者就此展开了热烈的讨论。

其时，改革热潮涌动下的中国经济正发生着深刻变化。1984 年 10 月 20 日，中共十二届三中全会通过了《中共中央关于经济体制改革的决定》，提出我国社会主义经济是公有制基础上的有计划商品经济，并宣布改革的重点从农村转向城市。经济体制的改革需要金融体制的配合。十二届三中全会后，国务院成立了金融体制改革研究小组，针对当时金融体制中存在的问题，研究小组拟定了一份影响深远的方案：建立灵活、高效、多样的金融体制，在全国逐步形成以中央银行为中心、多种金融机构并存的金融体系……

由此，上海筹建新银行具有了现实的可能性。中央政府对上海的战略安排，进一步推动了交通银行的重组。

1984 年 12 月初，国务院主要负责同志来沪考察，研究上海经济发展战略以及实现战略转变所必需的政策和条件。他在经过一番考察和讨论后提出："在中央银行之下，设立一个新的、全国性的银行，与四个专业银行平起平坐，总行设在上海，任务是拾遗补阙，经营对内对外长期短期存放款业务，可以与其他银行业务交叉，允许在外地设立分支机构。"

这一意见，阐明了这家新设银行的性质、地位、作用和任务，成为筹建这家银行所必须遵循的基本方针。这家银行的设立，是改革当时金融体制的一个重要组成部分，对于克服当时银行业务偏于专业所造成的缺陷、促使上海加速成为全国金融中心具有重要意义。

1984 年 12 月 10 日上午，中国人民银行行长吕培俭与上海市副市长阮崇武、国务院经济研究中心常务干事徐雪寒、上海市副市长裴先白、上海市政府副秘书长顾树桢、上海市计委主任马一行、中国人民银行上海市分行行长李祥瑞等人，共同商议新银行的筹建问题。在这次会议上，根据裴先白、吕培俭、徐雪寒的先后发言意见，原则上确定新银行名称为"中国交通银行"。

1984 年 12 月 16 日，上海市人民政府和国务院改造振兴上海调研组在拟定的《关于上海经济发展战略的汇报提纲》中建议："设立一个综合性银行，属于全国性专业银行序列，总行设在上海，经营人民币和外汇的存放业务，既为全国服务，又为上海服务。"两个月后，1985 年 2 月 8 日，《国务院批转关于上海经济发展战略汇报提纲的通知》进一步肯定了组建综合性银行的设想。

由此，组建一家新的综合性银行正式提上了日程。为了广泛听取各方面意见，摆脱旧观念的束缚，充分做好新银行的筹建工作，由裴先白、马一行、顾树桢牵头，约请在沪老金融专家和富有实际经验的银行工作者举行多次座谈，就银行名称、基本任务、业务范围、银行性质、组织机构等开展讨论。

"交通银行" VS "金城银行"

在专家的座谈讨论中，多数同志认为，新银行的名称可以从当时在香港设有分行，而在北京保留总管理处或总行的银行中选择。这样，只要经过登报公告，声称总行从北京迁到上海，就能够开展营业，收到事半功倍之效。

当时，在香港设有分行、在北京保留总管理处或总行名称的银行有交通银行、新华信托储蓄银行、金城银行、中南银行、浙江兴业银行、国华银行、盐业银行等。

讨论中，有的同志主张用交通银行的名称，因为交通银行历史悠久，过去与中央银行、中国银行、农民银行并列，人民群众对它的印象较深。但是，当时交通银行香港分行经营不善、声誉不高，同时台湾也有交通银行，它在其他国家还设有分支行，政治上较为复杂，对新建银行日后发展海外业务可能不利。

也有的同志主张用金城银行的名称，金城银行过去是北四行之首，长期致力于对工业的投资，在华北、东北影响较大，总行于 1936 年迁到上海。用金城银行的名称相比于交通银行，层级上低了一点，但当时金城银行香港分行经营状况良好，资力殷实，在香港与九龙有十多家支行，还与日本东京银行合资设立了金东财务公司。

对于是用"交通银行"还是"金城银行"的问题，大家的意见比较反复，普遍认为：如果今后主要是在国内发展业务，以用"交通银行"的名称为好；而从今后也要适当向海外发展的角度考虑，则以"金城银行"的名称为宜。至于最后究竟用哪一个名称，还要到香港实地考察并征求中国银行港澳管理处的意见后再定夺。

讨论中，也有的同志提出不用原有银行的名称，可启用一个新的名称，如中国振兴银行或上海振兴银行，这样能够起到耳目一新的作用。但多数同志认为，一家新的银行要在香港或海外设立分行、建立信誉，非一朝一夕能够办到，很可能会事倍功半。

"以恢复交通银行为宜"

1985 年 3 月，吕培俭被免去中国人民银行行长职务，中央政治局候补委员陈慕华接任。陈慕华认为，新建一家银行意义重大，"如果在现有银行基础上大刀阔斧地改，显然不现实，因为改革也是探索，有可能成功，也可能失败，新建一家银行比较稳妥。而这家银行一定要与现有银行不同，应该打破条块分割的框框和高度集中的模式，多一点灵活、服务、效率，不受专业分工和行政区域的限制，这才能顺应经济改革的需要"。

1985 年 3 月初，由马一行、顾树桢带队，赴港金融考察小组一行六人访问了香港中国银行港澳管理处、交通银行、金城银行、南洋商业银行和澳门南通银行，还参观了金银证券交易所、中银集团训练中心等处，并同新华社香港分社的有关同志就在上海建立一家综合性银行的问题交换了意见。

1985 年 3 月，赴港金融考察小组在香港访问合影。

经过实地考察了解，赴港金融考察小组发现香港交通银行的业务并没有严重失误，只是在房地产业务上由于前两年严重不景气，相应受到一点损失，而这种情况在当时香港银行界中相当普遍，而且交通银行香港分行在中国银行港澳管理处所管辖的 13 家中资银行中，资产是最雄厚的。至于海外的情况，台湾交通银行只有在新加坡设立了分行，原来菲律宾马尼拉的分行，因股权被菲律宾人士收购，已经改名为菲律宾交通银行。这样，新的银行成立后，以中国交通银行的名义在海外开设分支机构不会发生什么问题。因此，赴港金融考察小组建议，"这家新设银行的名称以恢复交通银行为宜，英文名称是 Bank of Communication"（英文名称后改为 "Bank of Communications"）。

"走综合性的银行路子"

在新银行的名称确定以后，确定办行思想、划定业务范围、成立筹建班子、选择营业用房等事项也就提上了日程。1985 年 6 月 30 日，筹备小组向上海市委、市政府提交了《关于筹建交通银行的规划意见》（以下简称《规划意见》）。

《规划意见》明确，交通银行的办行思想是要走综合性（商业银行）的银行路子，大力开拓一切银行可以经营的业务，但必须有所侧重，为上海市和上海经济区，以及全国的经济振兴服务；要以中心城市为依托，以上海为基地，通过各项业务，重点支持交通、电信、城市建设、内外贸易等第三产业的进一步发展，促进传统工业的改造和新兴工业的兴建；要进一步改革金融体制，促使上海逐步形成国内最大的金融中心，发挥上海多功能中心城市的作用；要带有一定的民间色彩，坚决克服官僚主义，确立为社会服务的思想，充分发挥民间银行灵活、积极、主动的精神。

交通银行定位为中心城市的银行，业务上可以经营本外币业务和长短期贷款，吸收储蓄和部分企事业存款，发行债券，办理信托等一切银行业务。

同时，明确交通银行由中国人民银行、四家专业银行和上海市人民政府联合创办，业务受中国人民银行领导。银行的信贷基金拟定为人民币10亿元，分为10万股，每股1万元，建议中国人民银行投资3亿元，四家专业银行各投资1亿元，由上海市向各界集资3亿元。筹资工作在两年内完成，收足5亿元即可开业。今后随着业务的发展，中国人民银行相应增拨信贷基金。交通银行在其他城市建立分行时，分行所需基金由各地自筹解决，总管理处根据情况可以参与一部分基金。

为了充实交通银行的实力，《规划意见》提出给予必要的扶持，包括五年内免缴存款准备金、免缴所得税、不上缴利润、可以自行决定贷款的方向和数量、由国家外汇管理局先拨给1亿美元作为周转资金等。

在交通银行的组织机构设置中，由董事会负责决策该行重大事情，实行总经理负责制，总经理执行董事会的决议并综理全行日常业务。

分支机构的设置，着重考虑设在工商业较为集中的中心城市，而不一定设在省会所在地。先从上海经济区、长江流域做起，而后扩大到全国。国外分行选择华侨比较集中的地区或金融中心城市逐步设立。各地分支机构均实行独立核算、自负盈亏，享有独立自主处理业务事务的全部权力。

总管理处与香港分行是总分行的关系，但香港分行仍自主经营，总管理处对香港分行的机构、人员、业务经营和资金调度均不加干涉。香港分行同国内其他各地分行是业务往来关系。

1985年7月15日，中共上海市委批复建立交通银行筹备组，同意提名顾树桢任筹备组组长，陈恒平、余瑾、龚浩成任筹备组副组长。

紧张筹备

筹备组成立后，办公室主任洪葭管就开始进行《交通银行章程》的起草工作。当时，恰逢上海市委、市政府换届，许多组织协调工作无法顺利开展，组长顾树桢心急如焚，直接给上海市市长江泽民打了一个电话。江泽民直率地回复他："你继续筹备，大事情问我，小事情找副市长叶公琦。"这样，筹备工作以"24 小时工作制"的形式，连轴转地继续推进。

在筹建过程中，筹备组所要面对的困难是显而易见的。首先，要解决人员编制和干部队伍问题。新组建的银行，不仅总行要经营业务，上海分行也要同步开业，需要大量金融专业人才的支撑。其次，办公用房没有着落，必须在开业前觅定妥善的场所，既能容纳新银行大量的工作人员，还要有对外营业的窗口，并且要能体现新银行的层次。好在上海市政府全力支持新银行的筹备，不仅人员配置问题得到了有效解决，还将江西中路 200 号金城大楼（原金城银行行址）作为新银行的开业场所。

1985 年 7 月底，顾树桢、李祥瑞、陈恒平、余瑾四人专程赴京，向中国人民银行及各专业银行、国家计委、国家经委、财政部、国家外汇管理局等汇报筹备情况。然而，此行的遭际，让大家五味杂陈。

各专业银行几乎对重新组建交通银行一致反对。

所幸的是，中国人民银行副行长刘鸿儒和财政部副部长迟海滨都表示了支持。刘鸿儒说："交通银行要以改革的面目出现，促使资金的横向联系，逐步地在上

上海江西中路 200 号。交通银行重新组建初期，总管理处在此办公。

海形成一个金融中心。总之，你们要抓住别家银行不搞的空子，贯彻改革精神，发展横向联系。"迟海滨则表示："现在金融资金是用财政办法管理的，这怎么行？要改革，这样资金搞活了就可以发展经济……新银行总要支持的。"

1985 年 10 月，党的全国代表大会上通过了《关于制定国民经济和社会发展第七个五年计划的建议》，金融体制改革的内容是其中的重要部分，包括建立宏观控制有力、灵活自如、多层次的金融控制和调节体系；建立以银行信用为主题，多种渠道、多种方式、多种信用工具聚集和融通资金的信用体系，逐步形成不同层次的金融中心和适合我国国情的金融市场；建议以中央银行为领导、各类银行为主体、保险公司等多种金融机构并存和分工协作的社会主义金融体系；建立金融机构现代管理体系。这些都为交通银行的重组提供了政策基础和实施依据。

成功启航

经过紧张的筹备后，1985 年 12 月 11 日，中国人民银行和上海市政府就交通银行总管理处迁沪、董事会改组、领导班子的配备、人员编制、章程制定、资本金核拨，以及与香港分行的关系等问题，联合向国务院递交《关于重新组建交通银行的请示》（〔85〕印发字第 447 号）。1986 年 7 月 24 日，国务院批复同意。交通银行重新组建的筹备工作由此进入一个新的阶段，中国金融改革的大幕就此徐徐拉开。

1986 年 3 月 26 日，中国人民银行以行务会议的形式专题研究了交通银行的重新组建问题。会上，一位专业人士的发言足以代表大多数人的意见："交通银行本身是在改革中成长的一个新的银行，也是对金融改革的重要考验，应在竞争中得到发展，不能用行政的办法再搞一个专业银行，再来一次大分家，那样没有实际意义。"这是对重新组建后交通银行办行思路的一次明确，这家新银行将不能走专业银行的老路，只能在经济体制改革中闯出一条新路。

这次会议达成了一系列共识，明确要把交通银行办成股份制、综合性的全国性银行，把重新组建交通银行作为发挥经济区、经济中心城市的作用联系起来考虑的一件大事；交通银行必须着眼于全国，适合社会主义商品经济的需要，促进横向联系，以利于社会主义市场经济体制的形成与完善。

1986 年 7 月 24 日，国务院下发《关于重新组建交通银行的通知》（国发〔1986〕81 号）。通知指出，重新组建交通银行是为了适应经济发展和体制改革的需要，加强金

1987 年 4 月 1 日，交通银行上海分行正式对外营业，总管理处由京迁沪。图为 4 月 10 日举办的交通银行总管理处由京迁沪暨上海分行开业新闻发布招待会现场。

融服务，充分发挥银行在国民经济中的作用；交通银行是和其他专业银行平行的全国性综合银行，在中国人民银行领导下，执行国家统一的金融方针、政策、法规和中国人民银行制定的基本规章制度，业务范围不受专业分工限制；交通银行可根据经济发展业务开拓的需要，按规定的程序报批后，在国内外设立分支机构或代表处。

1987 年 2 月，经过中组部和中共上海市委组织部反复权衡，确定了重组后第一任总经理——李祥瑞。基于属地管辖原则，李祥瑞是交通银行筹备初期的推动者，无论从业务能力还是对交通银行的贡献来看，都堪当大任。

1987 年 4 月 1 日，交通银行总管理处由京迁沪，正式在中国经济建设和金融体制改革探索中栉风沐雨，砥砺前行。

海通证券与交通银行

——开拓新兴市场的一次创新尝试

海通证券是目前国内成立历史最悠久、体量规模最大、业务实力最强的证券业主体之一。历经 30 多年的发展，海通证券已经拥有体系化的业务处理系统、遍布全球的销售通路和稳定扎实的投资者基础。作为我国成立最早的十家证券公司之一，海通证券是中国证券业迄今唯一一家从未更名的老牌券商，而且是几乎未曾接受任何政府注资扶持的领军企业。或许，这也与海通证券自成立起就渗透了交通银行的文化基因息息相关。

成立

20 世纪 80 年代中期，中国经济体制改革进入了重要的历史时期，进一步推进金融体制改革成为当时十分紧迫的任务。应中国金融体制改革的需要，1986 年，交通银行重新组建，总管理处南迁上海，成为第一家全国性的国有股份制商业银行。重组后的交通银行在党的领导下，积极探索市场化机制、探路商业银行改革，形成了富有活力的市场化经营新机制，对中国金融体制改革起到了催化、推动和示范作用。海通证券的成立，正是交通银行顺应时代发展需要、引领金融改革方向、积极开拓新兴市场的一次创新尝试。

早在交通银行重新组建前的 1985 年 8 月 20 日，时任上海市委书记的阮崇武，就曾专门在国务院经济研究中心材料（〔1985〕27 号）上批示："树桢同志，请你们仔细研究一下证券问题，交通银行应以证券为其特色，只有这样才能打破条块壁垒，否则不可能有出路。当前要抓紧行动，先从小笔生意做起，逐渐扩大；先从简做起，逐步完善。"根据这一要求，《交通银行章程（草案）》明确提出交通银行要"积极开拓新兴业务"，并将"买卖有价证券""发行金融债券""办理其他金融业务"等作为其可以具体经营的业务种类。在中国人民银行 1987 年 3 月 10 日批准的《交通银行章程》中，也明确交通银行可以"经理发行各类股票债券，办理有价证券的转让与买卖"。

1986 年 10 月 18 日，交通银行筹备组就已经有过成立证券公司的动议，但当时形势还不是十分紧迫。1987 年 4 月 1 日，交通银行重新组建后，以"夹缝中求生存"的精神开拓新兴业务，高度重视证券、保险、资金拆借、票据贴现等业务的发展。随着金融体制改革的逐步深入，企业债券、股票的发行和流通日益增多，证券业务在交通银行各项业务中的占比也逐渐提高，成立专业的证券公司变得迫在眉睫。1988 年 5 月，中国人民银行上海市分行出资设立的上海申银证券公司得到人民银行总行的批准，随后万国证券公司也获准设立。为了争取赶上第一批成立证券公司的末班车，交通银行决定以上海分行证券业务信贷二部为基础，筹建一家证券公司。

交通银行上海分行从 1987 年 1 月至 1988 年 5 月发行本行股票和债券 16391 万元，代理发行各项企业债券、股票 3790 万元，企业短期融资券 9600 万元，在此期间，各类证券交易额达 8881.3 万元。通过各项证券业务的开展，上海分行初步形成了一支发行交易队伍，有了一套证券发行和交易办法，建立了内部证券管理监督制度。为了适应直接融资形式继续扩大、现有证券柜台有待进一步满足业务发展的需要，上海分行提出成立上海海通证券公司，其中，"海通"两字取自"上海交通银行"，寓意"四海通达"。

1988 年 6 月 24 日，上海分行向交通银行总管理处提交了《关

1

交 通 银 行

交仪（1988）190

关于同意成立上海海通证券公司的批复

交通银行上海分行：

你行沪交仪信二（1988）字第016号《关于成立上海海通证券公司的请示》及所附该公司章程均收悉。经研究并提交总处贷款审查委员会审查，同意成立上海海通证券公司。该公司由上海分行出资壹千万元。系上海分行全资附属企业。独立核算。

你行应按有关申批手续，报当地人民银行批准，并向工商行政部门领取营业执照后正式对外营业。

抄 送：中国人民银行上海市分行，上海市工商行政管理局

交通银行办公室　　　　　　　一九八八年七月六日印发

交通银行关于同意成立上海海通证券公司的批复

于成立上海海通证券公司的请示》（沪交银信二〔1988〕字第 016 号）。7 月 5 日，交通银行总管理处下发《关于同意成立上海海通证券公司的批复》（交银〔1988〕190 号），由上海分行履行相关审批手续，报当地人民银行批准，并向工商行政部门领取营业执照后正式对外营业。8 月 15 日，中国人民银行批复同意，海通证券正式进入成立开业阶段。

1988 年 9 月 22 日，海通证券在江西中路 200 号正式宣告成立。交通银行副行长陈恒平，以及中国人民银行有关领导出席了成立大会。海通证券为全民所有制金融企业，实行独立核算、自主经营、自负盈亏，系交通银行上海分行的全资公司，公司资本金 1000 万元。海通证券成立之初在江西中路 200 号营业大厅左侧办公，营业面积仅有 100 多平方米，公司有正式员工 14 名。

1988 年 9 月 22 日，海通证券在江西中路 200 号正式宣告成立。

偕行

海通证券自成立后，就在有关劳动工资计划、外事审批、养老保险、职称职位评定、人员流动等方面与交通银行有着千丝万缕的联系，各项业务的经营和发展也都离不开交通银行的支持。同时，交通银行为了海通证券的发展也可谓不遗余力，在资金、人员等方面倾力相助，让海通证券在激烈的市场竞争中得以屹立不倒且出类拔萃。

（一）初出茅庐

海通证券成立后，致力于开拓证券市场，热忱为广大投资者服务，为企业筹集融通资金，支持经济建设发展，很快取得了令人瞩目的成绩。依托交通银行的资源优势，海通证券在成立后的一年多时间中（截至 1990 年 4 月），就代理发行企业、股票、金融债券、企业短期融资券等各类有价证券逾 2 亿元，成交各类证券逾 6 亿元。

1989 年 4 月，上海头号工程永新彩管工程建设资金告急，海通证券在上海证券同行的大力协助下，首次按照国际惯例牵头组织承销团，在上海第一次以承销方式代理发行了上海真空电子器件股份有限公司第三期股票。这次发行总面额为 2210 万元，占上海可上市股票的 60%，是上海解放以来对个人发行数额最大的一次。海通证券的成功承销，为永新彩管的上马作出了贡献，也为上海发行市场的规范化和证券业之间的互相协作做了探索。除此之外，海通证券还先后为多家企业发行短期融资券，为缓解上海资金的紧张状况、支持企业出口创汇不遗余力，公司的发行数额也在上海的证券公司中名列前茅。

在证券交易柜台上，海通证券采用自营和代理买卖两种方式，经营公司债券、金融债券、公司股票和银行大面额可转让存款证等，由于措施有力、价格合理，吸引了广大客户，柜台交易量逐月上升。在做好柜台交易的同时，海通证券还注意开拓外地市场，与外地的证券同行相互调剂库存，不仅从外地及时购买国库券，而且根据外地同行的需要及时调剂给外省市，国债交易做到有吞有吐。海通证券的国库券交易价格很快成为上海敏感的价格之一，也成为同行制定价格的重要参考依据之一，甚至对全国的国库券行情产生了一定的影响。通过各类业务的开展，海通证券在业内的影响力逐步扩大，同时带来了较好的经济效益。

（二）增资扩股

党的十四届三中全会作出了《中共中央关于建立社会主义市场经济体制若干问题的决定》，为社会主义市场经济体制的确立提出了理论框架，也为加快金融体制改革提供了有利条件。因应改革的需要，1993 年 11 月，交通银行明确勾勒出混业经营的金融集团模式，在这个蓝图中，交通银行是整个集团的核心，在其下成立太平洋保险公司、海通证券公司两个控股子公司。

此时，经过五年的艰苦创业，海通证券在国内外已经有了一定知名度和影响力，培养和造就了一批有能力、肯钻研的业务骨干。然而，受自身体制的束缚，海通证券的发展也遇到了瓶颈，面对外部竞争的压力，不论是交通银行还是海通证券，都明确意识到"不改制就会全面落后，不改制就会被淘汰，不改制就是等死"。为了适应市场价值的需要和中国人民银行关于证券业与银行业实行分业管理的要求，1993年12月，交通银行开始着手对海通证券进行改制；1994年2月，海通证券公司改制领导小组成立。

在交通银行拟订的改制方案中，交通银行总行对上海海通证券公司进行增资扩股，并按《公司法》的要求改制为中国海通证券股份有限公司，由交通银行上海分行的全资子公司转变为交通银行总行控股、有社会其他法人参股的子公司。根据中国人民银行关于海通证券改制问题的批复，公司股本总额控制在人民币10亿元以内（含外汇资本金），其中交通银行控股比例为60%，其余40%向金融机构及企业募集，向企业募集的

中国人民银行关于上海海通证券公司改制问题的批复

股金不得超过股金总额的 20%。改制后，海通证券为交通银行的控股子公司，系一级法人，实行独立核算、自主经营、统负盈亏、同股同利。为使海通证券能如期召开股东大会，1994 年 7 月 26 日，交通银行行长王明权主持召开的行长办公会还明确，责成财务会计部研究落实交通银行对海通证券的投资资金，解决其资本金到位问题。

在交通银行的全力支持下，1994 年 9 月 28 日，中国海通证券有限公司经过改制宣告成立。改制后的海通证券具备了四大优势：一是其母公司交通银行是全国最先实行规范化经营的商业银行，在国际上有着很高信誉，为海通证券的业务拓展创造了机遇和条件；二是通过建立现代企业制度进行内部机制创新，增强了竞争优势；三是公司实力大大增强，成为国内资本雄厚的四大证券商之一；四是其证券业务由上海向全国以及全球发展。在其公司章程中，海通证券明确了公司宗旨为"以一流的服务质量、一流的工作效率、一流的公司信誉，办成具有国际水准的证券公司"，这也是对交通银行"三个一流"办行宗旨的继承和发扬。

（三）归并壮大

海通证券改制后，首先面临的问题就是要理顺公司与交通银行各级分支机构证券业务的关系。1995 年第一季度，根据中国人民银行分业经营的精神，交通银行明确提出以"一行三司"的集团化经营模式来适应人民银行对金融分业管理的要求。海通证券作为交通银行非银行金融业务体系的主要成员，在进一步深化改制的过程中，必须以各分支行为依托，发挥交通银行的配套服务功能和集团优势，通过对整个证券业务体系的结构调整，实现业务分业管理的目标。

本着积极、稳妥、有序、分步实施的精神，交通银行分支行证券的归并分三步进行：第一步，先把分行开办的汉通、沈阳、连通三家分公司改建成海通证券有限公司的分公司。改建后，三家分公司成为海通证券的全资附属企业，同时，交通银行当地分支行支持海通证券分公司的发展，与海通证券分公司在企业股份制改造、证券承销与发行、基金管理、客户引荐、企业财务顾问、资讯服务等业务方面密切合作，促进双方优势互补、利益共享。第二步，把交通银行各分支行在上海、深圳开办的证券营业部归并到海通证券。第三步，把交通银行各分支行在当地办的证券机构逐步变为海通证券的代理机构，即人员关系不变，业务上实行代理。机构的归并不仅有助于海通证券在短期内以较低成本建立一个全国性的业务网络，更重要的是，让海通证券的证券业务迅速形成了专业化经营的整体优势。

此后，海通证券统一经营管理原交通银行各分支行的证券业务，其机构相应改建为海通证券分支机构，交通银行各分支机构不再经营证券业务。

（四）共渡难关

在海通证券遇到资金困难时，交通银行作为母公司，总是及时伸出援手、共渡难关。

1995年12月，海通证券由于证券回购资金13亿元难以收回，1996年1月4日到期的国债组合凭证所需的7.6亿元资金难以兑付，为此，海通证券多次与中国人民银行总行、中国人民银行上海市分行汇报商量，均未能解决问题。

1995年12月18日，交通银行副行长乔伟会见中国人民银行非银行司领导时，提出了解决海通兑付困难的设想和要求，其中提到"请上海市人行融资中心拆借一部分资金给海通公司""请人总行加快证券回购清欠力度"。非银行司领导传达了戴相龙行长的指示："海通公司兑付困难应由其主管部门交通银行帮助其解决""交总行完全有能力帮助解决海通公司到期的国债组合凭证的兑付问题"。同时，随行的中国人民银行上海市分行的同志补充说："因为海通证券公司的信誉欠佳，市人行已研究商定其融资中心不直接给海通公司拆入资金。"这等于是断绝了海通证券向中国人民银行上海市分行拆借资金的念想。

鉴于国债组合凭证兑付在即，此事涉及社会安全和海通证券乃至交通银行的对外信誉，交通银行内部经紧急研究后，迅速提出了解决方法：由交通银行拆借海通证券6亿元，其中，2个月期限1亿元，3个月期限2亿元，4个月期限3亿元，利率按中国人民银行规定确定，所有资金于1月4日前到位；由海通证券自行筹集资金1.6亿元；海通证券加快清欠速度和力度，争取提前归还所借资金。这笔资金拆借，有效地解决了海通证券的燃眉之急，也进一步提升了海通证券的社会信誉。

（五）业务联动

海通证券作为交通银行的子公司，在多年的发展中，与交通银行在业务上密切联动，相得益彰。一方面，海通证券依托交通银行，以较强的融资功能为强大后盾，在激烈的同业竞争中发挥交通银行在客户、信息等方面的优势，借助交通银行的配合与支持大力开拓市场、争取客户、发展业务；另一方面，交通银行也借助海通证券的渠道，优势互补、共同发展，在业务上互为依托、协调动作。双方在重庆长江大桥项目上的合作，就是一个成功范例。

1997 年，海通证券通过交通银行总行与重庆分行联动，为重庆长江大桥的建设提供 8 亿元人民币贷款，以此争取到独家代理发行"重庆路桥"A 股股票的业务。"重庆路桥"是重庆乃至全国交通行业的第一家上市公司，其发行成功引发了社会极大的关注。在这一业务中，海通证券获得了承销手续费的同时，重庆分行作为指定收款银行，仅此一笔就吸收了 60 多亿元的申购资金，并获得了永久代收车辆过桥费的业务，可谓皆大欢喜。此外，该长江大桥又为交通银行的另一家子公司中国太平洋保险公司争取了建设工程保险业务和财产险投保业务。

别离

20 世纪 90 年代中后期，在金融业分业监管、分业管理框架日趋明朗的背景下，交通银行和海通证券的脱钩问题开始提上日程。

脱钩前的 1998 年，海通证券在全国 46 个大中城市设立了 89 家分支机构，从业人员 2200 多人，业务覆盖一级市场发行业务（在 1997 年全国券商中分别排名第六）、二级市场代理业务（至 1998 年 8 月底，股民保证金存款余额达 80 多亿元，股民开户数达 80 多万户，沪深两市交易额市场占有率分别为 7.34% 和 3.5%，在全国券商中排名第二和第七）、国债业务（是第一批国债一级自营商）、国际业务、基金业务等。在海通证券的 10 亿元股本总额中，交通银行拥有 6.11 亿股。至 1998 年 6 月末，海通证券资产总额达 125.82 亿元，负债总额为 109.5 亿元，所有者权益为 16.32 亿元。1997 年，海通证券实现利润 4.39 亿元。由于历年来一直保持较好的经营业绩，而且在国内外已经建立了良好的信誉，除了已经形成的无形资产外，海通证券的股份所享有的权益已经大大超过其发行价格，实现了资产的增值。

1998 年 9 月以后，中央金融工委、中国人民银行多次召集各金融机构主要负责人研究部署金融机构与所办经济实体脱钩工作。9 月 19 日，朱镕基总理批示："各国有商业银行的此类信托投资公司必须立即彻底脱钩。"温家宝副总理批示："要认真贯彻泽民同志最近关于反腐败的重要指示精神，坚决执行中央的决定，积极迅速地做好银行与所办经济实体的脱钩工作。"

1998 年 11 月 8 日，中共中央办公厅、国务院办公厅下发《关于中央党政机关与所办经济实体和管理的直属企业脱钩有关问题的通知》，中央党政机关必须在 1998 年底以前与所办经济实体和管理的直属企业完全脱钩，不再直接管理企业。11 月 25 日，人民银行下发《关于金融机构与所办经济实体脱钩有关问题的紧急通知》，要求包括各政策性银行、各国有独资商业银行、交通银行、其他商业银行在内的金融机构在 1998 年底以前与所办各类经济实体彻底脱钩。

最初，交通银行向中央党政机关金融类企业脱钩工作小组提出，建议采取由财政部收购的办法，以保持财政部对交通银行现有投资不减少，保证交通银行能够继续正常运营；如财政部在收购资金上有困难，建议由财政部发行特种国债，解决海通证券的资本金问题。但这一方案并未被采纳。1999 年 2 月，财政部下发《关于交通银行投资金融类企业股权处置有关事项的通知》（财债字〔1999〕51 号），提出海通证券的转让要按照账面权益价值实行一次性有偿转让，并建议将股权转让给上海市大型国有企业。根据财政部要求，交通银行选择了上海市政府作为脱钩企业的转让对象。3 月，上海市政府原则同意接收海通证券。

1999 年 5 月 13 日，交通银行行长王明权主持召开海通证券脱钩转让问题会议。王明权通报了前一阶段与上海市政府就转让问题商定的三条原则：海通证券和太平洋保险两家公司的净资产也就是股本加权益共计 25.1 亿元；太平洋保险、海通证券的转让必须将 1998 年红利分配后按账面余额进行转让，净资产减股本部分按 30% 计算；海通证券转让后资金必须按期到位。海通证券负责人表示，"一定要维持交行与海通的关系，成为每一届领导的战略措施，海通存款必须继续存在交行，并开展业务合作，也希望交行尽可能在各个方面支持海通开展工作，以利于双方共同发展"。会上还对海通证券改制时形成的历史遗留问题做了讨论，决定对原海通证券改制移交时形成交通银行挂账的 5 亿元左右债务，交通银行承担 6000 万元，其余由海通证券承担，可分期归还本息。

对所有交行人而言，海通证券的脱钩都是一份沉重的记忆，它意味着一个刚刚培育成才的孩子就此远走高飞。当时交通银行对海通证券的投资有着较好的收益，属于优质资产，但交通银行从讲政治的高度认真贯彻党中央、国务院的决定，在中央金融工委和国务院有关部委的指导下，积极主动地与上海市政府协商联系，认真落实海通证券脱钩转让的各项具体事宜。为了尽快实现转让，交通银行与上海市政府友好协商，确定转让价格为 1998 年末交通银行对海通证券的实际投资额以及相关权益的 30%，放弃了 1998 年末相关权益的 70% 以及交通银行投资额在 1999 年度经营中的全部相关权益。

1999 年 8 月 28 日，交通银行与上海市政府正式签订协议，海通证券从此与交通银行脱钩。

太平洋保险与交通银行

——中国金融改革的鲜活标本

中国太平洋保险（集团）股份有限公司的前身是中国太平洋保险公司，成立于1991年4月26日。历经30余年的发展，太平洋保险已经成长为中国大陆第二大财产保险公司，也是三大人寿保险公司之一，在2022年《财富》世界500强企业中居第182位。回顾太平洋保险的发展史，其创建和成长都与交通银行有着十分密切的血肉联系。

先声：保险业务在交通银行的开设

1987年4月1日，交通银行总管理处由京迁沪，上海分行正式开业。交通银行在对外开展信贷业务的同时，也着手筹办保险业务。上海分行在开业7个月后，就在同年11月，经中国人民银行批准，设立保险业务部，对外正式挂牌，开展保险业务。为了加强保险业务的管理，交通银行还在总管理处计划业务部内增设保险处（初期与上海分行保险业务部合署办公，以后随着机构的增加而分设开来）。

交 通 银 行

交银〔1987〕0255号

关于同意你行增设保险业务部的批复

交通银行上海分行：

沪交银办〔1987〕字第33号请示悉，经研究，同意你行在现有机构设置基础上增设保险业务部。

特此批复

一九八七年十一月十四日

抄送：上海市人民政府财贸办公室　　中国人民银行上海市分行

交通银行同意上海分行增设保险业务部的批复

上海分行积极开拓保险业务，取得了可喜进展，在成立后约半年时间里，就开办了货物运输、企业财产、雇主责任、产品责任等 15 种国际国内保险业务，与 50 多个国家和地区的 60 多家保险公司建立了代理业务关系，承保业务近 5000 笔，承保金额达 30 多亿元。接着，大连分行也经中国人民银行批准，开办保险业务。同时，根据中国人民银行规定批准办理保险业务的管辖分行，下属分支行可以开展代理保险业务。这样，上海分行、大连分行所属的分支行陆续开展了保险业务。

交通银行总管理处高度重视保险业务的发展。1989 年 4 月 6 日召开的第一届第三次董事会上，交通银行董事长、总经理李祥瑞就提出，"我们将创造条件，争取成立一个我行的全资附属保险公司"。此后，总管理处集中力量筹建保险公司，分支行积极发展保险业务。1990 年 5 月，总管理处提出，凡是已经中国人民银行总行批准开办保险业务的分支行要不失时机地发展业务；重庆、武汉、南京分行要努力创造条件，积极做好准备，把代理上海分行的保险业务开展起来；青岛、西安、北京分行也要积极创造条件，经总管理处验收并经中国人民银行批准后，开办保险业务。通过以上努力，"在全行逐步形成保险业务体系，为进一步成立交通银行直属全资的保险公司创造条件"。

在全行的共同努力下，交通银行保险业务发展迅速，1987 年 1 个分行开办保险业务，1988 年增加到 6 个分支行，1989 年又增加到 13 个分支行，到 1990 年底发展到 29 个分支行办理保险业务。同时，经过近三年的发展，到 1990 年底，全行共开办 50 个险种，承保保额累计达 432 亿元（含 18.8 亿美元），保费收入累计达 1.1 亿元（含 790 万美元），全行保险资本金为 4.07 亿元，全行保险从业人员 367 人，人均创利 12.88 万元（其中上海分行人均创利 33.9 万元）。一个全行性的保险业务体系初具规模，并且取得了初步的社会效益和较好的经济效益。

在开展保险业务的过程中，根据业务发展的需要，交通银行积极发展国内代理机构，到 1990 年底达到了 420 余家。同时，加强内部管理，制定了一系列的规章制度。保险业务的积极发展，为中国太平洋保险公司的筹建工作奠定了良好的基础。

擘画：太平洋保险的筹建

为推进中国太平洋保险公司的筹建，交通银行曾三次向中国人民银行递交申请报告。第一次是在 1989 年 2 月 20 日，交通银行递交《关于成立中国太平洋保险股份有限公司的请示》（交银〔1989〕053号）；第二次是在1990年7月23日，交通银行递交《关于组建中国太平洋保险公司的请示》（交银〔1990〕257号）。可惜的是，因为某些方面的条件尚不成熟，中国人民银行对前两次的申请均未批复同意。

1990年7月30日，在哈尔滨召开的交通银行分支行总经理（经理）会议上，交通银行总经理戴相龙再次明确提出，要筹建保险

交通银行董事长、总经理李祥瑞在1989年4月6日就明确提出"争取成立一个我行的全资附属保险公司"。

公司、发展保险业务。会上提出了建立中国太平洋保险公司的战略方针，"拟将建立的中国太平洋保险公司是交通银行全资附属的正厅级有限公司，是以公有制为主的股份制、全国性社会主义保险企业"。

9月20—25日，交通银行总管理处在大连召开保险业务座谈会期间，向中国人民银行金管司领导具体汇报了组建太平洋保险公司有关问题的设想，包括公司的性质、体制、资本金的筹集、业务范围、盈利分配等问题，并明确了工作方针，即"在总管理处集中力量筹备中国太平洋保险公司期间，有关分支行仍要按照人民银行规定，积极开展保险业务"。

筹建中国太平洋保险公司，既是顺应国内外保险事业发展潮流的需要，也是进一步发挥银行经营与保险经营两个职能作用的需要。1990年，我国的保险事业仍是由人保一家办理，随着改革开放的深入，发展保险事业越来越得到中央的重视，多家办保险、把竞争机制引入保险事业已成为迫在眉睫、顺乎潮流的事情。中国人民银行在研究了我国保险发展的现状和趋势后，指示金管司要迅速与交通银行联系，加快审议成立太平洋保险公司。同时，交通银行进行了一系列调查研究，在考察了国际上对保险业的管理模式后，决定按照国际银行、保险分业管理的惯例，进一步发挥银行经营与保险经营职能作用，成立一个由交通银行全资组建的、独立的、负有有限责任的保险公司，即中国太平洋保险公司。

1990 年 10 月 15 日，交通银行行领导亲自带队，携带《关于组建中国太平洋保险公司的请示》（交银〔1990〕384 号）和《中国太平洋保险公司章程》《关于中国太平洋保险公司章程中若干问题的说明》《中国太平洋保险公司筹建领导小组的名单》等文件，到北京向中国人民银行金管司和陈元行长做了汇报。12 月 8 日，中国人民银行以银复〔1990〕451 号文件批复同意交通银行筹建中国太平洋保险公司。

之所以取名为"中国太平洋保险公司"，交通银行有着多方面的考虑。历史上，太平洋保险公司与交通银行有着颇深的渊源。解放前，交通银行曾投资开办过三个保险公司。一个是太平保险公司，这是交通银行的参股公司，是一家规模较大、实力较雄厚、在国内外有一定影响的保险公司。当时香港还有太平保险公司，属于中银保险集团成员。由于交通银行参股不是主要股，且香港的太平保险公司仍在经营，又与交通银行没有直接联系，因此"太平保险公司"这个名称不能用。另一个是交通保险公司，是交通银行为了安排职工子女而成立的一家公司，不直接对外经营，再加上成立不久就随着新中国的诞生而停业，因此尽管"交通保险公司"的名称与银行一致，但不理想。1943 年 12 月 8 日在重庆成立的全资公司太平洋保险公司，抗战胜利后于 1946 年 2 月迁到上海，曾在南京、杭州、汉口、重庆、西安、广州、香港等地设立过 45 个分支公司，在台湾设立过代理处，内地分支公司从事法币（金圆券）保险业务与分保业务，香港分公司从事外币保险与分保业务，新中国成立后，境内各分支公司相继停业，香港分公司则由人民政府委托人保办理结束事宜。根据历史上太平洋保险公司的情况，加上在国际上尚未发现有同样名称的保险公司，而"太平洋"三个字叫得比较响，又能反映出交通银行改革开放向外拓展业务的雄心，因此，经慎重研究后，决定采用"中国太平洋保险公司"这一名称，既表明了交通银行与太平洋保险历史上的渊源关系，又显示出交通银行决心重振民族保险业的责任感和使命感。

太平洋保险首任董事长戴相龙

破土：太平洋保险的成立

4月1日对于交通银行而言，是一个具有非凡意义的特殊日子。因此，交通银行管理层一直计划，新成立的中国太平洋保险公司与上海分公司要在1991年4月1日同时开业。为此，交通银行总管理处制定了完备的筹建步骤与开业日程。

然而，由于筹建工作时间紧、任务重，一直到1991年3月5日，总管理处才向中国人民银行递交《关于正式成立中国太平洋保险公司的请示》（交银〔1991〕037号）。4月2日，中国人民银行正式批复同意。这一进度，虽然延缓了原先的开业计划，却并没有打乱交通银行对成立太平洋保险公司的执着追求。

1991年4月20日，交通银行常务董事会议讨论了成立中国太平洋保险公司的有关事宜，确定中国太平洋保险公司董事会的组成人员，由戴相龙任董事长，潘其昌任常务副董事长兼总经理。会议确定了中国太平洋保险公司的工作方针：坚决贯彻执行国家的方针政策，依法组织经营；坚持依托交通银行开拓保险业务；坚持依靠各地政府、人民银行等有关方面的支持求得业务的不断发展；要按照稳健经营的原则，以"一流的服务质量、一流的工作效率、一流的公司信誉"为目标，与兄弟金融机构加强协作和配合，促进我国保险事业服务水平的不断提高。

1991年4月26日，中国太平洋保险公司在上海华亭宾馆宣布正式成立，上海分公司也同时开业。新成立的中国太平洋保险公司注册资金为10亿元，全部由交通银行总管理处和各分支行共同投资；办公地点为上海衡山宾馆，租用其部分客房作为办公室，面积为750平方米；职工编制暂定为200人，开业时为50人，这些人员多为从交通银行抽调的骨干；开业费用由总管理处划付500万元，并且除购买固定资产和低值易耗品外的其他费用可向总管理处报销；各管辖分行在人力、物力、资金、物资等各方面支持太平洋保险分公司的筹建，并将其列为"全行工作中的一件大事抓紧抓好"。

中国太平洋保险公司是继中国人民保险公司之后成立的第二家全国性保险公司，也是交通银行全额投资的第一家全国性子公司。它的成立，不仅是交通银行业务发展的一个新突破，也是中国保险市场打破垄断经营的一个里程碑，更是中国保险体制深化改革的一个重要标志。

偕行：太平洋保险初期的发展

太平洋保险成立之初，由交通银行全资控股。交通银行给予的全力支持，确保了太平洋保险在创建初期的健康快速发展。交通银行将各管辖分行所开办的保险业务全部移交给太平洋保险，让太平洋保险一成立就成为一家分支机构众多的全国性保险公司；交通银行不仅为太平洋保险各分公司落实开业必需的办公场所，而且选调品德思想优良、作风正派、业务熟悉的人员充实到太平洋保险，使其在成立之初就拥有一支能打硬仗的人才队伍；交通银行除了总管理处拨付投资资金外，各分支行也对太平洋保险进行投资，为太平洋保险的资金运转提供了可靠保证。

在交通银行的直接领导和大力支持下，太平洋保险在成立当年就取得了不错的成绩，1991 年底，全公司承保金额为 913 亿元，保费收入达 2.84 亿元，全年盈利 6780 万元，人均创利 6.77 万元；到 1993 年底，太平洋保险已经拥有 52 家分支机构，其中经营涉外业务的单位由 13 家增加到 26 家，职工人数 2906 人，承保险种近 200 种，承保金额达到 8402.5 亿元，全年保费收入达 15.4 亿元，实现利润 2.08 亿元。

交通银行良好的声誉和优质的业务基础，为保险业务的营销提供了极大的便利，太平洋保险的业务发展十分迅速，很快成为全国第二大保险公司。同时，交通银行办理保险业务也成为银行业的一个创举，具有示范效应，为此后中国建设银行、中国工商银行、中国农业银行等银行机构成功创办保险业务提供了可资借鉴的宝贵经验。

为了顺应深化改革、向规范化方向发展的需要，贯彻落实中国人民银行关于分业经营、分业管理的要求，在交通银行的支持下，太平洋保险开始由交通银行全额投资向由交通银行控股、地方财政和国有大中型企事业单位参股转变。1993 年 2 月 11 日，太平洋保险董事长戴相龙主持召开总经理办公会议，确定太平洋保险扩大招收地方及企事业单位入股。1994 年末，太平洋保险通过在全国 26 个地区向社会定向募集资本金，10 亿元资本金全部到位，股东总数达到 158 家。1995 年 5 月，太平洋保险定向募集新增 10 亿元资本金，又吸引了 129 家新股东加盟。1995 年 9 月，交通银行同意向太平洋保险增资 140 万股，保持交通银行 50.01% 的控股比例，太平洋保险由交通银行全资子公司正式改制为由交通银行控股的股份制保险公司。

太平洋保险的这次扩股，也是交通银行在体制机制上的一次重要改革尝试，具有"天下第一个吃螃蟹"的标志性意义，为此后金融机构的股份制改革提供了鲜活的标本。作为最早从传统体制中脱胎出来的全国性保险企业，太平洋保险继承了交通银行的改革基因，以改革的面貌应对市场的挑战，在主营业务上不断取得新的突破。

财产保险是太平洋保险的主打业务，在加快发展车辆险、企财险的同时，太平洋保险还积极开拓航天、航空、水电枢纽工程等高风险业务，承保范围不断扩大，也刷新了社会各界对保险公司的认知，被太平洋保险承保的大项目有三峡工程、秦山核电站、天生桥水电站、金茂大厦、珠海航展等。

在交通银行的支持下，1994年和1995年，太平洋保险在卫星承保领域"一战成名"。当时，公司分别承保了包括"亚太一号"和"亚太二号"在内的多颗卫星，通过这些卫星承保和再保的运作，锻炼了队伍，积累了经验，也拓展了声誉。特别是1995年1月26日，"亚太二号"卫星升空后突然爆炸，损失达1.6亿美元，国内国际都开始关注太平洋保险，香港媒体甚至预言太平洋保险将会因此破产。然而，太平洋保险承保"亚太二号"时，已经将业务的大部分转包出去，只有3%左右是自己留下的，因此，赔偿金额的大部分由国际上其他保险公司分别承担，太平洋保险的实际赔偿只有几百万美元。爆炸发生后，太平洋保险奇迹般地在50天内就摊回了所有赔偿资金，迅速支付了全部赔偿款。太平洋保险以自己雄厚的实力、优质的理赔服务、快速的工作效率和优良的国际信誉为这桩举世瞩目的理赔案画上了句号，自身的品牌声誉和价值也大幅度得到提升。

随着交通银行所属两家子公司太平洋保险、海通证券的日益壮大，三方如何合作共赢、共谋发展成为共同关注的重点。1996年10月22日，王明权主持召开行长办公会议，听取太平洋保险资金运用情况的汇报时，特别提到太平洋保险作为交通银行的控股公司，两者要加强业务联动，交通银行要支持太平洋保险发展业务，太平洋保险要加强与交通银行的联系，保证联动的顺利进行。1997年8月，第一次业务合作座谈会召开，此后，三方积极推动业务合作，寻求业务稳步增长，培育新的业务增长点，形成合力，共同发展。1998年4月26—27日，三方再次召开业务合作座谈会，提出要在七个方面大力合作：海通证券为上市公司的主承销项目，由交通银行作为其代理收款行，太平洋保险提供保险服务；交通银行成为海通证券组建基金管理公司的基金托管银行；交通银行为太平洋保险代理保险业务，太平洋保险在交通银行开立保费收入基本账户，实行保费存款和代办业务合作；在保险资金的运用与证券业务的合作上，三方通过相互代理的方式开展；海通证券吸收的股民保证金与交通银行存款业务合作；交通银行电子汇兑系统为太平洋保险、海通证券集中调度资金提供服务；三方服务手段方面的合作。三方都明确意识到，三家单位虽然各为独立的法人，但本身是一个整体，仍有千丝万缕的联系，"这种优势，是其他银行不可代替的"。

离别：太平洋保险的脱钩

1993 年 6 月，在反思经济过热、金融混乱的原因时，混业经营成为其中重要的一项，中国政府决定借鉴美国经验，走分业经营的道路。年底，国务院发布《关于金融体制改革的决定》，规定国有商业银行不得对非金融企业投资，国有商业银行在人、财、物方面要与保险业、信托业和证券业脱钩，实行分业经营。

在严格服从国家宏观经济政策前提下，交通银行按照创办全国性商业银行的战略目标，稳妥处理综合经营与分业管理的关系。1993 年底，在经中国人民银行批准的《关于近期深化交通银行改革的若干意见》（交银〔1993〕121 号）中，交通银行提出正确处理分业管理和综合经营的关系，要以银行本体经营的传统商业银行业务体系和以附属、控股子公司为主体的非银行金融业务体系，形成集团化的经营模式。非银行金融业务从交通银行母体中分离出去，成立一系列交通银行控股的专业子公司来经营。将中国太平洋保险公司从全资附属企业改制为交通银行控股公司，逐步增设分公司和代理机构，并创造条件在境外设立分公司；把归属上海分行管理的上海海通证券公司改组为总行直接控股的海通证券股份有限公司，其业务和机构网络逐步延伸、辐射到全国各主要经济金融中心城市，并逐步参与国际证券市场的经营活动；筹建由交通银行控股、各类企业和金融机构共同投资的中国太平洋信托投资公司，经营投资、信托、委托、租赁等非银行金融业务。

交通银行清晰勾勒出混业经营金融集团模式，在这份蓝图中，交通银行是集团核心，麾下成立中国太平洋保险公司、海通证券有限公司、太平洋信托投资公司三个控股子公司，形成"一行三司"的集团化经营模式，从而构成以交通银行本体经营传统商业银行的业务体系和以交通银行附属、控股子公司为主体的非银行金融业务体系，使交通银行各项业务既能适应分业管理要求，又能保持综合经营服务功能，逐步形成以本外币业务为主体，保险、证券、投资、租赁、信托、房地产等多种金融业务相配套的全国性银行综合经营格局。

1995 年，国家颁布《商业银行法》，第四十三条规定，商业银行在中华人民共和国境内不得从事信托投资和企业投资。1998 年颁布的《证券法》第六条规定："证券业和银行业、信托业、保险业分业经营、分业管理。证券公司与银行、信托、保险业务机构分别设立。"这标志着金融业分业经营体制在中国最终确立。

在金融业分业监管、分业管理框架日趋明朗的背景下，交通银行和太平洋保险公司之间呈现出一种暗自博弈的状态。交通银行希望把太平洋保险留在其"一行三司"的集团框架下，太平洋保险则希望在分业经营、分业管理的背景下有更大的发展空间和更独立的经营权。两者长达数年的脱钩过程，清晰地展现了中国金融业分业经营、分业监管体制形成的脉络。

1995 年 3 月，太平洋保险向交通银行递交了《关于中国太平洋保险公司落实交通银行若干分业经营和分业管理部署的报告》（太保〔1995〕第 13 号）。对其中提及的将原 32 家交通银行保险代理处及其他 9 个地区的保险代理处或保险部改为太平洋保险办事处、将原属交通银行的人员划入太平洋保险编制，交通银行都予以同意。但对于收购或改建一家信托投资公司的问题，交通银行未予同意，并要求太平洋保险首先致力于发展保险主体业务；要以交通银行为依托，利用交通银行集团现有的优势开展业务；所属的证券业务也应按照分业经营、分业管理的要求并入海通证券，不愿并入的应予撤销。此后，在分业经营、分业管理问题上，交通银行和太平洋保险时有不同意见。

1997 年 6 月，太平洋保险正式提出分业经营体制改革的方案，即成立中国太平洋保险（集团）股份有限公司，并在集团公司下面设立中国太平洋财产保险股份有限公司和中国太平洋人寿保险股份有限公司，加上原已设立的中国太平洋保险（香港）有限公司和中国太平洋（美国）服务公司，共设四个子公司，集团公司对产险、寿险两家子公司实行控股。交通银行批复同意了这一方案。成立集团公司后，按照《商业银行法》的要求，太平洋保险与交通银行脱钩的问题又一次摆上了桌面。作为交通银行混业经营战略规划的一部分，交通银行始终不愿放弃太平洋保险，因而迟迟未予回复。

1997 年 12 月 30 日，中国人民银行保险司召集太平洋保险领导人，提出对交通银行的股份转让问题要有"明确态度"。一周后的 1998 年 1 月 6 日，太平洋保险向中共交通银行党组提交了《关于中国太平洋保险公司分业经营体制改革情况的报告》（太保〔1998〕第 2 号），拟从 1998 年开始，分三年对交通银行的股权分期分批地完成转让，1998 年、1999 年各转让 30%，2000 年转让 40%。1998 年 2 月 5 日，交通银行批复原则同意该分业经营改革方案，但要求交通银行股权的转让应为一次性转让。

1998 年 9 月以后，中央金融工委、人民银行多次召集各金融机构主要负责人研究部署金融机构与所办经济实体脱钩工作。11 月 8 日，中共中央办公厅、国务院办公厅《关于中央党政机关与所办经济实体和管理的直属企业脱钩有关问题的通知》（中办发〔1998〕27 号）下发，要求中央党政机关必须在 1998 年底以前与所办经济实体和管理的直属企业完全脱钩，不再直接管理企业。11 月 25 日，中国人民银行下发《关于金融机构与所办经济实体脱钩有关问题的紧急通知》（银发〔1998〕562 号），要求包括各政策性银行、各国有独资商业银行、交通银行、其他商业银行在内的金融机构在 1998 年底以前与所办各类经济实体彻底脱钩。

1999 年 1 月 2 日，中共中央办公厅、国务院办公厅印发《中央党政机关金融类企业脱钩的总体处理意见和具体实施方案》（中办发〔1999〕1 号），要求对金融类企业分别采取移交、改组、撤销、关闭和其他方式进行处理，其中特别提到"中国太平洋保险公司，由交通银行投资并管理。脱钩后，作为独立金融机构，其领导干部职务、党的关系等管理工作移交问题另行研究"。

在此情况下，交通银行已经无计可施，不得不选择上海市政府作为脱钩企业的转让对象。太平洋保险是交通银行所有资产中投资回报率较高的优质资产，至 1998 年末，交通银行对太平洋保险的投资额为 100340 万元，占实收资本的 50.01%，相关权益 48713.4 万元。太平洋保险 1998 年实现利润 3.2 亿元，1999 年上半年实现利润 1.67 亿元。尽管有着较好的投资收益，但交通银行还是从讲政治的高度认真贯彻党中央、国务院的决定，积极主动与上海市政府协商联系，认真落实脱钩转让事宜。

为了尽快实现转让，交通银行与上海市政府友好协商，确定转让价格为 1998 年末实际投资额以及相关权益的 30%，放弃了 1998 年末相关权益的 70% 以及投资额在 1999 年度经营中的全部相关权益。1999 年 8 月 28 日，交通银行与上海市政府正式签订协议，将太平洋保险、海通证券以 18.65 亿元的打包价格转让。至此，太平洋保险正式与交通银行脱钩，划归上海市政府领导，交通银行在太平洋保险的全部出资额及相关权益也同时转让。

脱钩后，在党的领导下，太平洋保险与交通银行持续深化改革，深耕细作、行稳致远，都取得了跨越式的发展。

习近平总书记指出："金融是现代经济的核心。……改革开放以来，我们对金融工作和金融安全始终是高度重视的，我国金融业发展取得巨大成就，金融成为资源配置和宏观调控的重要工具，成为推动经济社会发展的重要力量。""我们要深化对金融本质和规律的认识，立足中国实际，走出中国特色金融发展之路。"回顾改革开放后交通银行与太平洋保险的发展史，两者都是在党的领导下由弱到强不断发展壮大，都经历了改革大潮的洗礼，取得了不俗的成绩，都为国家经济社会的发展作出了应有的贡献，也都在上海国际金融中心的建设中扮演着重要的角色。它们的成长与偕行，正是不断深化改革过程中党对金融本质和规律所做的重要探索；它们的别离及此后各自的健康发展，也成为中国特色金融发展之路的一个生动注脚。

交通银行总部的变迁

  "交通银行纯用商业银行性质，由邮传部附股设立。……总行设在北京……以北京为总行，行内特设总管理处。"这是光绪三十三年十一月初四日（1907年12月8日）邮传部《交通银行奏定章程》中关于交通银行总部设址的规定。当时所谓"总行"，即北京分行，实为营业机构，与其他分行同；而所谓"总管理处"，为管理机关，有专管总分行之权，无兼营业务之责。在1908—2023年的100多年里，交通银行总部从"总管理处"到"总行"，数易其名，又从北京到上海，数易其址，迁移之旅坎坷曲折，却历经磨难而不辍其服务民族经济金融之志。在时代的流变中，交通银行不断调整自身，至今日而成长为一家具有鲜明的"民族金融、改革先锋"特征的国际化商业银行。

北京—天津—北京

  1907年12月8日，邮传部奏准设立交通银行后，随即开始筹备交通银行总管理处。总管理处的筹设，最初由邮传部邮政司办理，邮政司租定北京正阳门外西河沿商品萃卖场民房，于光绪三十三年十一月三十日（1908年1月3日）移付交通银行，作为总管理处办公地。十二月初二日（1908年1月5日），交通银行总管理处迁入办公，"交通银行"图章也奉邮传部镌铸颁发，并于光绪三十四年正月十二日（1908年2月13日）启用。

  清光绪三十四年二月初二（1908年3月4日），北京总行在西河沿行屋开业，宣告了交通银行的正式成立。

  因所租行屋不敷应用，邮传部又于同月二十七日（3月29日）购定正阳门内西交民巷一块民地，作为建筑交通银行总管理处行屋地基。该民地中间，"有镶红旗蒙汉官房共八所并空地一段"。随后，邮传部派员详加履勘，认为其"四至皆紧接环抱于官房，若划归银行修盖，最为合宜"，于是奏准"将该地镶红旗蒙古官房二所计十间、汉军官房六所计十八间，并官地一段，永远拨归本行应用"。交通银行总管理处遂迁至西交民巷。

1908年12月，因邮传部衙署让归摄政王作为府第，尚书陈璧将邮传部迁至西交民巷交通银行地基办公，而交通银行总管理处仍迁回西河沿旧处。

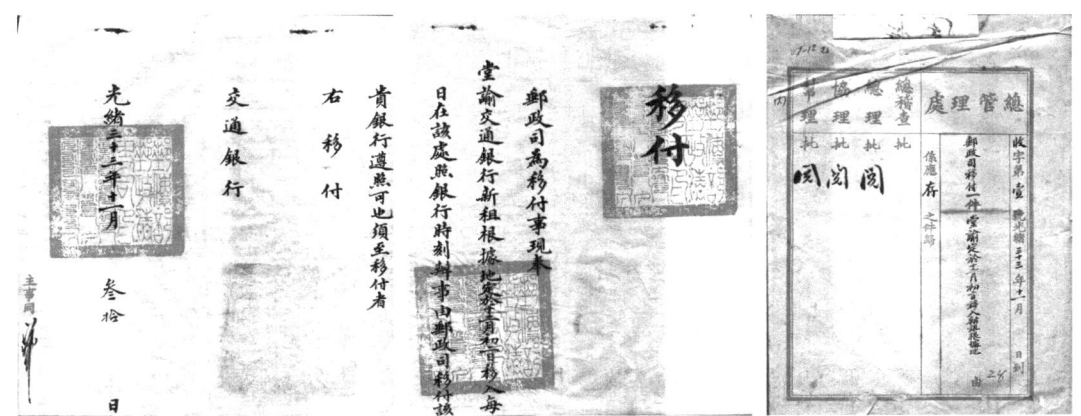

邮政司要求交通银行1908年1月5日移入新租根据地办公

宣统二年（1910年），交通银行总管理处以西河沿接近炉房较为适用，呈明邮传部以所购西交民巷地亩改建住房，拟陆续出售（后于1921年售予金城银行）。

辛亥革命期间，交通银行遭遇种种困难，总理之位空置，群龙无首，风雨飘摇。1912年1月，中华民国临时政府在南京成立，临时政府组织交通部，而北京邮传部尚未取消，也使得对交通银行的管理出现"双头领导"。为尽快恢复交通银行的正常运作，1912年1月18日，临时股东联合会在上海推举陆宗舆为代理交通银行总理，开了股东会推举总理之先河。陆宗舆上任后，为了避免总管理处过多受北京政局不稳影响，决定暂时移居天津，到法租界平和里45号房屋办公，并通告各行"应交总管理处信件报册，请暂按址寄至本处以便接洽。一俟大局安定，自当仍回京师，届时再行知照可也"。1月底，交通银行总管理处移天津办公。

在天津期间，总管理处清理了邮传部及各路局存欠各款辛亥旧账，经收陇海铁路比利时公司借款并奉政府令以一部分拨存为营业准备，还召开董事会，议决以鼎革之际影响营业只付辛亥上半年及民国元年下半年股息六厘，官股股息呈准交通部概予免除。其时，"双头领导"也给总管理处的正常运营增加了负担，仅在3月初，北京邮传部就指派任凤苞为交通银行协理，随后南京交通部又派严义彬为交通银行协理（未到任），北京邮传部再派叶恭绰为交通银行帮理。3月10日，袁世凯在北京宣誓就任中华民国临时大总统，北京政府成立，交通部正式将邮传部改组归并，"双头领导"现象终于告一段落。

政局稍稳，总管理处立即启动迁回北京西河沿的工作。月底，总管理处再次致函各分行："此次京津兵变，幸先事预防，本处及京、津两行同仁均得无恙，银洋账目公文亦均未受损失。组织临时政府地点既定于北京，本处因于3月12日仍回北京。"交通银行由此进入北京政府时期。

北京—天津

1926年4月，北京政府再次由直、奉共同执掌，曹锟、吴佩孚入主。

时任交通银行总理梁士诒与吴佩孚本不甚融洽，为躲避北京政府和军阀政客的干涉，决计将交通总管理处迁移到天津。他酝酿两个月，一直悬而未决，于是决定先将准备金转移，然后再将总管理处各股迁津。梁士诒怂恿众董事、股东，称："现在是军权时代，在其势力下，何求不遂，交行关系全国金融，万一基金发生意外之事，危险实甚。"大家于是赞成将准备金移至天津保管。

1926年6月，梁士诒已将总管理处700万元准备金全数运津保管，他旋即提议将总管理处全部移津营业。总管理处迁津一事事关京城商务盛衰，各董事和股东中不乏反对者。梁士诒谓："基金既已移津，京行业已空虚，万一京津交通断绝，奸人造谣挤兑，岂非束手待毙？"众股东默然。

总管理处的职员对于迁津也多有异议，认为"同人赴津供职，眷属驻京，两地开支，势必入不敷出，非增加一倍薪金，不能赞成"。为取得职员的支持，梁士诒允诺给予优厚的搬家费，月薪30元者给搬家费300元，月薪40元者给搬家费400元（依此类推）。全体职员始首肯。

时机成熟后，在1926年7月17日的董事会上，梁士诒正式提议，为便于统辖稽核调拨计，总管理处确有局部移津之必要，为免除各方误会起见，拟对外不通告，也不修改章程，暂将文书、会计、稽核、发行四股随总协理调津办事，仍留国库股及文书股一部分留京办事，其董监事会也仍在京举行。众无异议，总管理处迁津一事尘埃落定。

对于交通银行总管理处迁津一事，当时的北京政府代理总理杜锡珪闻讯后，曾专门拜访梁士诒，试图请其打消移津之举。梁士诒称，"移津系全体股东意思，本人不便擅专，好在总行虽然移津，京中犹留分行办事，将来如遇有国库款项问题发生，不妨向京行接洽，电津办理"。杜锡珪无可奈何，只能无功而返。

交通银行移设总管理处于天津，是现实需要与客观环境制约相互作用的结果，而作为交通银行重要创始人的梁士诒则起到了关键性的作用。《申报》曾评论："梁氏近一月间，为此事奔走京津，筹划一切，不避溽暑，可谓煞费苦心矣。"至 1926 年 9 月 13 日，总管理处除国库股之公债事务必须随时与财政部接洽者外，其余 60 人及重要档案全部迁至天津法租界 4 号路（今滨江道）48 号旧电报局大楼，并于 16 日正式对外办公。

天津—上海

1928 年 5 月，因受到南京政府通缉，梁士诒不得不辞去交通银行总理之职。经董事会议决，协理卢学溥兼代总理。6 月 1 日，南京国民政府命令交通银行与中国银行同时改选。出于政治、经济等多方面因素的综合考量，交通银行总管理处决定迁往上海。

1928 年 7 月，原来留在北平的国库股公债部分，由领股刘展超督率行员，乘平浦

1919 年，上海分行接管了位于上海公共租界外滩 14 号的德华银行大楼，楼高四层。1928 年 11 月，交通银行总管理处南迁上海后，在此办公。

车南下赴沪，入驻外滩 14 号，附设于上海分行内。原先在北平西河沿的房屋不再租用（嗣后，交通银行又于 1930 年 4 月购买西河沿原址房地改建新屋，共五层，连宿舍一百七十间，又平房十二间，由中国著名建筑师杨廷宝设计建造，于 1932 年 2 月建成，作为北平交通银行行屋——现为前门西河沿街 9 号"交通银行旧址"）。

随后，在天津的各股也陆续迁移，至 1928 年 10 月 10 日，全部人员搬迁完毕。

到上海后，总管理处入驻汉口路外滩 14 号大楼。该大楼原为德华银行房屋，民国八年（1919 年）12 月由交通银行上海分行承购后，一直作为上海分行行址。

1930 年 4 月，交通银行购买西河沿原总管理处旧址房地改建新屋，于 1932 年 2 月建成，作为北平交通银行行屋。

天津交通银行行屋（中国证券博物馆藏）

1928 年 11 月 16 日，国民政府颁布《交通银行条例》（共 23 条），规定交通银行为"发展全国实业之银行"，仍受政府委托经理国库，"设总行于上海"。12 月，财政部指派卢学溥为交通银行董事长，常务董事推举胡祖同为总经理；同月，董事会议决修订《交通银行组织规程》，将原先的总、协理制改为董事长、总经理制，由总管理处统揽全行事务。

由于外滩 14 号大楼年久失修，总管理处迁入后，与沪行一同在楼内办公，"房屋尤觉不敷支配"，并且受到江海关大楼影响，"基址日见倾圮，墙壁时露裂痕"。在 1929 年 11 月 27 日的董事会上，即有提案希望修葺大楼，但因兹事体大，暂行撤回。1931 年 7 月 30 日的第 39 次董事会（临时会）上，又有提案提出改建外滩 14 号行屋，并以不超过 200 万两规银的价格，获得通过。会议还通过了建筑本行上海行屋委员会会员名单，由胡孟嘉、卢涧泉、钱新之等常务董事作为当然委员。

1933 年 6 月，董事会议决修订《交通银行组织规程》，将总管理处改组为总行，扩充组织，兼营业务，设部、设处，各隶以课；上海分行、沪区发行总库、储蓄分部裁撤，分并总行。7 月，交通银行正式改总管理处制为总行制，总行统揽全行事务。

交通银行将总部南迁上海，既是出于对政治环境变化的考量，也是受上海作为金融中心在财政金融方面巨大优势的吸引而作出的选择。交通银行董事长钱新之曾在 1943 年的行务会议上回忆："民国十六年，国民政府在南京成立，当时中交两行总处尚在北平，南方中交各分行无人主持，岌岌可危。本人承乏财政部事，建议政府力主扶持两行，中交两总处遂均由北平迁上海，而本行业务亦渐次安定，渐次展开。"南迁以后，交通银行经历了一段快速发展的黄金时期，尤其是 1933 年改组为总行后的几年间，存款、汇款、放款成绩可观，在发展江北、开发西北、助力闽粤、增设仓库、辅助国货、建设交通、调剂金融、助长生产、优待出口等方面积极作为，较好地履行了发展实业之使命，"建设粗成，经营不懈，可称为发扬时期"。

上海—汉口—香港—重庆

1937 年，"七七事变"发生后，交通银行总行立即准备了应变措施，决定随局势的演变采取节节布置办法。对于总行自身，拟撤往南昌、退居长沙。撤南昌前，可以杭州和绍兴为第一退步，长沙为第二退步。7 月 21 日，为了应付严重局势，总行指示各分行处妥为准备，以策安全。

1937年8月9日，国民政府财政部鉴于上海的金融形势，为集中中（中央银行）、中（中国银行）、交（交通银行）、农（中国农民银行）四行力量，命令联合组成贴放委员会；同日，财政部又命令上海四行组成联合办事总处（以下简称四联总处）。

1937年8月13日，淞沪会战。奉财政部命令，交通银行于13日上午10:15起休业两天。由于总行所在的外滩靠近交战地点，为安全起见，总行于14日由汉口路外滩暂移霞飞路889号、891号所租房屋办公。8月17日，总行遵照国民政府财政部所定办法对外营业。由于总行屋少人多，储信部于8月23日迁往法租界内迈尔西爱路311号办公，稽核处也于8月30日迁至迈尔西爱路305号办公。

1937年9月21日，财政部命令交通银行将总行改组为总管理处，并拟移设至首都，以适应非常时期的需要。总行改为总管理处后，仍分业务、发行、储信三部和事务、稽核两处，同时成立上海一等分行，简称沪行，行址设在霞飞路。对于迁移南京的计划，交通银行内部做了详细的讨论，考虑到"此后如于首都召开董事会，恐各董事因道路阻碍，致事实上不能多数按时出席"，于9月30日的第六次董事会上予以否决。

1937年10月，南京遭受日军巨大威胁的形势下，国民党中央和国民政府认为南京无法坚守，为坚持长期抗战，作出了迁国民政府于重庆办公的重大战略决定，并发布《国民政府迁驻重庆宣言》："国民政府兹为适应战况，统筹全局，长期抗战起见，本日移驻重庆。此后将以最广大之规模，从事更持久之战斗。"同时，国民政府还决定，财政部、外交部、内政部以及卫生署迁往武汉。

与国民政府的迁移相呼应，1937年11月，交通银行总管理处奉财政部命令迁移到汉口办公，其中总管理处发行部的一部分迁移到香港办公，成立香港办事处。12月，总管理处陆续迁移，所有印信和干部人员均在启程途中，常董会议决对内对外信件在董事长未到达前先由总经理签核。同时，内地各撤退行处在上海外滩14号成立临时办事处集中办公。至1937年底，交通银行因战事停业、撤退、迁移的行处共计28个。

1937年12月8日，四联总处第十二次会议决议，中、中、交、农四行总处名义应在重庆，并规定各指派干部人员分驻汉口、香港办公。交通银行遵照四联总处决议，将总管理处办事机构分驻汉口、香港，以期便利随时联络策应，集中办理。1938年5月初，交通银行将总管理处主要职能迁到香港。之所以将总管理处移到香港，是考虑到香港有英国方面的庇护，与重庆和汉口相比，可以更好地联络内地各个机构；并且，香港作为金融中心，可以为交通银行配合国民政府调剂战略物资提供方便。1938年6月，国民政府在汉口组织召开全国金融财政会议，董事长胡笔江、总经理唐寿民均参加，各分行经理列席。

1938年8月，日军大举进攻武汉，总管理处的汉口部分不得不再次迁移，奉令撤往重庆。在全面抗战爆发后的一年中，交通银行总管理处出现了上海、汉口、香港、重庆四地办公的特殊状况。总管理处从汉口撤出后，最终形成分驻重庆、香港两地的格局。交通银行董事长胡笔江、总经理唐寿民，以及发行部经理王子崧、副经理许敬甫等，带领大部分职员居于香港。

位于雪厂街5号的交通银行香港总管理处发挥了重要作用，在1938—1941年间，成为交通银行事实上的指挥中枢。为了不违反国民政府和四联总处的规定，香港总管理处对外从不挂总管理处的招牌，但全行的重要事项基

香港中环雪厂街5号太子大厦。交通银行总管理处曾在此办公。

本都由香港总管理处处理，总管理处的重要管理人员也大都在港。财政部曾于1937年7月令交通银行会同中国银行、中国农民银行将所存鲁、秦、湘、赣等地的现银币送存香港汇丰银行代运出口，截至1938年9月，交通银行香港办事处共交运40257714.41元，用寄出现金准备金科目列付香港汇丰代运存英户账，香港总管理处的作用可见一斑。作为名义上的总管理处，位于重庆化龙桥的部分主要承担了联系政府的职能，董事长、总经理并不常驻重庆。胡笔江遭日军袭击遇难后，继任董事长的钱新之根据需要往返港、渝之间，而总经理唐寿民则始终居于香港。

1941年12月1日，日本决定向美、英、荷开战；2日，日军大本营即向中国派遣军下达攻占香港的命令，香港局势急转直下。9日，交通银行董事长钱新之致电常驻香港的总经理唐寿民，指出总管理处在港机构将不能行使职权，嘱即安排香港总管理处

事务，即晚去渝。12 日，钱新之复致电唐寿民，告以四联总处议决应变措施：中、中、交三行与英美行共同进退；法币应赶运，必要时销毁；在港订印的券钞和券版寄内地或销毁；重要文件和人员尽量内迁。大部分驻港行员开始陆续撤往重庆。25 日，日军占领香港。交通银行总管理处由此进入重庆时期，直至抗战结束。

重庆—上海—广州—重庆—台北

1945 年 8 月 15 日，日本宣布无条件投降，抗战取得最后胜利。交通银行随即着手复业，成立总管理处上海办事处，负责接收被日伪改组运营的伪交通银行总行、本埠五支行仓库及部署行屋等一切复业工作，并接收日本住友银行、劝业银行、伪华北工业银行、汉口银行等机构。10 月 1 日，交通银行总管理处在静安寺路（现南京西路）999 号行址复业。外滩 14 号行屋，因"年久日深，房屋逐渐颓坏"，加之"过去被敌伪毁损太多"，除主要供上海分行营业外，还保留了总管理处部分处室。

1946 年 6 月，重庆总管理处文件陆续到达上海；7 月 3 日，总管理处信托部由重庆迁上海九江路 69 号（原日本住友银行行址，1948 年交通银行承购该房屋）营业，至此，总管理处全部迁回上海。

重庆市渝中区打铜街 14 号。交通银行总管理处曾在此办公。

交通银行总管理处对外滩 14 号行屋早有拆造之计划，"原定计划图样，实不亚于现在矗立外滩之中行大厦，或犹将过之"，但因战事耽误，一直未能施工。1947 年 4 月，"本行外滩行屋因营业间地位狭窄，已决定改建门面及扩充营业面"，原在四楼办公之总管理处各处室，于 5 月迁移至南京西路 999 号办公，而上海分行则仍在外滩 14

号三楼办公。6月，馥记营造厂着手动工对房屋进行翻修，先将西面房屋改建，而留东面房屋办公，12月下旬西面房屋落成，于新年假期中搬入办公，东面房屋接着改建。西面新屋为五层楼建筑，营业部设在二楼，文书、会计、庶务等股在三楼，五楼则设食堂。东面新屋为八层新大楼，于1948年底改建完成。该大楼合计耗资50.37亿元，其华丽程度在当时的上海"实在可以说数一数二"。

1947年，交通银行耗资50.37亿元，在外滩14号原址建成八层新大楼，总管理处部分机构和上海分行在此办公。上海解放后，该大楼为上海市总工会所在地。

此外，1945年12月，奉国民政府财政部令，中、中、交、农四行应将总管理处设于首都南京。交通银行成立南京总管理处（以下简称"京总处"），地址在中正路（现为中山南路）2号。1946年10月，四联总处以及各行局均派员赴南京办公，交通银行也从总管理处各职能部门酌情抽调20人，随同总经理前往南京办公，同时还决定于1947年8月将总管理处整体迁往南京，并在南京建造新宿舍。不过，直到1948年1月，才有人事室和事务处的一部分人员迁往南京，但总管理处大部分仍驻上海。1948年12月，受内战局势影响，京总处撤销。

1949年4月1日，国共双方和谈破裂。4月21日，中国人民解放军发起渡江战役，次日南京国民政府各院、部、会迁往广州。4月23日，南京解放。4月25日，国民政府行政院长何应钦通过财政部向各行、局、库下达指令，要求各国家行、局、库总管理机构与政府一起迁穗办公。4月30日，交通银行总管理处密电各分支机构，告知自30日起总处在穗办公，同时成立上海办事处，处理一切未了事务。5月27日，上海解放。5月28日，上海市军管会即派储伟修、杨修范分别为正、副军事代表进驻交通银行总管理处和上海分行，执行军事监督，办理一切接管事宜。

"交通银行总管理处"迁穗仅5个月，解放军挺进华南。9月7日，国民政府由广州迁往重庆，随后，财政部电令"交通银行"迁往重庆。"总管理处"奉命于 10 月 13 日迁至重庆。董事长钱新之在安排迁渝事宜时，已看清国民党政权即将土崩瓦解，遂辞去董事长职务。11 月 30 日，重庆解放。12 月 3 日，"交通银行总管理处"奉命迁至台湾，入驻台北市峨嵋街 39 号。

上海—北京—上海

1949 年 5 月 27 日，上海全部解放。28 日，中国人民解放军上海市军事管制委员会任命储伟修为驻交通银行军事代表，代表执行军事监督及办理一切接管事宜。上海接管交通银行包括总管理处、上海分行暨 5 个支行，以及解放前撤退在沪的行处共 22 个单位，1765 人。

为了发展工业生产，促进城乡物资交流，调剂工业生产资金，1949 年 11 月 1 日，交通银行总管理处和上海分行奉华东区司令部令同日在上海复业（因外滩 14 号已成为上海市总工会办公地，复业地点为外滩 16 号原中国农民银行上海分行旧址），交通银行成为中国人民银行领导下发展工矿、交通、邮电、航运、运输等事业的专业银行，致力于恢复生产、促进城乡交流。次日，总管理处奉命迁移北京并专门成立迁京委员会，同时改组董事会，下属机构受交通银行总管理处和当地中国人民银行双重领导，业务重心为发展生产、繁荣市场。

1949 年 12 月 13 日，交通银行总管理处启动迁京工作，从中旬开始运送，前后分四期成行。到 12 月 27 日，交通银行总管理处抵京人员已达 90% 以上，迁京员工共 226 人，其中职员 196 人，工友 30 人。

1950 年 1 月 5 日，交通银行总管理处迁京后，在东交民巷 20 号正式办公，并相继组织开展公私合营企业公股股权的整理、汇集资料工作进行调查以及对原有资产进一步清理等工作。次年 11 月，交通银行总管理处又迁入位于公安后街 3 号的新大楼办公。

1954 年 10 月 1 日，国家在交通银行的基础上组建成立中国人民建设银行，交通银行的机构、干部员工大部分划属建行，对外保留交通银行名称。其时，交通银行总管理处只保留了 15 名公私合营企业管理处干部，以及 25 名文秘、后勤等人员。交通银行仅在北京、上海、天津、武汉、西安、重庆、广州、福州、杭州、南京、青岛、宁波等当时公私合营企业较多的大中城市保留分支机构，全国交通银行员工共约 480 人。此后，交通银行总管理处于 1955 年 9 月迁至北京西交民巷办公。

1956 年 1 月，财政部下发指示，所有公私合营企业的财务监督工作，一律责成交通银行专责办理。交通银行的主要任务转变为对地方企业的财务监督。当年，继农业合作化高潮之后，全国形成社会主义改造的新高潮，对资本主义工商业的改造进入全行业公私合营阶段。这意味着交通银行将面临更加繁重的工作任务。

为解决交通银行机构规模、干部力量与工作任务不相匹配的问题，张平之迅速报请财政部特请国务院编制工资委员会，根据精简精神提出机构设置原则：有专业公司的地方可设立交行机构；机构设置采取总处、分行、支行三级制，办事处不作为一级分支的派出机构；机构内部按秘书、综合计划、业务、会计等部门分工办事；总处设处，分行设科，支行设股（较大支行也可设科），人员多的分行可设人事科。

经国家计划委员会批准，交通银行 1956 年的编制人数扩充至 5000 人，迎来独立建制后的短暂发展。

1958 年 7 月 22 日，经国务院批准，交通银行总管理处划归中国人民银行领导。8 月 9 日，财政部就交通银行机构问题发布通知指出，交通银行总管理处划归中国人民银行总行领导之后，"各地分、支机构需否移交，可由你们与当地人民银行协商决定，今后是否仍保留交通银行牌子，也由你们和人民银行协商后报人民委员会考虑决定"。

1958 年 12 月 15 日，国务院正式批准财政部《关于建设银行、交通银行的机构性质和管理分工问题的报告》。交通银行国内业务基本终止，香港分行继续营业。从 1958 年开始，交通银行在中国人民银行内保留总管理处名义并承担法律上的责任，这一状况一直维持到 1986 年国务院决定重新组建交通银行。

进入 20 世纪 80 年代后，中国金融体制开始了由行政化垄断模式向建立更具活力的市场化机制的转变。1985 年 2 月 8 日，国务院批转《关于上海经济发展战略汇报提纲》，提出在上海新设一个综合性银行，明确这家银行属于全国性专业银行序列。5 月 24 日，上海市人民政府财贸办公室和中国人民银行上海市分行起草《关于筹建交通银行的规划意见》，认为应从国内外影响较大、有利于迅速开展对内对外业务的前提来考虑新行名，建议定为"交通银行"。6 月中旬，上海市副市长阮崇武在市政府副秘书长顾树桢、市财办副主任陈恒平陪同下察看上海江西中路 200 号福州饭店，为交通银行选址。7 月 15 日，中共上海市委批复市委组织部，同意建立交通银行筹备组。

1986 年 7 月 24 日，国务院下发《国务院关于重新组建交通银行的通知》。10 月 25 日，交通银行重新组建后设立的第一家分支机构——上海分行试营业。1987 年 4 月 1

日，经中国人民银行批准，重新组建的交通银行在江西中路200号正式对外营业。4月10日，交通银行由京迁沪暨上海分行正式开业招待会在上海展览中心宴会厅举行。被赋予中国银行业乃至金融改革"试验田"历史使命的交通银行，从重新组建之时起，就持续深入地进行体制机制的变革与探索，在不同的发展阶段，实施一系列在中国银行业乃至金融领域具有"先行者"意义的探索。

1992年4月9日，交通银行购置锦明大厦签字仪式在上海和平饭店举行。随后，交通银行总管理处陆续迁入上海市仙霞路18号锦明大厦办公。

在中央与国家有关部委及中国人民银行的大力支持下，交通银行于1994年实行统一法人体制改革，通过对分散在

上海市仙霞路18号锦明大厦。20世纪90年代的大部分时间，交通银行总行在此办公。

各分支行的股份以换股的方式集中到总行，实现对股东实行同股同利、同股同权，最终完成由多个法人体制向一个法人体制的转变。1994年6月20日，中国人民银行批准同意"交通银行总管理处"改称为"交通银行总行"。

为更好地服务上海国际金融中心建设、服务上海经济社会发展，从而服务全国、辐射世界，2002年9月29日，交通银行总行由锦明大厦迁至上海市银城中路188号交银金融大厦办公。这是全国首家落户浦东的商业银行总部，在凸显出陆家嘴金融圈CBD的强大集聚效应的同时，也展现了一家百年民族金融企业的责任担当。近年来，交通银行以习近平新时代中国特色社会主义思想为指导，坚定不移地践行金融工作的政治性、人民性，始终心怀"国之大者"，不断提升服务实体经济高质量发展质效，发挥上海主场优势和龙头牵引作用，努力建设具有特色优势的世界一流银行集团，以金融高质量发展助力强国建设、民族复兴伟业。截至2024年上半年，交通银行的资产规模达14.18万亿元，全行有近10万名员工，在《银行家》杂志公布的世界银行排名中

按一级资本列第 9 位。

　　时光荏苒，世事沧桑。一百多年来，交通银行几度俯仰，数次转型，屡经波折，却始终秉承"纾国家民族之危难、助工商实业之蓬勃、谋股东行员之利益"的光荣传统，坚持与国家和民族发展同行，在服务实体经济发展、推动社会进步的同时，实现自身跨越式发展。交通银行百年发展的历史，就是一部与实体经济休戚与共、风雨同舟的共同成长史，而其总部的迁移轨迹，就是一部交通银行人的"长征史"：为了民族金融的发展、实业经济的振兴、家国情怀的维系、体制机制的革新，他们从危难中出发，于压迫中抗争，在苦境中坚守，由困厄中突围，凝众力，聚群智，担风雨，克时艰，一步一步走向美好、迈向辉煌！

交通银行总行办公大楼：陆家嘴交银金融大厦。

先锋篇：银行新火种

经济学家金国宝的银行岁月

金国宝（1893—1963 年），字侣琴，著名经济学家、统计学家，江苏吴江人。他一生从事财政金融工作和统计学教育研究，成果丰硕，影响广泛，与潘序伦并称经济学界"江南二俊"。

进步青年缘结金融界

学生时代的金国宝，已经是一名小有名气的进步青年。1913 年 3 月，宋教仁被刺，国民党发动反袁的"二次革命"，时在江苏省立第一师范学校求学的金国宝就积极组织学生运动予以响应。1917 年，金国宝从复旦大学毕业，回吴江中学担任英语教员。

1919 年，金国宝应进步人士俞颂华之邀翻译了李宁（列宁）著《鲍尔雪维克之所要求与排斥》一文，刊登在 9 月 1 日出版的《解放与改造》半月刊创刊号上。他在文中如此说明："余以鲍尔雪维克之主张，具见于是，凡研究鲍尔雪维克及俄国国情者，均不可不读也，故将 Long 氏译本，译为汉文，以飨国人。至鲍尔雪维克一字，或译过激派，或译广义派，均不妥善，试从音译。"这篇文章，是迄今所见我国最早中译的列宁作品，也是最早将俄国共产党用音译为"鲍尔雪维克"的译文。

获硕士学位时的金国宝

1922 年，金国宝受推荐赴哥伦比亚大学留学，专攻统计学，一年后获得硕士学位。1923 年秋，金国宝通过俞颂华结识瞿秋白，三人经常一起谈论国事，颇为投机。俞颂华担任《东方杂志》主编后，金国宝常常供稿，1926 年发表了《社会主义与科学方法》一文，运用统计学方法论证社会主义可以实现公平分配，优于资本主义，并表示自己拥护蔡元培主张的社会主义，"其（指蔡元培）见解正与鄙见不谋而合"。

大革命失败后，尚处于幼年时期的中国共产党一度受左倾盲动主义的影响，而国民党实行的白色恐怖让一大批爱国人

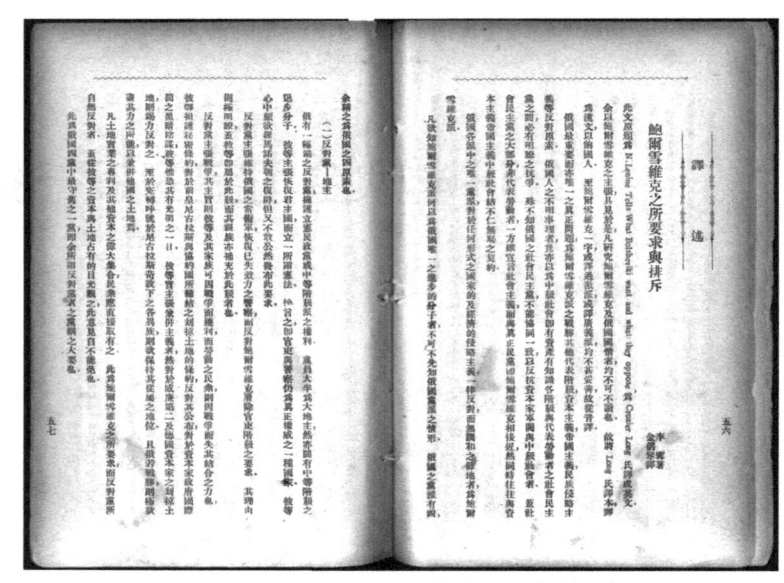

金国宝翻译的《鲍尔雪维克之所要求与排斥》

士、民主人士和知识分子受到波及，这也使金国宝思想上产生彷徨和苦闷。本来一腔热血的金国宝开始意识到，书斋中问学才是适合他的道路。1927 年 10 月初，他辞去国民政府财政部统计科长一职，返沪担任南洋烟草公司统计科长，致力于统计学和财政金融研究。1928 年初，他的《中国币制问题》一书交付商务印书馆出版；4 月，受蔡元培之邀，他再赴欧美考察统计事业；一年后，归国执教于上海商学院，代理教务主任。

1929 年 5 月 4 日，金国宝受国民政府财政部长古应芬、南京市长刘纪文之邀，担任南京市财政局长。不过，在从政一年后，金国宝自觉拙于周旋，于 1930 年 4 月提出辞职。出于谋求一份稳定的工作考虑，既利于维持家庭生计，又方便开展学术研究，1930 年 7 月，在钱新之的引荐下，金国宝入职交通银行总行，担任稽核。

进入交通银行后，金国宝的才学有了施展的空间。他既懂经济金融理论，又能与实践紧密结合，得到交通银行总经理胡祖同的高度认可。胡祖同欣赏他在统计学和金融学方面的深厚造诣，很快提任他为沪行襄理、沪行副理、总行业务部副理。

首创票据承兑与贴现

从 1928 年起，金国宝就开始提倡承兑汇票的推行和贴现市场的建立。其时，国内贸易的信用结算方法多采取"三节结账"，先把交易额记账，到端午、中秋、春节时统

一结算。相比而言，承兑票据则可以大大增加市场的资金流动，让持票人随时通过票据贴现取得现金。因此，在1929年12月南京市政府学术研究会上，金国宝就明确提出应建立票据市场，吸收国内资金，促进工商业发展。金国宝认为，提倡国货、废两改元、改良交通、废止苛捐杂税等，都是振兴工商业的重要办法，亟应同时举办；"然此外尚有一尤重要之办法，为时贤所忽视，而鄙人今日所要讨论者，则是成立一个票据市场"。

1930年底，交通银行在金国宝主导下试办票据承兑及贴现业务，并率先颁布《交通银行办理押汇凭信及承兑贴现业务规则》。该规则根据外国委托购买证及信用证的办法，并结合中国国内情况而变通制定，目的是通过提倡票据而造成一个贴现市场，使短期资金有一个既生利又稳妥的运用途径。金国宝在该规则的说明文章《交通银行承兑汇票浅说》中阐述："总之，交通银行的目的，要使社会一切零星闲款，都投资到工商业上面去，不再做投机及不生产之用，慢慢儿大家习惯成了自然，通常利率可以希望稍微压低一些，工商业自然发达了，无业游民亦少了，社会渐趋安定，外资亦可吸收利用了，这真是发展全国实业银行的使命啊！"

虽然这项业务的规模不大，却具有多重意义。首先，它使交通银行在1907年创办时就列入《奏定章程》的"折收未满期票"业务就此正规化、制度化、经常化；其次，这是中国金融市场中首次通过票据开展贴现与再贴现，开创以票证融通资金之先河；最后，颁布的中国贴现市场发展史上第一部关于票据承兑与贴现的专门规章，开启了中国银行业业务经营意识近代化的新纪元。

1931年春以后，包括国华银行、上海商业储蓄银行、大陆银行、国货银行、中南银行、浙江实业银行、和平银行、东莱银行等在内的众多银行，都步交通银行后尘，开办商业承兑汇票与银行承兑汇票及其贴现业务，上海金融界一个提倡承兑票据及贴现的运动逐渐形成。

交通银行对推行票据承兑与贴现这项创新业务寄予了很大希望，金国宝本人也积极推动票据承兑及贴现业务的开展。1931年春，他撰写《银行法中之票据问题》一文，对报载经立法院三读通过的《银行法》提出商榷意见。他对"承兑"一项既不列入银行的"主要业务"也不列入"附属业务"提出质疑，指出欧洲各国法律均允许银行兼营承兑业务，且承兑代理所还是伦敦贴现市场的基础和伦敦金融市场的一大柱石。金国宝坚持认为，"欲促贴现市场之成立，非先提倡银行承兑汇票不可；欲提倡银行承兑汇票，非先授银行以承兑汇票之权不可"。

1931 年 7 月，金国宝任上海分行副理，这让他得以更加专注于承兑汇票的推行。"九一八"事变让上海金融恐慌日甚，"一·二八"事变后，上海随即发生金融风潮，银根紧缩，工商各业日益凋敝。金国宝指出，国民经济已经窘态毕露，而这正是平时全无准备的铁证："常人不察，仅知军事准备之重要，而不知财政金融各方面之布置，尤为刻不容缓。盖近世之战争，不仅恃乎军力军器之优劣，实全国经济力之总决斗耳。"作为全国商业中心、金融中心的上海，应如何"谋补于将来"？金国宝提出两点"改弦更张"之法：其一是提倡商业票据促成贴现市场，其中银行承兑及银行背书之票据尤为重要；其二是钞券之保证准备得以商业票据充任，但须稍有限制。当然，金融界的提倡，还需国家财政计划的支持，"欲图金融之安全，必先谋政府收支之适合"。金国宝信心满满地表示："当局诸公，果能采用此说整理财政，复于军事方面实行征兵，勤修武备，政治方面，集中人才，奖励工商，上下一心，刻苦自强，十年之后，谓不能对外一战，吾不信也。"

尽管政局不稳，但从 1931 年初到 1932 年底，参加提倡票据承兑运动的各银行，承兑票据数额以及贴现票据的数额和金额发展势头却都很可观，其中以交通银行和国华银行更为突出。从银行承兑汇票看，自 1931 年 3 月至"九一八"事变前的 8 月，5 个月中交通银行各月月末金额数最多时为 96000 两，最少为 31000 两；国华银行最多时为 84000 两，最少为 20000 两。再看商业承兑票据贴现数，1931 年 3 月至 12 月，交通银行共贴进商业承兑汇票 248 张，金额共 47761 元；1932 年，交通银行商业承兑汇票贴现大幅增长，到年底共贴进票据 309 张，金额 176051 元。在 1931 年 5 月以前，承兑汇票及其贴现的发展"大有一日千里之势"，后则因受到 5 月的粤变、各省水灾以及"九一八"事变影响而骤然被阻。但金国宝所提倡的这个运动，却在银行界播下了现代票据承兑及贴现业务的种子，其意义不容低估。

承兑汇票的推广也让金国宝声名远扬，各方都纷纷邀请他前去演讲。1932 年 5 月 6 日，他应中国银行总经理张嘉璈和新华银行总经理王志莘的邀请，在中华国货产销合作协会第七次星期五聚餐会上作了"承兑汇票问题"演讲，向工商界领袖人物大力宣传承兑汇票及贴现能够为工商业融资带来的好处。因上海"工商业萧条，致市面不景气益甚"，1935 年 3 月 30 日，中国工商管理协会也敦请金国宝演讲"商业承兑汇票"，以对救济工商业有所助益。

倡言维护利权

身处内忧外患的时代，金国宝对国家利权十分关注。北洋政府时期，中国政府就对外钞持放任态度，认为外国银行非我权力所能及，所以历来颁行的法律和条例都未对外国银行加以约束。1921年，金融界有识之士就有取缔外钞的主张，但当时京钞停兑，中国银行和交通银行发行的纸币信用受损，外国钞票仍可按面额通行，也就难以取缔外钞。但外钞侵蚀国权、危害金融也逐渐被人注意。

1927年，金国宝在《银行周报》上撰文，详细探讨了取缔外钞问题。他对华俄道胜银行、中法实业银行、中华汇业银行、中华懋业银行、北洋保商银行、华威银行等中外合办银行，以及麦加利银行、汇丰银行、有利银行、东方汇理银行、德华银行、华比银行、荷兰银行、横滨正金银行、台湾银行、朝鲜银行、花旗银行、美丰银行、友华银行等纯粹外资银行的发钞历史进行梳理，认为世界上无论何国都只允许本国货币在国内流通，像我国这样允许多种外国货币通行的，"实可谓世界上独一无二之特有现象"。而外钞在我国流通，小则侵蚀国权，大则危及民生，此前东三省即以罗布票的势力为大，日俄战争后，日本在华银行推行纸币，使得罗布票价格大跌，民众的损失则何止万万计。

金国宝一针见血地指出，外钞之所以在国内盛行，不是因为其信用太好，而是因为本国钞票的信用太坏。以奉天为例，如果不是奉票滥发，人民也不会纷纷将奉票易为外钞。同时，在我国的外国银行，都是殖民银行性质，背后都有外国政府作为后盾，因其拥有绝大势力，所发钞票也就得以畅行无阻。金国宝痛感外钞对我国主权的践踏，大声疾呼"外国银行亟应有严密之监督，外国银行之钞票，尤应从严取缔"。他一并提出了取缔外钞的两点办法：其一，外国货币单位的一切纸币，除在金银市场买卖外，不准在市场上直接交易；其二，收还中外合办银行发行的钞票。当时上海的租界仍处于外国势力的控制之下，外商银行也有着雄厚的实力，金国宝敢于系统陈述自己的见解，可谓非常具有胆识。

此外，金国宝还对航业的利权提出过自己的建议。他认为，航运收入是国际债权债务无形输出中最重要的一目，必须特别重视。他深入研究世界各国的航业政策，于1927年在《东方杂志》刊文建议，改变我国航权丧失的现状、鼓励和振兴航运事业刻不容缓，要以发给赏金、补助金的形式鼓励航运发展，并允许我国商船享有某些特别权利。他对挽回国家利权的关注和疾呼，体现了一个先锋知识分子的担当。

多面人生

在胡祖同担任交通银行总经理期间，金国宝得到胡祖同的大力支持，各项工作的开展畅行无阻。1933 年 4 月，胡祖同离任，继任者唐寿民与金国宝的相关意见大相径庭，凡金国宝所提意见和计划，多不能采纳，而遇事则多掣肘，金国宝遂萌生去意。当时，财政部长孔祥熙对金国宝的才干素有所闻，恰好中央银行设立经济研究处，于是延聘金国宝为专员。1935 年 6 月，金国宝从交通银行总行经济组主任专员岗位辞职，调任中央银行专员。交通银行则改聘他为经济顾问。

值得一提的是，除了作为享誉业界的银行人和经济学家外，金国宝还有着诗人和统计学家的多重身份。

金国宝喜作旧体诗。抗战期间，他有感于国土沦丧、生灵涂炭，开始大量创作，并积为《侣琴诗存》三卷，自云："辛苦纷纭成底事，等身书卷一诗囊。"他的诗作广受赞誉，《寒衣曲》《从军行》等诗作多方流传。"中国现代会计之父"潘序伦对金国宝的诗作十分推崇，称"业财会而擅长旧体诗者，推金子侣琴、吕子仁一两家为能"；经济学家俞寰澄誉金国宝的"书生自有不磨处，出世襟怀入世身"为名句；交通银行汉行副理沈诵之称赞金国宝的诗"缠绵金缕意，婉妙玉台姿"。

1938 年 8 月 24 日，交通银行董事长胡笔江和浙江兴业银行董事长兼总经理徐新六在从香港飞往重庆途中，被日军袭击，不幸罹难。胡笔江和徐新六都是中国银行业代表性人物，噩耗传来，举国震惊。金国宝伤心不已，写下《哭二先生诗》。他在交通银行工作期间，与胡笔江公交私谊都很好，怀念故人，不免悲从中来："月前同访戴，往事倏成尘。一遇鹰鹯击，同为猿鹤身。老成参国议，豪侠见天真。交谊兼师友，悲来泪满襟。"他与徐新六也颇多过从，对他的遇难同样痛感悲愤："行空蹑云表，堕海即骑鲸。识量超流俗，瀛寰著异声。理财忆刘晏，下榻失徐生。一朝成千古，唏嘘泪欲倾。"

金国宝在从事银行工作之余，一直在复旦大学兼职教授统计学，并从事学术研究。他的《统计学大纲》于 1936 年由商务印书馆以大学丛书出版，内容新颖，体系严谨，立刻成为各高校统计学教材，并一直被沿用到新中国成立初期。《中国学术名著提要》这样评价该书："以后的统计学原理基本上沿袭该书系统及定义编写，该书的出版对中国开展统计研究，进行统计教学，指导统计业务，了解欧美统计学家的学说起了一定的作用和影响。"此外，金国宝还著有《中国经济问题之研究》《中国棉业问题》《中国币制问题》《英国所得税论》《凯恩斯之经济学说》等，译著有《伦敦货币市场概要》《遗产税》。他因为在统计学方面的贡献，又被誉为"中国统计学奠基人"。

金国宝在银行工作期间，虽然身居要职，却始终保持学者本色，每日上班，同人见到他都起立致敬，他也含笑答礼，平易近人。工作之余，他读书不辍，1947 年 9 月代表官方去美国出席国际统计学会年会，会议间隙就到书市淘书，回国时带回一大箱书，一有时间就会埋首书堆。他紧跟国际经济学潮流而动，从美国归来后，潜心研究，次年 8 月，他的新著《凯恩斯之经济学说》就问世了。

虽然金国宝与国民党显要多有接触，但他对阿谀逢迎深恶痛绝，这也让他到中央银行后一直得不到提拔，始终是一位处长。他也不热衷酬酢宴请，待客都是共赴银行公会餐厅，每人一客大菜。上海解放前夕，金国宝担心自己历任金融机构要职，不

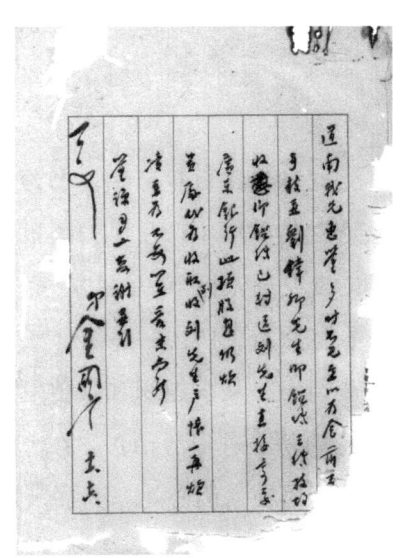

金国宝手迹，图为 1940 年 11 月，金国宝致交通银行李道南的函。

能见谅于共产党，本有逃往台湾之意。后连续两次接到友人来信，告诉他共产党看重读书人，并对他慰勉有加，坚嘱勿走，他才终于下定决心投入人民怀抱。新中国成立后，他曾因在中央银行这座"金窟"久任要职而受调查，却发现不但家无金条，且无寸椽片瓦。他入浊世而蝉蜕秽浊，处金窟而身无寸金，高风亮节，让人敬佩。

离开金融界后，金国宝拥护中国共产党的领导，积极投入建设新中国的教育工作，历任上海法学院教授、复旦大学教授、上海财经学院教授、上海社会科学院研究员。1952 年，金国宝参加九三学社，后当选为九三学社上海市委委员，并任上海市政协委员。1956 年 2 月，金国宝受邀列席全国政协二届二次会议，在小组会上做《发展我国财经教育》的发言，次日被《人民日报》全文转载。他曾说"要尽我的余年，把我的一切力量，贡献给党和人民"，并立志撰写《中国统计史》一书。可惜的是，在写完《清代统计》一章后便卧床不起。1963 年 2 月 13 日，金国宝因脑溢血溘然长逝，享年 69 岁。

交通银行第一位中共党员杨修范

党和人民百年奋斗，书写了中华民族几千年历史上最恢宏的史诗。百年来，中国共产党的队伍中产生了一大批为中国人民谋幸福、为中华民族谋复兴的优秀党员，民国时期交通银行第一位共产党员杨修范就是其中突出的代表。

杨修范（1910—1990年），江苏太仓人。早在青年时期，杨修范就追求真理，参加进步组织，从事组织和宣传发动群众的工作。他曾以地下党员的身份，积极组织交通银行的职工进步活动，并在上海、香港、重庆等地广泛宣讲进步思想，把共产主义的种子撒播在人们心间。

有志青年投身进步活动

青年时期的杨修范，曾从事洋布商号、交通运输等工作，阅读过一些进步书籍。与同时代的有志青年类似，他有着"实业救国"的抱负，却苦于没有施展才华的空间，加上对危机四伏的社会现状深深地失望和忧虑，他觉得国家和个人的前途一片渺茫。1929年8月3日的《新闻报》刊登了他的一首小诗《失望》，或可以窥见他复杂而悲凉的心境："漾舞着微风里幽绿的垂柳，徐徐地送出媚人的娇态；散谢了艳红花儿后的桃树，溢满了累累嫩青的小果；遍普田畦中橙黄的大麦，垂穗待农夫的刈割。自然界一切成熟的现象，激动了我心灵上悲痛的创伤。追忆那出门时满腔的热望，现在呀，都幻成了迷茫无定的泡影。哟，无限的悲哀荡碎了我的愁怀。"

在残酷的社会现实面前，杨修范已经意识到，资本主义的民主共和制度不可能挽救民族的危亡和实现国家的振兴，要救亡图存，只能通过其他的途径。他把唤醒民智作为救国之道，并很快找到了实现个人抱负的途径。1929年秋，他与沙千里、许德良等进步青年一起，组建青年之友社，这是在中国共产党影响和领导下的职业青年文化团体。青年之友社在上海南京路、河南路口一家水果店的楼上租了一个楼面作为社址，设立了图书馆，并组织读书会，杨修范和沙千里、李伯龙、陈宜春、许德良等人是举办进步活动的主要成员。

然而，由于青年之友社出版的《青年之友》周刊的进步影响（在当时影响力仅次于邹韬奋主编的《生活》周刊），很快引起当局注意，当局下令禁止销售，并要查处相关负责人，青年之友社被迫停止活动，《青年之友》停刊。为改变斗争方式，杨修范、沙千里、李伯龙、许德良等约20人几次讨论研究，决定以原有社员为基础，组织合法团体，于1930年12月成立"蚁社"，并向国民政府教育部立案，成为全国性的以职业青年为主的文化团体。

青年之友社出版的《青年之友》周刊创刊号（局部）

蚁社表面上以"联络感情，增进友谊，从事文化运动"为宗旨，是"为文化而进行文化活动"，实际上它既反对当时有些人把文化运动看作毫无价值而仅仅是书呆子做的事情，又反对有些人认为只要从事文化运动，就可以实现中国的社会改革和民族复兴。杨修范、沙千里等人主张，一方面要承认作为意识形态的文化，对社会政治、经济的改革能起反作用；另一方面承认文化是社会基础的上层建筑。大家认识到，这个文化运动的任务，是极其艰巨的。之所以以"蚁社"为名，就是因为蚂蚁虽然是小动物，但为了共同利益，能够团结一致不怕牺牲，与敌人进行拼死斗争。不过，蚁社刚成立时，力量十分有限，而且与党组织失去了联系，只能依靠社员们在实践中不断摸索前进。

杨修范在蚁社有着很高的威信，被推为执行委员，主要负责文化部的工作，包括研究和发展蚁社其他各部门的业务；联络与本部业务相同的社会团体；培养参加本部所属各部门活动的社友，提高其业务水平；安排演出任务等。其中，在管理蚂蚁图书馆上，杨修范格外用心，图书馆藏书逐年增至20000册，每月为约5000人次的读者免费借阅图书，不仅有工人、职员，也包括一部分失学、在学青年，在传播革命思想上起到了积极作用。

1931年3月，杨修范入职交通银行，在总行发行部任办事员。在进步活动的历练中，杨修范思想上成长迅速，开始学习和接受马克思主义。1934年，他又和蚁社的部分骨干一起，参加了中共上海地下党外围组织"苏联之友"社，与进步人士共同组织哲学座谈会、国际问题座谈会、妇女问题座谈会等。

加入中国共产党

在中国共产党的领导下，1935年12月9日，北平爆发了轰轰烈烈的青年学生爱国运动。12月12日，上海文化界发表了《上海文化界救国运动宣言》，对北平学生运动表示坚决支持。从此，上海救国运动开始勃兴。杨修范于12月参加上海职业界救国会的筹备工作，先在第一干事会任中队长，联系的分队包括国际无线电台、大中华火柴公司和开滦煤矿公司，以及交通银行小组、浙江实业银行徐又德和金惠民等；以后又增加工部局华员俱乐部小组。

1936年2月9日，杨修范和沙千里、章乃器、许德良、李伯龙等部分蚁社社员一起，在上海西藏路宁波同乡会礼堂召开大会，正式成立了上海职业界救国会（以下简称"职救会"），并选出了由各行业爱国人士组成的理事会。"职救会"是由商业、银

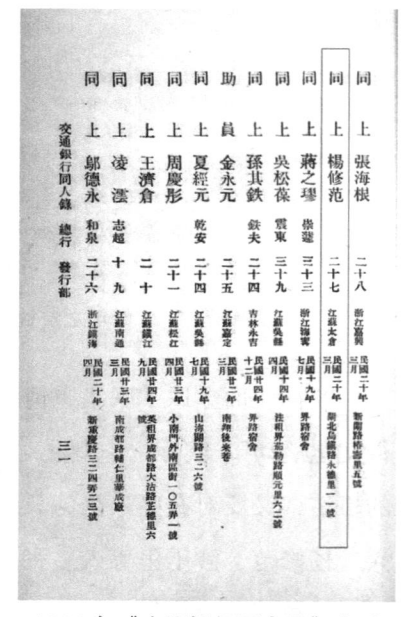

1936年《交通银行同人录》中对
杨修范的记载

行、保险等各界职员组成的抗日救国团体，是上海各界救国联合会的组成部分之一，主要进行抗日救亡和团结职业界青年的工作。

在不断开展进步活动的过程中，杨修范的生活圈子扩大，精神有了寄托，行动有了方向，思想不断成长，他已经认识到中国共产党才是引领中国社会实现变革进步的领导力量，完成了向马克思主义者的转变。1936 年 4 月，经王明扬介绍，杨修范正式提交了入党申请书。随后，王明扬、陈敏之、杨修范成立临时党的小组作为"职救会"核心，领导相关工作。10 月，杨修范成为正式党员，"职救会"党团也随之成立，由雍文涛、顾准领导。

当时上海的环境已经十分险恶，根据杨修范的回忆，新中国成立后顾准曾告诉他："你入党时，上海组织已遭严重破坏，与中央已失去联系，当时由王尧山同志去安徽和党接上关系的。"正是在这样艰难的情况下，杨修范加入中国共产党，并成为交通银行职工中第一位党员。当杨修范这颗红色的火种在交通银行点燃后，革命的星星之火也在这家旧官僚资本控制下的银行里熊熊燃烧起来。

加入中国共产党后，杨修范一直以中共地下党员的身份在行内外从事秘密活动。1937 年 8 月，经杨修范介绍，张承宗加入了中国共产党（张承宗后来担任上海金融界首任党支部书记和银钱业总支委员会书记，解放后任上海市副市长）。杨修范注重加强与积极分子的联系，采用交朋友、走家串户等方式，与金融业同人打成一片，达到深入了解和加强团结的目的。他的言行举止和以身作则，不仅使他成为金融业中党员的楷模，也感染带动了交通银行内的一批青年，逐步在行内形成一股进步思潮，为这家旧官僚资本控制下的银行带来了新的气象。

1937 年 11 月，因抗战形势的变化，交通银行总行奉命改组为总管理处并迁离上海。杨修范随交通银行内迁，由武汉转重庆工作。离开上海前，他还在职业界救国会中积极发展党员，做了不少重要工作，如参与难民收容所的实际工作；到达武汉后，他又短期担任过银行支部书记。

颠沛流离中不忘初心使命

1937 年 12 月，杨修范到达重庆，即与重庆市各界救国会取得联系。因为原职业界救国会负责人丁雪松赴延安抗大学习，杨修范便代替她负责救国会的工作；同时，杨修范还担任了重庆青年职业互助会党内书记和重庆青年委员会党内组织委员。他通过救国会和青年职业互助会，与重庆的知识分子密切接触，积极发展党员（如沙千里、许晓轩等人）。他介绍京沪一带赴重庆的一批爱国进步青年参加青年职业互助会的活动，充实了骨干力量，工作蓬勃开展，会员发展到 300 余人。1938 年 5 月，他和杨述分别介绍生活书店的李济安、华风夏、张国钧参加中国共产党，并帮助成立了中共生活书店支部。当时读书生活出版社黄洛峰也住在附近，杨修范便与这些文化界进步人士每天见面。后来新知书店徐雪寒、徐律等也到达重庆，大家一起工作、讨论，如同一家人一般。

1938 年 6 月，中共重庆市委成立。9 月，重庆市青年委员会成立，由市委组织部长兼青委书记杨述主持，委员有杨修范、许晓轩、冯兰瑞等人，负责领导重庆的青年工作，开展青年运动。

交通银行总管理处主要职能迁到香港后，1939 年初，杨修范也来到香港。在香港，他接受中共中央南方局廖承志、蒋南翔的领导，秘密担任中共香港党组织青年委员会书记，参与"香港业余联谊社"（以下简称"业联"）的领导工作。"业联"日常举办读书会、演讲会、时事座谈会等各项活动，邀请过成舍我、金仲华、陶行知、茅盾、乔冠华、夏衍等进步人士宣讲抗战主张。

杨修范还与原蚁社骨干成员一道，于 1939 年 1 月 20 日发起成立了"香港银行业业余联谊会"（以下简称"港银联"）。"港银联"是在港各银行中的进步职工组成的社会团体，会员中有大量交通银行职工。由于组织者有着丰富的经验，善于走"高层路线"，争取到了银行业众多高级管理人员的支持和参与。交通银行董事长钱新之、总经理唐寿民都积极支持"港银联"的工作，且均为"永久会员"。"港银联"所组织开展的活动与"业联"类似，以宣传抗战救国为主。

做"党的侦察兵"

1939 年 5 月，杨修范回到重庆，并于 1940 年担任交通银行总管理处稽核处整旧课副课长。他先在重庆中共中央南方局青年组负责职业青年工作，1942 年又转到重庆八路军办事处南方局经济组负责经济情报工作。到经济组后，党给他的任务是隐蔽在交通银行搞调查研究，在金融界交朋友。

作为交通银行总管理处的资深行员，杨修范对稽核处和发行部这两个核心部门的相关情况都很熟悉。因此，他能够较为方便地收集到交通银行的相关信息，并通过许涤新提供给党组织参考。当时南方局有关"四行二局"的财经情报，主要通过杨修范和中国银行的沈镛、邮政储金汇业局的黄恩静三人获取，他们被誉为是"党的侦察兵"，而杨修范则是三人中的"尖兵"。根据原上海市财政经济委员会副主任蔡北华的回忆，杨修范的工作大致有以下几个方面：

其一，获取发行钞票和准备金的数字。当时国民党政府的财政支出主要依靠中、中、交、农四大银行发行的钞票，钞票都由英美印钞公司在国外印刷，在香港加盖印章，通过飞机送到重庆，再分散运至国内各地，用途是以军需为主。哪些地方需要钞票，便可以看出那里军事的演变情况。如 1940 年西北地区纷纷来电报需运钞券，就是国民党反动派准备进攻陕甘宁边区的信号。杨修范获悉后，立即将这一情况向南方局经济组负责人报告。在获取四行发行钞票的数字时，还可以了解到一部分充抵准备金的外汇、黄金、银元的数字。杨修范虽不能直接参加国民党最高当局的会议，但每次有记录印发，他就将其中的重要部分摘录下来，按期送给经济组，南方局便可以及时观察国民党当局财政金融机关的动向。

其二，获取官僚资本企业和迁川的私营企业活动情况。当时国民党政府指定交通银行为"发展全国实业之银行"，分工对内迁工矿、交通事业投资贷款，交通银行设有专门的设计处负责调查研究各地资源委员会所设企业和迁川工厂及其他私营工厂的经济活动。凡工厂企业的股东、董事会负责人及经理人选、资本总额、固定资产、流动资金、具体经营情况，在设计处均有记录，并且每月刊印三四册备存。每次刊印出来后，杨修范即去借阅，由他的爱人王纯将重要信息全部抄下来送南方局。从这些资料中，大体可以了解大后方工业的发展趋势，如官僚资本企业惊人的扩大、民营工业的艰苦挣扎，以及官僚资本商业对食盐、纱布等商品的投机囤积活动情况。

其三，通过交通银行的人事变动，了解四大家族派系之间的矛盾。抗战中期，四大家族矛盾日益尖锐。钱新之任交通银行董事长以后，孔祥熙便千方百计利用机会予以排挤，企图夺取交通银行董事长职位，以壮大自己的力量。钱新之为了抵抗孔系势力的威胁，便利用 CC 系力量与之抗衡。在聘请 CC 系分子赵棣华任交行总经理后，CC 系势力趁机侵入交通银行总管理处各部门，控制人事大权。钱新之为了防止 CC 系势力无限扩大，又依靠政学系及宋子文和杜月笙等人的力量，保持自己在交通银行的地位。有一次赵棣华请陈果夫来交通银行向全体职员讲话，以显示自己有后台支持。杨修范便及时把这些情况汇报给南方局。

其四，了解增发钞票的秘密。1940—1941年，国民党政府主要依靠增发钞票来应付财政支出。通货膨胀日益加深，四大家族的银行在国外印刷钞票，运输跟不上财政需要。当时国民党政府财政部长俞鸿钧、副部长徐堪在财政部召开一次紧急会议，要求四行增加印发大额钞票以应燃眉之急，杨修范参加了这次会议。到1942年7月，国民党又将发行权集中于中央银行，杨修范也及时掌握了这一情况，并汇报给南方局。

其五，在交通银行内外开展交友活动。杨修范在交通银行总管理处广泛联系思想进步的同事，并经常利用晚间和假日，在家里（有时也在同人的宿舍）组织"读书会"，参加活动的有总管理处事务处的陆玉贻，稽核处的吴隆治、吴志时、谢光弼、华春、张宗祐、王正安，人事处的吴志本，以

杨修范组织的"读书会"曾学习过艾思奇的《大众哲学》、毛泽东的《新民主主义论》等作品。

及杨修范的爱人王纯等。"读书会"除了座谈时事形势、交流相关情况外，还开展理论学习，曾学习过艾思奇的《大众哲学》、毛泽东的《新民主主义论》等书籍。杨修范还曾带领"读书会"的骨干访问过八路军办事处和郭沫若。当时，交通银行新招收了一批青年职工，在杨修范等人的影响下，唐梅林、潘志昌、黄西雄等人都发展成为新的进步力量，唐梅林后来成为党的外围骨干分子，在中国经济事业协进会中发挥了重要的作用。

组织中国经济事业协进会

抗战胜利前后，大后方民主运动高涨，中共中央提出了组织联合政府的主张，重庆各民主党派及进步群众团体纷纷发表对时局宣言，要求国民党政府结束一党专政。为了扩大统一战线，中共中央南方局经济组向南方局请示，组织中国经济事业协进会（以下简称"经协"），以团结工商界、各企业的中上层职员以及经济理论工作者。经董必武、王若飞批准，在1945年秋正式开始进行筹备工作。筹备工作由许涤新主持，

杨修范、沙千里、罗叔章、王寅生为核心成员，由罗叔章、沙千里、胡子婴出面活动。

1945 年 10 月 26 日，交通银行总管理处发布总字第 659 号通告，任命稽核处第六课办事员杨修范代理第七课课长。1945 年 12 月 25 日，"经协"正式成立，在重庆西南实业大厦召开成立大会，杨修范被选为理事，负责联络工作。之后"经协"参加了各民主党派、人民团体发起的"反内战协会"，并发动会员参加了重庆"沧白堂"民主讲座及校场口庆祝政协成功大会，可惜的是，会议均遭特务捣乱破坏。

抗战胜利后，国民党政府迁回南京，政治、经济中心随之南移。周恩来同志决定将南方局经济组转到上海工作，原来在重庆国民党政府财经机构的党员，"复员"到上海的，均采取"转地不转党"原则，继续负责收集本部门的情报工作。1946 年 6 月，杨修范回到上海，担任总管理处稽核处整旧课课长。当时，在许涤新领导下，又成立了杨修范、勇龙桂、王寅生、林大琪、叶和衷五人核心小组，一方面登记"复员"来沪的老会员，另一方面在上海吸收一批新会员，积极进行"经协"上海分会筹备工作。1946 年 9 月，在南京路海关俱乐部召开"经协"上海分会成立大会，杨修范任理事和党组成员。他负责联系工商界上层人士，组织工商界叙餐会，在白色恐怖下宣传党的政策，开展统战工作，联系和团结民主人士，并将遇到危险的民主人士转送解放区。

1948 年初，人民解放军转入全面反攻，国民党军队节节败退，上海环境日趋恶化，国民党反动派到处拘捕、残杀青年学生及爱国人士。当时，叶和衷负责"经协"总务工作，"经协"所有会员名册、住处和文件、图章等，均存在他所在的律师事务所内，律师事务所在沙逊大楼三楼。根据当时情况，为安全起见，杨修范建议将"经协"会员名册、图章等转移存放于交通银行库房内。后来，国民党特务果然来搜查该事务所，并强占办公室。所幸杨修范早有警惕，避免了一场可能发生的危险。

"经协"上海分会党小组原由中共代表团工委许涤新领导，许涤新赴香港后，1948 年春，为了加强经济界统战工作，由刘少文指定负责上海统战工作的唐守愚前来领导。张锡昌、杨修范、王寅生三人组成了统战小组，张锡昌任组长，主要领导"经协"工作，王寅生负责"中国农村经济研究会"工作，杨修范则专职办理"经协"工作。当时，由张锡昌、杨修范负责联系的经济学界和工商界的党员包括王寅生、薛宝鼎、王伟才、邝日安等。

1949 年 5 月 25 日，人民解放军攻入上海市区南部，杨修范与张锡昌去海关上海人民团体联合会工作，主要联系工商界上层分子，宣传党的政策。

1949 年 5 月 27 日，上海解放，军管会进驻"金门饭店"，开始进行接管工作。杨修范由军管会指派，任接收上海交通银行总管理处及上海分行副军事代表，执行军事监督，办理一切接管事宜。完成接管工作后，杨修范又与杨海泉一起负责筹备复业事宜，在总管理处和上海分行于 1949 年 11 月 1 日复业后，杨修范出任上海分行副经理。

新中国成立后继续为党工作

新中国成立后，杨修范以饱满的热情投入工作。1949 年 12 月 28 日，上海市金融商业同业公会筹备会正式成立，杨修范被选为筹备委员。1951 年 1 月至 1955 年，杨修范调往上海市财政经济委员会工作，先后任计划处处长、辅导处处长、财政金融处处长等职。他学习财政金融业务，调查工资收入和税源情况，在为国家增加积累、节约资金方面做了不少工作。

1955 年 12 月至 1958 年 2 月，杨修范任上海市财粮贸办公室财政金融处处长。1958 年 2 月至 1958 年 9 月，任上海市财政局副局长。

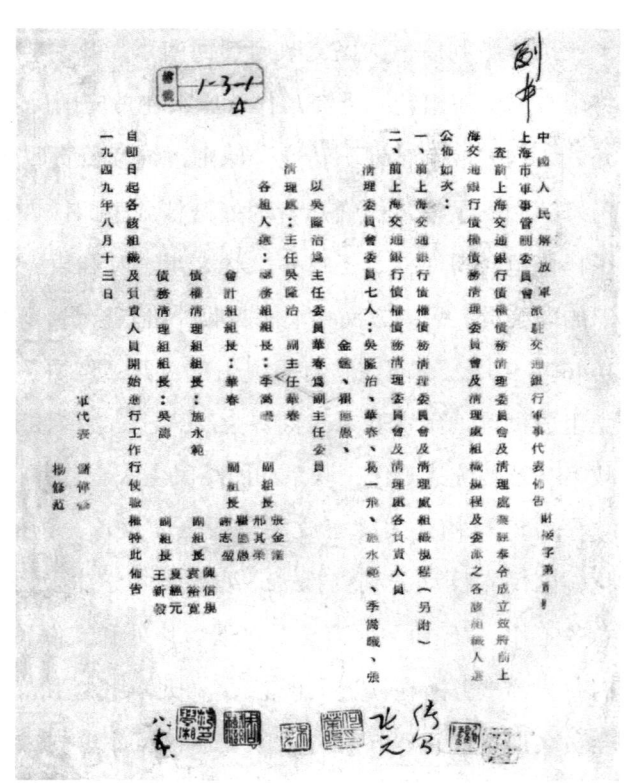

中国人民解放军上海市军事管制委员会派驻交通银行军事代表布告。该布告宣布成立交通银行债权债务清理委员会。军事代表为储伟修，副代表为杨修范。

1958 年 9 月至 1964 年 7 月，杨修范任上海市蓬莱区副区长、南市区副区长。1964 年 8 月，杨修范当选为上海市第五届人民代表大会代表，并任上海市南市区区长，以很强的工作责任心，领导全区干部群众进行社会主义革命和社会主义建设。

从 1966 年 4 月起，杨修范任上海市视察委员会委员。"文化大革命"期间，杨修范受到迫害，但他不畏邪恶，对林彪、江青反革命集团的倒行逆施进行坚决斗争，对党的信念毫不动摇。在南市区"五七"干校度过 3 年的时间。1978 年 7 月，中共上海市委组织部、中共上海市委复查办公室作出了关于"文化大革命"中强加于杨修范同志不实之词应予推倒的结论。

杨修范于1971年12月退休，1980年改办为离休，并当选为上海市第五届政治协商会议委员。他晚年仍关心党和国家的形势，坚持参加重要会议，参加市区老干部活动室的活动，参加党员组织生活，关心党风廉政建设，撰写中共中央南方局重庆市党史、"七君子"和"四行二局"职工运动史等有关革命史料。

1987年，交通银行重新组建。8月，为了吸取社会各界有识之士的经验，促进交通银行事业的发展，经常务董事会议讨论通过，成立了交通银行咨询委员会，杨修范担任委员，继续为交通银行的发展献计献策。

1990年12月15日，杨修范在上海病逝。

杨修范成长于饱受欺凌的旧中国，对受尽苦难的国家和人民满怀深情，从心底里自觉向党组织靠拢，用自己的胆识和赤诚回报国家和人民，这种对国家、对人民的深厚情感植根于数千年历史熔铸成的爱国主义传统；而在挽救民族危亡的探索实践中，他完成了从爱国主义到共产主义的转变，成为一名光荣的中共党员，并矢志不渝地为党和人民工作，奉献了自己精彩的一生。他对党忠诚，源自坚定信仰；不负人民，发自为民初心。他的斗争精神、崇高人格和坚强党性，也为今日的金融从业者树立了永远的光辉榜样。

交通银行首任党支部书记王自慎的青年时代

上海解放前，交通银行职工在党的领导下开展了一系列进步活动。作为主要领导者之一的王自慎，不仅是一位具有丰富斗争经验的优秀共产党员，而且是交通银行支部的第一任书记。他的青年时代，闪烁着光辉、斑斓的色彩。

学生时期积极参加进步活动

王自慎是浙江镇海人，他自幼在镇海长大，高中毕业后考上国立暨南大学，来到上海。"孤岛"时期（1937—1941年），恰是王自慎在暨南大学求学的一段时间，也是处境险恶、斗争复杂的非常时期。"八一三"事变中，暨南大学被炸，受损严重；1938年，暨南大学迁入公共租界。当时，虽然英法和公共租界已被日军包围，但还没有被占领，因此，租界与沦陷区不同；但租界当局对中日战争标榜中立，不允许学校内有公开的抗日活动，因此，租界又与未沦陷的中国其他地方不同。当时还在暨南大学读书的王自慎，积极参加了学生协会的进步活动，在周鸿慈（新中国成立后曾担任国防工

中共行局总支指示交通银行支部组织党员和积极分子调查收集交通银行的资金、财产及仓库物资储存情况，以便接管。图为调查报告中的部分内容。

办副主任的周一萍）、刘嘉清等的领导下开展秘密工作。

学生协会即"上海市学生救亡协会"，是"八一三"事变后，由上海市学生总会改名而来，在党的直接领导下的爱国学生群众性组织。暨南大学学生王经纬（新中国成立后担任过天津市委第一书记的陈伟达）在学生协会中是领导骨干，但一直处于隐蔽状态。暨南大学的党支部颇具战斗力，周鸿慈、张源庆（新中国成立后曾任广州市劳动局副

"八一三"事变后，暨南大学教学楼墙壁弹痕累累。

局长的张逸鸣）相继担任支部书记，马恭铎（新中国成立后曾任上海市委宣传部长的马飞海）、陈裕年、陈华润等为支部委员，党员有顾廼宇（新中国成立后曾任福建省政协秘书长的顾耐雨）、肖师颖（新中国成立后曾任厦门市委副书记、鹭江大学校长的肖枫）、乐澄清（新中国成立后曾任福建教育学院院长）、林秉枢（新中国成立后曾任国务院侨办副主任的林修德）、刘嘉清、陈可芬、周梅（后改名为朱可常）、翁大启、万景光、王怀玉、张泓、许国夫、陈一夫等，组成一个坚强有力的战斗核心。王自慎在他们的影响下从事进步活动，思想上不断觉醒。

租界当局规定学校不准有学生自治会的组织，因此，学生协会只能化整为零，由不同的党员出面组织各种学术性、娱乐性、服务性、联谊性的团体进行活动，诸如商学院的经济学会、理学院的理科学会、文学院的教育学会和史地学会，以及剧社、歌咏团、文艺社、合作社、女同学会、华侨同学会等，林林总总，不下十多个。王自慎配合刘嘉清的工作，组织广大学生参加联谊活动，团结有生力量进行抗日斗争。

办刊物进行抗日宣传，是学生协会当年主要活动形式之一。王经纬和周鸿慈主办了一份半月刊《一般》，内容主要是号召抗日、抨击时政，王自慎曾参与其事，协助发行。刊物一连出版 6 期，在学生中影响较广，引起了有关当局的注意，险些遭到查封。于是，他们利用英法与日本的矛盾，请了一位英国人士充任发行人，才得以继续办下去。

传播进步书刊也是学生协会的一种活动形式。当时租界禁止出版、发行进步书刊，学生协会便通过各种渠道，秘密传播《上海周报》《新生代》《西行漫记》《鲁迅全

集》，甚至是《列宁全集》等书刊。王自慎参与了这些进步书刊的发行工作，还与同学们一起深入研读了其中的不少内容，并常在一起讨论学习的心得。通过对这些书报的学习和传播，王自慎不仅自己在思想上实现了飞跃，而且也为困在"孤岛"的大学生们提供了精神食粮，促进了他们思想上的觉醒，打破了原本万马齐喑的局面。

1939 年 11 月出版的《上海周报》创刊号

1940 年 3 月底，汪精卫的伪南京政府粉墨登场，他们下令上海各学校悬挂青天白日外加一条黄色布条的汪伪"国旗"，还要求举行庆祝会。为此，学生协会积极动员学生们反抗，不仅不理睬其命令，还利用清明节的假期举行座谈会，将主题确定为"曹汉不两立，忠奸不并存"。王自慎也参加了这一活动，并在会上作为学生代表发言，痛斥汪伪卖国求荣、为虎作伥的罪行。这次座谈会，为全校师生上了一堂生动的、大义凛然的爱国主义教育课。

在学生协会组织的各项活动中的出色表现，让王自慎深受暨南大学地下党员的认可。1940 年 8 月，经刘嘉清介绍，王自慎加入了中国共产党。

担任地下政治交通员

1941 年，王自慎大学毕业，受党组织安排，其组织关系转到淮南区党委交通站的上海交通联络点，从事"地下交通"工作，由张承宗联系。

当时，为了实现上海人民对新四军的支援和取得工作联系，党建立了秘密的地下交通线，地下交通员们担负着护送人员、输送物资和传递文件情报等任务，为上海和新四军的相互联系、相互支持默默工作。王自慎作为交通员，承受了巨大的风险，也经受住了严峻的考验。

地下交通工作的条件是十分恶劣的，地下党交给交通员的任务几乎全部需要在马路上和戏院、图书馆、饮食店等公共场所进行。联系的时间、地点以及可能遇到的障碍、需要改在何处联系等，事先会规定得非常严密、准确，不允许发生任何差错。政治交通之间都是单线联系，有时在路上或在根据地联络站见面，大家也都严格遵守纪律，互不招呼。所有输送人员离沪前，按照性别、年龄等情况搭配成两人或三人一档，进行适合身份的化装。交通员每次可带六七位待输送人员，并向每人交代清楚乘船的日期、船次、上船和登岸的注意事项，包括苏北根据地和交通站情况，以及沿途和交通员如何保持联系等。

能够担任交通员的，必定是政治可靠、年轻身健、对党的事业忠诚，并具有革命胆略和机智勇敢的本领，以及艰苦奋斗的品质和作风，又在上海有一定的社会关系的地下党员，还需要经过党组织的严格挑选和培训。王自慎在从上海至瓜洲的地下交通线上工作，其承担的任务是护送我地下党领导往来于大江南北，加强淮南区党委与上海地下党各系统的联络；护送相关人员和专家教授去淮南抗日根据地；开通秘密邮路，传送中央和上级党组织文件、信件、刊物以及从上海收集的各种情报等。王自慎对上海港口、码头和车站情况都十分熟悉，经常出入于敌人关卡林立、岗哨密布的敌占区和根据地之间，在执行任务时还需要化装打扮成各种身份的人，如学生、商人等，自己的穿着、语言、行动和所携带的物品都要与自己的伪装身份相一致。他还要从敌伪处搞到身份证（良民证）和各种证件，让敌人看不出破绽。在护送人员的途中，经常需要长途跋涉，王自慎不顾个人安危，历尽艰辛，有时候还要冒着大雪暴雨，一天行走七八十里路程；当忍受疾病的折磨护送领导干部时，甚至在行程中对日寇的毒打忍气吞声，确保在不发生任何事故的前提下圆满完成护送任务。

1943 年 3 月，迁入淮南根据地的江苏省委领导机构改为中共中央华中局城市工作部，对外称新四军政治部调查研究室。刘晓任城工部部长，刘长胜任副部长，张承宗任秘书兼干部科科长。城工部在原有交通员中选留一部分继续担任地下交通工作，并命名为"政治联络员"。王自慎因其稳健扎实的作风，继续从事交通工作。他的任务，除了护送领导干部来往外，主要负责城工部与上海地下党职业界运动委员会的联络，及时传达中央和上级的指示，随时反映上海各条战线的情况。

在与上海地下党职业界运动委员会联络的过程中，王自慎做了大量的工作，如经常传递文件和报告，还通过秘密交通线护送大批上海地下党的干部到城工部，参加城工部举办的短期学习班，进行整风学习。同时，配合上海地下党职业界运动委员会开展统战工作，护送了上海职业界人士和金融业有影响的统战对象到华中根据地参观访问。由于从未出过问题，瓜洲地下交通线成为新四军军部和华中局城工部安排大江南北人员、物资往来的主要线路。抗日战争胜利时，江苏省委领导机关迁回上海，王自慎和地下政治交通员们又护送了一批干部陆续回到上海。

组织交通银行职工进步活动

1946 年，党领导的职业界进步活动蓬勃发展。为了让更多具有斗争经验的地下党员进入职业界，党组织安排王自慎报考了交通银行，试图以社会职业作为掩护，以便更好地领导开展地下斗争。11 月，王自慎成功考上交通银行的试用员，被派在总管理处会计处工作（1948 年初，调沪行存款股工作），他的组织关系也转入金融系统，由刘善长联系。

1947 年夏，人民解放军进行全面反攻并取得重大胜利，国民党军队被迫转入战略防御，解放战争来到了一个转折点。蒋管区内，贪污肆虐，特务横行，经济衰败，民生惨淡。党领导的人民斗争迅速发展，形成了"第二条战线"。王自慎作为一名有着丰富斗争经验的党员，从实际情况出发，引导交通银行及各行局职工积极投入"反饥饿，反内战，反迫害"斗争的洪流，把国民党政权的金融心脏部门变成"第二条战线"的一个重要战场。

1947 年 8 月，国民党报纸放出"对四行二局待遇将予冻结降低"的言论，党领导下的"六联"刊物《联讯》随即予以有力驳斥。9 月，物价上升到抗战前夕的 6.75 万倍，职工生活无以为继。党内和行局骨干反复研究，决定利用群众中的不满情绪发起一次斗争。9 月 26 日早晨，在王自慎、李经芳等地下党员的组织下，一封不具名的铅印《绝食抗议宣言》由骨干积极分子散发到交通银行的每个办公桌上。宣言简短有力，开门见山地说："通货无限膨胀，物价不断上扬，我们的待遇反被当局屡次削减……现为敦请当局注意，并作迅速合理解决，我们决定在今天中午绝食一餐，作一次无声的抗议。"中午，交通银行职工和上海各行局职工一起，都不到饭厅用餐，静坐在工作间内。大家的团结一致，让全行的气氛发生了很大变化，不仅那些常常迎合当局的人迫于压力参加了绝食，甚至一些银行上层人员也都不敢公然去吃饭。邮汇局、私营行庄、洋商银行以及海关等单位的职工闻讯后，纷纷派代表送来食物表示慰问，南京、杭州等地的各行局职工也来电声援。次日中午，南京交通银行职工也绝食一餐，以表示对交通银行总管理处职工的支持和同声抗议。

这次饿工斗争产生了很大的社会影响，使此后不少行庄也积极跟进，以致发生了全行业性的"饿工"浪潮。同时，为了进一步巩固"饿工"斗争的政治影响，王自慎等还策划了一批职工作品在《联讯》刊登，从不同角度有理有据地揭露当局削减职工薪津的荒谬无理行径，有力地支持职工保卫生存权利的斗争。

在"饿工"斗争前后，王自慎还参与了《联讯》自由捐的组织工作，动员交通银行内不少职工积极捐款；参与了第二届"六联杯"小型足球赛和第一届"六联杯"象棋赛的组织工作，吸引了不少球迷和棋迷；参与了发动交通银行职工跨出大门、走向社会的寒衣救难运动，捐赠寒衣帮助苦难同胞……这些日常性活动和局部性斗争尽管只是行局职工进步活动的涓涓细流，却对促进职工思想境界的提升、凝聚力的加强有着重要的促进作用。

1947年冬，党内成立了行局总支，由中国银行刘善长任书记，中国银行周耀瑾和交通银行王自慎任委员。行局总支成立后，行局职工的进步活动有了一个更加坚强的领导力量。

兼任交通银行支部书记

1948年初，内战局势剧烈变化，国民党军队已经处于被动挨打地位，统治区内通货恶性膨胀。2月，"申九事件""同济大学事件""舞女打社会局事件"相继发生，工潮、学潮愈演愈烈；当局又下令再度削减"四行一局"职工待遇，导致群情激愤。行局总支一方面加紧对行局职工进行宣传教育，提高群众认识，鼓舞斗志；另一方面着手发动行局职工进行新的斗争。

3月，行局总支相继发动行局职工举行了"三八"等工斗争和"三一三"罢工斗争，又一次在政治上给予了国民党一次有力的打击。作为总支委员的王自慎，自始至终深度参与其中，尤其是在周耀瑾、刘善长相继被捕，行局职工力量失去领导核心的情况下，王自慎密切配合地下党职员工作委员会兼金融党委书记杨世仪，以非常的方式，不按正常的组织手续，直接打通中国银行支部党员的关系，把他们迅速组织起来，为成功营救刘善长、周耀瑾作出了积极的努力。王自慎的行为引起了行方的注意，1948年3月17日，交通银行总管理处发布总字第141号通告，将总管理处会计处办事员王自慎调到沪行服务。

在随后4月开展的保卫"六联"的斗争中，王自慎支持配合开展"六联"改选运动，充分发挥交通银行职工群众的威力，在行内营造积极的氛围，为"六联"的顺利改选做了必要的舆论准备。1948年2月，为了密切工友之间的联系，行局总支又建立了行局工友支部，由交通银行工友陈品梅任支部书记，由王自慎单线联系；5月，为了加强各行局内党的力量，党把交通银行上海分行储蓄股办事员葛一飞的组织关系转到交通银行，并随即成立交通银行支部，由王自慎兼任书记。行局工友支部和交通银行支部的成立，为发动交通银行职工保卫"六联"的斗争做好了组织准备。

围绕保卫"六联"，王自慎领导交通银行支部做了大量的工作，让交通银行职工除了少数上层人员外，在"六联"改选、《联讯》自由捐等活动中都广泛参与，产生了巨大的影响，甚至国内其他分支机构（如广州分行）的职工也参与了进来。"六联"被迫解散前，由王自慎代表党组织向葛一飞、冯宝豫等党员传达了党关于"六联"停止活动、改用别的方式开展工作的决定。随后，"六联"理事长刘善长召集全体理监事开会，全体理监事于9月29日集体辞职，"六联"正式解散。

通过保卫"六联"的斗争，王自慎领导交通银行支部紧密团结了一批积极分子，让唐荣钰、吕翠珍、吴美贞、孙球、黄秉杰等进步青年在各项活动中得到了锻炼和成长。行局工友支部也在王自慎的引导下对团结行局工友起到了积极作用，陈品梅不仅迅速发展了高岐山、许学连、吴海涛、郑泉、凌永浩等先进分子入党，有效增强了支部的战斗力，还采取适合工友特点的形式成立"六十二兄弟会"，在"六联"被迫解散后继续保持了工友群众间的密切联系。

考虑到职工中有不少爱好文娱活动的年轻人，王自慎又与葛一飞等一道，于1948年10月创办了交通剧团。剧团的核心成员都是原来"六联"的积极分子。王自慎通过剧团，推动各成员在排练、公演、座谈、聚餐时交流思想、联络感情，参加者包括冯宝豫、罗经北、严孝修、唐荣钰等50余人。尽管剧团在运行中遭遇到来自行方的重重阻力，但在交通银行支部的调动下，职工们情绪高昂，通过自筹经费，排练过《未婚夫妻》《一块牌子》《父归》等讽刺性的短剧，影响良好。

为了做好迎接解放的准备，交通银行支部在王自慎的带领下，从 1948 年底开始，就通过一些比较进步的中上层职员收集有关交通银行的资料，如商股股东名册、人事派系信息、资金投资去向等。1949 年 4 月，交通银行支部又根据行局党组织的部署，开展了深入的调查研究工作，详细整理了交通银行的资财、对外投资、放款对象等各方面情况。

1949 年 5 月 24 日晚，解放上海的战斗在郊区激烈展开，王自慎带领陈品梅来到江海关，从上海人民保安队总部领取人民保安队袖章几十个和《上海人民》报数百张，随后由工友支部的党员将袖章分发给各行局护行队的工友佩戴，将报纸发给行局广大职工传阅，极大地振奋了行局职工的精神，为迎接解放做好了准备。

上海解放后，王自慎和交通银行的地下党员们又配合支持军代表开展金融接管工作，发动群众选举产生交通银行职工协助接管委员会，在短期内高效地完成了对交通银行的接管。

此后，受组织安排，王自慎离开交通银行，曾先后在华东区统战部、中央统战部工作。

交通银行第一位女党员葛一飞

葛一飞（1919—2019 年），原名葛午祯，浙江上虞人。她在学生时代就投身革命，1942 年 10 月由交通大学党小组组长钦湘舟介绍加入中共上海地方党组织；参加工作后，参与创建地下党交通银行支部，并组织开展了一系列职工进步活动。新中国成立后，葛一飞先后担任过交通银行上海分行人事科长、华东分行副理兼营业部经理、上海分行经理等职。她为革命事业和建设工作殚精竭虑、倾尽心血，在交通银行的红色金融史上留下了浓墨重彩的篇章。

学生时代显峥嵘

葛一飞出生在一个小资产阶级家庭，其父葛仲符曾在中国银行当文书。她出生后，举家迁往杭州，幼年在杭州成长。1935 年初，葛一飞考入浙江省立杭州高级中学，抗战爆发后，学校迁往金华，她在金华毕业。高中阶段，葛一飞就勤奋学习，期望自己毕业后能考入国内著名的大学，"将来学有所成，不但能为自己找到出路，也可为国家出力"。这一时期，她已对国民党政府不积极抗日、政治腐败、贪污横行等情况有了初步的认识。她积极参加学校的剧社，参演了多部宣传抗日的话剧，其中，话剧《一片爱国心》曾在校内引起巨大反响。

1938 年春，葛一飞高中毕业。当时，浙东一带有迅速被日军占领的可

葛一飞（右二）参加《一片爱国心》演出时的剧照

能，根据其兄葛师良的建议，全家在四五月间迁往上海，进入租界居住。夏天，葛一飞考入暨南大学数理系。因为仰慕交通大学是国内著名大学，葛一飞一年后又投考了交通大学。考取交通大学后，她先在铁道管理系就读，考虑到铁路上女职工很少，担心毕业后找不到工作，二年级后又转入财务管理系。

大学五年是葛一飞思想转变最重要的一个时期。刚进入暨南大学时，她的认识还很幼稚，后经同班同学介绍参加了学生协会，从此眼界逐步打开。学生协会是我党领导的进步学生组织，在这里，葛一飞接触了不少进步书刊，参加了一些讨论时事等问题的座谈会、辩论会，通过这些活动，渐渐知道了中国人民受苦受难受压迫的真正原因，也慢慢明白抗日战争不能光依靠国民党政府，而必须动员各阶层人民的力量才能取得胜利。同时，她开始意识到，死读书不能救国，学问要能发挥作用，必须有正确的人生观。当时，在学生协会的组织下，葛一飞参加过一次辩论会，主题是"应不应该为科学而科学"，她在辩论中明确提出，研究科学的目的是为人类造福。

进入交通大学后，葛一飞认识了学生协会的代表、交通大学党小组组长钦湘舟，并一直在他的领导下参加进步活动。刚开始的时候，学生协会的组织还存在，后来汪伪反动势力严格限制学生活动，学生协会不得不解散，但钦湘舟仍以原来在学生协会中建立的关系和葛一飞保持联系，共同商量如何在群众中展开活动。

交通大学的学生大部分埋头读书、不问政治，钦湘舟、葛一飞等成立了一些适合于当时条件的专门开展课外活动的群众组织，包括交通大学青年会、交通大学女同学会、南洋剧社等。交通大学青年会是当时校内参加的学生较多、活动面较宽的一个群众团体，葛一飞作为主要负责人之一，带领大家开展集体文娱活动，有时还请进步人士来演讲。交通大学女同学会，是为了适合女同学的兴趣、加强团结女同学而组织起来的，葛一飞也是负责人之一，但这个团体的活动不多，存在时间也较短。南洋剧社的主要活动是演话剧，葛一飞参演了《白茶》和《湖上的悲剧》等反封建的短剧，还参演过曹禺的《蜕变》。

太平洋战争爆发后，日军侵入上海租界，施行恐怖统治，党组织的各项活动也受到严重限制，不

大学时期的葛一飞

得不改为以交朋友、走访家庭等方式来联系群众。葛一飞广泛结交进步青年，并和沈锋、吴克敏、仇启琴、闵淑芬、宋名通、吴仲仪、汪华芳等志同道合的同学一起学习马克思主义哲学方面的知识，阅读《上海周报》《时代杂志》《新生活周报》等进步报刊，以及《社会主义基础教程》《大众哲学》《妇女与社会》《西行漫记》《钢铁是怎样炼成的》等进步书籍。通过自主学习和群众工作，葛一飞思想上有了明显的进步，激发了对社会主义社会和中国共产党的热烈向往。1942年10月，经钦湘舟介绍，葛一飞加入中国共产党。

求学期间，葛一飞就希望将来能谋一份稳定的工作。1943年从交通大学毕业后，葛一飞考入了汪伪控制下的伪交通银行，成为试用生。

交通大学毕业时的葛一飞

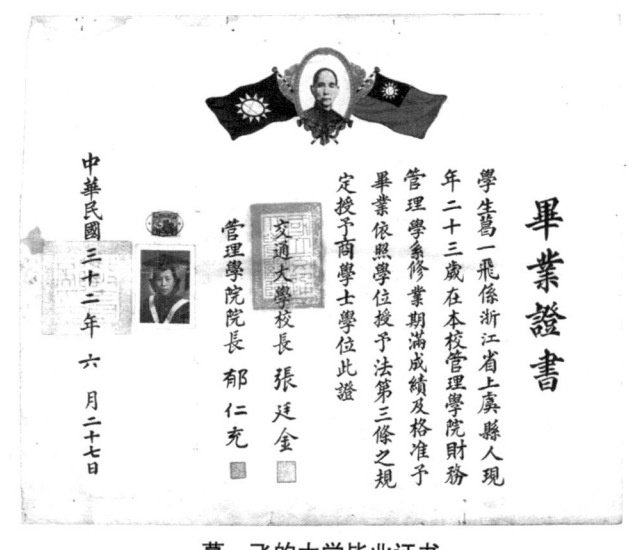

葛一飞的大学毕业证书

地下战线竞驰骋

进入伪交通银行后，葛一飞先实习三个月，后在调查统计室当办事员，做计算物价指数和股票价格指数等工作。在业务工作之余，葛一飞对周边的同学和同事，继续通过交朋友、走访家庭等私人交往来密切和他们的联系，以进行教育，培养进步力量。她还曾在邝日安的领导下，和杨叔铭一道做好收集和整理敌情资料的工作，如整理三青团的组织情况和三青团的名单、收集汪伪时期几个主要经济集团的情况等。

抗战胜利后，重庆的交通银行总管理处到上海接收了伪交通银行，原在伪交通银行工作的职员一律解雇。葛一飞离开交通银行，经人介绍到一所市立小学代课，后又经邝日安介绍，到经济周报社帮助整理资料和组织稿件。《经济周报》是上海解放前的一份进步经济刊物，负责人是银行人吴承禧和谢寿天。年底时，交通银行允许离行的人员重新考试后"复进"，葛一飞参加了考试，又有其兄葛师良在交通银行工作的关系，她于1946年1月回到行内，在上海分行储蓄股任办事员。

1946年，国民党政府继续推行扩大内战、滥发纸币等反动政策，造成物价暴涨，金融业职工生活陷入困境。为了更好地团结教育职业青年，葛一飞作为主要负责人牵头成立了青年会工商经济研究会，广泛吸收工商界职工为会员。这一组织一直借基督教青年会的地方开会，作为掩护，其公开领导机构为理事会，由顾树桢任理事长。组织的主要活动包括请进步的经济学家开展经济讲座，讲述物价、金融等问题，并召开经济问题座谈会，整理编印《今日工商之路》，出版《正言报》经济专刊。在当时通货恶性膨胀、物价不断高涨的情况下，职工生活困苦至极，葛一飞与邝日安、张寿根、顾树桢、沈家桢等地下党员一起，将青年会工商经济研究会办得风生水起，为提高职业青年的政治觉悟起到了积极的作用。

在上海分行工作期间，葛一飞一直参加中国技术协会的活动。中国技术协会是党领导下以团结和教育技术人员为目的的一个群众组织，参加的会员以大学理工科、会计科、商科的毕业生居多，葛一飞担任了该会的理事，负责管理财务，并介绍了一些进步青年入会。

葛一飞晚年曾回忆起青年时期从事地下斗争时的一些场景。当时她住在上海北京东路840弄的石库门弄堂底楼，在开展地下活动时常常以打麻将作为掩护。大家到她的住处开会、讨论，桌子上都会摊一副麻将牌，一旦外面有任何风吹草动，就假装在打麻将，等平静后继续商量工作。这类如今在电影、电视剧里才会有的情节，对于当时的青年党员葛一飞而言却无异于家常便饭。

"六联"斗争逞英豪

从1948年5月到9月底，党组织交给葛一飞的主要任务是参加保卫"六联"的斗争。"六联"是"四行二局"员工联谊会的简称，是党领导下中央银行、中国银行、交通银行、中国农民银行四行及中央信托局、邮政储金汇业局联合组成的一个职工组织。由于长期组织行局职工开展斗争，"六联"面临被政府取缔的危险。党组织分析当时情况，认为必须争取"六联"的存在，因此着力充实各行局的力量，将葛一飞的组织关系从青年会工商经济研究会转到交通银行，并随即成立中共交通银行支部，由王自慎兼任书记，葛一飞任组织委员，冯宝豫任宣传委员。支部的建立，标志着交通银行有了第一个用马克思主义武装起来的无产阶级先锋队组织。

当时，在"六联"理监事干部中，颇多一部分在经济斗争中能够站得住脚，但转向政治斗争时就畏缩犹豫。根据党组织的安排，葛一飞作为主要负责人之一筹备"六联"的改选事宜。葛一飞虽然在交通银行工作，但没有参加过"六联"的领导工作，行局职工对她不太熟悉。为此，党组织安排葛一飞在"六联"改选前夕的一次骨干扩大会议上作了关于坚决保卫"六联"的发言，从而为她的当选创造了条件。在随后开展的"六联"理监事的改选中，由刘善长任"六联"主席，并将过去两年中培养的新干部大量充实到理监事中，葛一飞也担任了"六联"理事。交通银行职工当选理事的还有史连甫、瞿德明、任龙生、李经芳等。

通过"六联"的改选，群众进一步得到发动，斗争形势明显好转。但是，政府当局对于取缔"六联"并未放松。鉴于"六联"未经社会局登记，葛一飞等发动了群众性的申请登记签名活动，把经群众签名的登记申请信送到社会局。申请信往来几次都没被批准，但却显示了群众的力量。为了缓和对立的形势，葛一飞等组织和推派代表团主动分访各行局的主要负责人，宣传"六联"的各种日常康乐活动，让他们认识到这些活动有利于职工的业余生活，从而请求支持协助。各行局当局一般都是说些"'六联'工作是对的，当予协助"等敷衍话，葛一飞就将这些话在《联讯》上大肆宣传以扩大影响，并造成当局内部的矛盾。

葛一飞积极发动交通银行的职员参加或响应"六联"的各项活动，如组织一部分同人参加《联讯》的撰稿和发行工作、发动同人参加《联讯》的捐款活动、动员广大同人宣传和保卫"六联"等。其中，为《联讯》募捐的活动声势尤大。《联讯》在当时很受职工欢迎，当局则视为眼中钉，多次对负责办《联讯》的职工施加压力。针对这种情况，葛一飞发动了一次为《联讯》筹集资金的捐款，几乎交通银行的所有职工都捐了钱。这不但为《联讯》解决了资金问题，更重要的是做了一次广泛的宣传，同时也表达了广大群众对《联讯》的拥护。

当局鉴于"六联"是"非法团体"，又不肯停止活动，便进一步对"六联"的负责人进行打击，试图迫使"六联"瓦解。当时，交通银行内首先受到打击的是"六联"

监事金惠民，总管理处将他调职赴江西南昌工作，为此，葛一飞又组织了交通银行职工为主的签名抗议，上海分行大部分职工都参加签名，总管理处稽核处、会计处参加签名的较多。这些抗议，使交通银行总管理处在处理金惠民的问题上增加了不少顾虑，最后虽然没能改变决定，但此后就不敢继续将"六联"骨干调职了。

葛一飞参加"六联"的时间不长，开始时当局并未注意到她，后来发现抗议金惠民调职的联名信是由葛一飞经手发出的，行方就开始对她注意起来。交通银行沪行副理李轫哉曾找葛一飞谈话，要她不再参加"六联"活动，并扬言"我和搞群众运动的人势不两立，是要斗争到底的"以表示取缔"六联"的决心。但葛一飞对此早有准备，并未被吓倒。

当局千方百计打击"六联"均未奏效，不得不在9月下旬打出最后一张王牌，以总统府的名义下令取缔"六联"，并限于9月底前解散。为避免不必要的损失，党组织决定暂时撤退，行局职工运动从以大团体和联合斗争为主，转入分散活动。9月29日，"六联"理监事会发出《告会员书》，说明当时的形势和当局的压力，不得不忍痛暂行停止活动，要求群众谅解。经历了半年的保卫"六联"的斗争，至此告一段落。

上海解放前，通过群众活动和个别接触，由葛一飞介绍入党的有顾树桢、唐荣钰、章尔澄、王正安等。

创建剧团扩影响

"六联"停止活动后，党在各行局分别展开工作。对交通银行职员，党支部研究后明确，要发挥葛一飞、冯宝豫曾经多次参演话剧、具有良好演艺基础的特点，以组织话剧团"交通剧团"的形式来进行团结和教育。这个剧团以参加"六联"活动的一批积极分子为核心，再陆续吸收爱好话剧的其他群众参加，先后开展了多次演出。除了排演、演出外，还辅以开座谈会、组织郊游等方式，来加强联系。交通剧团的活动一直持续到上海解放，在宣传党的政策方面起到了积极的作用。

交通剧团旨在吸收职工中的话剧爱好者，在排练、公演、座谈、聚餐时交流思想、联络感情。剧团主要由葛一飞在幕后策划，冯宝豫、罗经北出面组织，参加者包括严孝修、唐荣钰、吕翠珍、黄声康、舒家义、张新初、邬孝先、孙球、徐礼庸、严伯瑛、吴美贞、阮秀堃、屠幼慈、钱祖恩、王善燻、张志麟、吴纪昌、张晏伯、黄秉杰、王经源等50余人，公推严伯瑛为团长。

交通剧团的成立，并未得到行方的支持，反而受到多方刁难，不仅不给经费、不借场所，而且给职工施压，劝说职工不要参加剧团活动，葛一飞、冯宝豫、唐荣钰、吕翠珍等都曾受到行方威胁或劝止。冯宝豫因在交通剧团中比较活跃，还被行方调整岗位以限制他的活动时间。尽管遭遇重重阻力，但参加剧团的职工情绪高昂，他们自筹经费，在行外借用场地，连聘请导演的费用也是自力更生解决。交通剧团排练过《未婚夫妻》《一块牌子》《父归》等讽刺性的短剧，影响良好。

1949年2月20日，交通剧团在四川北路横浜桥上海市立实验戏剧学校开展首次公演，交通银行、中国银行的不少职工都前去观演，以表示对交通剧团的支持。这次公演，得到了上海市立实验戏剧学校学生们的帮助和指导，双方在演出前一天一夜的时间里通力协作，使演出得以高水平地顺利开展。首次公演活动取得圆满成功，不仅让交通剧团在行内扩大了影响，而且吸引了不少老职工加入剧团，充实了剧团的实力。

交通剧团除了在排练、公演过程中加强职工间的相互联系外，还通过举办座谈会、郊游会、聚餐会、相互访问等途径联络大家的感情，并在各种活动中进行形势教育，宣传党的政策，培养积极分子。交通剧团的活动一直持续到上海解放前夕。剧团中的积极分子唐荣钰于1949年2月由葛一飞介绍入党，参加中共交通银行支部的组织生活。还有一些骨干团员后来成为职工"应变"组织和解放初期职工协助接管组织的积极分子。

迎接新生展身手

1949年元旦，新华社发表《将革命进行到底》的社论。人民解放军蓄势挺进江南，解放全中国指日可待。面对临近上海解放的形势，交通银行职工的迫切要求之一，是要了解中国共产党和解放军的政策，很想知道在上海解放、银行被接管后，自己会面临什么样的处境。

当时，国民党政府提出了"应变"一词，一方面打算逃跑，另一方面又准备在上海进行顽抗、潜伏和隐匿资财。对此，中共上海市委明确指示，要利用"应变"口号，保护财产和人员安全，配合人民解放军解放上海。中共行局总支及时提出了"组织力量，迎接解放，保护行产，反对逃跑，加强政策宣传，加紧调查研究，收集资料，协助接管"的新的斗争任务。根据组织安排，交通银行由党员葛一飞、陈品梅出面，在1949年4月人民解放军渡江前夕，成立了"应变会"性质的交通银行员工互助会。

员工互助会的委员，有代表行方的上层人物（如上海分行副理李轫哉、总管理处稽核处处长朱通九），有襄理、科长一级的干部（如总管理处稽核处课长张宗祐），也有普通职工的代表（如地下党员王自慎、陈品梅、任龙生等）。

在员工互助会中，葛一飞既是幕后的主要领导者之一，又是一位普通职工代表。员工互助会主要做了三件事：其一，安定职工情绪。员工互助会运用油印刊

担任交通银行上海分行经理时的葛一飞

物《会讯》，刊登交通银行职工的相关互助信息，同时也摘录报刊上的有关报道，在办公场所和饭厅公布，很受职工的欢迎，有效地缓解了大家对上海解放的顾虑。南京解放后，员工互助会又秘密翻印了《中国人民解放军布告》（《约法八章》），在职工中相互转告，极大地安定了人心，大家都急切地盼望着解放的到来。其二，保护职工安全，避免职工流散（当时郊区因国民党军筑防御工事，封锁交通，安全堪忧），将高思路、静安寺路等几处房屋作为郊区职工的临时住所，员工互助会协助这些人解决居住问题，并将消费合作社库存的粮食和食油分配给职工，还把同人组织起来日夜轮流值班，以防止国民党军的抢劫，这些措施进一步密切了党员、积极分子和职工的联系。其三，号召保护行产，向职工宣传原封不动的接管政策。当时，党组织还提出收集资料的任务，在下层职员中，由葛一飞出面召集了一批积极分子进行商量。不过，由于这些人接触的工作面不广，因此只是就每个人所接触的业务情况收集了一些资料。

1949 年 5 月 27 日，上海全部解放。上海解放后，军管会任命储伟修为军事代表、杨修范为副军事代表接管交通银行在沪机构。葛一飞积极参与到协助接管和开展整编的工作中。为便于发动群众，交通银行成立了协助接管委员会，由葛一飞担任主任委员。通过这个组织，葛一飞发动了全行400多名职工参加清点资财和审查账册的工作，发现了不少账外资财，查出了多件解放前放款方面的贪污案件。

接管工作告一段落后，又开展了人员整编。这时，储伟修调人民银行工作，由张平之接替开展整编工作。交通银行成立了整编节约委员会，由张平之担任主任委员，葛一飞担任整编组组长。经过整编，基本使全行职工得到妥善安排。

1949 年 11 月，交通银行复业，依据"能称职的地下党同志则大胆提拔"的原则，葛一飞担任了上海分行人事科副科长。1950 年初全国金融会议明确交通银行改组为专业银行后，葛一飞升任上海分行人事科长。1951 年 11 月，上海分行改组为华东分行（后称华东区行），下设营业部，葛一飞调任营业部经理。1952 年 6 月，葛一飞升任华东分行副理兼营业部经理。在此期间，葛一飞担任了党支部组织委员，并兼任分行工会筹备委员会主席、上海市金融工会副主席、上海市财政金融工会秘书长等职，还代表交通银行职工参加了上海市工人代表大会。

1953 年 2 月，交通银行华东区行营业部改组为上海分行，葛一飞担任了区行副理兼上海分行经理。1954 年 10 月，中国人民建设银行成立后，葛一飞担任了中国人民建设银行上海分行行长兼交通银行上海分行经理。中国人民建设银行和交通银行机构完全划分后，葛一飞专职主持中国人民建设银行上海分行工作。她在任职交通银行上海分行和中国人民建设银行上海分行期间，主要负责基本建设拨款工作，其出色的表现不仅得到了同事们的一致认可，也得到了苏联援华专家的肯定，称赞她："中国女同志的代表，真厉害！"

不忘初心报党恩

1958 年 9 月，葛一飞调到上海市第二商业局任饮食服务处处长。1959 年 8 月，葛一飞调到中国人民建设银行总行任拨款第一处处长。1960 年 11 月，葛一飞又调到西北

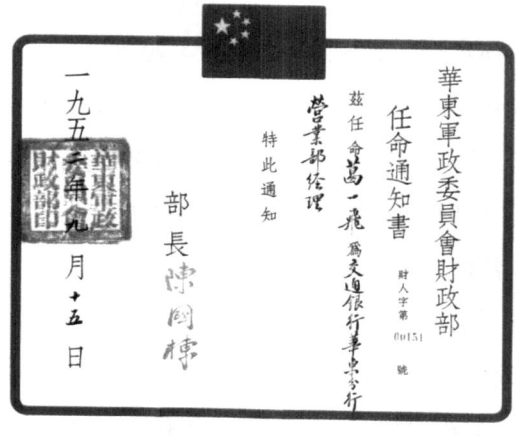

华东军政委员会财政部任命葛一飞为交通银行华东分行营业部经理的通知

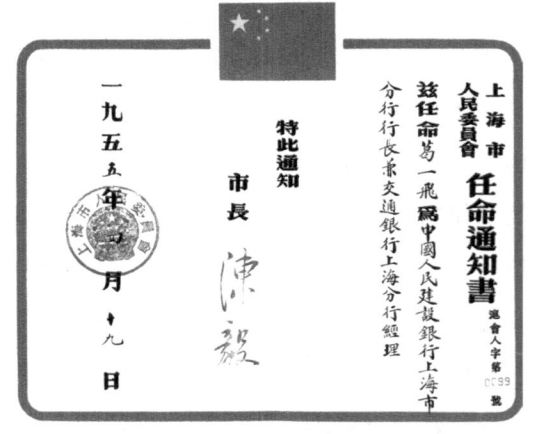

上海市人民委员会任命葛一飞为中国人民建设银行上海市分行行长兼交通银行上海分行经理的通知

局，先后在财办、财政金融局、轻工业局工作。1962 年 2 月，葛一飞任兰州市税务局局长。1978 年 5 月，葛一飞被选举为兰州市人大常委会副主任，并于 1981 年 12 月兼任市人大秘书长。1987 年 11 月，葛一飞办理离休。

离开银行业后，葛一飞一直与交通银行、中国人民建设银行的老同事们保持着联系，还多次到上海、北京等地重游忆旧，尤其是与作为老同学、老同事的顾树桢、严孝修等人，几乎每周都会互通音讯。2002 年 5 月 5 日，她与王福穰、严孝修等交通银行老同事聚会时，王福穰曾即席信笔作诗，素描她"献身革命早，壮志充宇宙。忆昔初见时，双髻年尚幼。……雄视众须眉，翕然从其后。何期功勋高，亦有风波遭。远走适陇西，续插左公柳"。

葛一飞一生忠党爱国，临老弥坚。她始终节衣缩食、艰苦朴素，却几乎每年都会缴纳"特殊党费"，不忘初心报党恩。1972 年 7 月，她不仅将组织上补发给自己的历年工资所得 3000 余元全部缴纳党费，还将日常积蓄中的 2000 元一并缴纳。1973 年 10 月，她又将自己全部积蓄 5300 余元中的 5000 元作为"特殊党费"上缴组织。至其晚年，她始终保持着这份对党的赤诚。这一笔笔党费，见证了一位老银行人对党和国家的无限热爱。

葛一飞佩戴中国人民抗日战争胜利 70 周年纪念章时的留影

葛一飞膝下有一儿两女。她严于律己、大公无私的作风，也深刻地影响了家人们，不仅她的儿女们都养成了艰苦朴素的作风，一生都以"做公家人"的标准要求自己，坚守岗位、默默奉献，而且大家庭十分和睦，葛一飞和儿媳、女婿之间相处数十年，从未红过脸。

在人生的最后几年，葛一飞依然每天拿着放大镜坚持读书看报，关心国家大事，对重要新闻和消息分门别类进行剪贴整理，并写上自己的心得。她经常说："我这辈子有三件幸事。第一件，我生于 1919 年，五四爱国运动发生，新的女性，可以上学了。第二件，我有个好哥哥，给我生活上、学习上支持。第三件，我加入了中国共产党，并且在我这条线上没有出现叛徒。"她始终对党和国家满怀着深情，并用自己的一生，诠释了一名银行人对共产主义的坚定信仰。

交通银行第一位工友党员陈品梅

抗日战争胜利后，在中共上海地方党组织的领导下，"四行二局"（中央银行、中国银行、交通银行、中国农民银行、中央信托局、邮政储金汇业局）职工围绕薪金和福利待遇，在上海与国民党当局展开了一系列的斗争。在斗争过程中，行局工友发挥了重要的作用，而其中最具代表性的人物之一，当数中共党员、交通银行工友陈品梅。

做工友的知心朋友

新中国成立前，为各行局服务的职工分职员和工友两种。职员往往被视为中上层小资产阶级，受过较好的教育；工友则文化程度和经济地位都比职员要低，有些也与资方人员有点社会关系。工友按工作性质大致可分为业务工（如栈司、信差、警卫）、技术工（如司机、水电工）、服务工（如茶房、清洁工）、粗壮工（如仓库、运输工）等四类，在业务运转中必不可少，但与职员相比又处于从属地位。交通银行的工友人数约占职工总数的 1/6（约 150 人），从其所占比重和工作性质看，他们都是不可忽视的力量。

1947 年 4 月，原在上海市警察局老闸分局做便衣警的党员陈品梅（1946 年 3 月在法租界贝当路巡捕房工作时由马文林介绍入党），经人介绍，进入交通银行上海分行当便衣警，他的组织关系也转入交通银行，由党员王自慎联系。由此，陈品梅成为交通银行工友中的第一位中共党员，也是"四行二局"工友中的第一位中共党员。

在陈品梅到交通银行工作前，行局职工已经开展过几次联合斗争，职员和工友间的隔阂逐渐消除，并于 1946 年 3 月 3 日成立了"四行二局"员工联谊会（以下简称"六联"）。1947 年初，"六联"经过一年的艰苦工作，在行局职工中已经扎下了根，有了较高的威信，受到普遍的信任和欢迎。

当时，交通银行的工友有着一些基本的特点：年龄都在三四十岁左右，有一定的社会经验；文化层次普遍较低，政治思想虽然有了一定的进步，但还比较保守，对国民党的幻想仍未破灭；家庭条件都不太好，经济负担较重，怕失业，怕惹是生非；大多出身于劳苦家庭，深受阶级迫害，对阶级斗争观念容易接受。根据这些特点，在陈品梅进入交通银行后，党组织决定由陈品梅出面，感化教育工友，用他们亲身体验到的事实，深入浅出地宣传党的政策，让工友们逐步提高认识。党组织交给陈品梅的基本任务是在交通银行站稳脚跟，开展广泛的交友活动，对工友中的积极分子要交知心朋友，团结交通银行工友群众参加适合工友特点的某些"六联"的活动，经过一定时期，在工友中积极发展党的力量。

陈品梅是基层工友出身，1929 年，他在 15 岁时就进入绸缎店当学徒，1932 年任百货店店员，1934 年到肥皂厂工作，1936 年又进入球鞋厂当铁机工友，1937—1939 年当乡村小贩及临时雇工，1940 年考入法租界巡捕房，多年的历练让他深知如何与工友打交道。他在日常工作中注意与工友广交朋友，关心大家的生活，与大家共同面对工作和生活上的困难，在几个月内，就在工友群众中建立起了信任，并与几位积极分子如栈司任龙生、营业厅茶房李经芳等成为好友。任龙生和李经芳都是发起和筹建"六联"的骨干分子，在工友中颇受欢迎，陈品梅在与他们的交流中，用物价迅猛飞涨、生活日趋困难这些大家的切身感受，来激发他们对国民党当局的仇视；他用实际事例，揭露国民党政府官员的贪腐现象，指出他们只顾自己享受、不顾人民死活的事实，揭露国民党背信弃义、撕毁协议、挑动内战的真实面目，以及由此给人民带来的沉重灾难；他还用当时各地学生的"反饥饿、反迫害、反内战"的游行示威和产业工人的各种罢工，来说明人民已经日益觉醒，在用实际行动反对国民党政府的血腥统治；同时，他还不失时机地向他们介绍中国共产党由小到大、由弱到强的发展过程，阐明共产党的性质和宗旨，以及怎样发动、教育、依靠工农劳动群众来和腐朽的政权作斗争。由于这些谈话内容始终是在摆事实、讲道理，用阶级斗争的立场观察和分析问题，对他们提高阶级觉悟有着很大的帮助。在接受了陈品梅相关观点的熏陶后，任龙生和李经芳又向更多的工友转达这些进步思想，让他们在思想上受到启发，得到觉醒。

陈品梅真正成为交通银行工友们的"知心朋友"，在他的影响带动下，工友们的思想觉悟不断提高。1947 年 9 月 26 日"饿工"斗争前夕，任龙生被吸收入党；10 月，通过"饿工"斗争的考察，李经芳也被吸收入党。原交通银行总管理处信托部三轮车夫、后为茶房的吴海涛，对从事进步工作表现积极，在信托部和储蓄部的工友中有较高的威信，经过考察和教育提高，也于1947年10月被吸收入党。

筹建交通银行工友互助会

陈品梅在同工友中的积极分子任龙生、李经芳、吴海涛等人交往了一段时间后，发现工友群众比较分散，有必要加强相互间的联系。他考虑再三，在向党组织报告后，决定发起成立一个经济互济性的互助会，以增加工友间的联络和了解。

当时交通银行在上海的工友以上海分行较为集中，其余分散在总管理处、仓库、各支行、办事处等全市各处。要将分散在各处的工友组织起来，并非易事。经过一番调查后，陈品梅发现，各处的信差每天都会在一定的时间到上海分行送信件、报表、资料，通过信差或许可以将分散的工友联络组织起来。

他与几位积极分子商量，初步确定了组织形式和内容，就开始着手筹建交通银行工友互助会（以下简称"工友互助会"）。任龙生、李经芳分别同各处的信差交换意见，并通过信差征集各处工友们的意见。征集意见的结果是，工友们普遍赞同成立工友互助会，每位会员按照工资的5%缴纳会金，由工友互助会经营当时比较紧俏的商品，如面纱、自行车轮胎、保温水壶、小五金等，再将获得的利润按份额分给工友互助会会员。

1947年9月，工友互助会正式成立。会员推选11人组成理事会，除陈品梅、任龙生、李经芳三人和总管理处工友一人外，其余七人都是各处的信差。工友互助会由陈品梅任常务理事，处理会费收支、经营和账目公布等日常事务。理事会定期将工友互助会的经营项目、盈余金额、收支账目向会员公布，会员所缴纳的会费也由理事会出具收据作为凭信。各位理事平时经常在碰头时交流各处工友的思想状况，陈品梅、任龙生、李经芳还注意将上海分行工友们的情况和"六联"的最新活动消息随时向各位理事通报，由他们带回转告广大会员。

在"六联"发起的"九二六"饿工斗争中，陈品梅组织工友互助会的工友发挥了积极作用。1947年9月25日下班后，李经芳等带领庶务科茶房高岐山、信托部茶房吴海涛、信托部信差郑泉等，打扫上海分行的营业厅和办公室时，在每一张办公桌的玻璃台板下统一放了一张铅印的绝食抗议宣传单，详细说明绝食的目的、纪律和时间。9月26日上午，"六联"统一发出《绝食抗议宣言》，工友互助会也参与了传单的发放。

这天中午，工友互助会还在上海分行饭厅门口和走廊里巡查，一经发现有个别职工去饭厅吃饭，就上前劝阻。因为工友们组织得力，交通银行职工大都没有吃午饭，使"饿工"斗争取得了预期的效果。

工友互助会对"六联"组织的活动积极响应，从一定程度上说，成为"六联"在交通银行工友中的一个支撑点。通过工友互助会，工友们随时都能了解"六联"的活动情况。到1948年底，交通银行工友中有80%的人员参加了工友互助会。由于工友互助会的主要活动都是经济性的，骨干分子也都有巧妙的斗争策略和丰富的斗争经验，交通银行当局一直没有对工友互助会的活动采取任何的干涉。工友互助会也得以较为顺利地开展进步活动，直到上海解放。

担任中共行局工友支部书记

为了适应斗争形势的需要，经金融党委决定，1948年2月成立了行局工友支部。行局工友支部共有党员10人，包括交通银行的陈品梅、任龙生、李经芳、吴海涛和杜梦陵（交通银行提篮桥办事处雇员，1947年底从外单位转来），以及中国银行技工何金水、黄顺富，邮政储金汇业局警卫安儒本，中央银行警卫姚少华，江苏省农民银行的一位工友。行局工友支部由行局总支委员王自慎负责联系，书记由陈品梅担任，组织委员为任龙生，宣传委员为何金水。

行局工友支部成立后，即投入"坐工"斗争。1948年2月，国民党当局进一步削减行局职工的"实物配售差额金"，这对工资收入低的工友而言，无异于被逼上了绝路。行局工友支部的成立扩大了群众的联系面，党员们在行局总支领导下，积极配合"六联"，在工友中进行宣传鼓动，积极准备斗争。

1948年3月8日前夕，工友和职员们一道，在各行局的显要位置，张贴标语和宣传画，抗议当局降低职工待遇。3月8日当天，"六联"提出，希望当局对职工合理要求给出一个满意的答复，否则全体职工将在下班后留在工作地点等待回复。工友支部向工友们提出"职员不离行，工友坐着等"的号召，积极参与"坐工"斗争。

1948年3月8日临近下班时，当局动用警察，逮捕了中国银行的刘善长、周耀瑾、张松簏三位"六联"骨干。工友支部和工友们都对这一情况缺乏思想准备，"坐工"斗争受到挫折。为了进一步镇压职工中的不满情绪，警察局派便衣到各行局找"六联"活动分子谈话。他们到交通银行上海分行时，找副理李轫哉问话，李轫哉向庶务课课长朱长椿询问，朱长椿请陈品梅接待。便衣中有一位叫戴子明的，是陈品梅在警察局做便衣警时的同事。戴子明对陈品梅说："据调查发现，你也是'六联'的活动分子。"陈品梅沉着应对说："我原是警察局的，这你知道。我进行不到一年，他们能信任我吗？而你反相信别人胡说。"经朱长椿同意，在交通银行食堂摆了一桌酒菜，陈品梅陪他们吃了一顿，便衣们也就走了。这也说明，行局当局和警察局对"六联"积极分子的情况是有所掌握的，但他们注意的重点是职员，对工友则只是施加一些压力以示警戒。

为了营救三位被捕的同志，工友支部积极配合中国银行支部，参与到了发动群众的工作中。1948年3月13日，中国银行支部带了三位被捕同志的家属到中国银行，在营业厅向行方申诉。工友支部组织了数十名工友涌向营业厅，大声诉说，要求行方保释三位同志。在工友支部的配合下，中国银行各办事处都停止了营业，消息传到交通银行后，职员和工友也都无心工作，议论纷纷，罢工情绪一触即发。这一局面，让当局慌了手脚，中国银行总经理宋汉章出面保证会立即设法保释，中国银行的营业才在午后恢复正常。3月15日，三位同志顺利获得保释。这次斗争，工友支部的声援起到了重要作用。

中国银行的三位同志被释放后，国民党当局并未罢休，宣称"六联"是非法组织，应予取缔。在保卫"六联"的斗争中，工友支部发动工友踊跃签名，选派代表参加"六联"理事改选，并动员工友根据自己的经济情况踊跃捐款，做了大量的配合工作。

在斗争过程中，陈品梅积极发展党员，仅1948年，就在交通银行先后发展了庶务课茶房高岐山、栈司凌永浩、储蓄部信差郑泉、信托部仓库信差许学连等人入党。

组织"六十二兄弟会"

随着斗争形势的变化，"六联"面临着被取缔的危险。如果"六联"被迫解散，行局工友间以什么方式来保持联系？这是摆在行局工友支部面前的一个急迫问题。工友支部在研究时提出，可以尝试采用"拜把子"方式来组织。与群众骨干拜把结义，曾是中共上海地方党组织在开展初步的工人运动时经常采取的方法。经上级党组织同意后，工友支部就开始着手准备，"拜把子"的对象主要选择了行局工友中那些具有正义感、作风正派的积极分子。同时，为了起到掩护作用，也准备吸收少量在英租界、法租界时期巡捕房工作过的便衣警（这些便衣警与上海当时的帮派组织有较多的联系，但一定要在历次行局斗争中站在广大群众一边或至少持中立态度）。

经过短期酝酿，工友支部一共组织了 62 人，称为"六十二兄弟会"（以下简称兄弟会），其中中央银行 16 人、中国银行 15 人、交通银行 27 人、中央信托局 4 人。62 人中，包括中央银行的陆荣卿和交通银行的何连生，他们都是旧巡捕房的便衣警，后到银行任警卫。仿照桃园结义的组织形式，兄弟会分"龙头""龙身""龙尾"，首尾相顾，并分别用"总老

地下党组织行局职工旅游时的合影，中共交通银行支部和行局工友支部均有党员参加。

大""二老大""小老大"的称呼来命名。"总老大"由中央银行陆荣卿担任；"二老大"各行局一人，分别是中央银行陈玉麟、中国银行陈志祥、交通银行陈品梅、中央信托局费关全；"小老大"由中央银行王升发、交通银行任龙生、中国银行刘增富担任。凡参加兄弟会的，都要填写《金兰谱》，并宣誓："法桃园结义，冀祸福与共，扶危济困，斯手足之情，当理无容辞，即到海枯石烂亦不毁此誓言，是为誓。"

兄弟会于 1948 年端午节在豫园内园正式结拜，全体人员在关羽像前点烛燃香，磕头跪拜，宣读"金兰誓言"，并摄影留念。结拜仪式相当隆重，结拜后每一兄弟还各执合影和《金兰谱》一份为凭。为了使兄弟会的活动更丰富，大家还一致同意集资成立乐义股份公司（"乐义"在上海话中与"62"谐音），由陈品梅主理公司的财务。在兄弟会中，"老大"经常碰面，交流各行局工友间的情况和公司的经营情况，也会谈论时局的进展。

兄弟会成立后，组织开展的活动并不多，但是起到了团结各行局工友积极分子的作用，同时也在一定程度上加强了与各行局工友群众的联系。上海解放后，兄弟会完成了使命，很快解散了，乐义股份公司也停止了活动，公司余款作为救灾款捐献。

迎接解放

1948 年 9 月底，"六联"被迫停止活动，各行局职工不再举行联合斗争，但各行局内分别进行的联谊活动和经济斗争仍在积极开展。交通银行工友为了维持最低生活水

准，在陈品梅的组织下进行了一系列的经济斗争。陈品梅曾代表交通银行工友与上海分行副理李轫哉当面交涉，向交通银行当局提出工友们生活上遇到的实际困难，要求行方增加煤球津贴。经过两个回合的交涉，行方同意每月增加煤球一担。其他行局工友闻讯后，也先后向当局提出同一问题，都取得了胜利。

1949年初，三大战役的胜利震动了整个国统区。国民党当局在上海做"应变"准备，一方面打算逃跑，另一方面又准备在上海顽抗、潜伏和隐匿财资。为了继续在职工中开展进步活动，准备迎接解放，交通银行职工在党的领导下利用"应变"这个合法名义，在二三月间酝酿筹组职工"应变"组织。行方在大势所趋的情况下，不得不同意，于是，在三四月间成立了"交通银行员工互助会"（以下简称"员工互助会"）。员工互助会设有委员会，委员共20余人，既有行方上层人物如朱通九（总管理处稽核处处长）、李轫哉（上海分行副理）以及一些中层管理人员，也有普通职工代表如党员王自慎、葛一飞、陈品梅、任龙生等。当时，员工互助会曾油印《互助通讯》，报道员工互助会的活动情况。

员工互助会成立后，参与了交通银行的部分行政管理工作，如安置住在郊区职工的家属以策安全、调查交通银行在市区的产权房屋等，工友们在党的领导下都积极参与，一一落实。李轫哉曾主张将职工消费合作社的物资拿出来分掉，员工互助会的党员都站出来反对，主张为职工考虑应继续办合作社，如果一定要停止合作社，则职员和工友应在物资分配中享受同等待遇。在员工互助会的争取下，合作社的物资被分配时，工友每人比原来规定的差别待遇多得大米五斗、食用油几斤，工友们皆大欢喜。

上海解放前夕，为了确保交通银行行产和人员的安全，陈品梅向庶务课课长朱长椿建议，鉴于交通银行警卫大都年老体弱，平时身配武器做做样子还可以，真的遇到扰乱就无法应付，反而会丢失武器，不如将武器集中起来，改发警棍。朱长椿认同陈品梅的说法，将枪支集中起来由陈品梅负责保管。陈品梅还将年富力强的工友组织成巡逻队，在解放前的一个多月中，在交通银行的宿舍区、办公大楼里日夜巡逻。

1949年4月25日，《中国人民解放军布告》发布后，行局总支将文件交给工友支部，请工友支部油印分发给行局中上层留沪人员。工友支部在汉口路中国银行老楼内，由陈品梅刻写，任龙生、何金水油印，任龙生的儿子（小学生）写信封，按照行局中上层留沪人员的住址在不同地段邮筒中寄出。这些信件，目的是要收信人负起责任，保护好行产，等待解放后的接管。

1949 年 5 月初，上海已经能够听到从浦东传来的炮声。国民党当局抓紧抢运中央银行库存的黄金、白银去台湾。工友支部指示中央银行党员姚少华、石晋臣等到搬运工中做工作，要他们尽量慢装少运，多留一点。工人们果然在搬运时"磨洋工"，起到了一些阻碍作用。工友支部还动员中央信托局工友团结一致，成功抵制了国民党军队强行提取进口面粉的霸道行径。人民解放军渡江后，工友支部布置党员收集各行局仓库的物资储存情况，以及一些军政机构的地址，以便解放后顺利接管。

1949 年 5 月 25 日清晨，人民解放军已经控制苏州河以南地区。陈品梅发动交通银行工友严把仓库大门，不让行方开库，以防转移销毁或涂改账册。早上上班后，工友们与出纳股长相持不下，一方不让开库，一方坚决要求开库。出纳股长向李轫哉报告，李轫哉知道后勃然大怒，找陈品梅责问。陈品梅只是说，上海解放在即，为了防止涂改账

位于上海光复路的交通银行仓库一楼内景。上海解放前，陈品梅发动交通银行工友严把库房大门。

册、转移财产，所以不同意开库，说完就走。李轫哉也知道国民党当局大势已去，不能拿陈品梅怎么办。在陈品梅的组织下，仓库一直紧闭大门，直到 27 日军代表前来接管才打开。

军代表进驻交通银行后，中共上海地方党组织党员与来自解放区的同志胜利会师，工友支部宣告解散，党员分别转入所在行局的支部。工友支部存在了一年零三个月，时间不长，重大斗争并不多，但在支部书记陈品梅的带领下，对职工进步活动的开展起到了积极的配合作用，有时还起到了冲锋陷阵的作用，很好地完成了自己的使命。在担任支部书记期间，陈品梅还发展了 10 名新党员，充实了党的力量，较好地履行了一名资深党员的职责。

新中国成立后，陈品梅任协助接管委员会副主任委员。交通银行复业后，陈品梅先后任上海分行人事课副课长、交通科副科长等职。交通银行总管理处迁京后，陈品梅先后担任了总管理处办公室总务科副科长、人事室教育科副科长等职。

地下党员施振的金融人生

八路军桂林办事处纪念馆的介绍中，有这样一段话："抗战期间，我党及其领导的前线部队经费十分紧张，八路军桂林办事处通过八路军香港办事处的廖承志等同志筹集了以境外爱国资金为主的大批经费，汇到桂林交通银行，再由在银行担任存款部科长的地下工作者施振利用工作之便，将款项提出交由办事处，再由桂林办事处分发给抗日前线和华南、华东

2002 年 12 月，施振于广州市解放北路家中，时年 90 岁。

各省地下党组织及一些进步救亡文化团体。"短短的一段话背后，却有着一位银行人不同寻常的人生。

在银行从事地下工作

施振（1913—2020 年），原名文标，浙江杭州人。他幼年丧母，在萧山度过了童年，11 岁时随祖母搬到上海，进沪东小学读书。15 岁时，施振从教会办的中等学校毕业，他进入当铺做学徒。成年后，进入国货银行当练习生。1934 年，施振经人介绍，进入交通银行担任打字员。

施振原本不懂打字，但他十分珍惜在国家银行工作的机会，进入交通银行后严格要求自己，勤学苦练，半夜即起身练习打字，熟读字盘，加快打字速度，很快就可以应付工作，并逐渐成为打字能手。

20 世纪 30 年代初，南方政局渐趋安定，经济建设也取得较大进展。唐寿民就任交通银行总经理后，一力经营江北、开发西北、拓展闽粤。其中，在厦门、香港等曾经设置分支机构的地区重新布设机构，成为备受关注的重点。1934 年 9 月，交通银行总

管理处委派汤钜、冯薰、陈龙田赴厦门，筹设厦门三等分行暨发行支库、储蓄信托分部，并同时筹备福州支行，年轻的施振随行参与筹备工作。10月15日，厦门分行即开业，"气象颇极发皇"，"思明市之金融业，蔚然称盛"；11月，福州支行开业。

在厦门，施振一面勤奋工作，一面利用业余时间努力攻读银行金融一类书籍，在业务上取得了精进。1936年，施振在交通银行同事王正安影响下，开始接触党的抗日救亡运动，并攻读《共产党宣言》、马克思的哲学著作、列宁的帝国主义论等，思想上不断觉醒。1937年，施振被派往福州支行，上柜台收存款，正式成为办事员，但他仍与王正安通信联系。1937年底，施振向阮秀平、林大琪提出入党要求；1939年5月，经高力夫、杨昌辉介绍，施振正式加入中国共产党。

入党后，施振以地下党员的身份隐蔽在交通银行工作。出色的工作表现，让他深受行方器重。1939年11月，他又被派往广西桂林，担任桂林分行存款部主任。

到了桂林后，施振与当地党组织取得联系，受八路军总部秘书长、八路军桂林办事处处长李克农直接领导。八路军桂林办事处是我党设在南方一带国民党统治区的领导机关和公开办事机构，也是党内、军内人员往来和物资转运的中心。施振白天在交通银行上班，晚上则到八路军桂林办事处开展工作。在桂林分行，施振主要负责开户和兑现，因此能够利用职务之便，为前线革命经费和物资的流通做大量的掩护工作。其中，廖承志在香港筹集到的款项，就大多先汇到桂林，而后由八路军桂林办事处通过施振设法接收和转汇到各地的中共党组织。

当时，香港的大量华侨为中国共产党捐款，但随着境内越来越多的城市沦陷，款项到达八路军香港办事处后就没法再转汇到境内，而且资金入境也会非常危险。施振在做了细致的研究后，向八路军桂林办事处提出，可以将钱通过香港的上海商业储蓄银行汇到桂林，让八路军桂林办事处名下的几家商行持汇款单到桂林交通银行开户存款，再开具交通银行存款支票向交通银行提取现钞。当时，施振向李克农表示："我准备大胆利用我的职权冒些风险，答应桂林上海商业储蓄银行可以接受该行香港汇款，到桂林存入我交通银行，则可以缓解付我交通银行所垫付的该行汇款资金头寸。"

为了不引起敌人的注意，八路军桂林办事处将汇款单分散到多个商行中，以商行的名义在交通银行开户、存取款，然后再对接经营医药、棉布、电信物资的商户，开展革命物资（特别是电讯材料和布匹）的采购，运往八路军、新四军。当时第一批汇款就达到 20 万元，第二批汇款接近 10 万元，这些钱所购转的物资切实支持了八路军、新四军后勤军事的需要。

交通银行经常出现大额取现，也引起过敌人的注意。一次，国民党军事委员会委员长驻桂林办公厅副主任林蔚带着几个便衣特务突然来到交通银行，气势汹汹地质问经理："共产党办事处有人到你银行提款，你们是不是有共产党的人？"桂林分行经理李钟楚从容不迫地回答："是有军队的钱，有些是存在我们银行里的，我们的职员没有共产党员，他们白天工作，晚上安排跳舞打牌。"李钟楚还让施振把账本拿给林蔚看，林蔚见李钟楚气定神闲，翻了几页，寒暄了几句就走了。

在八路军桂林办事处，施振结识了一批优秀党员，包括孟秋江（新中国成立后任中共天津市委统战部副部长）、陆铨（新中国成立后任石家庄市总工会主席）、项南（新中国成立后任福建省委第一书记）、王一平（新中国成立后任上海市委书记、政协主席）等。八路军桂林办事处位于一家酱油店的楼上，为了安全起见，施振每次总是打一瓶酱油上楼，作为掩护。1941 年 1 月，皖南事变爆发，第二次国共合作遭到严重破坏，八路军桂林办事处被迫撤销，施振继续隐蔽在交通银行内开展地下工作。

抗战胜利时，施振担任桂林分行营业部主任，随即被改派到柳州支行工作，先后担任副理、经理。

参与筹建南方人民银行

1948 年，随着革命战争格局的变化，国民党统治区内经济金融形势一片混乱，货币混杂流通，物价大幅波动。华南的粤赣湘、闽粤赣两个解放区迅速发展扩大，逐渐连成一片。为了支持华南人民解放战争，扶持生产、开展贸易、发展经济，中共华南分局一面指示印制和发行华南解放区的货币，一面经请示中共中央同意，决定建立南方解放区的银行。1949 年 2—7 月，南方解放区先后建立了裕民银行、新陆银行和南方人民银行，其中，施振参与筹建了南方人民银行。

奉中共华南分局财经委员会

1 角面额的南方币

指示，施振于 1949 年春辞去了交通银行的职务，赶赴香港。1949 年 4 月，中共华南分局委派分局财政经济委员会委员蔡馥生担任总经理，赵元浩为副总经理，并安排施振和江门中国银行高天宇（高力夫）担任处长，在香港中环的启源行（地下党经营房地产生意的经济机构）开展南方人民银行的筹建工作。

当时，香港的爱国民主运动蓬勃发展，港英政府采取镇压手段，不仅封闭了中共与民主人士合办的香港达法学院，而且搜查中共在港机构，颁布《社团注册条例》限制爱国活动。因此，南方人民银行的筹建工作，都是在地下秘密进行的。施振作为南方人民银行总管理处筹备组的一员，一方面，协助赵元浩组织财政、银行业务培训班，先后在香港、潮汕培训近 500 名爱国学生和解放区党政机关干部，将他们输送到解放区，分派到潮汕、东江各地参加建行工作；另一方面，他还参与了印钞厂的筹备工作，通过租用外国轮船，将钞票样本、机器及物资等秘密运抵解放区。

1949 年 7 月 8 日，南方人民银行总管理处正式在揭阳河婆镇成立，施振任业务处长。南方人民银行成立后，迅速归并了裕民银行和新陆银行，统一了华南解放区的金融和货币。南方人民银行下设三个分行，分别为潮汕分行、东江分行和兴梅分行（梅州分行），其中，兴梅分行设在梅县，主要由施振带领一批骨干前往建立，于 1949 年 10 月 14 日广州解放当天正式开业。

在南方人民银行，施振展现了自己熟练的银行技能。广州解放前夕，为了保证解放军进入广州后的经费，并保障社会经济秩序的平稳过渡，施振到大埔县主持了南方人民银行过渡币"南方币"的印制、发行工作。他临时找了广州的一家香烟盒印刷厂匆忙赶印，并发布通告，告知民众南方人民银行发行的"南方币"为过渡币，可兑换当时的"中央币"；同时，所有外币停止使用，有外币的市民可以兑换"南方币"，待平稳过渡后，再将"南方币"回收。"南方币"在广州的发行，有力地配合了解放事业。1949 年底，南方人民银行改组为中国人民银行的分支机构，"南方币"也完成了历史使命，按 1 元折合旧人民币 250 元的比价收兑。

广州解放后，施振又奉命主持了接管广州敌伪金融机构的工作，担任接管银行办公室负责人，顺利接管敌伪银行近百家。同时，他积极筹备开办中国人民银行广州分行，担任过办公室副主任、主任。1955 年，施振进入广州市人民政府办公厅工作，历任办公厅副主任、广州市文化局局长、广州市政府副秘书长等职，1984 年离休。

继续为金融事业鞠躬尽瘁

离休后，施振原本可以含饴弄孙，安度晚年。然而，在改革开放大潮的席卷下，这位曾长期从事银行工作的"老兵"却身不由己地被推到了金融改革的一线。

1986 年 7 月，《国务院关于重新组建交通银行的通知》（国发〔1986〕81 号）发布后，在金融领域引起广泛反响，全国各地争先恐后地要求重新组建分行。

其时，作为改革前沿阵地的广州，积极贯彻执行"对外实行开放、对内搞活经济"的方针，经济建设取得了较大发展，金融体制改革正在逐步铺开，当时已有的专业银行和其他金融机构难以适应聚集、融通资金的繁重任务，迫切需要重建交通银行广州分行。广州市人民政府迅速成立了交通银行广州分行筹备小组，聘请施振担任筹备小组顾问，并于 1986 年 10 月 30 日正式向国家体改委、中国人民银行、交通银行总管理处报送《关于重新组建交通银行广州分行的请示》。

交 通 银 行

交银（1987）0284 号

关于交通银行广州分行领导班子配备的复函

中共广州市委组织部：

你部穗组干（87）596 号文悉，关于交通银行广州分行管理委员会成员及总经理、副总经理，经与中共广州市委、市政府有关领导研究商定，分别由以下同志担任：

一、施振同志任交通银行广州分行管理委员会主任；

丘光、卓超、平世华同志任交通银行广州分行管理委员会副主任；

高泽生、梁抗、湛益轩、陈苑文同志任交通银行广州分行管理委员会委员。

二、平世华同志任交通银行广州分行总经理；

梁抗同志任交通银行广州分行副总经理。

《关于交通银行广州分行领导班子配备的复函》。施振任交通银行广州分行管理委员会主任。

1986 年 11 月中旬，施振及广州市体改办副主任陈增森等四人抵沪，了解交通银行上海分行的筹备情况，并向交通银行总管理处汇报重组广州分行的有关工作。此行双方沟通十分顺利，就重组广州分行的一些关键问题达成了共识。1986 年 11 月 27 日返回广州后，施振还致信上海分行总务处主任科员沈新根，对其热忱接待和帮忙购买返程机票表示感谢，同时表示，"我们回广州后，即把上海情况用书面向广州市府组织进行汇报，并提出我们建议，总之筹备交行工作积极加快进行"。

1987 年 1 月 5 日，广州市人民政府致函交通银行总管理处，正式提出筹建交通银行广州分行。4 月 14 日，交通银行总管理处发出《关于同意建立交通银行广州分行筹备组的函》。广州分行的筹建工作得到广东省、广州市、中国人民银行广州市分行的大力支持，进展迅速。9月4日，交通银行总管理处同意广州分行试营业。

根据《交通银行章程》第二十四条的规定，交通银行各内地分行设立管理委员会，在分行管辖范围内行使董事会授予的各项职权（包括审定分行业务方针、计划和重要章则，审查分行总经理工作报告，审查通过年度决算报告和盈利分配方案，任免所属支行管理委员会分会的组成人员和支行经理、副经理，审议分行内部和下属机构的设立与撤销，审议有关分行的其他重要事项等），分行总经理在管理委员会领导下负责日常工作。管理委员会主任须熟悉银行业务，具有较高威望。经交通银行总管理处与中共广州市委、市政府有关领导慎重研究，施振成为管理委员会主任的合理人选。1987年12月12日，交通银行总管理处发出《关于交通银行广州分行领导班子配备的复函》，任命施振为交通银行广州分行管理委员会主任，平世华为交通银行广州分行总经理。

1992年2月19日桂林支行试营业，施振（前排居中者）作为嘉宾在主席台就座。

在广州分行试营业期间，施振作为管委会主任做了大量工作。在他与分行领导班子的共同努力下，广州分行开展增产节约、增收节支，大力组织存款，加强对资金的合理调度管理，合

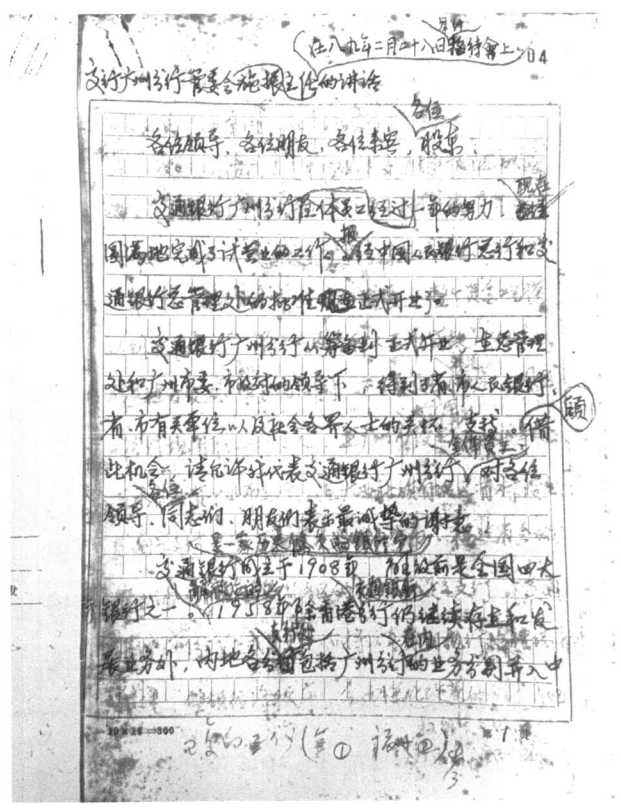

1989年2月28日，施振在交通银行广州分行开业招待会上的讲话稿。

理配置资金，强化内部管理，有效提升经营管理水平，积极、灵活支持国民经济持续、稳定发展，取得了良好成效；同时，广州分行秉持"办成一个富有改革精神的新型的社会主义银行"的精神，不仅在业务上与各专业银行全面交叉，把竞争机制引入金融领域，对广东省地方经济发挥了有益的作用，而且将业务辐射面跨出本省范围，适应了横向经济联系和商品流通的需要，各项业务也取得可喜的进展。在试营业一年多的时间里，分行资金规模达到近7亿元，累计发放各种人民币贷款15亿元；在开展国内人民币业务的同时，还开展了国外外汇业务；与香港交通银行合作，联系台湾交通银行从台湾汇款经香港转汇至内地，打通台海汇款渠道；试办证券挂牌示范业务，吸引了省内众多企业、金融机构参观访问，为交通银行后续开办海通证券打下了基础；招揽南方航空公司购油料款存入交通银行，支持广州市粮食局向外省购粮贷款，支持白云山制药厂生产"感冒灵"药品……

广州分行管委会需要负责管理广东、广西、福建、海南地区交通银行分支机构的筹建、运营工作。在担任管委会主任期间，施振主持和参与了华南地区多家分支机构的筹建工作。1987—1988年，南宁市、桂林市、福州市政府多次派人前往交通银行总管理处联系挂钩，希望能在当地成立交通银行分支机构。受总管理处委托，施振多次前往南宁、桂林、福州调查研究，并与各市领导酝酿商讨。经交通银行总管理处批复，1988年5月30日，南宁支行筹备组成立；1989年3月21日，桂林分行筹备组成立；1989年4月11日，福州支行筹备组成立。同时，在广东省内，施振也相继主持筹备了一批分支机构，如中山支行、东山办事处等。交通银行在华南地区迅速发展。1989年2月12日，经交通银行总管理处同意，广州分行正式开业。

1989年4月底，因年事已高，施振不再担任交通银行广州分行管委会主任，由平世华接任。离任后，施振作为顾问，仍一直关心、关注交通银行的发展。

2019年国庆节前夕，106岁的施振获颁"庆祝中华人民共和国成立70周年"纪念章。2020年7月9日，施振在广州安详离世。

"庆祝中华人民共和国成立70周年"纪念章

银行业的"常青树"葛师良

葛师良（1904—2001年），浙
江上虞人，他17岁时，即以练习
生身份进入浙江实业银行工作，
历时11年；1932年，入职光华火
油公司，并利用业余时间求学；
1934年，葛师良获得沪江大学学
位后，经友人介绍，进入中国征
信所工作；1937年2月入职交通

葛师良晚年时在北京的家中

银行，任稽核处办事员，此后历任稽核处科长、昆明分行副理、总管理处专员等职；新
中国成立后，葛师良先后任交通银行上海分行副理、总管理处业务室副主任；1950年
10月，任交通银行香港分行副理；1982年7月退休，任交通银行香港分行顾问；1987
年3月，任交通银行第一届董事会董事；1994年7月，任交通银行总行咨询委员会委员。

葛师良一生服务银行60多年，一贯热爱祖国、热爱香港。他在青年时代即积极参
加抗日救亡运动，是上海职业界救国会、蚁社、香港业余联谊社等进步组织的骨干成
员，对推动抗日救亡运动发挥了积极作用。他支持葛一飞参加中共上海地方党组织，
并在新中国成立后受组织的安排前往香港接收行产，维护了交通银行的利益。交通银
行重组初期，在追索广东银行股票权益的案件中，他亲自出庭作证，对案件的胜诉起
到了关键性的作用。葛师良几十年如一日，以行为家，廉洁奉公，对交通银行尤其是
香港分行的业务发展贡献良多。

在抗日救亡的斗争中成长

为发展民族信用调查事业，1932年6月，中国银行、交通银行、上海商业储蓄银

行等联合在上海设立了中国征信所，由章乃器担任第一任董事长。在党的影响下，章乃器积极参加挽救民族国家的活动，并以中国征信所为掩护，安排了骆耕漠、季明、李百蒙等一批共产党员到所工作，使中国征信所逐渐成为抗日救亡的堡垒。1934年夏，葛师良获得沪江大学学位后，经同乡章乃器介绍，进入中国征信所工作，由此开启了与进步人士为伍的金融生涯。

在中国征信所，葛师良以出色的表现担任了秘书工作，负责所内事务的上下联络，以及刊物《商情报告》的编辑等。受中国征信所内共产党员的影响，葛师良积极参加中国共产党外围组织蚁社、上海职业界救国会、苏联之友社和中华民族武装自卫会等的活动，与沙千里、李伯龙、杨修范、章乃器等密切接触、一致行动，思想觉悟不断提高。同时，在共产党员的熏陶帮助下，他很

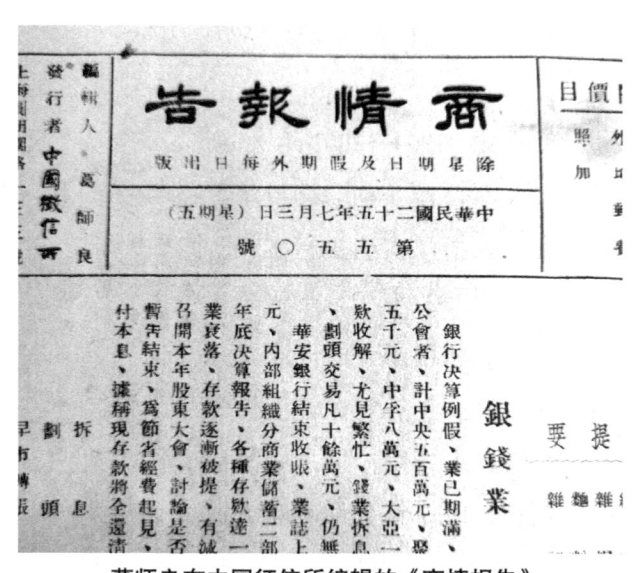

葛师良在中国征信所编辑的《商情报告》

快成为所内的精英，并且逐渐承担起在所内负实际工作总责的角色。

葛师良是上海职业界救国会的负责人之一。在沙千里的积极奔走下，1936年2月9日，上海职业界救国会在上海西藏路宁波同乡会礼堂召开成立大会，选出公司、字号、海关、银行、保险、出版及教育等职业界的一些爱国人士组成理事会，理事有沙千里和葛师良、杨延修、任崇高、李少甫、杨经才、陆诒、石志昂、王文清、丁观澜等。上海职业界救国会成立后，注重基层活动，努力扩大抗日救国队伍，宣传党的抗日救国主张，组织会员参加游行、示威等群众运动。葛师良担任了上海职业界救国会宣传部部长，他不仅是历次抗日游行示威的积极参加者和骨干力量，还在党的影响下，主持编辑出版了秘密刊物《上海职业界救国会会刊》，积极宣传抗日救亡运动，交流救亡工作情况。

1936年5月6日，上海职业界救国会联合上海文化界救国会、上海妇女界救国会、上海各大学教授救国会和上海国难教育社等民间团体，创办了秘密刊物《救亡情报》，

其发刊词开宗明义地指出："'抗敌救亡'，已是中国全体民众的呼声……在这大难当头，民族的生命，已危在旦夕的时候，我们必须联合一致，与敌人及敌人的走狗——汉奸斗争。"葛师良也参与了《救亡情报》的创办，并与陶行知、马相伯、章乃器、李公朴等知名人士一道，纷纷在头版"救亡言论"专栏上发表文章，为抗日救亡慷慨陈词，振臂疾呼。1936 年 5 月 30日，第四期的《救亡情报》头版刊登了葛师良的《救亡和汉奸》一文。他在文中分析了和战的形势，清醒地指出"战还能求生，和却十足是一条死路"，并且呼吁"我们要团结我们整个民族，勇敢地向着解放的路上走……

葛师良的《救亡和汉奸》刊登于《救亡情报》第四期

只要有救亡图存的意志，便都应该站在一条线上，和侵略我们的敌人作无情的搏斗"。葛师良在斗争中迅速成长，成为当时最为活跃的积极分子之一。

1936 年，中国征信所内共产党员和积极分子的活动遭到新任董事长祝仰辰的压制。祝仰辰对章乃器等开展的职工爱国运动早存不满，对葛师良也时加责备。他掌权后即在人事上做了调整，将资料科主任李百蒙调为文牍科办事员，秘书葛师良则调为资料科主任，其余文牍、调查两科职员中有三人被开除职务。这一调动引起了所内全体职员的不满。1936 年 8 月 7 日上午，在共产党员的组织下，葛师良联合全体职员一致宣告罢工。罢工持续了多日，社会影响不断扩大，上海银行业职工还纷纷前往慰问，表示对罢工的支持。8 月 11 日，经银行业居间调停后，董事会另委任孙瑞璜任董事长，葛师良恢复原职仍任秘书，并撤回开除员工成命、严惩拨弄是非职员，员工才得以复工。这次罢工，表面上看是中国征信所机构内部的矛盾，但实质上却是共产党员领导的进步势力求生存、求发展的一次革命斗争。罢工危机的解决，一方面显示出共产党人在中国征信所内具有强大的影响力和战斗力，另一方面也表明共产党人能够求同存异，组织进步力量共赴国难。

葛师良与章乃器等救国会领导人志同道合，情深义重。1936 年 11 月 23 日，全国各界救国联合会领导人沈钧儒、章乃器、邹韬奋、李公朴、王造时、沙千里、史良七人在上海被国民党政府非法逮捕入狱，时称"七君子事件"。葛师良闻讯后，心急如焚，想方设法加以营救。当时，章乃器的夫人胡子婴（新中国成立后任商务部副部长）也曾找到葛师良商量营救方案。葛师良陪同胡子婴辗转于苏州、上海等地，费尽周折，努力为"七君子"寻找保人。对于胡子婴、葛师良等人的积极奔走，当时也因"七君子事件"受到牵连的全国各界救国联合会常务干事顾留馨就曾十分感动地表示："我侪志在团结全国，抗日救亡，苟有利于民族，凡所当为，义无返顾，一息尚存，此志不懈！"

在颠沛流离的岁月中历练

1937 年 2 月，经杨修范等好友介绍，葛师良入职交通银行总行，任稽核处办事员。在紧张忙碌的工作之余，他依然积极投身进步活动，宣传抗日主张。

"七七事变"后，为了应对日益严重的局势，交通银行总行奉命改组为总管理处，并开始了艰难的迁徙之旅。在全面抗战爆发后的一年中，交通银行总管理处一度出现了上海、汉口、香港、重庆四地办公的特殊状况，最终形成分驻重庆、香港两地的格局。葛师良也不得不随着总管理处的迁移而颠沛流离，这种居无定所的经历让他更加清楚而坚定地认识到，只有坚持抗战才能找到民族的出路。1938 年 5 月 24 日，他在《立报》发表文章，呼吁国人团结抗战："现代的中国人，尤其在目前抗战的时候，是决不容许幽闲冲淡的。民族解放的重任，紧压在我们双肩，我们要以紧张的抗敌工作，代替幽闲；对敌人的愤怒，代替冲淡。……抗敌与降敌之间，是没有余地的。"

交通银行总管理处主体部分迁到香港后，1939 年初，葛师良也抵达香港。鉴于他在工作中的积极表现，2 月，他被擢升为稽核处第二课课长。

在香港，葛师良与杨修范等共产党员和积极分子一起，参与了"香港业余联谊社"的工作。"香港业余联谊社"是党领导下由原在上海从事抗日救亡运动的银行、海关、工商企业的青年职工发起组织的一个社会团体，日常举办读书会、演讲会、时事座谈会等各项活动，邀请过成舍我、金仲华、陶行知、茅盾、乔冠华、夏衍等进步人士宣讲抗战主张。

葛师良还与原蚁社骨干成员一道，于1939年1月20日发起成立了"香港银行业业余联谊会"，这是中共南方局香港区委地下组织推动下成立的、在港各银行进步职工组成的社会团体，会员中有大量交通银行职工，其中葛师良、姚建候、张宗祜等还担任了理事。香港银行业业余联谊会也以宣传抗战救国为主，既是一个"俱乐部"，也是一间"业余大学"，葛师良等组织者们都有着丰富的经验，善于走"高层路线"，争取到了银行业众多高级管理人员的支持。交通银行董事长钱新之、总经理唐寿民都成为联谊会的"永久会员"。

香港沦陷前，葛师良随总管理处迁到重庆，旋被任命为滇行襄理，后又任副理。1947年4月，总管理处派葛师良为长行副理；7月，葛师良任总管理处专员。

回到上海后，葛师良与葛一飞接触时间较多，葛一飞经常会对他做一些教育工作，这让他更加清楚地看到了国民党政府的腐败反动和必然趋于灭亡，同时也更加清楚地认识到共产党的事业是正义的。当时，交通银行的中上层人员中，党的力量很少。中共交通银行党支部经研究，决定加强对葛师良的思想工作，通过他收集一些上层人员间的关系和活动情况，以及交通银行对外投资的分布情况等资料。葛师良根据党组织的要求，先后提供了多份材料。这一时期，他的政治认识又有了明显进步。为了进一步运用葛师良的关系，在交通银行中上层人员中开展工作，1948年，经上级组织同意，曾考虑吸收他入党，他也写了入党申请书，但最后市委出于多种因素考虑，未予批准。

1949年3月，葛师良被总管理处派往穗行工作。当时，中国人民解放军即将渡江作战，上海解放指日可待。为了做好应对，在葛师良临行前，葛一飞就和他商量好，一旦上海面临解放，就发电报给他，以"母病危，速回"字样催促他回沪，以便一起投入新中国的建设事业。5月下旬，葛师良接到葛一飞的电报，立刻向行方请假，未带任何行李，只身乘坐最后一班从广州飞往上海的飞机回沪。三天后，上海解放。

上海解放后，军代表接管了上海交通银行，葛师良随即同葛一飞一道参加了接管、清理、整编等工作。1949年6月7日，在军代表领导下，由总管理处各部、处和分支行职工推选代表组成交通银行职工代表会，选出政治上靠拢中国共产党的业务骨干11人作为委员，成立"上海交通银行职工协助接管委员会"，由葛一飞担任主任委员，葛师良担任委员。

在暗流涌动的环境中护产

1949 年 11 月 1 日，交通银行总管理处在上海复业，随即奉令迁往北京。担任了业务室副主任的葛师良举家北上。

1950 年 1 月 9 日，政务院总理周恩来对驻在香港的原属国民党政府一切机构和员工发布命令，要他们"务须各守岗位，保护国家财产档案，听候接收"，并且指出，"所有员工均可量才录用。其保护国家财产有功者，将予以奖励，其有偷窃、破坏、转移、隐匿等情者，必予究办"。上述命令，由中国人民银行转达原国民党政府所属驻香港各金融机构。同日，交通银行总管理处致电香港分行，委任钟锷为经理，并"请即督率全体员工安心工作，保护行产"。钟锷收到电文后，即与简鉴清、贺仰先、石祥和、彭贤赞四位副理商量，达成一致意见，于 1 月 10 日致电交通银行北京总管理处，表明接受总管理处领导并"督率各员工各守岗位，保存行产，维持现状"的积极态度。1 月 18 日，香港《大公报》发表驻港金融机构拥护周恩来总理命令的消息，各界反响强烈。交通银行香港分行及在港各金融机构的表态，让台湾国民党当局气急败坏，他们迅速运用各种手段，妄图夺回资产。

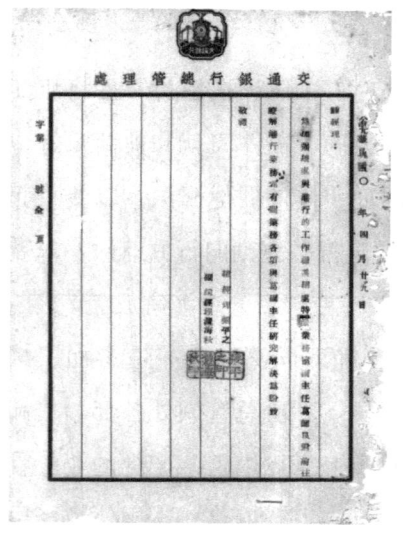

1950 年 4 月，交通银行总经理张平之、副总经理洒海秋签发的关于派葛师良赴港了解情况的函。

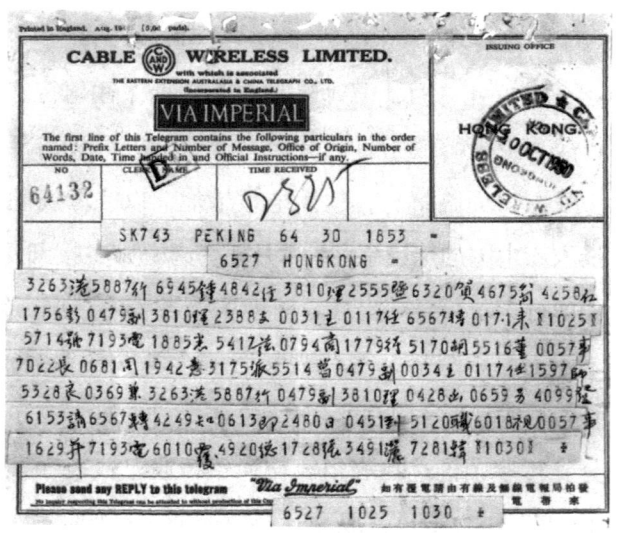

1950 年 10 月，交通银行总经理张平之、副总经理洒海秋、副总经理韩雷致香港分行关于葛师良兼任副理的电报。

为了顺利完成对香港各机构的接收，中央组织"政务院接收港九中国伪政府机构工作团"，由冀朝鼎任团长。1950 年 3 月 15 日，交通银行总管理处致函香港分行，委请冀朝鼎代表总管理处接收港行（包括原总管理处各联行及附属投资事业），并审查账目、清点资产。3 月底，冀朝鼎因筹备去联合国事宜调回北京。4 月，中国人民银行总行经研究，决定派交通银行总管理处业务室副主任葛师良前往港行，完成护产、接收工作，其主要任务包括：了解港行情况；介绍国内解放后各企业、机构接管情况，特别是各金融机构的接管情况，勉励员工安心工作，

担任香港分行副理时期的葛师良

保护行产；了解前总管理处留存在港行的外汇资金（港行有人向北京总管理处举报，说有移转情形），并研究调回国内；了解并保护前总管理处留港的其他资产。

1950 年 5 月 7 日，葛师良离京乘火车经汉口南下，5 月 16 日由穗入港。当时，中英建交谈判还没有结果，港英当局肆意为难，从而为国民党特务的破坏活动提供了方便，各金融机构内暗流涌动，对护产、接收工作造成了种种障碍。葛师良抵达香港后，贯彻中央的原机构、原人员原封不动地接管的精神，与香港分行经理、副理一起，逐项盘点和接管前总管理处留港的资产，并通过动员和依靠广大员工，夜以继日地开展工作，较为圆满地完成了护产和接收工作。

香港分行接管的前总管理处留港资产数量众多，价值不菲，主要包括收回在北角清华街 9 号、11 号的两幢房屋，出售前总管理处存在香港分行的美元头寸并将所得港元调回国内，会同招商局将香港分行信托部子公司蜀余公司拥有的一艘 4675 吨的"启新"轮驶回国内等。接收国民党政府

20 世纪 50 年代初期，葛师良在交通银行香港分行主持会议。

在港机构和资产，是新中国成立初期的一场重大斗争，对于建立新中国的经济基础和新中国成立初期国民经济的恢复与发展具有重要意义，而葛师良无疑是这一重大历史事件的重要参与者和贡献者。

在完成了接管前总管理处的留港资产任务后，交通银行香港分行机构得以继续保留，1950年10月，总管理处委派葛师良兼任香港分行副理。从此，葛师良定居香港。1954年，根据组织的要求，葛师良加入了民主建国会。他以交通银行香港分行为家，几十年如一日，稳健踏实、廉洁奉公，兢兢业业地为香港分行的业务发展作出贡献，成为香港金融业闻名遐迩的银行家。1982年7月1日荣休后，他又出任香港分行业务顾问。

在耄耋之年的余晖中奉献

1987年3月，经中国人民银行总行批准，葛师良任交通银行第一届董事会董事。已是耄耋之年的葛师良，老骥伏枥，为了交通银行的发展，不辞艰辛，做了大量卓有成效的工作。其中，在香港分行追索广东银行股票权益案中，葛师良发挥了至关重要的作用，作出了重大贡献。

1912年，香港首家华资银行广东银行成立，后受全球经济大衰退的影响，于1935年停业。1936年，在宋子文主导下，广东银行获注资重组复业，并发行价值50亿港元的第一优先股股票。当时，交通银行总管理处考虑到广东银行的华侨关系和国际业务关系，为配合粤闽分支机构推广国际贸易、增进华侨汇款等业务，于1936年10月31日召开的常务董事会会议上通过，以各代理人个人名义（钱新之、赵棣华、庄叔豪、张叔毅、汤筱斋、李道南、简鉴清）认购广东银行第一优先股7500股，时值计75000港元。股权认购后，广东银行派发股息及办理股权的有关事项，均通过交通银行香港分行办理。

新中国成立后，由于有关持股人散居海内外，未能办妥过户手续。1949年11月，交通银行总管理处复业后，曾试图将有关股票全数过户到香港分行名下，但广东银行以公司组织章程的相关规定为由，拒绝过户；而且，广东银行自1950年后即采取不合作态度，不再按惯例派股息给交通银行香港分行。1951年4月20日，总管理处委托葛师良将原投资的部分第一优先股股票从广州分行带到香港分行，账务资料也由此开始由香港分行开立；同时，香港分行延聘律师作为代表，试图通过正常程序将广东银行股东名册内的相应信托人更改为交通银行。此后，交通银行总管理处和香港分行多次推进股票过户事宜，均因广东银行的推诿而毫无进展。1953年4月16日，总管理处致函香港分行，提出"待机再办"的意见，此事遂暂时搁置。但在1953—1984年，葛师良（及香港分行高层）与广东银行高层在不同场合接触时，曾多次主

1987年，葛师良与葛一飞共同参加交通银行香港分行聚会。

动提及此事，要求商讨解决，而广东银行方面均采取拖拉政策，未能正式作出回应。

1984年，广东银行被美资美国太平洋银行（Security National Bank）收购；10月18日，广东银行宣布由美国太平洋银行附属公司SPOIC（Security Pacific Overseas Investment Corporation）依据法院颁令向小股东提出全面收购流通市面的广东银行全部股份，收购期限为1984年11月17日至1990年11月17日。由于情况变化，时任交通银行香港分行经理王首民再与广东银行董事长霍伟汉研究协商解决办法，但进展不大，屡催无果。

1988年，广东银行易名为太平洋亚洲银行。1989年下半年，广东银行股权收购期限日近，交通银行所持股票牵涉金额巨大（超过2000万港元），如不即时采取法律行动，就等于自动放弃该项权益。总管理处书面指示香港分行，可聘用大律师来采取法律行动，以全力进行追讨。香港分行积极行动，一方面请律师研究对策，另一方面着手收集资料，由葛师良以誓章形式做口供，叙述过程以做人证，并配合有关证据，通过司法途径向香港法院申请裁判判决。

经交通银行总管理处派员搜寻，从南京第二历史档案馆查获了1936年常务董事会会议记录，这是证明广东银行股票权益归属的有力历史证据。但是，由于香港分行的档案在抗战期间送存菲律宾交通银行，后均毁于战火，20世纪30年代交通银行的出资证明已经难觅踪影；新中国成立前，交通银行总管理处数度变迁，以致资料散失和人员变更情况无法提供，未能出示出资证明文件，如银行本票、汇票等原始财务账项。根据英国和香港法律，须有足够证据来证明有关业权的注册受益人非真正的业权受益

人，而只是受信托受益人委托而已，信托受益人才能对业权行使优于注册受益人的权利。对此，葛师良提出，当时中国的银行习惯制度，非常侧重"信人"即"人治制度"，况且信托人均为当时交通银行的最高级行政人员，银行决定投资和形式后，不会相应要求可信赖的信托人补办有关信托手续和法律文件。在此情况下，葛师良的"人证"就显得格外重要。

1992 年，葛师良在上海参加交通银行董事会（左一为交通银行总经理戴相龙）。

在司法诉讼过程中，葛师良也的确发挥了至关重要的作用。他在交通银行工作数十年，对上海、香港、昆明、广州等地交通银行的情况都比较熟悉，跟股权持有人钱新之、赵棣华、庄叔豪、张叔毅、汤筱斋、李道南、简鉴清等都有过不少交集，对于广东银行股票事件的来龙去脉更是了如指掌。1989—1991 年，他以 80 多岁的高龄，作为交通银行代表，与黄福耀御用大律师（Mr. Ronny Wong, Q.C.）细心研究证据，在香港高等法院多次出庭，以原诉人身份向各信托人（原股票注册人，均已身故）及其遗产继承人，通过"Statement of Claim"（申索陈诉书）法律途径提出起诉。他充分发挥人证的有力作用，用英语与英国法官沟通交流，细诉当年往事，凭着精湛的业务能力和满腔的爱国爱行热情，促使法律的天平向香港分行倾斜。经过冗长而费神的司法聆讯后，最终，经法院裁决，于 1991 年 1 月 25 日判定交通银行为股票的真正持有人（高等法院档号 1990 No. M.P. 2054）。

1991 年 4 月 9 日，太平洋亚洲银行向交通银行支付本票计 24660000 港元。根据法院判决，交通银行对该款项以 55:45 的比例分配，其中 55% 在扣除所有律师费用及杂费后，由香港分行记入证券投资收益账，最终折合净收入为 10563000 港元；另外 45% 则通过交通银行信托有限公司按有关规定分列独立个案与东亚银行信托有限公司合作处理，为期十年，十年期满后，款项上拨交通银行总管理处。

广东银行股票权益案历时 40 余年，葛师良一直参与其中，并且念兹在兹，最终不辱使命，为交通银行争取到一个满意的结果。他在人生暮年，仍不忘国家大事，视行

1994 年，葛师良（前排左二）参加交通银行香港分行建行 60 周年。

为家，竭尽所能，其爱国爱行的精神令人钦佩。

1991 年 8 月 23 日，交通银行总管理处致香港分行《关于对葛师良先生给予奖励的批复》，鉴于葛师良对处理追索广东银行股票权益的重要贡献，总管理处特发给葛师良奖金 5 万港元，并希望分行号召全体员工学习葛师良对工作负责的精神，为交通银行的发展作出进一步的贡献。在收到奖金后，葛师良毫不犹豫地将其中的 2.5 万港元捐给了华南水灾地区。

1994 年 7 月，葛师良离任交通银行董事后，又被董事会聘为交通银行咨询委员会委员，继续为交通银行的发展贡献力量。2001 年 8 月 31 日，葛师良因患肺炎医治无效，在北京逝世，享年 97 岁。

张宗祜：一位银行青年的觉醒与新生

张宗祜，祖籍浙江宁波，1914年11月14日出生在北京。1928年夏，高小毕业后，举家南迁，考入宁波效实中学。1934年夏，高中毕业后来到上海。经曾任财政部公债司司长的林枕湖介绍，他在8月的第三届"乙种试用员"招考中，以"备取"资格考进交通银行，三个月试用期满后，转为稽核处助员，从此开始银行人生涯。在交通银行，张宗祜经历了战乱时期的颠沛流离，结交了志同道合的同事朋友，并完成了从一位不问政治的普通银行员工向有坚定信仰的共产主义者的蜕变。他的觉醒与新生，恰是那个时代一大批职业青年的生动写照。

青年时期的张宗祜

初遇

进入交通银行后，张宗祜在稽核处第一课任职，虽然职位不高，但薪金待遇比一般行业要好，职业稳定。在20岁不到的年纪就捧上了"金饭碗"，张宗祜自己和家人都觉得比较满足。

但是，作为一名血气方刚的青年，张宗祜也有着深深的苦闷。在他刚上高中的时候，爆发了举世震惊的"九一八事变"。当时的国民党政府采取不抵抗政策，东三省彻底沦陷。一年后，热河省也遭受了日军的践踏。受爱国心的驱使，张宗祜一方面痛感国土日益沦丧，对国民党政府十分不满；另一方面，受反动宣传的影响，他错误地认为，在"国弱民穷"的现实下，抗战只能加速亡国，唯有发展实业才能救国。因此，进入交通银行工作后，他就在单位的资助下，坚持到沪江大学城中区商学院夜大学部学习（学制三年），主修会计、统计、保险、财政、金融等课程，期望通过银行的阶梯向上攀登，实现"实业救国"的夙愿。

然而，国民党政府推行的"不抵抗政策"和"攘外必先安内，安内必先剿匪"的反动政策，一方面让国民党军队在日军面前节节败退，另一方面助长了日军妄图吞并中国的气焰，中华民族面临亡国灭种的危险。国难当头，面对内战不已、农村破产、民生凋敝、民族工商业危机四伏的现实，张宗祜开始意识到"皮之不存，毛将焉附"？

1937 年 7 月 7 日，日本发动卢沟桥事变，全面抗战爆发。8 月 13 日，日军开始进攻上海，沪江大学商学院停办，张宗祜随之辍学。短短几个月里，华北、华东大部分地区相继沦陷，南京失守，上海只剩下外国租界，形成"孤岛"。日军的飞机大炮声，让张宗祜原来的世界观彻底崩塌，对国民党政府也彻底失去了希望。

此时，第二次国共合作已经开始，抗日民族统一战线初步建立，一些进步书籍也雨后春笋般出现在租界里。一次偶然的机会，经友人推荐，张宗祜从街头买回了一部上海复社版美国记者爱特伽·斯诺的《西行漫记》中译本。这是他与"红色中国"的初遇，也正是这次初遇，让他第一次知道了红军两万五千里长征的英雄业绩，第一次了解了中国共产党北上抗日的严正主张和为民族解放而艰苦奋斗、牺牲奉献的精神，第一次开始对国民党的种种歪曲、丑化共产党的谣言产生了深深的质疑，也第一次认识到了毛泽东、朱德、周恩来、彭德怀等中国革命领袖的高大形象并信服地看到了国家、民族的前途和希望所寄。

上海复社版《西行漫记》是张宗祜与"红色中国"的初遇

觉醒

1938 年 5 月，张宗祜随交通银行总管理处调到香港工作。到香港后，他又有机会从书店里买到了新出版的、毛泽东所著的《论持久战》。这本书开启了他的觉醒之旅，让他长期思考而不得其解的一系列问题有了答案——在敌强我弱、国家半壁江山很快易色的情况下，抗日的仗究竟能不能打，应该怎么打，能够打多久，能否避免亡国的命运？他从毛泽东对中日战争所处的时代和中日双方的基本特点的精确分析中，从抗日战争将经过战略防御、战略相持和战略反攻三个阶段的科学预判中，从"抗日战争是持久战，最后胜利是中国的"这个响亮回答中受到鼓舞和教育，思想豁然开朗，对全民族抗日战争的必胜有了充足的信心。《论持久战》也成为张宗祜走向新生活的精神支柱和力量源泉。

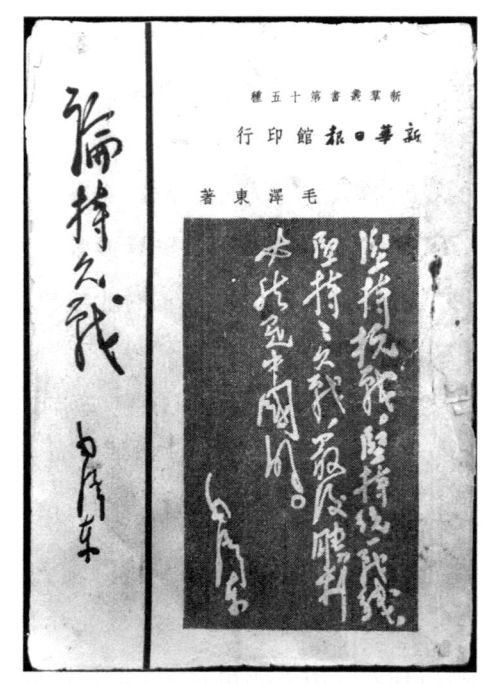

《论持久战》是张宗祜走向新生活的精神支柱和力量源泉

正是受到共产主义信仰的感召，张宗祜参加了香港业余联谊社（以下简称"业联"）。"业联"是中共南方局香港区委地方党组织推动下于1938年秋成立的香港职业青年组织，其宗旨是通过各种业余的学术、文体活动，团结各界职业青年，宣传坚持抗战，拥护抗日民族统一战线，反对分裂投降。在这里，张宗祜遇到了一大批志同道合的职业青年，大家都有着相似的遭际和抱负，很容易产生共鸣。

在"业联"组织的活动中，张宗祜结识了香港《时事晚报》的主笔、社论作者乔木。这位乔木就是后来毛泽东说的"南乔木"乔冠华（北乔木是指胡乔木）。在乔木的策划帮助下，张宗祜作为牵头人之一，成立了"业联"读书会，核心成员有冯亦代、袁水拍、沈镛、时宜新、盛舜、叶灵凤、徐迟等。大家每星期五去听乔木讲课，并且讨论。当时，读书会的活动都是秘密进行的，以学习马克思主义基本理论为主，也定期穿插学习讨论国内外形势。读书会从成立后就始终坚持开展活动，一直到太平洋战争爆发。

读书会曾组织学习过马克思的《资本论》（第一卷）和《法兰西内战》、毛泽东的《论持久战》、米定的《新哲学大纲》、恩格斯的《社会主义从空想到科学的发展》等著作。张宗祜第一次参加读书会，所学的就是《资本论》（第一卷）。在此后近一年的学习中，他作为一个此前从未接触过马克思主义理论的人，初步认识了资本主义社会的发生、发展和必然灭亡的规律，从心底里开始接受马克思主义学说；特别是在接触了剩余价值学说后，他明白了资本主义剥削的实质和阶级对抗的根源，懂得了无产阶级革命的必要性和必然性，也为此后进一步学习马克思主义理论打下了良好的基础。

张宗祜在香港待了将近四年，那时还是二十多岁的青年，精力充沛，求知欲旺盛，除了白天在交通银行坐班工作，业余时间包括节假日在内，几乎全部放在了"业联"的活动上。他一般每星期用一个晚上参加读书会，有时参加"业联"理事会研究工作，此外大部分时间和精力都用于参加话剧团和歌咏队的活动。他和积极分子们一起，大演大唱抗日救亡的戏剧和歌曲，吸引了不少职业青年。

1940 年 8 月，香港文协等团体为庆祝鲁迅先生六十诞辰，在香港跑马地孔圣堂演出过一出哑剧《民族魂鲁迅》，由冯亦代导演。当时，徐迟、郁风、丁聪、冯亦代和张宗祜等人都有形无形地在党的领导下工作，参与了哑剧的演出，在香港活动的党员如夏衍、乔冠华、杨刚等同志做了具体的指导，廖承志则做了最后的定稿审阅。8 月 3 日，四幕哑剧正式在晚会上演出。第一幕由丁聪独演，表现了一个时代青年在歧途中的苦闷。第二幕是柔石等人被捕与殉难，然后是鲁迅出场。鲁迅的扮演者正是张宗

《民族魂鲁迅》演出人员合影，前排左五为张宗祜扮演的鲁迅。

祜，因为他长相颇像鲁迅，只是略微胖了一点，张正宇为他化妆贴上胡子以后，显得非常逼真，加上张宗祜有着较好的演出功底，为哑剧演出取得成功奠定了基础。迟至80年代，徐迟回忆张宗祜扮演的鲁迅时，还曾说："这一角色是很难演的，但他演得很好。"

张宗祜参与了"业联"话剧团全方位的工作，从排演独幕剧开始，到大型多幕剧的上演，三年多时间里演出过数十场，为传播统一战线、发扬爱国精神作出了贡献。他还组织"业联"歌咏队定期为社员演出，并且同社外的十几个歌咏团体联合成立了香港歌咏协会。由于能力出众，张宗祜被推选为香港歌咏协会主席，多次组织了全港的集体歌咏比赛和大型合唱团的公开演出。这些演出活动，扩大了抗日救亡宣传的效果，受到了广大职业青年的热烈欢迎，群众纷纷交口称赞，还不乏来信表扬。

斗争

当时的香港，虽然远离抗战烽火，却是一个各种政治势力活动和角逐的重要阵地，充满了国共之间、落后势力和进步势力之间的斗争。这些斗争也反映在群众的团体中。

1939年6月，在"七七"纪念日到来前，"业联"发起了一次"七七"献金运动。"业联"通过义务演出售票和组织征募队直接劝募等方式，向社会各界募得了一笔捐款，但围绕这笔捐款的处理问题发生过一场激烈的争论。在"业联"社员群众中，许多人对当时在重庆的国民党政府的贪污腐化缺乏了解和认识，因而不少人认为应当把捐款全部上交政府统一分配。"业联"的骨干和一些积极分子根据国共合作共同抗日的实际情况，坚决主张对抗日前线战士一视同仁，特别对邻近香港、正在同日本侵略军浴血奋战的广东东江中共游击区（以后建立的东江纵队）战士，应当给予慰劳，以表达旅港广东同胞的心意。在张宗祜等骨干分子的争取下，终于取得一致意见，所得款项的七成由上海商业储蓄银行汇给重庆国民政府财政部，三成用于购办一些急需的医药和日用必需品，派代表把慰劳品运往东江，直接慰问抗日游击战士。

1941年12月8日凌晨，太平洋战争爆发。日本军国主义在偷袭珍珠港的同时，集中优势的海空军力量向香港发起突然袭击。经过几天的激战，12月25日，英军被迫投降，香港、九龙全部沦陷。因在"业联"表现活跃，交通银行职工张宗祜、姚建候（渝行襄理）被日军列入了短期内进行大逮捕的黑名单。

在市内社会秩序和交通尚未恢复正常的时候，1942 年 1 月的一个清晨，"业联"相关负责人匆忙找到张宗祜，转告了上级党组织的一项紧急通知：据可靠情报，日本军部准备在短期内对一大批抗日爱国分子进行大逮捕，其中"业联"的负责人中被列入黑名单的，张宗祜是其中之一。党组织要求张宗祜在两三天内马上离开香港，进入东江游击区。

次日清晨，张宗祜搭乘小舢板，渡海到九龙弥敦道上的一间小药铺里，与姚建候、黄洛峰、许幸之等人会合后，就匆匆往东

1954 年 10 月，在交通银行的基础上，中国人民建设银行成立。图为张宗祜（前排右四）在交通银行总管理处前合影。

江出发。他们化装成难民，步行一天，于傍晚到达九龙边界的元朗过夜。这个地方入夜后，已有东江游击战士在活动。次日清晨，他们又会合从香港疏散出来的几十人，由东江游击战士护送到达宝安县境游击区，安然脱离虎口。

回到重庆交通银行总管理处后，张宗祜更加坚定了跟着中国共产党走革命道路的信心和决心。在重庆，他继续组织和参与交通银行职工进步活动，参加了"读书会"和"互助储蓄会"。因为他是各类职工进步活动中的积极分子，也引起了特务的注意。1942 年 3 月，张宗祜请乔冠华到宿舍讲解国际形势，被特务跟踪。特务到交通银行恐吓事务处的陆玉贻，称交通银行有秘密金融小组在宿舍开会，并拿出特务组织"通讯网"登记表，交陆玉贻登记。陆玉贻置之不理，后来送给特务一段呢料，才将此事"糊弄"过去。此外，还曾有人向交通银行当局反映张宗祜、杨修范、谢光弼三人的活动情况，称他们为"危险分子"，恰好人事室襄理吴志本也是进步人士，辩解说他们只是主张坚决抗日，对现状有些不满而已。此后，张宗祜和其他中共重庆地方党组织党员、积极分子们都更加注意掩护自己，跟交通银行总经理赵棣华的亲信们打成一片，使当局无法辨别和判断他们的身份，由此得以隐蔽下来，继续坚持在党的领导下从事

进步活动。

新生

抗战胜利后，交通银行总管理处迁回上海。1946
年，张宗祜升任稽核处放款课课长。张宗祜作为职
工中的先进分子，继续参与各类进步活动的开展。
1947 年 3 月 6 日，在"六联"组织的"目前经济情
况下如何解救生活上之威胁"的座谈会上，他提出，
薪水小阶级为了求生而要求改善待遇是合理的，是
应享的权利而不是奢望，并且"非但是'四行二局'
的员工，非但是银行业的职工，非但是仅仅一些薪
水阶级，应当将一切人民计算在内。求生的意义也
不仅是为了吃饭，除了吃饭，我们还要更进一步，
更深一层，眼光应向远处看"。在 1947 年"九二六"

晚年张宗祜

饿工斗争中，他与王自慎、王正安、金惠民等"六
联"骨干串联，呼吁职工们以绝食抗议"四联总处"削减行局职工米贴的行为，取得
了很好的效果。1949 年 4 月，交通银行组织员工互助会，张宗祜作为中层职工代表，
负责宣传组的工作，为上海解放前保护行产安全、保障职工利益作出了贡献。1949 年
6 月 1 日，在上海市职工代表大会上，张宗祜被聘为上海市总工会筹备委员会银钱业联
络员。

历经抗日战争、解放战争，张宗祜辗转于香港（太平洋事变后逃难到重庆）、重
庆、上海各地，始终在稽核处工作，历时 15 年，职务递有升迁。随着新中国的成立，
张宗祜也迎来了新生，历经坎坷后终于步入坦途。1949 年 11 月 1 日，交通银行总管理
处和上海分行复业，他担任了上海分行襄理兼业务课长。此后，他又随交通银行总管
理处迁到北京，投身于新中国的建设事业，担任了总管理处办公室综合科科长。1954
年 10 月，在交通银行的基础上，中国人民建设银行成立，承接原先由交通银行办理的
基本建设投资拨款工作，张宗祜赴任中国人民建设银行总行办公室副主任。不久，他
又转任财政部基建财务司中央拨款处副处长。1956 年 12 月，张宗祜光荣地加入中国共
产党。

1960 年初，张宗祜调财政出版社工作，历任图书编辑部副主任、第一编辑室主任、办公室主任、副社长，中国财政经济出版社编审等职，完成了从金融人向出版人的转身。1985 年 12 月，张宗祜从出版社退休，时年 71 岁。1994 年 1 月，张宗祜被国务院表彰为对我国新闻出版事业作出突出贡献的专家，享受国务院政府特殊津贴。

纵观张宗祜的一生，虽谈不上轰轰烈烈，但也绝非平平淡淡。新中国成立前，他受党的光辉事迹和方针政策感召，从一名不问政治的银行人转变为进步活动的倡导者和组织者，并在中共地方党组织的领导下坚持斗争，成为银行业青年知识分子中的优秀代表；新中国成立后，他拥护党的领导，积极投身于为人民服务的实践，为金融事业和出版事业作出了自己应有的贡献，彰显了一名共产党员的本色。

2007 年 5 月，张宗祜因病去世，享年 93 岁。

薛遗生：一位新式银行人的学养与事功

民国时期，交通银行人才济济、群星璀璨，不仅历任领导人如张謇、胡祖同、钱新之等有着深厚学养，其职员中也不乏术业有专攻的学人，如甲骨学家叶玉森、戏剧评论家张照、藏书家吴清庠等。其中，薛遗生是较具代表性的一位，他以普通职员身份进入交通银行总管理处工作后，通过持之以恒的努力，自学成才，不断转型，成为一名具有现代性思维的新式银行人，并次第晋升为稽核处第二课课长、副处长，新中国成立后还历任业务室主任、会计处处长，成为交通银行乃至全国金融系统内独当一面的专家。

学生时代：热血青年耽心家国

薛遗生，字继盛，1906年出生于江苏吴县薛家村。还未出生时，其父就因病去世，因此家人给他起名"遗生"。6岁时，其母病逝，他依靠其外祖母生活。8岁时，外祖母也去世，其改由二舅抚养。辛酸凄苦的童年，让薛遗生养成了坚强刚毅、勤勉自律而又沉默少言的性格。他6岁入私塾，之后入小学、中学、大学，夙兴夜寐、笃志不倦，课业成绩一直名列前茅。1925年9月从北京通才商业专门学校（该校由交通银行于1919年创办）毕业，入职交通银行总管理处。

在学生时代，薛遗生就密切关注社会变化，对新兴事物有着浓厚的兴趣，并且勤于笔耕，发表了不少有见地的作品。当时，面粉业作为新兴工业之一种，在十年间取得了长足的发展。他的《中国面粉业之前途》一文，是国内较早关注和研究面粉工业发展的文献之一，发表于1924年5月25日的《申报》。该文对比了国内黑龙江、江苏、湖北、山东等主要面粉产区十年来面粉生产数量的变化，结合国际形势比较出口数量的波动，提出中国面粉业在日益发达的情况下，仍应广植小麦、改良生产、增加出口，保持"斯业之前途"，从而"挽已丧之利权"。

作为银行的储备人才，薛遗生在求学期间认真学习功课，自觉钻研银行业务，关注国内外银行业发展，对银行利息的不同种类、国内银行利息普遍较高的原因、中国历代货币发行情况等都有过深入的考察。不过，他更为感兴趣的却是法学领域。通过自学，他对当时中国的相关法律法规做了深入的研究，并提出了自己独到的见解。

北京政府时期，检察制度存在诸多弊端和不足，为人诟病。典型的如司法机关的设置上实行审检合署，将检察厅附设于审判厅内，专司公益事务，时人往往把审判厅与检察厅都视为法院，认为一个法院有两个机关。检察官的权限过重，导致其"往往滥用其检察之职权。在刑事则对于搜索、逮捕、拘提、

1938 年 5 月，薛遗生随交通银行总管理处迁到香港后，在太平山顶留影。

羁押，益肆其暴横之手段。而在民事则对于违反公益之行为，益显其要挟之声势，故法律之意，原欲藉检察制度而保护公益者，有时反因检察制度，而破坏公益。法律之意，原欲藉检察制度以维持秩序者，有时反因检察制度，而扰乱秩序"。为此，薛遗生大胆提出"我国检察制度，实有废止之必要"。值得一提的是，薛遗生是最早公开提出废除检察制度的学者之一，此后，社会上要求废除检察制度的呼声日甚一日，在 20 世纪 30 年代达到高潮，而主张废除检察制度与主张保留检察制度的论战一直贯穿了南京国民政府始终。

薛遗生还对《民律草案》中的立嗣承继问题、债权标的问题、胎儿出生后的权利能力问题、不同的离婚情形及其处理问题、民事制裁的损害赔偿和强制履行问题等都有过深入的考察。对法学的浓厚兴趣和自主钻研，源于薛遗生青年时期对法律现代化的执着追求，源于他对近代法治文明的满怀向往，更源于他心中炽热而浓厚的家国情怀，希望为社会的发展尽到一己之力。

甫进银行：深入钻研成果斐然

在交通银行总管理处各个部门中，业务部的工作显得尤为重要，它"主管营业、会计及代理国库事务"。薛遗生迅速适应工作环境，充分发挥自己突出的学习研究能力，很快成为业务上的专家能手。

当时，国际汇兑业务基本被外商银行把持，国内银行中只有具备条件的少数几家（外汇指定单位）能够办理。交通银行总理梁士诒高度重视发展汇兑业务，认为国外汇兑尤其重要，"以我行所处地位，尤宜竭力经营"。1925年，薛遗生认真梳理了英国英镑、法国法郎、意大利里拉、美国美元、日本日元、德国马克等十余国货币间的汇兑情况，提出了由电汇计算即期汇价、短期汇价、长期汇价的实用方法。同时，针对"废两改元"前币制紊乱的情况（当时国内各银行订有多种兑换分户账，结算复杂），薛遗生集各家之长，独辟蹊径地提出了更为方便简易的改良方法。这些都为交通银行和国内其他银行更好地开展国际汇兑业务提供了有益的参考。

薛遗生关注银行业务发展，对吸收存款、发行纸币、制定利率等都有深入的研究，认为银行发展首重充实内容以巩固信用。他提出巩固信用的几点方法，包括"备充实之准备金以为支取存款及纸币兑换之准备""谋汇划之灵敏以图顾客之便利""以适宜之手腕运用可以放款之资金""调查各地商业状况而定分行或汇兑所设置之地点"等，进而指出要以"克尽银行效用为依归"，使得"系统分明、周转灵活、人民获益弥大而信用弥坚"，则业务发展也就事半功倍了。当时交通银行刚刚走出第二次停兑危机的低谷，业务上逐渐转暖，薛遗生的这些建议可谓切中时需。

除了潜心研究银行业务，薛遗生对法律的兴趣持续不减。20世纪20年代末，随着外国资本的大量进入，如何规范外商投资逐渐成为一个引人关注的问题。遗憾的是，当时所执行的仍是1914年张謇任农商总长时所颁布的《公司条例》，对外国资本或者外商在中国从事投资、开办公司等事宜鲜有规定。对此，薛遗生于1928年初撰写了数万字的长文，对《公司条例》中存在的不完善、不严密之处逐一予以指出，并慷慨激昂地强调："不问中国公司、外国公司，凡在中国境内设立者，自均当使之遵守中国之法律，况民族自决之精神，正方兴而未艾，于青天白日之中华，更不容有外人之跋扈。《公司条例》既为羁束公司之准绳，而公司组织，又为外人跋扈之利器，则于《公司条例》制定限制外人侵略之方法，正为养育吾国幼稚实业所刻不容缓之举。"

此外，《公司条例》在一些具体条文的表述上存在不够严谨的地方，薛遗生都一一列出，如名词使用不统一，不同的条文中又称"章程"为"定款"、称"监察人"为"监查人"、称"股东会"为"股东总会"等，"类前后参差者，综计不下二十余处"。

此后，北洋政府工商部组织学界名流，对《公司条例》开展深入的讨论，徐永祚、徐寄廎等皆有成果发表。1928 年 9 月，薛遗生又根据自己的思考所得，结合学界对《公司条例》的讨论，撰写了《修改公司条例之商榷》一文，提出新的修改商榷意见。在民初公司法研究贫乏的状况下，薛遗生密切结合立法实际，提出客观建议及相应的立法理由，在当时具有相当高的学术价值和现实意义。

南京国民政府财政部于 1927 年 6 月召开财政会议，讨论了由赋税司司长贾士毅起草的《营业税条例草案》，引起社会各界的高度关注。该草案规定，在中国境内经营制造业、印刷出版业、银行钱庄业、保险业、典当质押业、租赁物品业等均应缴纳营业税；营业税以资本额为课税标准，税率为 0.1%~0.3%。对于以资本额为课税标准的比例税率，不少人提出质疑，薛遗生即是其中之一。他从税收的"公平原则""财政原则"和"社会原则"三个方面进行剖析，指出了营业税存在的诸多不合理之处，认为"若按租税原则以衡《草案》办法，则不惟无如理由书所述之利益，且将益增人民负担之不平，若徒从事于目前政费之罗掘，而置国计民生于不顾，则其为祸于将来，殆有未易逆料者"；同时，他也客观地评价了营业税的优点，并认为《草案》不可作为永久之办法，"但果能立时裁撤万恶之厘金，而代以此税，则人民体念国家之财政，当不难暂忍须臾之痛苦"。

薛遗生还对当时工商部制定的《票据法草案》系统陈述自己的意见，有理有据，引起时人的重视。他还曾就"公司股东能不能自选"问题与潘序伦展开论战，也颇受学界的关注。从他对当时法律界相关政策的批评中，不仅可以看出他深厚的学养、与时俱进的科学态度、难能可贵的清醒与自觉，更可以感受到他对民生的关切、为国分忧的抱负与担当。

积极入世：参与金融重大改革

1928 年，交通银行总管理处南迁上海，薛遗生随迁赴沪；总管理处改组，增设业务部，薛遗生任业务部第二组领组（时年 27 岁），业务部主任为庄鹤年。1933 年，总管理处改组为总行，增设稽核处，"主管预算、决算、会计、稽核等事务"，薛遗生转入稽核处工作。

近代中国金融业在其发展过程中，经历了一系列的创新和改革，其中票据交换所的设立、承兑汇票的施行和"废两改元"的实施，都是具有重大影响的改革。薛遗生置身事内，以积极入世的心态，充分展示自己的才学，持续为金融业的改革鼓与呼。

国内银行业在金融界崛起后，由于同业之间没有自己的票据清算机构，只能依赖汇划钱庄代办，带来许多不便。为此，银行业对设立票据交换所的呼声十分强烈。上海银行公会成立后，在1922—1931年五次筹划设立上海票据交换所，均未能成功，直到1933年3月才最终建成。其中艰辛，可以想见。薛遗生凭借自己扎实的英文功底，广泛涉猎国内外资料，考察各国交换制度，对美国、英国、日本的票据交换所做了深入的研究，并结合中国票据交换的现状，认为无论是从壮大发展中国金融机关，还是从免受外资银行操控以挽回金融业之体面的角度，中国都有正式设立票据交换所的迫切需要。他还比较了津、沪两地银行公会所提章程草案的不同，从交换办法、经费分配、代理责任等方面提出自己的见解。上海票据交换所的建立实质上是一种金融制度的创新，薛遗生显然意识到了这一点，并且走在了同时代大多数银行人的前面。

作为票据研究的专家，薛遗生还深度参与到承兑票据的提倡和推行之中。早在1929年，交通银行就在同业中率先试办和推广承兑汇票及贴现，并一直处于领先地位。但中国近代的票据贴现市场整体上比较落后，大多数银行不大愿意做票据贴现业务。1935年，因白银外流引发银钱业恐慌，为应对危机，上海银行业同业公会从1935年3月开始计划组织银行票据承兑所，除了办理承兑业务外，还办理除贴现外的投资和信托业务。4月2日，上海银行公会承兑票据研究会议决三项原则：（1）渐以承兑汇票替代信用透支以便推行；（2）承兑汇票利息应比信用透支较低以资提倡；（3）汇票到期如遇拒绝付款贴现，银行应负报告同业之义务。

随后，薛遗生代表交通银行提出了八项书面意见。1935年4月5日，上海银行公会承兑票据研究会再次召开会议，根据薛遗生的意见，将原先的三项原则修改为六项原则：（1）以渐进方式将承兑汇票贴现替代信用透支放款；（2）由上海银行公会呈请财政部此项贴现票据准予抵充发行保证准备；（3）请中央银行逐日公布贴现利率悬牌公布，以便各行酌定自身贴现利率，此项贴现利率应低于信用透支利率；（4）各行收受贴现后得相互转贴现，最后得向中央银行再贴现；（5）各行收做承兑汇票贴现业务，如需向同业调查时，希望各行尽量据实报告；（6）汇票到期时如遇拒绝付款，贴现银行应负报告同业之义务。上海银行公会执行委员会议决该六项原则一致通过，认为最重要者为第二、第三、第四项（均为薛遗生所提出），并推定中国银行经润石、交通银行薛遗生代表公会出席市商会贴现办法联席会议。随后，上海银行公会将该六项原则呈报财政部，并就发行准备问题请财政部转呈行政院命令实行，以期推进承兑票据的施行。

1936 年 3 月，银行票据承兑所正式成立。交通银行作为发起的主力之一，在整个筹组过程中发挥了极为重要的作用。薛遗生无疑是交通银行深度参与这一过程的典型代表，作出了积极的贡献。

民国初年，金融界一些有识之士已提出进行"废两改元"的币制改革。1921 年银行公会联合会召开期间，天津银行公会正式提出陈请政府实行"废两改元"的意见。此后这种呼声不断，却无实质性进展。1932 年，薛遗生从民生政策的视角出发，撰写《当前之废两改元问题》一文，论述"废两改元"能安定民生，增进社会福利。

薛遗生回顾了 1928 年和 1930 年国民政府两度提出实施"废两改元"的日程，指出"徒以钱业一再表示时机未至，遽予实施，恐滋纷扰，议卒不行"。当时因上海造币厂尚未完成，自由铸造制度也未确定，而救济银价究竟采用金本位还是银本位也无定论，钱业之稳慎主张无可厚非。随着政府的大力推进，银钱各业领袖也一致表示乐赞其成，"废两改元"也就变得水到渠成。对于钱业仍存在的一些顾虑和阻力，薛遗生明确指出："吾人秉公持论，以为钱业之再四慎重，当必以社会利益为前提，但凡所过虑，而与今日之情形相提并论，则似属杞忧。盖两元并用之畸形制度，不容存在，已成定论。"同时，薛遗生对于自由铸造也持乐观态度，认为上海造币厂的铸造能力全世界首屈一指，不用担心铸币不敷需要的问题；并且"废两改元"实施以后，银元用途增广，中央银行之贴现政策、纸币政策都能次第推行，从而进一步统一发行。薛遗生对"废两改元"的支持，一定程度上也可以代表交通银行的态度。1933 年，"废两改元"首先在上海实施，从施行后的效果来看，薛遗生所提的观点都是具有预见性的。

薛遗生还发起或参与了几次较有影响的讨论。1933 年银行实务研究会主持制定了《上海市银行业仓库营业规则》，主要内容涉及对栈单及其信用问题进行相应的规范，薛遗生对此提出了九条意见，受到银行实务研究会的高度重视；在银行实务研究会向他征求相关意见后，他还对九条意见做了进一步补充，充分彰显出严谨求实的品质。1933 年 3 月底至 5 月初，顾翊群在《银行周报》三论美国提高银价之害，并提出禁银出口策，引起经济学界的激烈争论；4月25日，薛遗生在《银行周报》发表《评禁银出口议》，反对顾翊群的主张，认为治本的办法是发展生产。

薛遗生还是中国近代保险业发展的参与者。1929年，太平保险公司成立，当时由北四行的代表银行金城银行独资创办，因此人员交叉兼任与金城银行关系最大。1933年，太平保险公司决定增资到500万元，实收300万元，并邀请交通、大陆、中南、国华、东莱等华商银行加入，"所有董监事均由股东银行的高级职员担任，并由每行指派稽核一人"。交通银行指派薛遗生担任了太平保险监察人。

流离转徙：战乱中仍系家国情怀

全面抗战爆发后，交通银行总管理处数易其址，由上海搬迁到汉口、重庆、香港等处，薛遗生也随之颠沛流离。1938年5月初，交通银行将总管理处主要职能迁到香港，已经升任稽核处副处长兼第二课课长的薛遗生随行。

在香港，薛遗生全身心投入工作，为交通银行扶助实业发展、稳定金融市场、支持抗战事业不遗余力。1938—1941年，交通银行总管理处的香港部分成为事实上的指挥中枢，虽然香港总管理处对外从不挂总管理处的招牌，但全行的重要事项基本都经由该处处理，总管理处的重要管理人员也大都在港。在战乱年代，薛遗生只能专注于业务，已无暇顾及学问的精进。鉴于薛遗生事务殷繁，1939年2月8日，总管理处卸去其所兼的第二课课长职务，专任稽核处副处长。1941年底，在香港沦陷前，薛遗生随总管理处人员一道，辗转来到重庆。

1942年是交通银行成立35周年，抗战正处于相持阶段。在工业生产严重下降、物资奇缺的困境下，交通银行响应政府号召，大力提倡储蓄、支持抗战。在薛遗生等人的策划下，交通银行陆续推出了劳工储蓄、妇女储蓄、子女教育储蓄，受到社会各界的欢迎。薛遗生曾阐释开办三种特别储蓄的出发点："望吾全国同胞，于艰难之中，益自刻苦砥砺，紧缩节用。子女教育不可废弛，学费宜预为积储。养生送死，所需亦巨，费用宜预为妥备，员工生计，端赖薪给，宜如何积锱铢以防不虞。妇女地位，力求平等，宜如何厚积储以期自立。均为当前储蓄之急务。"交通银行坚决执行政府的金融政策，呼吁全国人民节约一切财力，支援抗战前线，帮助政府度过财政危机，对抗战取得胜利有着积极的贡献。

随着抗战临近结束，四联总处开始着手筹划四联总处返回之后各行局人员的分配事宜，拟定复员委员会名单，并策划战后金融复员计划及在四联总处设立战后金融复员计划实施委员会。在具体的实施过程中，由"四行二局"各设复员计划实施委员会，以配合战后金融复员计划的进行，所有四联总处金融复员计划实施委员会委员人选奉副主席指示分别指派，能加入复员计划实施委员会的，都是具有非常地位之人。交通银行组设的复员委员会，委员有 29 人，薛遗生跻身其中，其他人还包括赵棣华、庄鹤年、汤钜、严敦咸、金天锡、朱通九、李钟楚等。抗战胜利后，薛遗生随总管理处回到上海，又投入战后复员的工作。

1949 年 4 月 30 日，上海解放前夕，交通银行在广州组织设立总管理处，并密电各分支机构，自 30 日起总管理处在穗办公。5 月 2 日，总管理处上海办事处成立，负责办理一切遗留事务。上海办事处由总稽核朱通九，稽核处副处

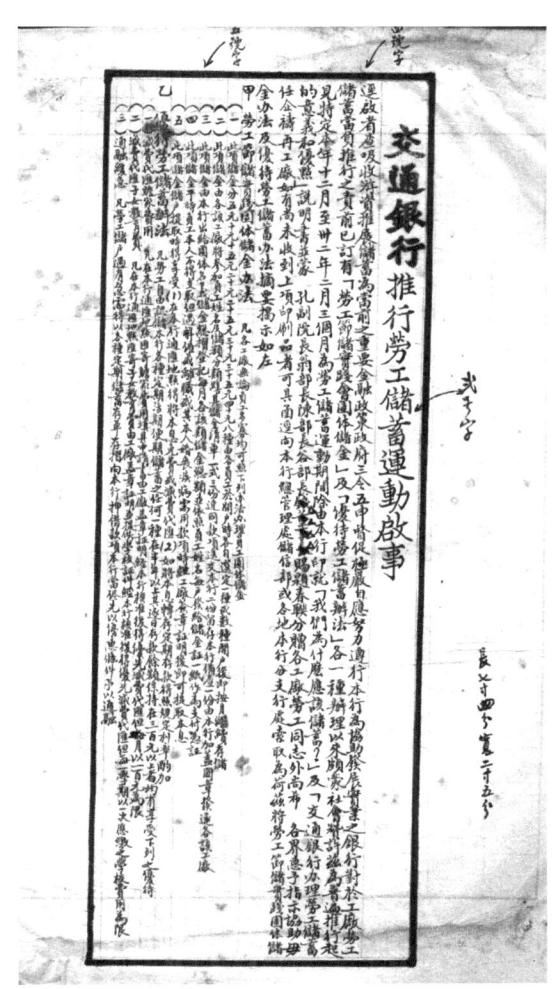

交通银行推行劳工储蓄运动启事文稿

长薛遗生，事务处处长刘润生，信托部经理庄鹤年，储蓄部经理童蒙正、副经理林和成，人事室副主任范楚成、周树滋，设计处处长庄智焕，专员余捷琼等 13 人共同负责。随着总管理处南迁广州，上海办事处的诸人知道国民党政权大势已去，对于广州总管理处的一些指示并未完全贯彻。与当时大多数民众一样，薛遗生对国民党挑起内战、贪污腐化最终导致民不聊生的状况深恶痛绝，因此拒绝追随国民党潜往香港，选择留在上海迎接解放。

直道而行：为新中国金融事业添砖加瓦

上海解放后，按照政府的规划，交通银行依旧被定位为发展实业的专业银行。基

于专业化的新要求，1949 年 8 月，总管理处开始整编，重新调整内部机构。整编前，总管理处包括四处二部一室（稽核处、会计处、设计处、事务处、信托部、储蓄部、人事室）。到 1949 年 11 月 1 日复业时，总管理处内部组织改为五室，原先的稽核处改为业务室，会计处改为会计室，人事室改为人事处，设计处改为计划室（中间一度改为设计室），事务处改为秘书室，信托部、储蓄部

1951 年 6 月 17 日，交通银行总管理处同人在颐和园听鹂馆合影，后排左三为薛遗生，前排左三为洒海秋，前排右三为张平之。

和稽核处的外汇部分则分别并入中国人民银行上海分行与中国银行。鉴于薛遗生在交通银行总管理处公认的业务能力和深厚资历，担任了业务室主任一职。业务室"领导全行执行具体战斗任务而又兼有研究综合全行业务情况"，也是总管理处内人员最多、业务最繁、担子最重的部门，下辖综合科、轻工业科、重工业科、交通公用科、国外业务科、代理科等（1950 年时又有调整）。

交通银行总管理处复业后即迁往北京。1950 年 8 月 28 日，薛遗生被选为交通银行入股的新中国第一个公私合营投资公司——北京市兴业投资股份有限公司的公股董事（交通银行副总经理洒海秋担任该公司公股董事兼常务董事），行使对公司的监督责任。

20 世纪 50 年代初，薛遗生（后排左二）与交通银行同人合影。平时不苟言笑的薛遗生，脸上洋溢着建设新中国的焕然一新的笑容。

1955 年，第二套人民币发行，与第一套人民币的换算比例为 1:10000。薛遗生对该套人民币的发行也提出过建议。

1954 年 10 月 1 日，中国人民建设银行成立时，薛遗生被调至建设银行工作；1955 年 3 月，在中国人民建设银行总行、交通银行总管理处分设机构座谈时，薛遗生又被增调至交通银行总管理处，当时交通银行总管理处仅保留了 15 名公私合营企业管理处干部。

1956 年，社会主义改造进入高潮，国家对资本主义工商业的社会主义改造进入全行业公私合营的高级阶段。根据财政部的指示，交通银行确定了新阶段的两大主要工作任务：迅速制定合营企业的财务管理制度，加强财政监督；加强合营企业的资金管理，大力组织收入，严格监督支出。为了圆满完成这两项主要任务，总管理处再次变更内部组织机构。1956 年 5 月 17 日，经财政部批准，总处设五个处：秘书处、综合计划处、财务监督一处、财务监督二处、会计处。宋耀先为秘书处副处长，张子春为综合计划处处长，王耕为财务监督一处处长，财务监督二处当时未设处长，薛遗生任会计处处长。

薛遗生可以视为在传统儒家思想的熏陶下成长起来的新式知识分子。在他个人的认知中，人生所能有的成就有三：学问、事功和道德，即古人所谓立言、立功和立德。缘于此，在交通银行任职期间，薛遗生一直兢兢业业工作，勤勤恳恳钻研，不仅凭借好学的精神成为交通银行内独当一面的业务能手和德才兼备的中层领导，更以深厚的学养成为国内学术界知名的金融学家和法学专家。他的成长经历，以及在推动行业和时代进步中所取得的成绩，映射出大变局下一位新式银行人对成就学问的追求、对建立事功的奋斗和对完善道德的执着。

在交通银行工作期间，薛遗生一直以无党派人士的身份关切时局、忧心国事，且对趋炎附势的国民党要员深恶痛绝、避而远之。新中国成立后，薛遗生满怀热情地投入建设事业，并在党的统一战线政策指引下，于 1954 年加入民革。1958 年，交通银行内地机构逐步归并。1959 年，薛遗生担任福建省轻工业厅财务处处长。1962 年 2 月，薛遗生在民革福建省委四届一次全体会议上被选为候补委员。

此后，薛遗生回到上海定居，担任过民革上海市委候补委员。"文化大革命"中，薛遗生受到迫害。薛遗生发妻钱镜心，系发明家钱汉阳（字镜湖，改字景华）长女，"文化大革命"中因薛遗生受迫害遭到株连，不幸去世。拨乱反正时期薛遗生获平反，1980 年 12 月起享受离休待遇。

1986 年 5 月 23 日，薛遗生病逝于南京。

服务银行业半个世纪的王福穰

王福穰（1921—2011 年），浙江湖州人。1944 年，他从上海交通大学财务管理系毕业；1946 年，考入交通银行总管理处。新中国成立后，交通银行复业，总管理处迁往北京，王福穰随行。1954 年，党中央、国务院在交通银行基础上改组成立了中国人民建设银行，王福穰成为中国人民建设银行的业务骨干。1962 年，他加入中国共产党。此后，虽然机构几经变动，但一直在银行系统工作，一直到 1990 年 70 岁时才退休，退休后又受返聘，几年后才彻底告退。在长达半个世纪的银行工作中，王福穰从交通银行起步，虽然服务的单位屡有变动，但主要是以办理投资拨款或贷款为主的长期投资银行，工作岗位则一直在总行（总管理处）的政策研究或制度建设等部门。虽然他的职位不是很高，但从事的工作却往往影响全国银行业发展的大局。

青年才俊入职国家银行

王福穰家学渊源，其父王履模是湖州当地著名的收藏家和鉴赏家，工诗文，早年曾东渡日本学习法律，回国后任北京大学学监兼总会计，新中国成立后受陈毅之聘入上海市文史馆担任馆员；其母胡怡若是清代四川总督幕府胡珊麓之女，外交界老前辈胡维德的侄女；其二舅父胡仁源则担任过北京大学校长。王福穰出生后，少年时代的大部分时光在湖州度过。抗战烽起，社会动荡，为了让孩子们有一个相对安定的上学环境，1938 年 3 月，王履模率全家抵达上海，在租界新闸路定居。

受其父亲影响，王福穰也擅长作诗填词，在少年时期就屡有佳作问世。1936 年 7 月，他到杭州参加浙江全省初中学生毕业会考，游览西湖滨诸胜，写成小诗四首，就深得其父赞许。不过，在他成诗于 20 世纪 30 年代的作品中，更多的是因遭受日寇侵略而不得不四处避难的主题。

1937 年 10 月，日寇在金山卫登陆后，王福穰全家避往荻港镇，他在《离湖州赴城南获港镇》一诗中记录了全家人的颠沛之旅，其中的"山雨欲来风满楼，江南遍地哀鸿影""岂期妖氛一朝来，初定危巢复迁避""往日嬉游信可嗤，未经困苦乐安知"等句，表达了他对日寇的痛恨之情。1938年初，数百名日寇到获港镇滋扰，王福穰又作《避寇赴赤卜潭》，描写了人民大众在寒日里外出躲避日寇的苦难艰辛。

到上海后，王福穰先读了两年高中，1940年考取了沪江大学，后又以第一名的成绩被上海交通大学录取。接到录取通知书后，他作诗一首，表达了对金榜题名的喜悦和对赶走日寇的向往："快马空将喜报传，书生岂羡腹便便。鱼游沸釜安知乐，花发荒墟枉自鲜。纸醉金迷频侧目，米珠薪桂欲呼天。题名雁塔终何补，西望王师又一年。"作为一名热血青年，王福穰关切国事，始终期盼着国民党军队能驱逐外敌，收复大好江山。然而，皖南事变的发生，让他看清了国民党的面目，大失所望。1941年，亲人王以伟从苏北新四军中潜返上海，王福穰与之彻夜长谈，议论国事，并发出了"外侮尚未除，安能枪对内""兄弟若同心，虎狼何足畏"的慨叹。

1941年12月，日军进驻上海租界，"孤岛"沦陷。1942年春，交通大学在惊涛骇浪之中辍而复开。行走在校园内，王福穰看着"芳草如茵，云罗似锦；亭台掩映，竹木萧疏"的校园环境，想着"赤县沉沦，中原板荡"的社会现实，"子美之忧，仲宣之感，又复油然而生"。感时忧国，他模仿东汉文学家王粲的赋作，写作了《登楼赋》。该作一咏三叹，文采斐然，叙景时细腻柔婉，感慨时悲怆难抑，沉郁处催人泪下，激扬处催人奋进，其中的"金瓯倏其破碎兮，怆铁骑之纵横""嗟流离之载道兮，念学子之飘零""遭举世之烽烟兮，幸弦歌之未辍""庶勤学之有成兮，拯斯民于火热""知徒伤之无益兮，念造时之俊杰"等句，更是文情并茂，朗朗上口。

当时，王福穰正读大学二年级，主持该级国文课的老师为国文系主任、国学大师王遽常。王福穰因为熟读过王粲的《登楼赋》，于是仿而效之，把当时上课的心情记录下来，表达了对山河破碎、国土沦丧、时势动荡的忧虑和愤懑，抒发了自己在逆境中不甘沦落、

王福穰在上海交通大学所写《登楼赋》手稿，文后批语为王遽常所书。

勤学奋进，以拯民于水深火热之中的志向。王遽常对学生的作文卷，阅后一般不加批语，但对王福穰的这篇作品，他却破例地用章草体在卷末批了"缠绵悱恻，颇有得于骚人之旨"等字，最后还署了一个较小的"遽"字，可见其评价之高。

在交通银行求学期间，王福穰还参加了进步活动。他初入交通大学时，就认识了同在财务管理系读二年级的葛一飞。1942年，葛一飞加入中国共产党后，常以基督教青年团团契之名作为掩护，团结党外同学。王福穰就多次参加了活动，但因功课太忙，未能坚持。不过，这些活动经历，让年轻的王福穰具备了更多的进步意识，并与葛一飞建立了毕生的友谊。

1944年，王福穰大学毕业后，先后在上海海关、镇江救济总署工作。1945年8月15日，日本宣布无条件投降，抗日战争终于取得了胜利。当时，王福穰正在医院中照顾妻子生产，"双喜临门"，他又作了一首《宿人和医院，午夜闻护士报日寇投降之讯》，表达了内心的激动和喜悦："八年骄虏肆横行，一夕天河洗甲兵。大好河山归旧主，中天日月复光明。欲歌还哭心如沸，垂死重生意转惊。岂意黄粱犹未醒，白衣天使报和平。"

1946年10月，经人介绍，王福穰考入交通银行总管理处，在会计处第二课担任试用员。交通银行是王福穰职业生涯的起点，也是他毕生事业的发源。入职交通银行后，他参加了行员训练班，接受了专业的技能培训，增进了银行知识和实际经验，为他此后在银行业的发展奠定了良好的基础。

在交通银行，王福穰积极学习、努力工作，很快就转为办事员，并得到了朱通九、余捷琼等业务专家的认可和赏识。1949年底交通银行总管理处北迁，王福穰赴京工作。1950年元旦，他偕交通银行同事乘车出游，虽冰天雪地，但大家兴致盎然。在大卡车上，女同事王开护、殷瑜豫等高唱新歌曲，王福穰也诗兴大发，一口气作了七首七律，其中的《初游颐和园》可以看出他们在迎来崭新时代时的意气风发："晓逐轻车出凤城，高歌一曲路人惊。天

1948年，王福穰（前排右）五兄弟合影。

将瑞雪开丰岁，日出扶桑变旧京。玉宇琼楼生意满，垂杨古道好风迎。遥看仙阙横云际，一抹西山笼雾轻。"

探索新的银行业务形态

新中国成立后，交通银行的主要任务变成为"充分运用可能的条件和力量整理恢复与发展生产，有计划有步骤地使新中国成为工业化和农业近代化的国家"。1950年2月召开的第一次全国金融会议，决定交通银行在人民银行总行直接领导之下，成为对工矿交通、公用事业进行投资和长期贷款的专业银行，这在贯彻中央人民政府建设新中国的经济工作上，给予了交通银行一个非常繁重而光荣的任务。

全国金融会议以后，交通银行各分支行在总管理处和当地人民银行双重领导下，迅速移交了短期业务，调整了干部机构。在苏联的工业银行专家伊·维诺格拉多夫指导下，交通银行开始开展经济建设的社会调查，翻译当时苏联的专业图书，为承担基本建设投资拨款任务做准备。1950年11月3—18日，交通银行召开了第一次分支行经理会议，交通银行董事长胡景沄在会上指出，"要使全行通知明确了解今后的工作方针任务，和学习由此产生的各种新工作及其做法，并制定有关的一切章则制度办法"。这次会议，让全行在方针任务的了解、公司合营企业的整理管理、基本建设拨款的监督等议题上都有了统一的认识，"成为新中国工业银行建设过程中的重要里程碑"。

在计划室计划科担任二等行员职位的王福穰，深切感受到自己过去十多年学习的英语将没有用武之地，形势所迫必须赶快学习俄语，以向苏联学习投资拨款的经验。王福穰开始根据工作需要突击自学俄语。他有着过人的天赋，很快就初步掌握了拼音、语法、基本词汇和专业词汇，于是他一面学习、翻译苏联有关投资拨款的图书资料，一面参与制定我国基本建设投资拨款的规章制度。

由于对投资拨款工作没有经验，交通银行全行上下都急需有人来研究解决拨款及监督使用中的技术问题，王福穰承担起了这一具有开创意义的任务。在苏联专家指导下，王福穰参与起草了《基本建设拨款暂行办法》，于1951年初发布，这是交通银行起草的第一个关于投资拨款的制度。不过，由于当时的条件所限，基本建设投资拨款工作尚未正式展开，其中的不少条款事实上无法实施。

1951年4月，交通银行华东分行会同上海市财政局制定了《上海市基本建设拨款办法》，作为地方性法规在上海试行成功后，王福穰等人参照这个办法，并多方听取意见，重新修订，形成《交通银行办理基本建设投资拨款并监督其使用的临时试行办法（草案）》，并于 1951 年 5 月 31 日由财政部正式颁布。这是新中国开办基本建设投资拨款后，正式出台的第一个全国性试行办法。这个办法规定基本建设投资拨款都要通过交通银行办理，对基本建设工作的开展发挥了一定的监督作用，也有利于把各部门、各地区的拨款接办过来，进一步打开局面，但对如何监督资金合理使用仍处于摸索阶段。

在王福穰和总管理处计划室同人的共同努力下，1951 年以后，基本建设中有关计划管理、设计程序和工程预算等各项制度陆续建立起来。他们参照苏联专家提出的一些要求，根据中国实际情况，重新制定了《基本建设拨款暂行办法》，于 1952 年 8 月报经中财委批准颁发施行。这一办法保障了交通银行能够通过拨款促进各部门、各单位执行国家的基本建设计划，按设计程序办事，按工程预算确定工程造价，初步起到事先监督作用，从而使基本建设拨款的管理工作前进了一步，并开始走上正轨。

在起草各项办法的过程中，王福穰在基本建设投资拨款法规建设方面做了大量的调查研究，并对拨款制度反复进行修订、补充和完善，把苏联的经验同中国的实际情况结合起来，使之切实起到对基本建设投资拨款的监督作用。他所参与起草的办法还包括 1953 年财政部颁发试行的《基本建设拨款暂行办法（修正草案）》、1954 年中财委批复同意的财政部《关于修正补充基本建设拨款暂行办法的意见》、1955 年 2 月财政部颁发修订的《基本建设拨款实施细则》等。这些拨款规章制度的修改完善，为基本建设拨款工作的正常化奠定了基础。此外，王福穰还主持或参与制定了不少基本建设投资拨款方面的实施细则，如《交通银行办理基本建设投资拨款暂行处理手续》《交通银行办理基本建设投资拨款内部记账办法》《1951 年度基本建设投资拨款实施细则（草案）》等。

除了从事基本建设投资拨款方面的工作外，王福穰还参与了全国第一个公私合营的投资公司——北京市兴业投资公司的创建工作。该公司于 1950 年 4 月开始酝酿成立，参加发起者除了中国人民银行北京分行和交通银行总管理处外，还有北京工商金融地方人士等。交通银行肩负"组织与领导长期资金市场"的使命，负责了草拟公司章程和办事规则、募集并代收股款等相关工作。王福穰全程参与了兴业投资公司的筹备，对成立过程中所遇到的股东责任问题、保本保息问题、法人入股问题等进行通盘考虑，并根据总管理处的要求，对公司的业务范围、经营方向等做了初步的规划。

1950 年 9 月 1 日公司正式开业后，王福穰还撰写了《投资公司的经营及其作用》一文，为全国各地交通银行组织投资公司提供参考。

开创投资拨款和贷款业务

在 1950—1954 年的几年中，交通银行完成了彻底的改造，在中国人民银行的领导下，负起监督全国基本建设拨款、整理管理公私合营企业、组织领导投资公司以及办理长期贷款等任务，成为推动新中国工业化的专业银行。在这几年中，王福穰通过勤奋的学习和勤恳的工作，为交通银行办理基本建设投资拨款工作初步建立起一套规章制度，让这项工作有章可循；同时，他本人也完成了从旧式银行人向投资拨款业务专家的转型，成为交通银行内的业务骨干。

1954 年 10 月 1 日，中国人民建设银行成立，全国交通银行原有的 9000 多人大部分转到中国人民建设银行，王福穰也成为中国人民建设银行的一员。

在新成立的中国人民建设银行，王福穰除了继续参与基本建设投资拨款的制度建设外，还以著书立说的方式，总结情况、交流经验。一方面，他主编了中国人民建设银行的内部刊物《基建拨款通讯》，供全行了解基本建设投资拨款的相关情况；另一方面，他把从苏联引进的投资拨款办法与我国的实际情况结合起来，整理出适合我国国情的基建投资拨款的具体做法，写成"业务常识讲话"12篇，在《基建拨款通讯》1955 年第 1—12 期连载，使全行有了一套系统的学习和开展业务的依据。王福穰的"业务常识讲话"既有理论高度，又切合业务实际，刊发后在全行引起了不小的反响。财政部的一位副部长在听了王福穰的汇报后夸奖说："你们已形成一套'拨款学'了。"可以说，在新中国成立初期的基本建设投资拨款领域，王福穰是当仁不让的第一代拓荒者之一。

党的十一届三中全会以后，中国的经济体

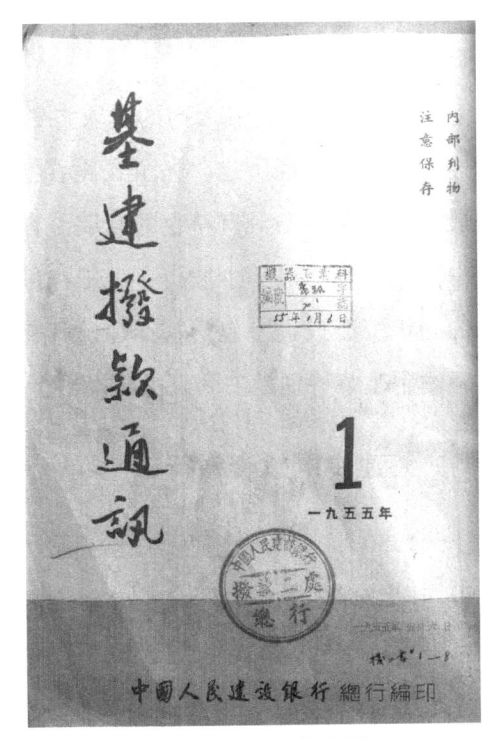

《基建拨款通讯》书影

制、财政体制和投资管理体制都进行了一系列改革。基本建设投资拨款的资金供应方式与提高投资效益的要求不相适应，已经难以满足匹配发展的需要。1979 年 4 月 30 日，中共中央、国务院批转国家建委《改进当前基本建设工作的若干意见》，其中要求基本建设投资要逐步由财政拨款改为银行贷款。在中央改革方针的指引下，财政部会同国家计委、国家建委共同研究。王福穰代表财政部所属中国人民建设银行，奉命参加了研究改革小组，并负责起草相关报告和条例，他又一次被推到了改革的前沿。

经历了二十年漫长的混乱和曲折后，王福穰怀着满腔的热情投入工作。不久，他就执笔完成了《基本建设投资试行贷款办法的报告》和《基本建设贷款试行条例》。1979 年 8 月 28 日，国务院批转了国家计委、国家建委、财政部《关于基本建设投资试行贷款办法的报告》(国发〔1979〕214 号)和《基本建设贷款试行条例》。

随后，王福穰又根据国务院批准的《基本建设贷款试行条例》，起草了《中国人民建设银行基本建设贷款实施细则》和相应的《会计制度》，在全行选择少量条件较好的项目进行试点。到 1980 年底，试点工作在全国 28 个省、自治区、直辖市展开，中国人民建设银行与电力、轻纺、建材、商业、煤炭、石油、交通、冶金、化工、旅游 10 多个行业的 619 个项目签订了 32 亿元的贷款合同，当年贷款发放额为 15 亿元，成效显著。

王福穰所主持和参与的这项"拨改贷"工作，不但旧中国和西方国家未曾经历过，连苏联也没有经历过，完全是凭着他数十年的银行从业经验，大胆创新、不断摸索，最终蹚出了一条具有特色的新路。在工作开始推行时，也遇到过不少困难，发生过不少问题，经历过不少波折，但王福穰始终坚持执行中央决策，边做边改，终于使国家的固定资产投资（包括基本建设和更新改造）大部分走上了贷款道路，对促进我国金融体制改革特别是中国人民建设银行的业务制度改革起到了重大的推动作用。

筹建中国投资银行

1980 年，我国恢复了在世界银行的地位。为了办好世界银行工业信贷项目的转贷工作以及向国外筹集资金、办理投资信贷，考虑到世界银行提出的一些贷款条件，中央决定由中国人民建设银行负责建立中国投资银行。王福穰奉派负责与世界银行谈判筹建事宜，他荒废了 30 多年的英语终于又派上了用场。

1981 年，世界银行派代表团来华谈判，提出了一份章程草案，要求投资银行必须按照国际惯例，具有法人地位、核定资本、设立董事会等。王福穰把这份草案译成中文后报财政部和中国人民建设银行领导审查，并按照反馈的意见进行修改，再译成英文与世界银行代表团进行磋商。双方都非常认真，逐条讨论后进行修改。这样反复几次，最终达成双方同意的章程草案。

中国投资银行第一次董事会合影，中排左三为王福穰。

随后，王福穰奉命起草了《关于设立中国投资银行的报告》，附上章程和董事会名单草案上报国务院。得到国务院批准后，中国投资银行第一次董事会于 1981 年 12 月 23 日召开，对外宣告了一家新银行的成立。

中国投资银行成立后，王福穰又参与了与世界银行代表团就第一笔贷款进行的艰苦谈判。谈判从 1982 年春开始，主要围绕贷款的种类和利率问题展开。双方经过长达半年的"预谈判"后，才基本对贷款合同文本取得一致意见。10 月下旬，王福穰作为国家代表团成员赴华盛顿，在世界银行总部就第一笔贷款开展正式谈判，最终达成协议。经过努力，这笔贷款的数额从原计划的 3750 万美元增至 7500 万美元。有了这笔贷款的经验和合同模式做基础，此后各笔世界银行的贷款便轻车熟路了。

在筹建中国投资银行过程中，王福穰还翻译了《工业可行性研究编制手册》，主持编写了《工业贷款项目评估手册》，将西方的项目评估方法与我国当时的计划经济和投资管理程序结合起来，使这套方法在我国行得通。1981 年《工业可行性研究编制手册》出版后，让银行业人士重新审视过去 30 年计划经济中投资管理方法的一些弊端，在我国投资管理和项目设计中掀起了一个改革高潮。次年，国家计委便把可行性研究正式列入投资计划管理程序。1983 年《工业贷款项目评估手册》"试行本"印发后，反响也非常不错。经过一年的试行，根据实践中遇到的问题和世界银行提出的修改意见，王福穰又对手册做了大幅度的修改补充，篇幅扩大了 1 倍，并附上"评估报告实例"，使之成为"正式本"。该书于 1984 年正式出版时，适逢全国各银行普遍推行项目评估，遂成为参考的重要依据，先后印销 5 万册之多。因为该书的畅销，银行业内也普遍将王福穰视为实行项目评估方法的创始人。

1987 年，王福穰夫妇在杭州三潭印月留影。

完成中国投资银行的筹建后，王福穰声名鹊起，被国内经济界推崇为利用外资和管理外资的专家。1988 年，中国人民建设银行委托中国人民银行研究生部代培有关国内投资和国际投资方面的研究生，王福穰也被中国人民银行正式聘为国际投资专业的研究生导师（兼职教授）。他在中国人民银行和中国投资银行内先后培养了一批懂得新的投资管理方法的金融人才，为我国的改革开放事业和经济金融改革作出了贡献。

至其晚年，王福穰依旧关心关注中国金融事业的改革发展。他身兼中国投资学会理事、国家开发银行金融专家等职，不断著书立说、推陈出新。在整个 20 世纪 80—90 年代，他先后编写和翻译的图书、文章共计超过 500 万字。同时，他继续作诗填词，作品多有发表，2002 年《卜算子·野塘荷花》词还曾在北京青年诗社老年组诗词比赛中获第一名。

名人篇：百年传薪火

陈璧与交通银行的创建

自京汉铁路借款以后，清政府就一直谋求京汉铁路的全部自主经营权。一方面，京汉铁路贯通南北，关系极为重要；另一方面，京汉铁路自竣工以后，发挥作用重大，发展前景良好，盈余数量不断增加，显示出巨大的经济活力，再加上轰轰烈烈、席卷全国的"利权收回"运动，收赎京汉铁路也就提到了清政府的议事日程之中。

陈璧

随着管辖轮船、铁路、电信、邮递四政的邮传部的设立，京汉铁路的赎回问题为邮传部所继承。光绪三十三年（1907）四月，陈璧（1852—1928 年）补授邮传部尚书。清廷秘嘱陈璧和五路提调梁士诒收赎京汉铁路。陈璧于光绪三十三年七月初三日（1907 年 8 月 11 日）上奏《密陈京汉铁路清还洋款期限折》，对原与比利时签订的条约中之还款期限问题进行了澄清，并指出"京汉铁路造成以后，行车进款递年增加，将来粤汉、川汉之路办成，利益更大，且为中国铁路南行第一干线，尤为大局所系，自应早日将全路赎还"，从而开始了收赎京汉铁路的积极筹备。

收赎京汉铁路，最重要的显然是资金问题。面对清末捉襟见肘的财政状况，要从国库中拨银用于收赎，基本等于痴人说梦。同时，邮传部作为朝廷的行政部门，由其全权操作收赎事宜，总揽一切财政，也显得较为不妥。所以，陈璧和梁士诒经过讨论后，想到的办法是设立一家银行。

当时，中国的银行业才刚刚起步，虽然已有中国通商银行和户部银行（1908 年 2 月改称"大清银行"）这样的全国性银行和"中央银行"，但它们资本薄弱，开展的业

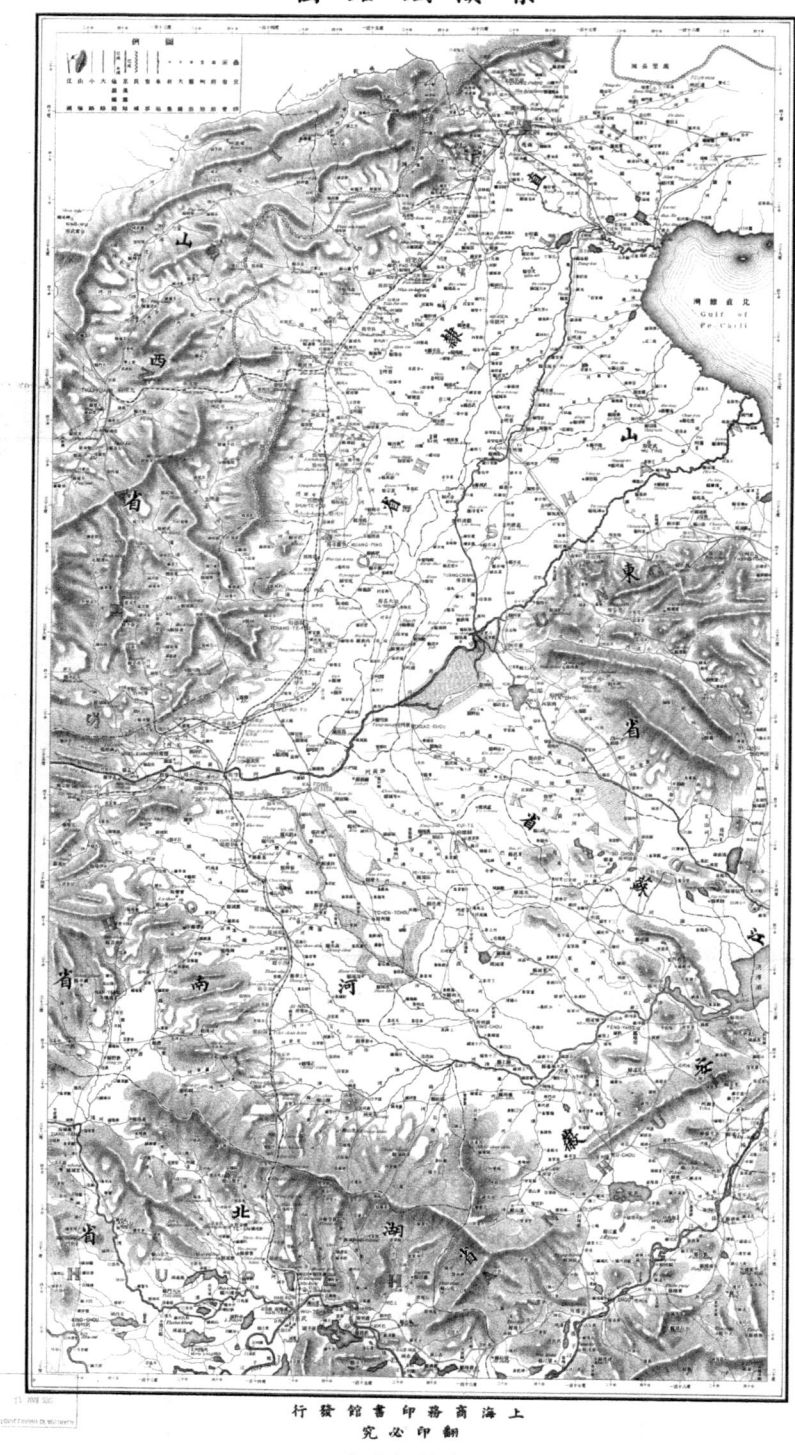

1909 年京汉铁路图

务相对有限。然而，要新设一家银行也绝非易事，清廷多个部门都有设立自己银行的想法，但因已有户部银行存在，故而悉数被度支部否决。陈璧任户部右侍郎时，已经有过协助开办天津造币总厂及户部银行的经历，熟谙度支部对其他部门开设银行的想法。为了能顺利推进这家新银行的创办，陈璧等人对相关理由和措辞进行了仔细斟酌。

首先，对邮传部业务运营而言，设立银行有其必要性。"臣部所管轮、路、电、邮四政，总以振兴实业、挽回利权为宗旨，即如借款所办各路，存放款项向由汇丰、道胜、华比等行分储，各立界限，此盈彼绌，不能互相挹注，且由欧汇华、由华汇欧，又不能自为汇划，坐受各银行取利，而镑亏之折耗犹其显者也。"邮传部管理的四政业务，来往款项向由外商银行代理，等于是"操纵由人"，不仅不便于掌握，利益也受到损失。与其让外商取利，不如自办银行。陈璧提出，"设立银行，官商合办……名曰交通银行"。

其次，交通银行的出现，并不会与其他银行冲突。鉴于户部银行已经在运营，为了取得发放银行执照的主管机关度支部的支持，陈璧对交通银行做了合适的定位。"遵守中央银行所定之法律，与中央银行并行不悖，国内银行愈多，交通愈普，国事民事均受其益。……一切经营悉照各国普通商业银行办法，兼采奏准之中国通商银行、四川浚川源银行及咨准之浙江铁路兴业银行各规则，与中央银行性质截然不同。"作为商业银行，交通银行的角色是"为中央银行之助"。

陈璧旨在说明，交通银行的设立，对邮传部而言，可以"行轮、路、电、邮交通利便之益"；对度支部而言，"是以厚中央银行之势力""为中央银行之助"；对清政府而言，"足以收各国银行之利权""而交通利便固不仅轮、路、电、邮实受其益已也"，可谓一举三得。

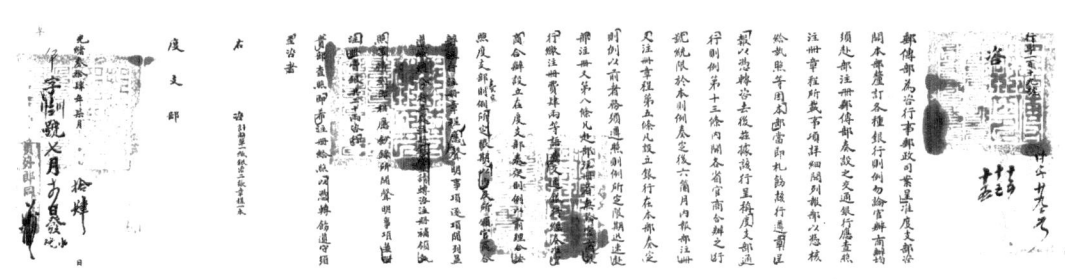

光绪三十三年（1907）邮传部为交通银行呈领执照的札件

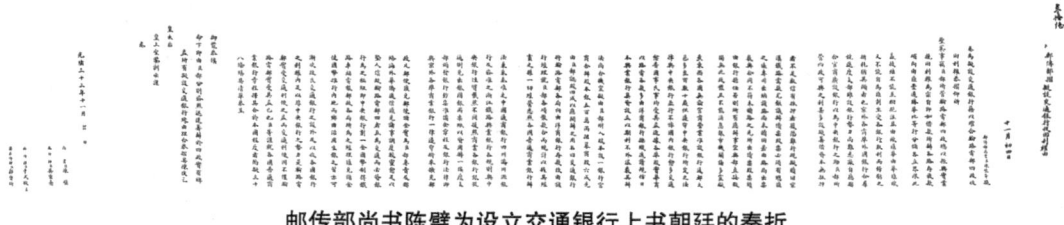

邮传部尚书陈璧为设立交通银行上书朝廷的奏折

光绪三十三年十一月初四日（1907 年 12 月 8 日），经过充分的准备，陈璧正式上呈《拟设交通银行折》，指出因为赎回京汉铁路"需款尤钜，议办债票、股票必须有总汇之区专司出纳……未赎路之先，所出债票、股票须由银行担任，否则所有应办事宜与部直接，微独无此政体，且不能消息银市，机关诸多窒碍"，且"轮、路、电、邮四者互为交通，而必资银行为之枢纽"，因此，有必要仿照"各国普通商业银行章程"，设立交通银行。

奏折中还附上了《交通银行章程》，明确"交通银行纯用商业银行性质，由邮传部附股设立，官股四成，商股六成""该行为京汉赎路时，总司一切存款、汇款、消息镑价、预买佛郎克等事"，"总行设在北京，铁路可通之天津、上海、汉口、厦门、镇江、广州六处先立分行"。同时，为了让邮传部牢牢掌握交通银行的人事权，还规定了"总理、协理均听邮传部堂官命令"，其"总理、协理、总办、副办各员，必须有专门财政学、出洋考察财政学或曾在银行充当职事及曾办银行著有成效者"。同时上奏的《又奏派李经楚等充交通银行总协理片》，还对交通银行总理人选进行了举荐。

鉴于收赎京汉铁路的迫切需要，《拟设交通银行折》上呈后没有遇到多大的阻力，该折的最终批阅意见为"奉旨依议，钦此"。由此，交通银行的成立从规划变为了现实。

光绪三十四年二月，邮传部奏请在正阳门内西交民巷镶红旗官地上建盖交通银行，奉旨依议。交通银行随即于二月初二日（1908 年 3 月 4 日）"龙抬头日"开市。

此后，陈璧又上奏《交通银行股本拟请先后併招片》《密陈近日筹赎京汉铁路情形折》《筹借官款收赎京汉铁路折》等，对交通银行的募股情况及其在收赎京汉铁路中的作用等向清廷做了报告。

交通银行的成立，对收回京汉铁路、助推交通事业发挥了积极作用。叶恭绰评价交通银行成立后，"连各地（北京、汉口等）的金融，也因之活动了（因为每年有几千万元出入不归外国银行操纵运用）。这也可说是国家经济的一个掉转点"。在以陈璧

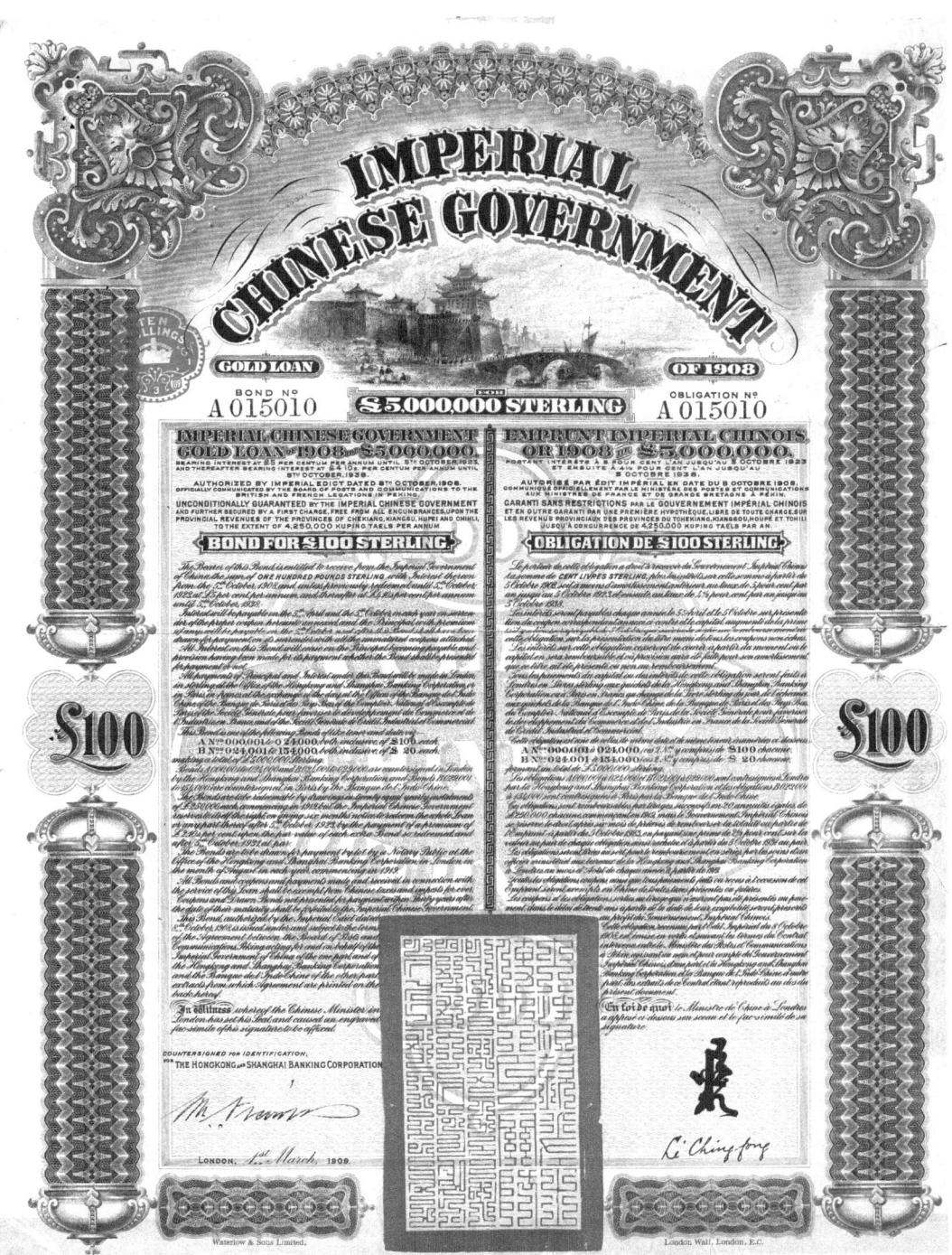

京汉赎路借款债券（中国证券博物馆藏）

为首的邮传部诸人的不懈努力下，终于在 1909 年到来之前将收赎京汉铁路之款如数筹齐付清，京汉铁路管理权回到了中国人手中。

成功收赎京汉铁路是清末的一件大事，陈璧及其同僚一面竭尽全力筹措款项，一面不辞劳苦多方奔走，可谓功不可没。光绪皇帝与慈禧太后相继过世后，陈璧很快失势，加之政治动荡，以至于"清廷对于在事出力各员，竟无一字之褒"。其后，陈璧因不愿铺张浪费，在建造崇陵（光绪墓）及迁邮传部办公地两事上开罪同僚，反而被罗织"滥用私人，糜费公帑"的罪名而遭革职。

陈璧遇事持正，精勤不苟。叶恭绰评价陈璧"尚书仕晚清，虽未膺枢轴，然所任之务，类关兴革大计，且成绩炳异，其定法至今犹将持循"，并对陈璧"治事之勤、虑事之密""衙斋抱牍，析疑辩难"的情形念念不忘。陈宗蕃则评价陈璧夜以继日工作，成绩颇丰："其时大政若收回京汉铁路，若购回商办电报，若创设交通银行，若筹议收回邮政，事不论其巨，功不论其难，无不毅然举办，办则期于必成。"《清史列传》亦评价"璧精核，任劳怨，勤于职事"。

梁士诒也非常维护陈璧的声誉。民国三年春的一次会议上，有人非议陈璧之为人，梁士诒当即拍案而起，大声道："'公家之利，知无不为'。公之谓也。"意指陈璧为官时，见了任何对国家、对社会有好处的事就竭尽全力去做，忠心耿耿。当时袁世凯也在场，对梁士诒给予陈璧的评价深表赞同，还列举了自己跟陈璧一起为官时经历的事件，高度赞扬陈璧。

陈璧是邮传部历任尚书中任职时间最长者，被称为邮传部中期的主要人物。他兴利除弊，力主革新，对清末财政金融部门的近代化多有贡献。除收回京汉铁路外，陈璧还主持规划全国铁路轨线，将电报、电政收归国有；提拔铁路管理人才，为铁路事业培养了一批骨干；改订沪宁铁路的办事章程，主张"主权不失，财政有裨"；支持商办铁路，并命令部辖各路尽可能购买本国材料。这些工作，也成为清末"利权收回"运动的有机组成部分，而就交通银行之设立而言，陈璧实有首创之功。

"毁誉参半"的交通银行总理梁士诒

梁士诒（1869—1933年），字翼夫，号燕孙，广东三水县人，近代著名的经济家、银行家、政治家。他是清末民初政坛上一位重要且备受争议的人物，一生毁誉参半，虽名满天下，而谤亦随之。对于交通银行而言，他是一个十分重要的存在，可以说，无梁士诒则无交通银行之创建，无交通银行也不会有梁士诒之事业。

1933年3月初，梁士诒在沪留影，次月病逝。

主持赎路　倡设银行

1907年五六月间，军机处密议京汉铁路赎回事宜。京汉铁路系此前借比利时款项造成，条件中将全路委托比利时公司经营代办。军机处认为，该路纵贯中原，如有外交、军事变化，必会受制于人，因此打算筹款向比利时赎回经营权，并"密属陈尚书（指陈璧——作者注）以此事交先生（指梁士诒——作者注）负责处办"。梁士诒时任五路提调，他认为兹事体大，担心廷议主持不坚，影响赎路之进行，于是与陈璧商量，先上疏解释京汉铁路合同意义，阐明此事一旦发起就不可中止。

1907年8月11日，陈璧上《密陈京汉铁路清还洋款期限折》详细解释了京汉铁路借款的来龙去脉，并指出必须在1908年12月前筹款赎回，"以保固有之利权，而免意外之枝节"。该折奏上留中。按清制，奏上留中有两种情况：一为重视其事，因办法未定，暂不发出；一为奏折无价值，置之不理。陈璧所上奏疏显然属于前一种。

梁士诒考虑到借款所办各路的存放款项，依合同规定都由外国银行分储，汇款也都由外国银行汇划，痛感其中损失巨大，遂向陈璧建议，奏请设立交通银行，官商合办，"藉以绾合轮、路、邮、电四政，收回权利"。陈璧采纳了梁士诒的建议，于光绪三十三年十一月初四日（1907 年 12 月 8 日）上奏《拟设交通银行折》。与该折一起，附缮《交通银行章程》三十八条呈览，该《章程》也为梁士诒所起草。12 月 8 日，奉旨依议，派李经楚为交通银行总理，周克昌为协理，梁士诒为帮理（1908 年 4 月 8 日又奉旨兼充稽查）。此后，梁士诒又妥为筹划，并号召各埠殷实商户积极认购交通银行商股。

交通银行于光绪三十四年二月初二日（1908 年 3 月 4 日）成立后，其所经营款项，大部分来自梁士诒所掌管的铁路系统，因此，梁士诒虽为帮理，却有着很大的话语权。1910 年 5 月 27 日（宣统二年四月十九日），奉上谕，梁士诒署理邮传部右丞（三品）。

梁士诒在交通银行的第一段任期，至 1911 年结束。2 月，盛宣怀就任邮传部尚书，为了夺回铁路控制权，迅速参奏撤销梁士诒的铁路总局局长、交通银行帮理职位，只保留了他的邮传部右丞职务。

早期交通银行行员合影。前排左五为梁士诒，左六为任凤苞。

复兴业务 掌控交行

随着盛宣怀的失势和袁世凯的重新出山，梁士诒也很快得以东山再起。1912 年 3 月，梁士诒出任总统府秘书长。此时的交通银行，因李经楚经营之义善源银号倒闭牵累和辛亥革命的冲击，已经处于搁浅停业的状态，濒临破产。梁士诒深知金融机构的重要性，甫一得势，就积极筹集官商巨款为交通银行的复业做准备，他也获得了股东们的认可，在 5 月 24 日的交通银行股东联合会上被推举为总理。此后，梁士诒利用自己在政界的影响力，想方设法扩充交通银行的实力。

首先是解决资金难题。为应对资金短缺，梁士诒提出"缓提官存，新旧账分开"的办法，并通过交通部报袁世凯批复。这就使得辛亥革命之前邮传部及四政的 200 万两巨额款项作为旧账得以缓提，大大减轻了交通银行的压力。同时，1912 年 9 月，北洋政府向比利时借的陇秦豫海铁路借款 2.5 亿法郎，其第一批交款 2500 万法郎经梁士诒争取，由中国银行、交通银行各半经收。这也为交通银行增加了营运资金。

其次是力争扩大发行。交通银行于 1909 年开始发行兑换券，有银两券、银元券、小银元券三种，不过这种发行与一般商业银行并无差别。经过梁士诒的积极运作，袁世凯于 1913 年 1 月 10 日发布《临时大总统命令》，称"中国银行业经筹备设立，而交通银行迭经整理，信用昭著。在纸币则例未经详定以前，所有交通银行发行之兑换券，应按中国银行兑换券章程一律办理"。这就使得交通银行所发行的兑换券具有了与中国银行兑换券相同的地位，交通银行的营运范围大大扩张，发行信用也逐渐得到巩固。

最后是代理国家金库。因交通银行以经募京汉铁路赎路公债起家，国库业务向与交通银行无涉，统由大清银行（中国银行）代理。1913 年 5 月，梁士诒署财政部次长并代理部务，于 6 月 8 日公布《财政部委托交行代理金库暂行章程》，其中第三条和第十四条明确规定，"本部委托交通银行之范围，以国债收支一部分为主，但租税统系内之出纳，亦得酌量各该地情形委托交通银行代理""交通银行依代理金库职权，得发行兑换券"。这一规定显然与中国银行原有的业务发生矛盾，引发中国银行的反对。后经财政部规定，金库业务 1/3 由交通银行经理，2/3 由中国银行经理，才得到暂时解决。

梁士诒担任交通银行总理后，积极整顿业务，通过清理账目、限制贷款、推广汇兑等一系列举措，让交通银行得以逐渐恢复元气，各项业务迅速发展。他还大刀阔斧改革管理体制。交通银行成立之初，在各分行经理、副理之外，还设置了"总办"一职，监督行务。但事实上，"总办"所起的作用甚微，而所费甚巨，梁士诒、任凤苞于1912年7月就呈明交通部，嗣后各分行"总办"管理出缺，不再派驻，分行事务责成经理、副理办理。这就赋予了分行更大的自主裁量权，也能有效调动分行的积极性。

为了持续巩固交通银行所取得的地位，在梁士诒的积极运作下，1914年4月7日，《交通银行则例》以大总统令的形式颁布，让交通银行取得了一系列国家银行的特权。交通银行"自尔规制大备，业务亦日渐发达，是年营业获净利一百六十余万元，为全国各银行之冠"，实力已在中国银行之上，社会上甚至有"中国银行可并入交通银行"的传言出现。1915年10月31日，袁世凯又发布《大总统申令》，进一步确认了交通银行的国家银行地位。

1915年5月24日，交通银行第三届股东大会在北京召开，成立了第一届董事会。梁士诒正式被选为交通银行总理，表明他在交通银行的地位愈加巩固。此外，任振采被选为协理，叶恭绰由交通部派为帮理，张勋被推举为董事会主席。

大量垫款　酿成风潮

梁士诒一生最为人所诟病的，就是积极为袁世凯称帝筹款，并让交通银行成为财政上支持北洋政府的重要工具之一。为了加强统治，袁世凯将交通四政收入之国库金采用特别会计，专由交通银行经理，国务总理和财政部均不得过问。其时，凡袁世凯豢养政客，收买同盟会会员，组织自己指挥之特务，暗杀宋教仁之费用，"一切款项，皆取之于交通部之收入"。梁士诒正是这些收入的"掌库人"。

1914年8月，北洋政府为了弥补财政赤字而成立了"内国公债局"，梁士诒出任总理。在两年多时间中，"内国公债局"先后发行三次公债，梁士诒控制下的交通银行每次经募债款均居各银行之首，然而，即使如此，也仍无法弥补北洋政府巨大的开支漏洞。据统计，仅袁世凯为筹备帝制而设立的"大典筹备处"，就耗资逾2000万元。掌握财政大权的梁士诒眼见通过借债已是穷途末路，于是又通过中国银行、交通银行大量垫款。到1915年底，交通银行先后垫款4750万元，且这些垫款都是无法收回的。如此数额的垫款势必造成库存空虚、发行枯竭，梁士诒又不得不通过大量滥发兑换券来饮鸩止渴，终至无法收拾，酿成了交通银行历史上的第一次停兑风潮。

1916年三四月间，中国银行、交通银行现金库存枯竭的消息传到民间，从北京、天津、上海等地的交通银行和广东、浙江的中国银行开始的挤兑风潮逐步蔓延到全国。北洋政府为了保存有限的现银，曾于 4 月 8 日和 11 日，两次密电各地中国银行、交通银行的分支行将现银运到北京集中使用，由于交通阻塞和分行的抗拒，未能如愿。梁士诒与中国银行商量应付之策，主张发行不兑现纸币以获得喘息之机。出任内阁总理不久的段祺瑞仓促间接受了这一意见，于 1916 年 5 月 12 日发布国务院第二号令，要求"已发行之纸币及应付款项，暂时一律不准兑现付现。一俟大局定后，即颁布院令定期兑付"。

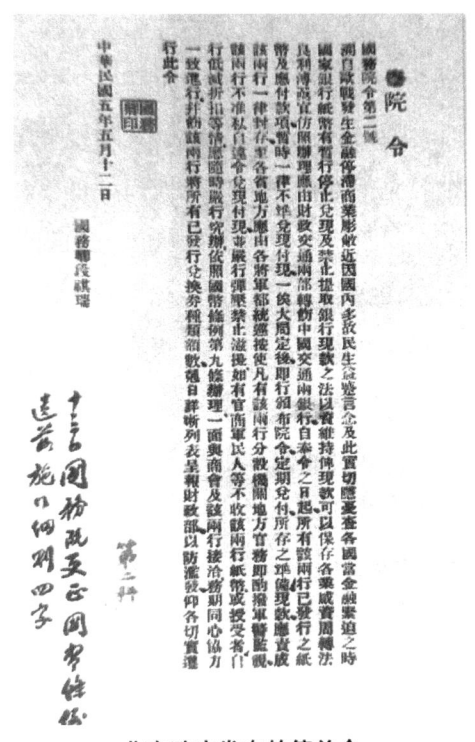

北京政府发布的停兑令

停兑令的发布，等于宣告了政府财政金融的破产，中央财政危机也迅速转化为蔓延全国的金融风潮。袁世凯倒台后，梁士诒作为鼓吹帝制的祸首而遭到通缉，闻风逃亡，交通银行则由于财政垫款过多而在停兑风潮中走到了绝境的边缘。

回收京钞　解决停兑

梁士诒外逃期间，仍对交通银行有着一定的遥控能力。1917 年 7 月，获知张勋复辟后，梁士诒自港急电段祺瑞："张勋叛国，拥戴复辟，天人共愤……只有依照约法，河间（冯国璋）暂摄总统职权，公就近指挥诸将出师讨贼，请预为布置；仓猝用兵，饷粮必急，已属誉虎筹助，希接洽。"接着又密电叶恭绰："天津交通银行叶誉虎兄：毅密，速助合肥讨贼，饷由津行筹拨。"随后，交通银行出资银钞 200 万元作为军饷，而得此财力资助后，段祺瑞毅然宣布讨伐张勋，这可以说是梁士诒和交通银行在民国初期的一项重要贡献。也正是因为梁士诒帮助讨伐有功，1918 年 1 月他被撤销通缉。3 月，梁士诒回到北京，后于 5 月的交通银行股东大会上被选为董事会董事长。

为了解决京津地区的停兑问题，梁士诒特为撰写数千言的《国民须知》，印十万册分发各地，宣扬"夫中国、交通两银行，为中华民国四万万人民之金融机关，非大总统个人之金融机关，亦非独立各省都督个人之金融机关，我四万万人断不能听此两银行受两方政治上之影响而牺牲。……近日金融机关之危险，实为亡国灭种之大祸"。同时，他与兼任财政总长和交通银行总理的曹汝霖商量，由政府发行短期公债以解决京钞停兑问题。然而，政府债信低落，内战连绵不绝，政府垫款一直未能杜绝，导致了一面回收京钞、一面又发出京钞的状况，停兑问题也就一直难以有效解决。

1920年3月，梁士诒再任内国公债局总理后，仍着力推进财政部以发行公债来回收京钞。然而，随着直皖战争的爆发，京钞市价持续下跌。梁士诒与财政部协商，再发行"整理金融短期公债"6000万元，其中3600万元由内国公债局出售，以收回中国银行、交通银行此前发行的京钞，"尽数销毁"；另外的2400万元用于财政部、交通部清理京钞押款。至此，京钞停兑的烂账，以公债的手法掩人耳目、改头换面，延宕了五年的停兑风潮始告一段落。

第一次停兑风潮解决不到一年，1921年11月，第二次停兑风潮又接踵而至。交通银行一直处于内外交困的境地：于内，一直为北洋政府大量垫款，充当政府财政的工具，业务恢复缓慢；于外，英美列强有意散播中国银行、交通银行库存空虚的消息，蛊惑人心，并且指使外国洋行挤提存款。11月12日，适逢华盛顿会议正式开幕，同日，天津的中、交两行率先因天津、张家口地名钞票而发生挤兑。11月15日，风潮波及北京。梁士诒与曹汝霖、叶恭绰、任凤苞等商量，向奉天官银号及东三省兴业银行借银400万元，于1922年1月7日恢复兑现，第二次停兑危机得以在短期内解决。

1921年12月24日，在张作霖支持下，梁士诒被任命为第18届国务总理。然而，由于外交策略和财政措施均受阻挠，梁士诒任职仅一个月便请假离京。他在天津观望形势之余，仍心系交通银行，曾计划对其进行整理，但在战争阴云下一切都难以实施。1922年4月，直奉战争爆发，张作霖战败，退出关外。5月5日，梁士诒因"战争祸首"罪名再遭通缉，不

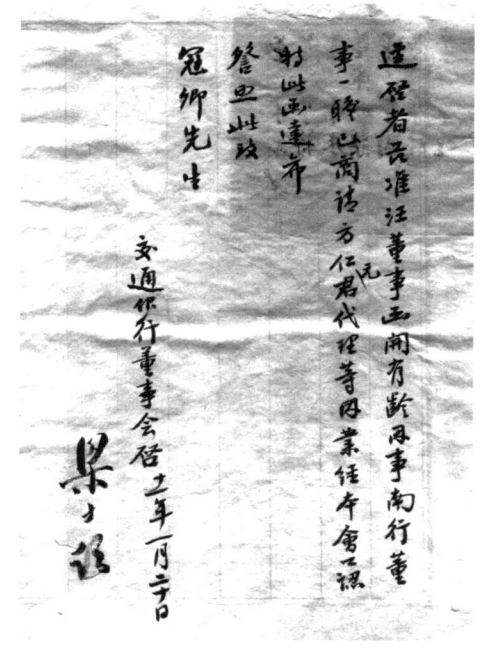

1922年梁士诒签署的便签

得不于 7 日离津赴日，再次踏上逃亡之旅。

重返政坛　再掌交行

1924 年第二次直奉战争以奉胜直败收官，北洋政府遂为奉系势力及被改称为国民军的冯玉祥军队所控制，两派暂时协议把段祺瑞推出来临时执政。为了应对财政危机，段祺瑞又电邀尚在通缉中的梁士诒返京。1925 年 2 月 28 日，梁士诒回到上海，于 3 月 5 日进京，并于 5 月 16 日被任命为财政善后委员会委员长。

梁士诒急欲将交通银行重新抓回手中。此时交通银行由张謇担任总理，但并不视事，行务均由协理钱新之主持。旅沪期间，梁士诒就与曹汝霖联系，希望曹汝霖出任交通银行董事长，但曹汝霖无意合作，反而推荐钱新之出任董事长。钱新之虽在过去几年中劳苦功高，却从未向梁士诒汇报过业务，自然不能让梁士诒满意，而梁士诒系的旧人中，也有人对钱新之抱有成见。回到北京后，梁士诒对交通银行的情况颇不满意，决定在 1925 年 5 月召开的股东会上让张謇、钱新之离开领导层。1925 年 4 月 30 日，他请李耆卿持函面见张謇，称"行事表面平静，而实际艰窘。啬公不获北来，新兄以一人支持内外，备极艰苦。……弟承各方责望，又以与行关系稍深，为公为私均难坐视，不得已曲徇众意，勉与周旋"。5 月 8 日，张謇复函称，"已正式具函向大会辞职"，而此时社会上亦已盛传"交通银行决以梁士诒为总理"。

为了能如愿当选总理，梁士诒向社会表达了两点意见以拉拢人心：对外，与银行界及资本家通力合作；对内，不更动人员、绝对的发行独立和尽力整顿营业。在梁士诒授意下，交通银行于 1925 年 5 月 24 日召开第十四届股东总会，梁士诒如愿以偿再次当选为总理，并于 26 日正式就职。这次股东总会还讨论修订了《交通银行则例》，重新确定股本总额为银元 2000 万元，分作 20 万股，每股银元 100 万元，先招 10 万股，计银元 1000 万元，除交通部为辅助交通事业进行附入 3 万股外，其余 7 万股由人民承购。

重掌交通银行后，梁士诒深刻认识到此前政府垫款给交通银行带来的危害，因此对张謇、钱新之的经营理念进行了选择性的吸收融合，将汇兑、邮款、买卖生金生银、推广筹码、贴现、同业互相联络作为营业重点。得益于钱新之此前三年的经营打下了良好的基础，梁士诒再次担任总理后再未发生大的波动，即便此后北伐战争引发了政局混乱，交通银行的业务仍保持了增长。

鉴于交通银行总管理处位于北京，常受政局影响，而随着北京经济地位的每况愈下，梁士诒有心将总管理处迁往天津。1926年春，梁士诒将此事与部分董监事商量，尽管反对声不绝于耳，但他还是以决绝的态度表明了迁址一事的不容置疑。在他的主导下，交通银行总管理处的大部分于1925年9月13日搬到天津办公。

黯然落幕　孰毁孰誉

1928年，南京政府准备北伐，与梁士诒不睦的冯玉祥指责梁士诒为北洋政府垫款对抗南京政府，而在南京政府任职的钱新之也视梁士诒为操纵北洋政府财政金融的代表，梁士诒遂成为众矢之的。1928年4月4日，南京政府发布命令，通缉梁士诒。梁士诒在耳顺之年又一次陷入尴尬境地，不得不于5月5日向交通银行递交辞呈，虽然"列席各人，咸主挽留"，无奈梁士诒"辞意甚坚，乃无结果而散"。梁士诒自是不问交通银行事。

梁士诒是交通银行的主要创办人，又曾经是最大的股东，其对交通银行的感情可以想见。梁士诒辞任后，交通银行董事会议决协理兼代总理，照章规定由卢学溥暂代总理。1928

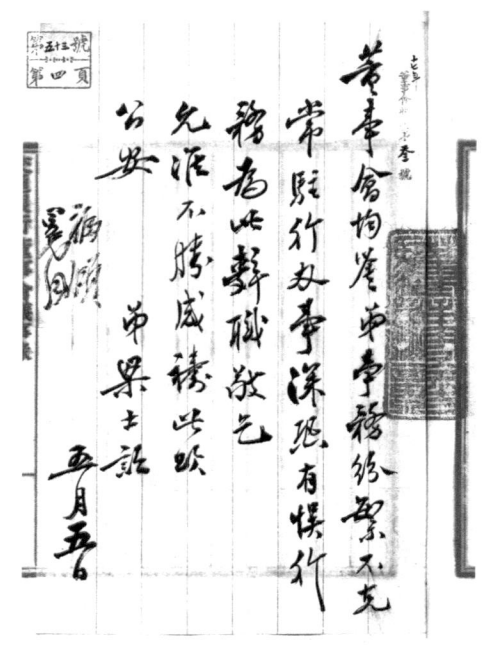

民国十七年（1928）梁士诒辞职信

年6月，梁士诒赴香港居住。此后，交通银行总管理处也陆续由天津迁往上海。《三水梁燕孙先生年谱》的作者对此颇觉忿忿"先生平日不论在朝在野，恒视行务如家务，言动食息，心未尝不系乎是也。其因此所受辛劳、困难、危险，不可胜纪。即洪宪之役，及民五之钞券停兑，民十之奉天借款，政治上之生命、名誉，几被牺牲；究其内容何莫非为交通银行之故。盖先生平素深念金融之关乎国脉，又以所受于外籍银行朘吸垄断之刺戟，不论如何，务欲建立吾国金融事业之基础，以免长此受人支配。故不顾一切，向之迈进，其环境之不许可，不恤也；时机之不适宜，不恤也；自身之受打击，不恤也。究其极，行务日以发展，行基因之巩固，而先生若无所与焉"，而"交通银行之前途，未可逆睹。后进之士或并先生历年对行之苦心孤诣，而不之知。然先生之精神意量，终将与该行历史，同其悠久"。门生编谱叙事，难免有溢美之处，但梁士诒为交通银行而开展的活动、作出的贡献，的确有其不可磨灭的历史地位；同时，他在主掌交通银行期间，对交通银行造成的不良影响乃至破坏也堪称疮痍弥目、不可胜数。

晚年的梁士诒虽然退出政界，仍耽心政事。1933年2月，日军进攻热河，华北局面紧急。远在香港的梁士诒忧心忡忡，对友人说："国家已至危机时期，义不容徜徉于香岛，当竭尽个人能力，以效忠于国家社会。……于相当时期，当往北平、热河一带，与前方将士共同甘苦。""国难危急，凡属国民，均有救国之责任。本人虽老，精神尚有可为，此次北上，当勉竭棉薄，以贡献于国家。"他毅然决定返回国内，助力抗敌。在离港前，他还作诗一首表达心迹："雪鬓摩挲午梦残，山梅杨柳一般看。五千里外双孙妮，四十年来旧史官。不炫文章惊海内，只余颅血洒江干。欢呼群季磨长剑，远眺新亭欲据鞍。"诗意颇为悲壮，足见此行之志。但是，对于诗中的第一句和第六句，当时见者都觉得不祥。未曾想，梁士诒竟是吟诗成谶。

1933年3月1日，梁士诒离开香港，于3日抵沪，4日，他接受记者采访，谈及他"来沪之唯一任务，亦即现在全国人民所一致应有之责任，盖日本进犯，谁无心肝？孰非国民！……本人此次来沪，即将转道北上，参加抗敌"。他频繁与军政当局见面，建言献策；还在交通银行会晤上海银行界同人，共商抗日之策。然而，天不假年，未及北上抗敌，梁士诒即染病入院，随后健康状况急转直下，于4月9日凌晨在上海宝隆医院逝世。

梁士诒不尚空谈，称得上是一位实干家，无论在朝在野，无论政治、经济、财经、实业，都有不凡的建树，被称为"梁财神""中国的大脑""王座背后的权臣"。去世前一天，梁士诒曾与家人道："余一生所负毁誉，不可胜计，向不置辩，自信世界上必有深知我者。余一切行为，虽不敢谓无错误，然为国为民之观念，无时不在胸中；所有事迹，虽不愿表襮，然真相自在，论世者或能于事实上寻求之也。余辛亥年与唐少川先生翊赞共和，及累年对外计划设施，挚友中颇有知者，皆颇关史料，愿有人记述；至所创经济金融事业，虽为世人称道，实不足言，甚望各界同人，能特别挽救国民生计，否则前途将不堪设想。"这也可以视为他对自己一生的中肯评价和对金融前途的殷殷期望。

1933年6月25日上午11:00，追悼梁士诒大会在上海文德路留美同学会举行，到祭者有唐绍仪、金曾澄、李宗仁代表林秉彝，及各省市党部、各团体机关代表，逾 500 人。陈济棠在挽联中称赞："论南北和议斡旋协赞之苦心，应分革命史中光荣一页；溯清季筹办铁道银行诸大计，允推经济学系研究专家。"

对于梁士诒的遽然去世，交通银行同人深表惋惜，所谓"天不慭遗，老成凋谢，凡属同人靡不悼惜也"。《交通银行同人公祭文》回顾了他创办和经营交通银行的经过，对他一生的事业作了概括，称赞他"难于谋始，陶猗旁皇""惟真精神，永凝不散""斡旋之功，与岳齐高"；同时，还对他的为人做了高度评价："言公之才，冠冕当代，状公之量，函纳众派，能明以虚，亦通而介，孰毁孰誉，视若蝧芥，惟历诸艰，乃成厥大，不为财雳，流俗骇怪，盖棺而后，彰其清概。"1933 年 4 月 11 日的交通银行第一次行务总会上，董事、监察人全体通过"致送梁前总理奠仪壹万元案"。

梁士诒去世后，蔡元培、叶恭绰、黄炎培等人组织了"梁士诒先生奖助学术委员会"，将梁士诒遗产 20 万元购买公债后，以每年所得的利息作为奖助金，每年指定三所大学，每所大学奖励两名学生各 400 元。1933 年，南开大学、岭南大学、复旦大学的 6 名学生获得了奖励。

张謇与危机中的交通银行

张謇以"状元实业家"的身份显名后世。在他的一生中，还积极投身于金融现代化的实践，包括产业资本的运作、投资参股金融企业、设立近代银行等。鲜为人知的是，他还在交通银行存废的关键时刻施以援手并出任交通银行总理，助交通银行摆脱困境、走上坦途，进入了一个新的发展阶段。目前学术界关于张謇与交通银行的研究较少，对于他出任交通银行总理背后相关因素的分析、在交通银行发展中所起作用的评估等有所欠缺或不够确切，笔者结合近年来新发现的交通银行史料和张謇资料，试图对张謇与交通银行的关系做新的梳理。

张謇（1853—1926 年），1922 年 6 月至 1925 年 5 月任交通银行总理。

1922 年初，在经历了京津地区的第二次挤兑风潮后，交通银行实力严重受损，经营处于崩溃的边缘。奉直战争中，奉方战败，受奉方支持的北京政府内阁总理、交通系首领梁士诒，以战争祸首罪遭到通缉，踏上逃亡之旅。直系登台后，以查办"交通系与交通银行的关系"为名，企图攫夺交通银行；一向与交通银行竞争的中国银行，也对交通银行存在觊觎之心，依靠直系军阀的支持，力主中交合并。交通银行总理曹汝霖、协理任凤苞因遭各方责难，借任期届满之机辞职。交通银行的存废命悬一线。

为缓解群龙无首的局面，上海股东方面迅速组织了旅沪交通银行股东监察会、交通银行股东联合会等组织，维护股东利益。股东监察会于 1922 年 2 月 2 日将梁士诒在选举中变更手续、违法专擅等事予以整理并公开，要求将各行往来账"澈底清查，以顾血本"，从而保住交通银行。

221

为保住对交通银行的控制权，交通系原计划推举叶恭绰为总理，嗣因京津沪汉股东群起反对，未敢贸然选举。在各地纷纷响应反对梁士诒的局面下，1922年2月5日，由交通系主导的交通银行临时股东总会在北京开会，仓促选举蒋邦彦为总理、陈福颐为协理。但旅沪交通银行股东联合会认为，所选举的总理、协理不过是"该系党徒""梁氏傀儡"，临时股东会议徒有形式；并且，旅沪交通银行股东联合会还将联合南方全体股东，"分头监视长江沪浙汴洛各分行，以股东资格，勒令完全与总管理处脱离关系，藉资抵制"。

1922年2月8日，《申报》刊登了交通银行股东联合会致北京政府电，控诉梁士诒恶行，要求重新选举交通银行总理、协理：

北京大总统钧鉴，颜代总理，财政农商司法交通总长鉴：梁士诒垄断交行，不经股东大会通过，擅行变更前清招股奏案，部股取得选权，纯由彼党操纵。八年以来，迭演停兑，贻害全国。此届大会，重师故智。本会早经料及，业于冬日通告全国股东，取消部股选权，预防流弊。今微日大会，该系仍复利用部股，变本加厉，私置安福余孽梁叶化身之蒋邦彦为总理，滥发津钞酿成挤兑，京行经理之陈福颐为协理，当场多数股东提出反对，该系置若罔闻。似此专制自私，流毒伊于胡底。凡我股东，誓不承认。除由本会径电蒋、陈拒绝，并推代表入都呈控外，伏乞钧座（部）俯鉴选举违法，（饬部）毋予备案，以免饬知该行即日遵照前清奏案，正式选举，以昭公允，而顺商情，无任感祷。寓沪交通银行联合会鱼。

交通银行内部纷争愈演愈烈，先是沪行首先于1922年2月6日发难，长江一带各分行也同声反对，先后宣告与总管理处脱离关系。随后，交通银行董事会发布宣言书，对交通银行股东监察会、旅沪交通银行股东联合会等组织的合法性提出质疑，并声明2月5日的选举完全合法。危急关头，谢霖、钱新之与交通银行董事汪有龄经过秘密协商后，就保存交通银行制订了周密计划。

首先，由交通银行股东联合会推荐一个具有超然资格的人来担任会长、主持大局。大家商议后认为南通张謇（季直）在政治和社会影响上都具有超然地位，为各方所尊重，最为适合。于是由交通银行宁行经理李耆卿赴南通面恳张謇。在征得张謇同意后，1922年5月18日，交通银行商股股东假座上海银行公会，一致通过决议，"为整理交通银行起见……成立交通银行股东联合会"，并选举张謇为会长。

同日，商股股东以股东联合会名义致电大总统徐世昌、国务总理周自齐、保定曹锟和吴佩孚，告知股东联合会"讨论进行办法，已推动张季直先生为会长"。

同时，又以张謇名义致电大总统徐世昌、国务总理周自齐、保定曹锟和吴佩孚，表明商股股东对于交通系与交通银行关系的态度，以声明交通银行不与中国银行合并的宗旨：

> 北京大总统、国务院、保定曹吴巡阅使钧鉴：金融机关，本应独立政治之外。交通银行，况系组合官商而成，与中国为兄弟之机关。论机关为商市之泉府，自野心家用之，而国体一厄，自党派者用之，而民视一变，然人害机关，非机关害人也。今利用之者，已先后用之而不利矣，国民之曾投资于该行者，方视为不祥物，谋集南北股东，研究善后之策。乃外间传闻谓政府将没收该行为战利品，战已非幸而胜，可知利非自敌而没何。设因料不出于仁者，但已相怵于伪言，迳来南北交哄，中交挤兑，国中实业受金融恐慌之累巨矣！该行之在江浙者，人民极力维护，一波幸平，何堪复有此震动矧去大襏之后乎。若谓恶曾利用此物之人，则指名声罪，藉而没之可也，使绝不相干之人民，与在覆巢之下不可也。謇入赀之数式微，而大局之虑为切，用敢直乞，陈赐垂省，倘为披露，静此咙谣，实业大形，张謇巧。

"人害机关，非机关害人也"，意指梁士诒损害了交通银行，而非交通银行本身应负其咎；同时，交通银行在江浙一带声誉卓著，也不应一笔抹杀。此电发出后，影响甚广，各方都对张謇担任交通银行会长表示支持，吴佩孚复电称：

> 张季直先生鉴：巧电敬悉。收没交行之说，敝处并无所闻，何来谣言，不值识者一哂。近来奸人簸弄，无所不用其极，或故构此讹言，以鼓励股东之反对。以公之明，必能洞鉴。特电奉复，祈通告股东会，切勿自扰为荷。吴佩孚养。

中交合并事宜终于告一段落。

其次，请中南银行董事徐静仁、实业家刘厚生、交通银行宁行经理李耆卿再赴南

《交通银行月刊》发刊词

夫事之紛與治者漸也抉明其緒紛可治已交通銀行待治者久今日尤汲汲也自走承乏第一屆會議緒如何而振端如何而明晰晰言之縷縷紀之則有餘在顧錢之所載言之萌治之兆也始言而微諸事不惟言治而趣事治故月有利焉出納也盈虛系爲報告也聞見系甲報盈虛之息揭以告乙以告衆憚共聞見事而使盈若而使慮治其虛不使其終慮治而復於盈爲斯亦治也是以舉一事語一人有可法有可戒又寧一事一人而已法治者洞澈聯買之緒而漸若進也治治如是乎如是也汲汲不止於是也悕是以事可治平或不前此之紛而瀕於危乎雖然危者治之機今來治其紛汲汲以謀若月刊者屬治之一端一緒且爾長嘗嘗執事咀勉兢兢毋忘昌之紛母懈今之治披斯册也可知紛之復於治如是而後之來者可糟今之治日月而漸治之匯易不使其賴於治而漸於治也今之在職者尤可思也

發刊詞

張謇

通，敦请张謇出任交通银行总理。同时，计划加入新董事人选，如溥益纱厂经理徐静仁、顺康钱庄经理李寿山，与交通银行素有渊源之施肇曾、谢霖等，改组董事会，增强江浙股东在董事会的实力。

最后，由汪有龄、钱新之赴北京、天津，拜访交通银行的相关要人及交通部（官股），陈说利害，说明交通银行要摆脱困难，非得实行改组、改革，并拟请张謇出任交通银行总理的缘由（以当时张謇之声望，足以应付军政各方，不即不离）。他们的主张，得到了各方面的肯定和响应。

交通银行总理和协理的人选条件，在民国三年颁布的《交通银行则例》中有明确规定："交通银行设总理一人，协理一人，帮理一人。总理由股东总会就四百股以上，协理就三百股以上之股东选出，呈报交通部转咨财政部存案。任期五年，期满得再选再任。帮理以路政局局长充任，由交通部委派。"张謇曾作为大股东出任中国银行上海股东会会长，持有不菲的交通银行股份，在金融界德高望重，拥有较强的影响力和号召力，日本人驹井德三就认为"张謇为中国最大之事业家，然在金融界上之势，亦决非小"。此外，张謇与金融界人士长期交往，私交甚笃，其中包括上海商业储蓄银行董事长陈光甫、中南银行董事徐静仁、交通银行沪行经理钱新之、浙江兴业银行总理盛竹书等金融巨子。因此，张謇顺其自然地成为大家一致肯定的总理人选。

起初，张謇对于出任交通银行总理颇多顾虑，认为自己事冗难以分身，恐怕有负众望。经再三说明，总理可不必亲赴北京，将来由沪行经理钱新之升任协理，管理日常事务，重要事务则随时请示张謇，由总理主持大局。张謇提出，既然不用赴京，也就不能收受薪资，于是又商定总理的薪资全部用于南通的公益事业。

1922 年 6 月 18 日，交通银行第十一届股东总会在北京召开，按照已经达成的默契，改选张謇为总理，钱新之为协理，施肇曾为董事长。此外，汪有龄、谢霖、陈福颐、周作民、谈荔孙、徐静仁、李馥孙、李寿山、陈葆元当选为董事。交通银行成立后长期存在商股与官股之间的利益矛盾冲突，双方力量互有消长，而在这一次的较量中，商股取得了压倒性的胜利。其中，钱新之为交通银行沪行经理，兼任上海银行公会副会长；谢霖、陈福颐为交通银行总管理处课长；周作民为金城银行总经理；谈荔孙为大陆银行总经理；李馥孙为上海浙江地方实业银行经理。张謇、钱新之于 7 月 1 日正式就职。

不久，钱新之就北上赴任，而张謇仍常住南通，开始了一段特殊的银行总理生涯。

张謇之所以愿意担任交通银行总理，帮助交通银行渡过难关，原因是多方面的。

首先，张謇经营的实业与银行有着千丝万缕的联系。仅辛亥革命以前，大生纱厂就向中国银行、交通银行、浙江兴业银行、上海商业储蓄银行等大量借款，其中，向交通银行申借的厂基押款，每笔均在5万至10万两，也有少数押款每笔达到20万两的。交通银行的存废与张謇的事业可谓休戚相关。

其次，在长期的合作交往中，张謇与银行界的头面人物都建立了良好的关系，尤其是与钱新之、盛竹书、李煜卿、徐静仁等人交情匪浅，当他们有需要时，施以援手也在情理之中。

当然，更重要的是，张謇心中一直有一个"金融梦"。他的金融实践活动，不仅包括产业资本的运作，还涉及投资参股和设立近代银行。

早在1895年，张謇在《答南皮尚书条陈兴商务改厘捐开银行用人才变习气要旨》中，就对中外银行的不同做了对比，"昔北洋之议开银行业，以中国与美国各出五百万为本，犹大票号也"，而西人之银行，"则国家银圆钞票之所自出"，并提出"为中国今日计，可于京城、江宁、湖北、广东、四川，由国家设银行，开铸银圆，试行钞票"。

张謇倡导银行的根本目的就是为实业融通资金。1902年，他就"劝一二知好立银行于通州"，以"劝助农工商之业"为目标，但因当时大生资本集团事业正全面铺开，资金无法集中而不得不暂时搁置。

1918年，上海金融界诸银行入驻南通的风声日紧，"大有利用我金融枯槁，进而握我实业权之势"，张謇深感筹建地方银行已刻不容缓，"此二十余年中，吾花纱布同业所感受之痛苦之艰难而徒唤奈何者，一言以蔽之曰'金融关系而已'。以一年中五千余万之贸易额，而金融牛耳执之他人之手，欲求操纵自如，确立于巩固地位，其可得乎？……时势至此，而尚不急急自谋，恐人之起而代为我谋也"。因此，张謇决定由南通"各实业联合会合组实业银行"，定名为淮海实业银行。

1920年1月，淮海实业银行开业。淮海实业银行设立初期发展顺利，1921年设分行于上海九江路。不过，1922年后，由于张謇经营的企业开始出现困难，大生纱厂亏损，又因苏北水灾，各盐垦公司也亏蚀甚多，淮海实业银行的大量放款无法收回，业务陷入危机，此后不久就关闭了大部分分行。就淮海实业银行而言，张謇的金融实践基本以失败告终。

但是，在张謇的认识中，银行毕竟是"农工商实业生计之母""国民进化之阶梯"，

开办银行依然是他一生所追求的
"实业救国"理想的重要组成部
分。因此，当扮演着"中央银行"
角色的交通银行以"总理"之位
虚席以待的时候，还是激发了他
的热情和责任感。张謇在一份致
交通银行总管理处的信函中说：
"敬知诸公盛意，謇年衰事冗，实
不敢承，惟交通关系全国金融至
钜，重以诸公肮脏之属，謇当暂
为担承，稍尽始终，共效维持之
义也。"

交通银行总秘书谢霖曾谈及
张、钱二人愿意出面并当选的原
因时也表达了张謇出任总理是因
为责任使然："本行股东总会选

淮海实业银行前的合影。前排左一为张謇，前排右一为张
詧，前排左二为张孝若。

举张啬老、钱新之先生支持行务，原为政治潮流所趋，为诸公所深知。张、钱二公或
因本行关系社会经济，或以在行年久，不忍坐视沦替，毅然担任，内外钦佩，自不
待言。"

在发展实业的过程中，张謇清晰地看到，中国银行、交通银行不过是北洋政府发
行公债、筹措军饷、榨取民间钱财的财政附庸。要改变这一局面，就应实施彻底的清
理。因此，张謇任交通银行总理后，交通银行一意"刷新精神，从事兴革"，决定将营
业方针变为"纯采稳健主义，不敢急于图功，惟兢兢业业，日以培养实力，巩固行基
为事"，"一方整治旧业，以资治理；一方开发泉源，以图进取"。张謇本人也有心重振
交通银行事业，在他所主张发起的第一届行务会议的"记事序"中，即表达了"理其纷，
通其舛。理以救其弱，通以宁其乱……走虽暂，固不敢不兢兢也"的想法，要与同人
们一起挽交通银行于危局。

张謇接任交通银行总理后，即全力支持协理钱新之大张兴革。

第一，改组总管理处。1922 年 8 月，在张謇授意下，订定了《交通银行总管理处章程》。该章程规定，总管理处设总协理各一人总持行务，遇有重要事项会商董事会议决办理。这等于是授予了协理钱新之与总理张謇同等的权力。《交通银行总管理处章程》将原先事务、业务、发行三课改为四股：（1）文书股，负责文件的规划、函电的起草、卷宗的整理以及其他事务；（2）稽核股：负责各行业务的稽核、总管理处及各行账目的计算，以及资金调拨、预决算、旧账整理等事项；（3）发行股：负责兑换券的收发、保管、销毁，以及发行的准备、兑换券的列账等；（4）公债股：负责各项公债及公司债的代理发行和还本付息、国库证券的代理还本付息、交通部及所属各机关委托保管的保证金、印花税的代理发行等。在各股的办事员中指定一人或二人领该股事务。1922 年 11 月，经董事会决议，再增设国库股，掌管代理金库事务，并将之前设立的清理政府欠款事务归入国库股。1923 年 2 月，国库股正式成立，由秘书汪廷襄兼领国库股的领股。至此，总管理处的改组完成，共设五股，以分掌各项事务。

第二，改变经营方针。张謇认为，交通银行必须在经营上整旧营新、培植元气，"脱离一切政治的关系，专办理纯然之银行实业"，努力从原来北洋政府的财政附庸转变为独立的商业银行。其时，北京政府财政困难达于极点，多次以"维持大局"的理由要求交通银行继续垫款支持，为自卫计，交通银行都委屈陈情，婉辞相谢。对于政府方面，除了清理旧账、催收旧欠外，未曾垫借分文，让交通银行得以免受政府财政的进一步拖累。同时，在营业主旨方面，开始逐渐趋重于辅助工商事业。尽管当时时事蜩螗、市景萧条，对于银行而言，投资于工商业会存在种种困难和危险，但为培植元气起见，交通银行逐渐将业务重心向工商事业转移，并且秉持"宁求稳固，勿贪近利"的原则，审慎熟筹，以策安全。

第三，改革发行制度。交通银行上下对于更张发行、业务公开有着高度统一的认识。总管理处"知非改弦更辙不足以巩行基，昕夕研求谋所以根绝风潮之法……而以实行发行独立、准备公开为唯一要旨"，在 1923 年 11 月 16 日召开的交通银行董事会上，订立了《交通银行分区发行试办章程》《第一区发行库管理准备规则》《第一区发行总分库办事规则》等，宣布于当日起实行。根据《交通银行分区发行试办章程》，将发行区域划分为天津、上海、汉口、奉天、哈尔滨五大区，每区设总库，总库之下设立分库。各库独立发行钞券，且各自确定准备成分，无论行内外都可以随时检查，并定期刊布表报，以"发行独立、准备公开"取信于社会。这一措施，使交通银行的钞券信用得以重新确立，经营得以维持稳定，并逐渐走上良性发展的道路。

第四，改善预算开支。根据全行实际状况，确定预算，核减开支，并对相关的分支机构进行相应的改组和裁撤，以节约费用。张謇入主交通银行之前，全行各项开支向无预算。在进行改组以后，对于开支，切实进行核减，确定较为精确的预算，以示限制。原有的分支机构，如京行因挤兑后经营惨淡，一度改为京处，由津行管理；星行、港行因周转不灵，停业清理；渝行因兵争影响，也停业清理；驻日本清理处则因东京大地震而裁撤。在员生方面，至 1923 年底，也裁减了 273 人。

第五，改设行务会议。张謇在任期间，交通银行于 1922 年 11 月、1923 年 6 月、1924 年 2 月先后召开三次行务会议，讨论对行务进行清理整顿。行务会议的特点在于"取完全公开态度""何者应革，何者应兴，某项为急，某项暂缓，悉付公议，共同讨论""所有悬而未决之各种问题，共同讨论得最后之解决，既经通过，务必彼此监督，互相协济，以期见诸实施"。通过行务会议这一形式，交通银行日常经营中遇到的问题悉数摆上台面开展讨论，听取各方意见后逐一予以解决，有利于及时纠正经营上的弊端，明确发展的方向，从而形成共识、轻装上阵，对整个交通银行业务的发展都起到了重要的促进作用。

此外，张謇在任期间，商股的比重得到显著增加，有效加强了股东会、董事会的职权，并借以疏离与政府的关系，使交通银行逐步迈入现代化商业银行的自主发展之路。

民国十三年（1924）交通银行第三届行务会议合影，后排右六为张謇。

张謇为第三届行务会议的手书《内园集宴留像记》

张謇担任总理一年后，即取得了"整旧则略有端绪，营新亦日有起色""渐得各界之信用，钞券流通，日益扩大"的效果，不仅行务得到根本性的改观，信用也得以逐步恢复和提高。通过改革，交通银行面貌一新，逐步恢复了其作为"中央银行"之一的地位和声誉。

然而，张謇此时毕竟已是古稀老人，大部分时间和精力被大生集团事务和各种社会交往占据，从未到北京交通银行总管理处视事，召集交通银行重要职员到南通开会也仅有 1922 年 10 月 14 日一次，其对交通银行实际经营业务的影响也相对有限。对于交通银行而言，需要倚重的是张謇在社会上卓著的声望，并以之化解直系军阀所带来的政治压力，稳定交通银行的内外形势。对日常经营起决策性作用，更多地需要依靠协理钱新之和总秘书谢霖等人。

据交通银行沪行副理黄筱彤回忆，张謇任内到沪行仅两次，一次是 1924 年 2 月在沪行召开行务会议，另一次是为送其公子出国考察。张謇自己明确记载了他至少四次到沪：一次是 1923 年 6 月 5 日（农历四月二十一日）因大生股东会到沪，住在三马路口交通银行宿舍；一次是 1923 年 9 月 11 日（农历八月一日）为送其子张孝若出国考察至沪，其间为江浙和平奔走，并于 9 月 18 日（农历八月八日）在筱崎医院与交通银行总秘书谢霖见面；一次是 1924 年 1 月 7 日（农历 1923 年十二月二日），为行务会议至沪，几天内都是开会讨论草案；与交通银行关系最为密切的一次是 1924 年 2 月 11 日（农历一月七日），"以中、交两行会议去沪"，次日午后一时抵沪，13 日（农历九日）召开交通银行第三届行务会议，一连开了五天。需要提及的是，交通银行第三届行务会议，原定是 1924 年 1 月 20 日在北京召开，由"京津沪汉奉哈七分行暨津沪两总库总发行"与会，很可能是考虑到总理张謇也要参会，又改期为 2 月 11 日（农历一月七日）移沪举行。

到交通银行的机会不多，并不意味着张謇日常就对交通银行行务不闻不问。相关史料表明，有关交通银行行务方面的事项，往往由交通银行协理钱新之、总秘书谢霖、沪行经理盛竹书等去南通陈述，其中又以盛竹书为多。在张謇任期内，交通银行各项业务大为改观，信用也逐步得到恢复和提高，这其中，与张謇对钱新之、谢霖、盛竹书等的知人善任是有重要关系的。

张謇与协理钱新之之间的合作一直高度默契。最初引荐钱新之走上银行之路、如愿来到交通银行沪行担任副理的，正是张謇。钱新之作为青年才俊，早已在银行业声名鹊起，而在担任交通银行总理后，张謇自然乐意对钱新之充分授权，让他"秉承总理主持行务"，继续大展拳脚。

谢霖也是张謇的忘年之交。谢霖从日本明治大学回国后，倡行借贷记账法，深受张謇、蔡元培等的嘉许。张謇创办南通商校后，曾指定将谢霖所著的《簿记学》作为教科书。张謇任交通银行总理后，谢霖担任了总秘书，也成为交通银行历史上唯一的一位总秘书。1923 年 9 月，谢霖因病住院，张謇到沪时还专程前去看望。张謇充分信任谢霖，还将自己的私章交付，由其代拆信件、代行职事。

盛竹书是沪上著名的银行家，担任过上海浙江兴业银行总理、上海银行公会会长。他与张謇颇多交集，曾协助维持南通盐垦公司及大生纱厂等。张謇甫掌交通银行，即多次致函浙江兴业银行叶景葵、蒋抑卮和盛本人，邀约盛竹书到交通银行任职，"乞念交行关系南中金融，即日就职"，"交行得整顿之益，兴业亦可无睽孤之嫌"。盛竹书上任沪行经理后不久就明确提出，交通银行应与中国银行差异化经营，效仿日本正金银行，把交通银行建设为国际化大银行，得到张謇的大力支持。

交通银行因张謇出任总理而得以转危为安，那么，张謇又是否从总理职位上受益？根据张謇的自述，"南通实业需款孔繁，从未敢滥用其权，假公以济私，此则窃可稍告无罪于股东与诸董事者也"。后来谢霖也曾回忆："在我离总秘书以前，未闻张总理向交行荐一人，亦不知有利用交行款项情事。"张謇之高风亮节，可见一斑。

1924 年直奉战争后，北京政权被奉系势力及被改称为国民军的冯玉祥军队控制，段祺瑞临时执政。为了应对财政危机，段祺瑞又于 1925 年 3 月把尚在通缉中的梁士诒电邀返京，任命为财政善后委员会委员长。梁士诒回到北京后，急欲重新掌控交通银行以供驱使。

由于当初是李耋卿出面力劝张謇出任交通银行总理的，因此，梁士诒决定再请李耋卿前往南通，劝说张謇让出总理之职。1925 年 4 月 30 日，梁士诒致函李耋卿：

> 行事表面平静，而实际艰窘。啬公不获北来，新兄以一人支持内外，备极艰苦。弟此次北来观察各方面情形，新兄一人实难久支，迭向各方辞职，此间同人及重要各股东，以行事日趋疲敝，难任迁延，均渴望迅筹办法，藉资救济，弟承各方责望，又以与行关系稍深，为公为私均难坐视，不得已曲徇众意，勉与周旋。协理一席，新之志在必去，各方面都属意剑泉……弟以啬公数年以来，当交行疾风暴雨之时，冒犯众难，缨冠披发，担任名义，与社会相周旋，卒使危而复安，狂澜底定，铭感万状。比来各股东以大病初愈，千疮百孔已露端倪，深盼啬公指日莅京，与政府筹划一切，从新整理，以苏重困，此自不知局内之言。啬公既向未到京，此时更难强其北行，新之既已决退，行务无人主持，危险情形何人负责，弟虽逃亡数载，各股东仍视为行内中坚，贻书盈箧，责备甚深，且弟本为交行最大股东，亦不能置财产于不顾，再四思维，与其缄默而贻爱，何如开诚以陈义，即请台端专赴南通，晋谒啬公，婉评陈达，决定去就以定方针，庶安者不致复危，此各股东所祷祀以求者也。窃维银行信用固贵实力充裕，亦在空气弥溢，交行实力既弱，当此应行整理之际，若仍不死不活，依淡然置之，物腐虫生，窃深忧之，现离股东会只有半月，一钧千发，惟兄详启於啬公焉不宣，并问近祉。

尽管此时交通银行各方面已经有很大起色，但张謇常年不能到行，终究还是落人口实。梁士诒正是以张謇常年不到总管理处办事、钱新之独木难支主动请辞为由，并搬出自己交通银行第一大股东的地位，来为自己重掌交通银行做舆论准备。

在致张謇的信函中，梁士诒则说：

> 据各董暨新之所谈，如转移日金借款，补购九六公债，清偿奉天借款，筹划奉票准备，清理星渝各行呆账，恢复京行营业，清理政府欠款等种种问题无法解决，以及各行营业之不易进行，瞻念前途至可忧惧。……公既不获北来，新之又志在必去，均望迅筹办法共资救济。

显然，梁士诒担心张謇不肯轻易辞去交通银行总理职务，故而除了重复李耋卿信中所说内容外，又将董事会作为砝码，借以向张謇施压。殊不知，张謇对交通银行总理一职并没有太过在意，且年事已高，一直受手疾困扰，严重时数日不能提笔写字。

只是梁士诒字里行间流露出的急于夺回交通银行控制权和对张謇的戒备，难免让张謇心生芥蒂。

1925 年 5 月 7 日，张謇致函钱新之，告知自己打算卸任交通银行总理：

> 行事决意卸去，另函致股东会，届时乞提出。走任事之始，本约暂救危急，今行基少固，已遂初愿。何必以察察之身，随旋涡而浮沉耶？

"何必以察察之身，随旋涡而浮沉耶"，充分表明了张謇对梁士诒过河拆桥之举的不屑。1925 年 5 月 8 日，张謇复函梁士诒：

> 违教至念。耆卿来，赍大书，敬悉一一。走于行事承乏之初，即有暂维危急，俟行基少固，即当引去之约。本届股东会昨已正式具函向大会辞职。江海衰惫，诚亦寡能鲜暇，从诸君子后也。

张謇意在说明，自己出任总理，只是因为当时交通银行需要他救急，有言在先一旦交通银行业务走上正轨就辞去总理职务；而今他本人已经老迈，既无能力也无时间过多参与交通银行事务，辞职也在情理之中。

在张謇向交通银行股东会提出辞职的函中，他这样说：

> 走本衰惫，前辱诸君子公举，诸董督促，承乏交通。任事之始，即有暂维危急，俟行基少固，便当引去之约。今忽忽三年矣，行中营业赖协理与诸同人之助，幸尚称意。所有前任亏耗，以盈剂虚，亦已过半。走齿加长矣，不愿再供诸君牛马。本届大会敬辞总理之职，践我初衷。幸另选贤能接替，无任企荷。

辞去总理之职本无关宏旨，毕竟三年中"所有前任亏耗，以盈剂虚，亦已过半"，成绩有目共睹；且去职也只是履行"俟行基少固，便当引去之约"，以践初衷。但从"不愿再供诸君牛马"一句，依然可以看出张謇对于自己被梁士诒逼迫辞职的不快。

钱新之在上任协理之初，就与张謇"订进退与共之约"，随着张謇的离任，他也"决意偕去，敬让贤能"。

在梁士诒授意下，交通银行于 1925 年 5 月下旬召开第十四届股东总会，提前改选了总理、协理及部分董监事。梁士诒如愿以偿再次当选为总理。5 月 25 日，交通银行总管理处致各行库函："业经本届股东大会议决照准，当场改选梁士诒为总理，卢学溥为协理，并公举曹汝霖、沈瑞麟、钱永铭、梁鸿志为候补董事。"

交通银行的张謇、钱新之时代，在维持了三年后就匆匆画上了句号。

卸任交通银行总理一年多后，张謇谢世。

起于"卒伍"的交通银行董事长胡笔江

胡笔江（1881—1938 年），名筠，生于江苏江都（今扬州）。他自幼家境贫寒，从学徒奋发起家，未曾出国留学，也未进阶仕途，可谓一无凭借，却以才能德行，创立中南银行、主掌交通银行，成为国民政府金融决策的负责人之一。交通银行既是他作为近代银行家的生涯起点，也是人生归宿。

胡笔江

初出茅庐

胡笔江自幼学业于钱庄，为人沉默机警，刻苦自励，尤精持筹，每每手操算盘稽账，都是右手拨珠、左手复核，事半功倍，毫忽不误。1909 年底，清廷陆军部设公益银行，专以汇兑军饷并储蓄军人之银物，当轴闻胡笔江多才，延聘为北京分行副经理，其时胡笔江尚未满而立。

交通银行成立之初，广为罗致经济金融人才。经人介绍，1910 年，胡笔江由公益银号转任交通银行总管理处调查报告员，由此开始了他的人生转折。因为工作兢兢业业，胡笔江不久即被任命为稽核，联系天津、营口、济南、开封各行事务。1911 年，总管理处派胡笔江代行北京分行副经理职务。由于在分行经营能力突出，又结识了不少社会名流，且梁士诒任交通银行总理后，赏识胡笔江办事得力，对其十分信任，于 1915 年 8 月升其为北京分行经理，随侍总理梁士诒和协理任凤苞左右。

胡笔江也不负信任，将各项业务都打理得井井有条，成绩卓著。他在升任北京分行经理后，大力拓展业务，分行营业额猛增，令金融界同人刮目相看，被视为交通银行的一名新秀。

1916 年，因交通银行为袁世凯复辟垫款过多，袁世凯下令中国银行和交通银行停止兑付现银，引起金融混乱，物价狂涨，京钞下跌，交通银行的信用一落千丈。袁世凯死后，梁士诒也被通缉。1917 年 1 月，曹汝霖接任交通银行总理，仍然对胡笔江颇为器重，但胡笔江却已渐生去意。由于此前胡笔江与安福系徐树铮交情颇密，徐树铮向交通银

胡笔江故居。该宅系胡笔江功成名就后回故乡修建，墙基全部用旧城墙砖头构筑。

行借款不下三四次，每次十余万元，安福系倒台后，以叶恭绰为代表的交通系对胡笔江多加责备，认为不应屡次出借巨款。胡笔江因此事而与交通系不欢，遂于 1920 年 8 月 17 日辞职。

离开交通银行后，胡笔江举家南下，来到上海。机缘凑巧，他到上海后，与归国华侨黄奕住一起创立中南银行，并作出了一番不俗的成绩，成为国内金融界的翘楚。

执掌交行

胡笔江一直有心重返交通银行，而依靠宋子文的提携，胡笔江于 1933 年 4 月 6 日如愿以偿，并坐上了董事长的宝座。

胡笔江任交通银行董事长后，通过董事会修改交通银行组织章程，将总管理处改为总行，撤销发行总库和上海分行，建立总行发行部和业务部，由董事长胡笔江和总经理唐寿民分兼发行部、业务部经理，并将各分行头寸集中于总行统一调度使用，全行公债、证券业务统一由总行业务部经营。经过这一修改，胡、唐两人掌握了交通银行总行大权。

1928 年公布的《交通银行章程》，明确交通银行是总经理负责制，总经理"商同董事长、常务董事处理全行事务"。胡笔江初任董事长时，对行内具体事务过问不多，故与唐寿民相处尚好。但是，唐寿民热衷于揽权，久而久之两人便生矛盾，最后闹翻。胡、唐虽都是宋子文的亲信，但胡笔江与宋子文的关系却更为亲近。不久，唐寿民的

势力逐渐被削弱。1935 年，国民政府对交通银行增资改组，并修改章程，将交通银行的管理体制改为董事长负责制，"董事长常川驻行，综理全行事务"，"总经理承董事长之命，办理全行事务"，交通银行行务遂由胡笔江主持。从此，胡笔江成为交通银行最高当权者和全国金融界瞩目的金融巨子。

胡笔江积极协助国民政府改组交通银行，将"官四商六"的股权结构改为"官六商四"，大大增加了官股的比例，从而让国民政府完全掌控交通银行。同时，积极增设分支机构、开拓新业务，让交通银行在机构规模和经营业绩上都有了长足的发展。国民政府对交通银行的改组，一方面，通过政府的扶持使交通银行迅速发展壮大，规模和业绩都得以蒸蒸日上；另一方面，也阻断了交通银行自 20 年代初以来的商业化自主经营之路，让交通银行在商业化进程中遭遇了重大挫折。

重返交通银行的胡笔江，励精图治，成绩卓著。有人这样评价："其事上也，不卑亦不亢，不激亦不随，偶议大事，能熟权其利弊，持论悉中窍要，故历来阁部诸长官与银行当局均礼重之；其交友也，有性情，有肝胆，不以贵贱贫富而易其态，亦不以新旧生死而间其情，盖秉性纯蔼，使之然也；其用人也，一准其才，新旧并进，能录一技之长，不论无心之过，大要以品行端、心术正为归，若夫委卸责任，临难苟免者，则深恶痛绝之；其治事也，揽其大纲，合于正轨，不恃才以傲物，不假公以利私，审以精心，持以效力，事成不骄，败亦不馁，盖数十年如一日也。"

积极抗日

胡笔江在北方工作多年，与日本各界人物也多相识。在抗日战争全面爆发前，他曾坦白地警告日本军政要人说："日本所谓中国通者，仅看见我国的代表，没有料到我国真正的民族性。如果日本以武力压迫，欲并吞我国，则无论我们原来内部意见如何，必定全国上下一致团结起来抵抗，而且必是永久的抵抗，其结果日本必致亡国。"从中可见胡笔江对国家的热爱与对和平的珍视，因而不惜提出"日本必致亡国"的忠告。

1937 年 7 月 7 日，日军悍然发动卢沟桥事变，国民政府财政部命令中央银行、中国银行、交通银行、中国农民银行四家董事长共同研究战时金融政策。胡笔江根据自己长期的思索，昼夜伏案，就敌占区、邻近敌区省份、距敌较远省份、大后方等各种金融情况分别提出具体对策，并在抗战时期——付诸实施，备受国民政府和金融界称赞。

1937 年 7 月下旬，上海局势日趋严重，上海各团体为了支援抗战，于 7 月 22 日发起成立上海市各界抗敌后援会，胡笔江担任了该会委员。为了扩大募捐宣传，胡笔江于 1937 年 8 月 12 日在上海电台演讲，明确抗日主张，带头捐资支持抗战，并动员广大爱国人士响应募捐。8 月，国民政府决定发行救国公债 5 亿元，并成立救国公债劝募总会，胡笔江也积极响应，不仅身体力行率先认购，还指示交通银行认购了 500 万元。

"八一三"事变后，上海租界外炮火纷飞。胡笔江仍坚持留在上海继续主持交通银行工作，助力战争经济、战时金融的发展。他一方面扩充交通银行在武汉、重庆、成都、桂林、昆明、兰州、贵阳等后方各地的金融力量，另一方面将上海、南京等地交通银行的资金和外汇储备逐步转移到香港，然后转往重庆和昆明各地，为此后抗战大后方金融体系的建立和完善提供了有力支撑。他还配合政府安定金融，积极参与中、中、交、农四行联合贴放。至 1937 年底，四行贴放额达到 2000 万元，对于支援工厂内迁、保存抗战实力发挥了巨大作用。宋子文还策划在沪组织"四行联合办事处"，以加强国家银行的联系和协调，集中资金应付危局，使得该办事处成为全国金融最高领导机构。胡笔江则作为交通银行董事长参加，研讨联合办事处的业务，负责审批发放长期贷款。

1937 年 11 月，上海沦陷，租界成为孤岛，国民政府机构和要员纷纷撤离上海，交通银行总行也奉命改为总管理处，撤往汉口。胡笔江与宋子文、徐新六等人乘坐法国轮船离沪赴港，在香港继续遥控指挥交通银行行务。

膺国民政府之选，胡笔江被任命为金融顾问会第四组委员、全国农产调整委员会常务委员等职，服务于战时经济。他曾对宋子文说："事已决矣，吾人必须之决心，奋斗到底，义无反顾，倘有人希图苟且妥协者，即是丧心病狂的败类。" 胡笔江是近代金融家的杰出代表。在抗日战争的艰难环境中，中国金融界不为利诱、不为武胁，自始至终支援建设、坚持抗战，应该说也与胡笔江的以身示范、精神引领有着重要的关系。

胡笔江认为抗战必有牺牲，有一天也可能会轮到自己。他曾说："我出身为贫农之子，设使我为此次战事而牺牲，则国家所失，不过一贫农之子而已。"其舍身忘我之精神溢于言表，可惜的是，这句话竟一语成谶。

蹈节死义

在抗战初起的关键时期，交通银行董事长胡笔江与浙江兴业银行董事长兼总经理

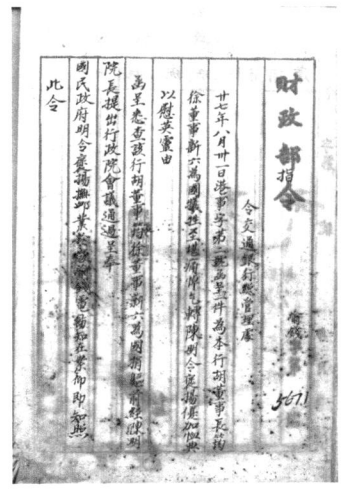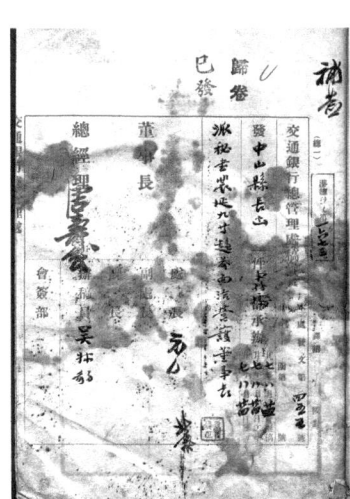

国民政府财政部指令褒扬并优加抚恤金以慰英灵

徐新六"奉蒋主席电召,由港飞渝途中遇敌机扫射,不幸殉职",堪称近代中国金融界最惨痛的事件,被舆论称为"金融业里殒折了两颗巨大的星辰""我国全民族的重大损失"。

胡笔江和徐新六被国民政府定为赴美争取美援的代表团首席代表,应召于1938年8月24日乘中美邮航"桂林号"从香港飞重庆,机上共有乘客及机组成员19人。该情报为日军侦知。飞机到广东中山境内,突然遭到5架日机拦截扫射,机体多处中弹。飞行员系美国人,拼命将飞机安全降落于河面上。

其时飞机内众人尚未受伤,但日机再三扫射投弹,"轮回凡二三十次之多,企欲将全机搭客杀害"。胡笔江夫妇和徐新六不幸遇害,胡笔江时年58岁,徐新六则只有48岁。同机遇害者共16人,可识别者有陆懿(柏林大学讲师)、王宇楣、武庆华、杨锡远夫人(有身孕)、徐恩源夫人、熊光淑女士、李德麟、楼兆南夫妇(归国华侨)及其年仅2岁的女儿、刘忠全(助理飞机师)等。现场惨不忍睹,中弹最多者达13弹。

据报载,日寇预定的袭击目标并非胡笔江和徐新六,而是原先准备乘坐此架飞机的孙科,但孙科因事耽搁而错过这趟飞机,而徐新六面貌酷似孙科,且都喜戴墨镜,致使日寇误以为孙科就在飞机上,并派出战斗机在中途截杀。

不过,笔者倒是相信日寇的目标就是胡笔江和徐新六,毕竟在当时的环境下,金融界对抗战的支持起着至关重要的作用,而胡笔江和徐新六又都是银行业巨擘,从金融和舆论上都有力地支持了抗战、支持了战时民族经济的发展,其影响不可估量,日寇必欲置之死地而后快。胡笔江遇难后，日本外务省和驻沪总领事馆矢口否认日机以机关枪射击"桂林号"，日本海军省发言人甚至恬不知耻地对外国记者称"实所不得已……只为该机本人之不谨慎行动也"。

胡笔江毕生从事金融事业，业绩卓著。噩耗传出后，社会各界深为哀恸。上海租界当局及沪上各界团体于 1938 年 8 月 28 日降半旗致哀。交通银行也通电各分行，于电到日下半旗。8 月 30 日，胡笔江灵柩运抵香港，前往致祭者有宋子文等数百人，"汽车行列蜿蜒及里，备极哀荣，省港澳永乐码头前悬生花横额，上砌'魂兮归来'四大字，胡氏家属衣经葡伏奔迎，路人环立瞻望，途为之塞"。香港华商公会通告各商户降半旗致哀，交通银行总管理处也通电各分行降半旗悼念。在香港举行的追悼会上，宋子文亲自主祭，国民政府追认他为烈士，并由政府主席林森发布褒扬令。董必武代表中国共产党出席了在武汉举行的追悼会，毛泽东、朱德、彭德怀等赠有挽联。黄炎培在挽联中评价："挥手散千金，谁如豪侠，吾尝有作，君莫不玉汝于成，为国惜才，公谊私交惟痛哭；热肠劝杯酒，永诀平生，人当达观，古且以圣焉而死，辞尘谢俗，九霄一瞑亦高超。"胡笔江遗体落葬于香港。

胡笔江被称为"金融界为抗战而牺牲之第一人"。蒋介石对胡笔江的评价是"才识通敏，誉满当世。抗战以来，对于后方金融，尽力襄助，不辞劳苦，裨补至多，忠英足式"。宋子文在追悼会上对胡笔江的评价是"无一时一刻，不在卧薪尝胆，努力奋斗中……只有相处最久，而关系深切者，方知其有特殊才能、杰出品格也"。

1947 年 3 月 16 日，交通银行举行庆祝创立四十周年纪念大会，特临时提案，为胡笔江铸像陈列于交通银行，"俾资纪念而彰忠烈"，全场一致通过。1948 年 8 月 24 日，在胡笔江殉难十周年之际，吴鼎昌、王正廷、张群、陈行等四十人发起在玉佛寺公祭胡笔江。1948 年 9 月 25 日，交通银行又联合中南银行，在上海古拔路古柏公寓大礼堂举行公祭胡笔江大会，到会者有张寿镛、卢涧泉、施省之、秦润卿、俞佐廷、张啸

1938 年 9 月 5 日《新华日报》刊登徐新六、胡笔江追悼会简讯，毛泽东、朱德、彭德怀等赠挽联。

林、许秋临、徐静仁、王伯元、陆小波等千余人，自上午 11：00 时起开始公祭，附祭者有盐业、金城、大陆、四行储蓄会、新华、正明等银行，以及太平保险公司、诚孚信托公司、镇江同乡会、扬州同乡会、银钱业业余联谊会等团体，仪式庄严隆重，来宾肃穆异常，仪式一直持续到下午 1：00。

胡笔江签名的交通银行钞券

1948 年 8 月 20 日，交通银行董事长钱新之给严独鹤致函，希望将所填《满江红》词刊登于 24 日的《新闻报》，以为"倾觞一奠"。该词情真意切，表达了他和交通银行同人对胡笔江的深切追怀："翼折天门，一弹指、流光十载。寻旧约、只鸡斗酒，灵筵展拜。忧国不辞汤火蹈，收京恰喜山河在。看家家、铸像荐馨香，黄金买。交契托，衣和带。声气合，针和芥。叹同舟风雨，斯人难再。史笔千秋书死事，碑铭万口镌遗爱。最销魂、邻笛咽秋风，真无奈。"

胡笔江逝世后，其继室郑氏即皈依佛门，于 1973 年 11 月 1 日在香港病逝。

钱新之与抗战时期的交通银行

在全面抗战的关键时期，钱新之（1885—1958年）出任交通银行董事长，为交通银行的发展、国家金融的复苏、抗战救国的胜利殚精竭虑，带领交通银行为抗战作出了不可磨灭的贡献。同时，钱新之利用自身在金融界的影响，以极大的爱国热忱为抗战奔走呼号，对于凝聚金融界、工商界力量，鼓舞交通银行同人和各界群众士气，弘扬"为中国民族争取生存"的爱国主义精神，支持抗战并取得最终胜利发挥了重要作用。

钱新之

临危受命

1938年8月24日，交通银行董事长胡笔江在由香港飞往重庆的途中遭到日机轰炸，不幸遇难。此时的交通银行，大量分支机构被日军占领，储备和仓库货物大量流失，整体实力严重受损，而胡笔江的离世，无疑让本已艰难的处境雪上加霜，仿佛又回到了1922年群龙无首的窘境。

董事长职位的空悬，让交通银行成为各派势力的角逐场。宋子文、孔祥熙等都有意安排亲信，经过多番博弈，最终在蒋介石的授意下，由常务董事钱新之出任董事长之职。

据曾任交通银行总管理处稽核处副处长的朱通九回忆："蒋介石拟请杜月笙为交通银行的董事长，但杜月笙与钱新之为结拜兄弟，情同手足，杜月笙认为钱新之过去曾任协理，对交通银行的历史与发展情况，比较熟悉，同时目下交通银行的职员中，可能一部分还是钱新之的旧部，由于这许多关系，杜月笙向蒋介石竭力推荐钱新之为董事长。钱新之与蒋介石原来有关系，在杜月笙竭力推荐之下，蒋介石就下令任命钱新之为交通银行董事长了。"

事实上，钱新之在沪军都督陈其美处任职时，就已结识蒋介石；1927年初，钱新之又代表北四行筹集40万元助力蒋介石北伐；此后，钱新之充当了蒋介石与江浙资产阶级之间的联络人，并积极为蒋介石筹措各项费用开

1937年7月22日，上海市各界抗敌后援会成立大会。

支，深受蒋介石的重视和信任。借助与蒋介石的良好关系，钱新之在实业界、金融界的翘楚地位也日益巩固。全面抗战爆发后，蒋介石更为重视以钱新之为代表的金融界要人，1937年9月9日，蒋介石曾为发行救国公债事致函钱新之等人："钱新之、杜月笙、王晓籁、陈光甫诸兄鉴：政府为充实库储、应付国难起见，发行救国公债。……此次发行公债，事关救亡图存，人心均趋一致，得兄等倡导督率，必能事半功倍。"从中可见，蒋介石对钱新之等人是积极接近、利用的。钱新之在1928年交通银行第一次改组后，就一直以董事或常务董事的身份关注、支持交通银行的发展，无论在蒋介石还是外界看来，钱新之都是交通银行董事长最合适的人选之一。因此，在杜月笙的推荐下，由钱新之担任交通银行董事长也就顺理成章了。

1938年9月19日，钱新之在香港就任交通银行董事长。对于钱新之出任交通银行董事长，社会各界普遍看好，认为"定能展其所长，为国家民众造福"。

开发西南

钱新之接掌交通银行之时，正值抗日战争进入相持阶段，其时交通银行"东南各行处既须随军事形势相机进退，西南西北各省又须配合国策敷设金融网，分头并进"。作为董事长的钱新之，无疑为抗战时期的交通银行倾注了大量心血。

1938年10月10日，适逢"国庆"，钱新之在《申报》发表《复兴中国之新生路在开发内地》，呼吁国民在国家民族生死存亡的时刻，"奋斗则存，因循则亡，勇往前进

为生路，趑趄却顾为死路"。他认为，开发内地尤其是西南诸省，对于国家发展、抗战形势都有重要意义，并提出了"复兴新中国"需要致力的几项工作，号召国人往内地去，大力发展内地之实业。他还呼吁，"凡生长于中国而为中国国民者，俱不得自外其责。今日国人唯一之出路，只有本其血忱，鼓其勇气，集中全力，求所以增益国家实力，为复兴之根据"。

在钱新之看来，"金融为百业之先驱"，交通银行又担负着"发展实业之银行"的使命，则"对于扶助西南之发展，与本身业务之开拓，尤不能不特加注意"。他根据开发西南的需要，于内，增设"设计处"，聘用经济金融专家，专注于谋划西南的发展，并积极筹建分支机构，"布置一个严密的经济网，以应付这长期抗战"，先后在川、滇、桂、黔、湘、陕、甘、闽、康等省设立行处40余处；于外，与中、中、农三行密切合作，在重要城市设立四行联合办事分处，活泼市面，并积极谋划海外发展，在越南海防、西贡等地设立支行，便利货运。同时，他还多次在对分行同人训话时提出，"我们应当刻苦耐劳，应当努力前进，我们的任务，不仅是对于政府要帮助，对于社会同样的要尽力""要不怕吃苦，要努力工作……愈轰炸愈要表现我们的精神"。

为推进西南经济事业发展，钱新之领导交通银行，采用直接投资和间接投资的方式，有时也投贷并施，对各省的产业实体提供支持，其中较著名的有中国兴业公司、贵州企业公司、裕滇纺织公司、四川丝业公司、云南蚕业公司、中国电力制钢厂、西南麻织公司、中国物产公司、中国棉业公司、中国药业提炼公司、重庆电力公司、重庆自来水公司、云南水泥公司、民生实业公司、四川水泥公司、四川华西兴业公司、大华实业公司等。此外，如中国工业合作协会、中国西南实业协会等团体，也分别予以协助。

交通建设历来是交通银行资助的重点，在钱新之的擘画下，交通银行分别向湘桂铁路、川黔铁路、粤汉铁路、川湘川陕铁路、黔桂铁路、滇缅路、信梧路等提供贷款支持。其中，湘桂铁路为西南交通干线，南与法属越南连接，也是国际交通线之一。路网的建设，有力地促进了后方经济的发展，也为国外援华物资的运输提供了方便。

在四行专业化分工中，农村农业领域是中国农民银行的投资重点，但交通银行也积极协助参与，支持西北及西南各省农业贷款。在农产调整会和贸易调整会成立时，交通银行会同中、中、农等行共同贷予巨额款项；农本局因购存农产，需要巨款，交通银行又与中、中、农等行予以资助。

抗战期间，交通银行积极作为，坚实履行了"发展全国实业之银行"的职责。如钱新之在1943年2月召开的行务会议训词中所说，交通银行"对国家政策是竭力奉行，对政府财政是竭力协助，对社会经济是竭力推进"，"我们是以交通银行整个的实力、地位、信用以及各方面的关系来协助抗战建国的大业"。

稳定金融

全面抗战爆发后，各地商业金融机关为避免战争风险，纷纷收缩业务，市面金融顿滞，加上日伪大量制造伪币，工商各业岌岌可危，法币基础摇摇欲坠。在钱新之主持下，交通银行全力执行政府政策，努力维护法币信用，奋力打击假币伪钞，为融通资金、稳定金融作出了重要贡献。

交通银行积极响应国民政府的金融政策，与中、中、农三行在各地共同组织联合贴放委员会，专司贴放事宜，首先成立重庆、长沙、西安、福州、沙市、宁波、上海、汉口、南昌等17处，嗣因实际需要，如桂林、自流井、沅陵等处也先后开办贴放，"凡各界以农工矿产品，及短期票据公债等请求押贴，无不量予承做"，到1940年上半年，贴放总额达数千万元；同时，根据《改善地方金融机构办法纲要》，交通银行积极协助推行小额币券，"向本行请求押汇或押借款项者，亦俱审度情形，予以便利"，不遗余力盘活市面资金，促进农工矿产品生产。

日伪方面伪造了大量法币，通过各种渠道将伪钞运往内地，旨在冲击后方经济，造成中国货币体系的崩溃，从而使国民政府不战而败。1941年，交通银行在四联总处的部署下开始收集日军制作的伪钞、假币、军用票等。交通银行在全国各地的众多分支机构对监测伪钞流向、拦截伪钞进入后方均起到十分重要的作用。除了全力处理政府部门交办的伪钞案件，交通银行还积极参与地方伪钞案的侦办，堵截伪钞流入内地。当时四川峨边县有一居民在市面上使用交通银行50元面额的钞票，被查出是伪钞，扭送警署后发现，他还携有50元的交行钞票共40张。经侦办，这些伪钞都来自新十七师师长刘树成的岳父，他从成都带来这批伪钞，找人在当地高价收购烟土，至此案件告破。交通银行相关部门参与了案件的侦办，破案后总管理处将案情汇报至蒋介石处，蒋介石也相当重视，通过四联总处转饬四行，注意防范此类案件的发生。在抵制伪钞的斗争中，交通银行可谓成效显著、功不可没，大批伪钞被清除出货币流通市场，给日伪企图扰乱内地金融的阴谋以有力的回击。

法币是经济信用的基础，也是国家命脉所系。交通银行作为法币发行银行之一，责无旁贷地承担起巩固法币信用的责任，其措施主要有：经在渝、甬、瓯、湘、滇、黔、万、梧、沙、衡、宜、赣、港、闽、厦、粤、汕、汉各地办理出口外汇结售，协助统治外汇之实施，成效甚著；积极配合政府，办理金银之收兑，除派员切实参与工作外，并饬由绍兴、温州、余姚、重庆、成都、漳州等地行处努力收兑，金银收兑数相当可观；奉命参加平衡外汇基金委员会，并出资250万镑，有力打击汇价黑市；协助内汇管理之实施，防止资金外流。

此外，交通银行还尽力协助公债发行，举凡政府所发之救国公债、广西金融公债、国防赈济金公债、建设军需公债等，先后均有销纳及受押；依据国民政府公布的节约建国储蓄条例，在全行范围内积极举办节约建国储金；开办工厂添购机器基金存款等新兴业务，创办定额支票储蓄，增开"劳工""妇女""子女教育"储蓄……

作为四行之一，交通银行在全面抗战期间所负责任重大，一切经营措施，无不围绕"稳固财政、安定金融、加强抗建力量"展开，成绩显著。诚如钱新之所总结的，"关于机构之调整，业务之展布，辅助建设，奖掖生产，调剂地方金融，巩固法币基础，以及协助公债之发行，举办节建储金等工作，无不审慎规划，努力进行，用力虽苦，收效尚宏"。

抗战救国

钱新之自始至终是一个爱国者。

他曾留学东洋，和日本友人交往甚多，但在"九一八事变"后，就谢绝与日本人往来，"为敌为友，为公为私，其辨之严也如此"。"一·二八事变"后，上海商界及银行界领袖发起组织"上海市民地方维持会"，钱新之作为理事参与其中，积极为抗战出力；"七七事变"后，钱新之又与杜月笙、王晓籁等人组织发起"上海市各界抗敌后援会"。钱新之积极投身抗战救国，得到冯玉祥的嘉许，他于1937年9月11日致函钱新之："暴日侵凌，志在灭我国家，非抗战无以图存，人尽知之，然必唤起全民众合群策群力以图之，乃克有济，若非军民各界结成一片，实难有成，先生为国中硕彦，物望攸归，登高一呼，响应自易。"

钱新之对抗战有着必胜的信心。1938年12月，他就曾对人说："迩来中国，虽在外患侵略之中，然思想、信仰、战斗力与其他一切，靡不一日千里，进步极速。换言之，今日之中国，不独非清朝之老朽时代可足比拟，即较民国初期，亦有上下床之别，爱国观念之浓厚，刻苦精神之发扬，超过历史任何一阶段。中国军事将藉此胜利；中国实业将藉此振兴！"他还呼吁"开发西南，宜先于昆明着手"，并身体力行，与杜月笙等联合出资，在昆明创办造纸厂和缫丝厂等实业，负起建设西南的历史任务。

1940年7月，国民政府成立战时公债劝募委员会，由蒋介石任主任委员，黄炎培任秘书长，钱新之为常务委员。战时公债的发行，可以为取得战争物资提供有力保障，因此，钱新之积极投身到战时公债劝募运动之中，为人们认购战时公债奔走呼号，希望以此唤起民众的爱国热情。1941年，为了调动广大民众承购公债的积极性，钱新之在《香港商报》发表《对于战时公债运动应有之认识》，从"公债为国民应尽之责任""公债亦为最佳之投资""侨胞爱国热忱素不后人""应较国内同胞倍加努力""购债更宜迅速不容犹豫"等方面展开论述，呼吁香港同胞和侨胞踊跃认购关系抗建前途的战时公债。1942年10月16日，钱新之又在《大公报》刊文指出，"战时财政，政府需款极孔，数字庞大，加税举债之余，增发纸币，势所难免，调节之道，端在设法吸收……而其中以推销公债最具意义，盖于国家财政经济金融及人民利益各方面，皆极有裨补也"，同时他号召民众"有钱出钱""踊跃承购""利己利国"。

钱新之认为，金融界虽然不是身处抗战第一线，但却是抗战的重要后盾，并号召大家团结一致，共御外侮。1942年7月8日，日伪在上海成立"处理中国、交通两行中日联合委员会"，负责两行改组和"复业"相关事宜。7月14日，钱新之"隔空喊话"，

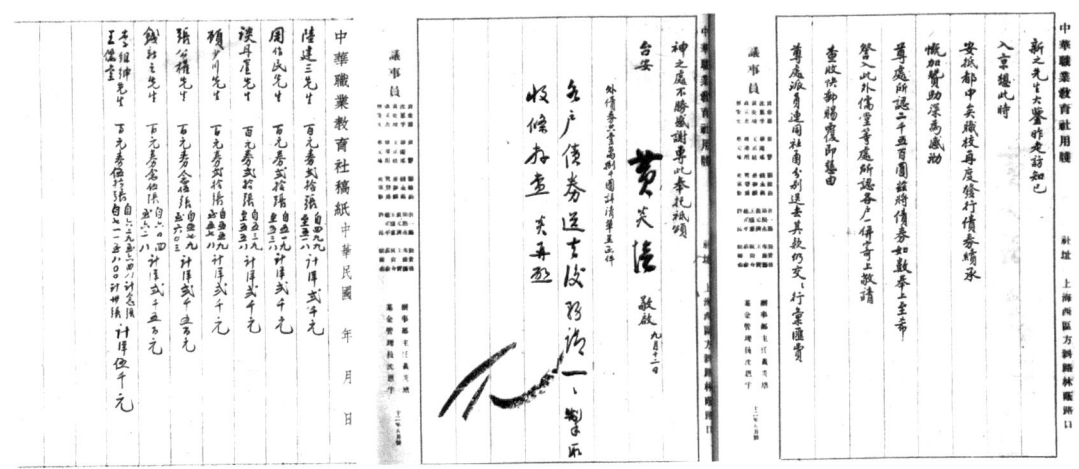

黄炎培写给钱新之的信。钱新之、张嘉璈、周作民等金融巨子常常共同参与公益项目。

在《大公报》刊登《敬告银行业同人》一文，勉励银行业同人坚持抗战，"舍勇往直前，殆无良策"，"作百万雄师之后盾，与暴敌一拼生死而不受丝毫之撼动，藉以固国基、培国脉"。

1942 年 9 月 1 日，伪交通银行在上海"复业"，让金融界的正义之士无不扼腕，钱新之自然也是痛心疾首。1943 年 7 月 26 日，他为纪念"八一三"六周年而作《敬告留沪金融界同人》，对少数贪图享受、不肯内迁的同人大加挞伐，并指出"此次抗战，我为国家民族求生存，为世世子孙谋福利，绝非争城争地私人战斗，是以六年之久，举国同仇，万矢一的，不达胜利不止。……敌人陵侮我国无所不至，

1943 年 7 月 26 日，钱新之为纪念"八一三"六周年而作《敬告留沪金融界同人》。

侵略手段残酷已极，我民切齿痛恨，不与戴天，而媚日者尚且鱼游沸釜，自鸣得意，不知反侵略之力无坚不摧，一旦暴日打倒，媚日者之身家性命将向何处托付？……不能内来者，亦应心怀祖国，谨守岗位，断不可效非法暴行，觊非分私利，自同于祸国殃民之徒"。从中可以看出，钱新之既对沦陷区金融界媚日者极为不齿，又对日寇十分痛恨且不共戴天，更对抗日必胜有着坚定的信念。

作为金融界一位具有影响力、号召力、感染力的领袖人物，钱新之在抗战最为艰苦卓绝的时期，用自己的言行践行了责任和担当。他是抗战中对敌不屈不挠的民族一分子，也是中国银行家不畏强敌、奋力抗争的代表，而在他的领导下，交通银行也不辱使命，为抗战作出了应有的贡献。

立功立德

1944 年 10 月，黄炎培在《国讯》发表《钱新之六十寿言》，盛赞钱新之在极度艰危劳苦的对日抗战环境下，担起交通银行的重责，"无一日旷废"；同时，也表彰了钱新之一心为公、淡泊政治、恬静从容的特质。

抗战时期，钱新之对每一件事均经深思熟虑后才会付诸实施，而其行事的唯一标准，在于国于民是否能蒙受其利，对于自己和交通银行的得失反而置之度外。他从

不利用利率的大幅波动，通过倒卖法币和外币牟利；也绝不因为个人或交通银行的利益，做损及国家之举；凡对国家有利的事情他必全力助成，有损于国家名誉的行径则痛加斥责。他始终如一地维护国家利益，为他在金融界赢得了广泛的赞誉。

钱新之爱国心甚浓，而政治兴趣甚淡。国民政府鉴于他对国家的贡献，屡欲起用，担任更重要的职务，他都谢辞不就。他在京沪金融界日久，国际声望也日隆，世俗所艳羡的高官显爵在他看来都只是过眼烟云。他所念念在兹的，是凭借自己在金融界的所学和所长，为国造福、为民谋利。

钱新之还热心公益，对好友所发起的公益项目总是不遗余力。他自己早年的家境并不富裕，投身银行业后固然岁入不菲，却常常对公益事业出手阔绰，有些以一己之力无法完成的项目，还辗转以求，寻找同道中人共同参与。黄炎培曾坦言："炎培稍稍发起文化教育事业，在此三十年间几无一非藉先生力以成。然初非有私于余，受先生之惠，以生以长，非可偻指计矣。"

在待人接物上，钱新之也从无疾言遽色，堪以"和"与"厚"两字概括。凡遇到困难向钱新之求助，他总是设身处地地加以考虑，感同身受地条分缕析，而后切合实际地给出建议，务求"行之通，处之安"。有些在实际工作中已经否决放弃的方案，他也会替下属考虑再三，寻找改进后实施的可能。至于国家大事，他更是缜密思虑，反复斟酌，想好方案后无不为当轴尽言，而周围人却浑然不觉，足可见其处事之慎重。

上海沦陷后，钱新之于 1937 年 11 月 27 日同上海市市长俞鸿钧及杜月笙、王晓籁等乘军舰秘密离沪赴港。此后，仅 1939 年 7 月，钱新之曾自港秘密

博学而笃志
切问而近思

钱永铭

民国廿七年级秋季毕业纪念刊

钱新之为复旦大学毕业纪念刊题字

赴沪与上海金融界领袖商讨维持沪市金融办法，便再未踏足上海。抗战胜利后，1946年 4 月 25 日下午四时，钱新之搭乘中航 137 号飞机回到阔别了多年的上海，上海金融界领袖及钱氏好友一二百人前往迎接。几年中，他始终尽瘁国事，奔走辛勤，由一个体魄强健的中年变成了"积劳成疾、步履维艰"的清癯老人。下飞机时，钱新之在其子钱艇搀扶下，与大家拱手答礼，竟不及一一握手。时光摧残了他的身体，苍老了他

的容颜，却也造就了"德修于身，功被于世，言满于天下，卓卓然固自有其不朽之盛业"（教育家沈维桢评价钱新之）的一代金融巨子。

钱新之克己奉公，身居高位却不求谋划一己私利，夙兴夜寐而只为造福家国社稷，这也是他受到政界、金融界、实业界、文化界、教育界、交通界等社会各界普遍尊崇和敬仰的原因所在。

南汉宸与新中国成立初期的交通银行

在中国人民金融事业史上，南汉宸（1895—1967年）是一个光辉的名字。作为中国人民银行首任总经理（行长），他在新中国成立初期，为建设中国人民银行分支机构、接收国民党官僚资本的金融事业、改造和发展专业银行等重大金融问题殚精竭虑，对构建全国范围内完整的银行体系作出了杰出的贡献。鲜为人知的是，他始终关心、支持交通银行的发展，是对交通银行的存亡兴废起着重要作用的银行家。

南汉宸

"要保留中、交两行名义"

1948年12月1日，华北人民政府布告，正式宣布中国人民银行成立，揭开了中国金融史上崭新的一页。南汉宸任中国人民银行总经理。

当人民解放战争在华北取得胜利的时候，作为中国人民银行"当家人"的南汉宸，就已经在考虑未来交通银行的使命任务，并初步形成了改造交通银行使其向专业银行发展的方针。

1949年1月15日，天津解放。南汉宸委派张平之为军事代表，领导独立的接管小组，负责交通银行天津分行及其附属机构的接管。天津分行成为第一家被接管的交通银行大型分支机构。

按照之前接管沈阳时的处理方式，接管后"交通银行天津分行"应改造为"中国人民银行天津分行实业部"。但是，考虑到交通银行历史较久，分支机构遍及全国，且行员政治色彩较淡薄，企业作风浓厚，在接管过程中，南汉宸又有了新的想法。1949

年2月25日，由南汉宸主持起草的《华北财委关于外汇经营问题及对中国银行、交通银行、中国农民银行及合作金库的处理办法向中央的请示》提出："交通银行系国民政府指定对工矿交通长期投资及短期信用之专业银行，除保有不多的工矿交通投资及若干熟悉工矿情形干部外，兼营一般商业银行业务。就平津两行人员而言，除少数须加裁汰外，大部均可留用。兹拟保存该行原有机构名称及工矿交通投资和往来关系与其大部分人员，以为我国家银行下事业银行之基础。"这是正式明确提出要保存交通银行的原有机构名称。

1949年3月，在中共七届二中全会期间，南汉宸就银行接管问题向党中央做了汇报。在得到明确意见后，南汉宸立即赶赴天津，传达中央对官僚资本银行的政策及对待其机构人员的方针。他指出："中国、交通两家银行在四行二局一库中有特殊性，两行都有商股，有海外分行，两行都是老牌银行，是后来被官僚资本吞并去的，同其他行局不一样。两行要在全国解放后建成国家专业银行……过去接管沈阳时，因方针未定，把中、交两行在接管后都撤并了。从天津起，要保留中、交两行名义，原机构、原有员工包括负责人未离去的，原则上都要留任。"

当时，中国银行天津分行、交通银行天津分行已于1949年3月1日分别改名为中国人民银行天津分行外汇部、中国人民银行天津分行实业部。中国人民银行副行长胡景沄等立即根据南汉宸的指示要求，于3月15日重新恢复了交通银行天津分行、中国银行天津分行的牌子。南汉宸的这一指示，在以后各地的银行接管工作中也都得到了贯彻执行，中国、交通这两家享有盛誉的银行在新中国得以继续留存。

1949年10月1日，中华人民共和国成立。南汉宸主持了后续全国各地接收、接管旧银行的工

1949年，中国人民银行总经理南汉宸（后右一）与戎子和（前右一）、薛暮桥（前右二）、胡景沄（后右二）、陈穆（后右五）等同志合影。

作。10 月 18 日，他在上海召集人民银行、中国银行、交通银行的工作干部讲话，对上海金融接收及管理工作的良好表示嘉许，对建立新民主主义的金融体系及国家银行的任务作出指示，并勤勉新旧干部要加强团结，努力学习，发扬为人民服务的精神。他始终高度重视中国银行、交通银行的原有职工，经常在公开场合表示"中国、交通银行是中国人民银行的一部分"。他认为，这两家老牌银行中不乏学有专长、精通业务的专家，他们是开展业务的宝贵财富；银行中有一定影响的上层人物，更要设法发挥其才能和作用。在接管后，南汉宸也主张对这些职工一视同仁。为了进一步团结好他们，他不让人们称呼他们为"留用人员"；为了发挥好高级职员的作用，他还在行内为他们设置了"专员"职务，使其有职有权地投入工作；不少职员还被调往新组建的中国人民银行分支机构工作，有的还走上了重要岗位。

"国家只有一个交通银行"

1950 年 2 月 21 日，中国人民银行召开第一次全国金融会议，明确了交通银行 1950 年的首要任务和基本任务：首要任务是把国民政府时期的"国家行、局、库 300 余户投资企业管起来，从中吸取经验，学会管理，再逐步接受管理国家投资企业的任务"，基本任务是"整理投资、试行管理、清理财产、进行调查研究、培养专业干部"。

根据全国金融会议的决定，交通银行先行把"四行二局一库"投资企业的股权整理起来，并逐步接受国家投资企业的公股管理任务。1950 年 6 月 3 日，在交通银行董事会上，南汉宸当选为常务董事。10 月，政务院财政经济委员会颁发《关于统一清理公私合营企业公股的决定》，责成交通银行统一办理公私合营企业公股的清理和股权管理。

1950 年 11 月 3—18 日，交通银行在北京召开了第一次分支行经理会议。南汉宸在会议上作报告。关于交通银行的任务，南汉宸说："人民银行和一些专业银行，是国家的金融机关，它兼办金融业务和行政，在性质上是社会主义的。""国家银行内部应有分工，现金管理划拨清算和短期信用等都集中在人民银行……实业建设分给交通银行。"他还明确指出了交通银行在方针任务上总的方向："任务是管理国家工矿交通运输和城市建设，包括现有和将来的投资。"

在具体谈到应该怎样管理现有和将来的国家投资的时候，南汉宸说："二月会议上决定，各部已接管的，我们不去接收，一下子包袱太大了背不起。""工作不能贪多，先清理好一些，再不慌不忙地接一些工作，工矿投资已决定交给我们，但交迟一些，我们能有更多的经验。国家只有一个交通银行，这一部分工作迟早要交给我们的。"当时交通银行职工普遍对建设新中国热情高涨，南汉宸说："最近中央已决定其他系统投资的企业，也要交给我们的，我担心你们所负的责任。你们计划明年六月完成这件工作，如果基本上完成任务，就是很大的成绩，那时再开行务会议，我们要到车站上欢迎你们。"

南汉宸关于交通银行方针任务的报告，被出席会议的代表们"热烈地讨论"和"愉快地接受"。他恳切的发言让不少交通银行职员代表感到振奋，不少代表表示，"只有一个目标，就是怎样学习由此（方针任务）产生的各种新工作及其做法，并制定有关的一切章则制度办法"。

"交通银行是代替政府管理国家家务的银行"

新中国成立后，百废待兴，国家在财力很有限的情况下，集中大量资金用于发展经济。在 1951 年 5 月之前，国家把基本建设工作都直接交由各主管部门全面负责，基本建设投资的使用缺乏监督与管理。鉴于交通银行具备经办长期投资的基础，在国民经济的恢复中发挥了专业银行的作用，客观上具备管理基本建设投资拨款的能力，1951 年 2 月 1 日，中国人民银行发出《基本建设投资拨款由专业银行监督拨付的通知》，指定交通银行为办理基本建设投资拨款的专业银行。交通银行被赋予了新的历史使命。

管理基本建设投资拨款的工作，责任重大，使命光荣。对此，南汉宸曾多次在会上强调，"交通银行是代替政府管理国家家务的银行"，"交通银行……任务是非常重大的，因为所管的是国家很大的家务"，并鼓励交通银行职员要充分认识本行的专业前途，以及工作任务的复杂性，不仅要有坚定不移的信心，不为一切困难和不正确的想法迷乱眼光、错乱部署，而且要克服留继短期业务的思想，廓清苦闷彷徨的情绪。

由于交通银行的大部分职员是老职员留任，对于新的工作任务多少有些陌生，难免会生出各种情绪，南汉宸鼓励他们说："你们和储蓄银行、合作银行的工作不同，他们的工作，找一些多少认识一些字的人，找一间房子，就能办事。但是干交通银行的工作，这样就不行了。例如，鞍山和抚顺设个行，对于干部的水平，要求得高些，两三个人，住在矿区，什么都要了解。……我们历史上没有过这样的银行。因此，在旧银行做了很多年事的同事，喜欢热闹，今天没有门市业务了，有人会想，政府对于我们不重视了，这种想法是不对的。因为国家银行内部必须分工，'一揽子'的时代，已经过去了。"

交通银行的工作不同于一般的短期业务，所经营的内容常常是专门的、复杂的、具有高度政策性的，这就要求有一批精通业务的干部。例如，交通银行对合营企业进行财务管理，不仅要懂得各种不同性质企业的生产与经营，还要熟悉成套的财务管理知识和技能，特别应当懂得公私政策；又如，交通银行在开展拨款工作的时候，不仅要使拨款及时，不误工程，而且要能深入监督，掌握这一工作的发展规律，因此必须懂得各种工程知识、基建单位和包工营造业的财务，熟悉建筑材料市场和各项工程的规格；同时，还要研究国家财经情况和有关政策，才能在处理任何工作时都能提高到政策水平上来。为此，南汉宸提出要迅速培养出一支专业的干部队伍，并且强调，和别的银行不同，"交通银行对干部要求要高些"，每个干部"要有独立作战的能力"。

南汉宸对交通银行的关心和指示，极大地激发了交通银行职员的精神和干劲，对于新中国成立初期交通银行的稳健、快速发展起到了良好的促进作用。1951年11月，在庆祝交通银行专业两周年纪念的讲话中，总经理张平之就指出："根据南汉宸行长的要求……每一个同志都有计划地钻研自己的工作，学习政策、业务和各种专门的学识和技能。从书本中学习，在工作实践中学习，向先进的同志学习，向企业单位、建设单位、包工公司、各有关部门所有的内行人学习，逐步地成为一个熟习工作的干部。"在新时期的探索实践中，交通银行也逐步明确了自己的职能和任务，为国民经济的恢复与发展作出了积极的贡献。

红色银行家张平之

张平之（1910—1987年），河北深泽人。他青年时代就接受进步思想，积极投身革命，于1926年5月加入中国共产党。入党后，他不怕牺牲，长期从事党的地下工作，传播革命火种。抗日战争时期，他参加筹建、恢复晋察冀边区银行冀中分行、冀中区合作社联社、北岳区合作社联社的工

张平之夫妇晚年在北京中山公园

作，组建献县裕民印刷所，为发展经济、培养干部努力工作。解放战争中，他为党的金融事业奔走，任冀中分行经理，在北平、天津、保定等敌占区开展了有效的经济、货币斗争，并作为军代表陆续接管保定、天津、石家庄等城市的银行。上海解放后，他领导了交通银行的清理、整编、复业工作。新中国成立初期，他带领交通银行为恢复国民经济、发展生产、保障供给、开拓业务做了大量卓有成效的工作，并参与筹建中国人民建设银行。他一生从事财政、银行工作，曾任交通银行总经理、财政部党组成员、中国人民建设银行副行长等职，为党和人民作出了贡献。

发展冀中金融

抗日战争期间，张平之历任深泽县人民自卫团政治主任、安国县抗日政府秘书、雄县县长、献县县长等职，组织建立党的抗日武装，领导群众参加抗日战争，为巩固、扩大抗日根据地作出了贡献。1939年下半年，张平之被派往冀中行署实业科工作，开始系统地学习经济工作方面的知识，由前线武装斗争干部向早期经济工作干部转变。

1940年，随着抗日战争进入相持阶段，党迫切需要培养大批熟悉商业经济工作的干部，张平之受命在冀中地区第八中学开办"干训班"，晚上编教材、白天讲课，培养了一批适应当时需要的商业干部。

1944年下半年，随着对敌斗争和军事形势的发展，冀中区党委恢复。不久，晋察冀边区行政委员会发出《关于财政问题指示》，要求各行署根据各地区具体条件逐步恢复和加强银行机构，开展金融业务。晋察冀边区银行冀中分行奉命恢复工作，受组织委派，张平之承担起冀中分行重新组建和筹建边区印刷所的重任。1945年5月16日，冀中分行在饶阳县大尹村第二次成立，张平之任经理。

1946年春节，日寇投降和分行第二次重建后的第一个春节联欢会在冀中分行和裕民印刷所驻地举行，职工们自编自演了京剧、话剧、歌剧等节目。张平之在联欢会上客串了《捉放曹》京剧，他所扮演的陈宫，以一段"西皮流水"的唱腔博得了满堂喝彩。

在工作上，党的需要就是方向。冀中分行的成立和裕民印刷所的筹建同时进行，张平之既任分行的经理，又兼裕民印刷所的所长。由于冀中地区形势发展迅速，张平之主要做了两个方面的工作：一是在极端困难的情况下，以最短的时间、最快的速度恢复边区银行货币在冀中的生产、发行，满足革命形势的迅猛发展和解放战争的需要，不仅使群众的生产、流通进一步正常化，而且有力地支持了辽沈战役、平津战役的金融经济需求；二是办好银行干部培训班，讲解银行业务和会计知识并进行政治学习，让一大批青年干部成长为分行和各办事处的骨干，其中脱颖而出成为各级银行领导的有刘礼欣、闵一民、韩英、王振岭、耿更山等。

对交通银行上海分行的清理和整编

1949年初，天津解放，市军管会金融接管处委派张平之接管交通银行天津分行。接管后，天津分行的业务范围仍与原来相同，主要对公营及私营企业办理存放款，大力扶助工业，恢复与发展生产。天津分行的顺利接管，为后续接管交通银行上海分行打下了基础。

上海解放后，交通银行总管理处及上海分行由市军管会委派军代表储伟修、杨修范接管。1949年8月下旬，储伟修调人民银行杭州分行工作，华东军区司令部派张平之为交通银行总管理处经理，接替储伟修对交通银行上海分行开展清理和整编工作。

交通银行上海分行的清理以在沪各单位的账目、资财为限，分类整理统计各种实际资财及核对接管各单位账目，整理研究有关清理事项的各种规章与应用单账、报表，同时收集华东区各地行区的有关清理资料。交通银行的资财庞大且分散，且存在使用资财的机关不肯估价、交接手续不完全、部分资财被转账、复业行处不完全等现实问题，导致清理工作进展不快。为此，张平之采取"斩钢截铁"的办法，一方面，请人民银行和中财委具体规定，凡被接管的资财均由接管机关清理，已调拨而不能划还的资财应合理估价偿付；另一方面，经过估价的资财一律不再重估，无证据者转作损失，拒绝估价者通过当地财委会解决。这一调整，使清理工作得以更高效地推进。

在开展清理工作的同时，张平之也组织开展了整编工作，通过成立群众性的代表组织整编节约委员会，发挥积极分子的带头骨干作用，从而有效推动整编工作的进行。他贯彻落实政府关于对旧企业机构"既不全部打乱也不原封不动而进行恰当改造"的指示精神，对交通银行上海分行职员从思想上加以改造，一面简化机构，一面培养有用的人才。从1949年9月开始，经过一个多月的整编，使全行职员得到妥善处理，为按照新的工作需要调整内部编制打下坚实基础。

1949年12月，张平之担任交通银行总管理处总经理时的工作证。

主持交通银行上海分行复业

上海解放初期，交通银行上海分行的业务方针是配合沪市恢复与发展经济建设，代理收兑伪金圆券，肃清敌币市场。在配合政府打击银元投机活动与收兑外币工作之后，为了促使货币回笼，稳定物价，保障职工生活，在张平之主持下，交通银行上海分行举办了折实储蓄与10万存户运动等工作。

折实储蓄以集中管理、分散经营的方式，打开了银行与工厂的隔膜，树立了国营银行的新作风。交通银行职员从柜台走向工厂，由被动争取主动，取得了工人们对财经政策的充分信任与拥护；同时，新的工作方式也提升了银行职员的精神面貌和工作效率。

继折实储蓄之后，张平之还领导交通银行上海分行开展了轰轰烈烈的 10 万存户运动。这一运动，一方面是国营银行庆祝中央人民政府成立、拥护共同纲领的具体表现，另一方面也是银行进一步深入群众、教育群众、争取群众的重要举措。在争取存户的过程中，交通银行在利率、资金周转、定额透支等方面与商业行庄开展了激烈的竞争，张平之及时调整工作策略，将征信工作确定为全行外勤重心，充分发挥职员的工作热情，很快完成并超过了预定目标。10 万存户运动有效充实了国家资本，为复业奠定了坚实基础。

此外，为了粉碎敌人封锁，补给因敌机轰炸而损坏的船舶，开展内河航运，沟通各地物资交流，交通银行上海分行还举办修理打捞船舶贷款，助力轮船公司增强运输力，共同为发展生产、繁荣市场服务。

1949 年 11 月 1 日，交通银行总管理处与上海分行及沪市五个支行同时复业，所有解放前的旧账目及未了事宜，均移转清理处接收，继续进行清理。在复业大会上，张平之讲话表示：交通银行今后的业务，当掌握新民主主义经济政策，全力发展扶持国营企业，如工矿、交通、航运、邮电等；五个月来，经过交通银行同人严格的自我批判与思想改造后，已经由为四大家族服务的官僚主义化旧交通银行转变为以人民大众为服务对象的银行；交通银行同人将一反过去坐在行里等生意的态度，而要深入到工厂去，进行详密调查研究，以做推进业务上有价值的参考资料。

复业后的次日，交通银行总管理处迁京，改组董事会，董事会未组成前由华东财委代行董事会职权，并委派张平之行使交通银行总经理职权。

做好基本建设拨款工作

1950 年 6 月 3 日，交通银行第一届第一次董事会聘任张平之为总经理；6 月 30 日，周恩来签署任命通知书。担任总经理后，张平之不顾积劳成疾的身体，始终夜以继日、身先士卒地工作在最前沿。

1950 年 12 月，政务院决定基本建设投资拨款逐步交由银行监督拨付。1951 年 2 月 19

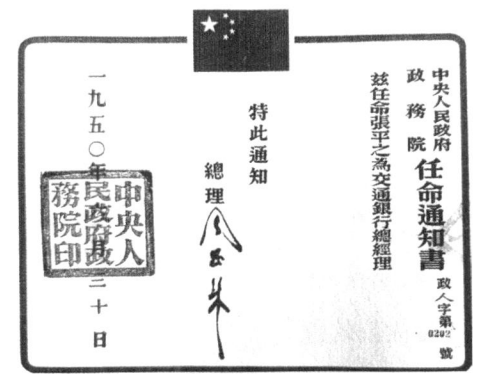

1950 年 6 月，中央人民政府政务院任命张平之为交通银行总经理。

日，交通银行总管理处在北京召开第一次全国基本建设拨款会议，张平之主持，董事长胡景沄讲话。会议明确了交通银行办理拨款的范围：国家对工矿、交通运输、公用事业（包括市政建设）、财政及贸易建仓和地质勘探等事业的建设拨款，其中包括中央及地方基本建设在内。6月1日，交通银行正式开始办理国家基本建设拨款，开启了全新的篇章。

1952年10月，中央明确交通银行是国家管理基本建设拨款并监督其使用以及管理公私合营企业中公股股权的专业银行。由此，张平之领导交通银行积极投身于大规模的基本建设和轰轰烈烈的公私合营工作，交通银行的业务也迎来迅猛发展的阶段。

1953年，第一个五年计划实施，基本建设被提到首要地位。为适应繁重的基本建设拨款任务（仅1953年交通银行的全年拨款任务就达到68万亿元，其中属于中央级的约58万亿元），张平之根据形势发展要求，在制度建设、组织领导、宣传保障等方面做了大量的工作。

由于拨款是一项新工作，经验极其缺乏，制度建设只能一边探索一边总结，因地制宜地做好各项工作，努力让办法本身适应现实基础。根据工作需要，张平之组织制定了一系列制度办法，使各级行"处理工作，有所准绳"，初步统一了全行工作秩序。同时，还对会计制度进行了删繁就简，树立了总、分、支逐级负责制；对统计制度做了全面修订，便于各行报送资料的及时和准确；对公文制度开展了"反文牍主义"，公文压数量、提质量、统一格式、厘清程序，并对保密制度做了完善。

在组织领导方面，张平之把巩固与发展相结合，通过精简管辖机构，加强基层建设，全面进行了机构的调整与设置。凡拨款任务较大的地区，都建立了固定机构。除了大力整顿内部，为提高干部质量，还全面进行了干部培养训练工作，仅1953年就专门训练干部7042人，占干部总数的46.71%。通过学习训练，交通银行干部的政治和业务水平得到了整体性的提高。

张平之认为，新中国的银行工作和过去已经有了明显不同，国家银行的干部不仅"要会做传票打算盘"，还要"善于宣传，懂得政策，贯彻政策"。对于拨款工作这项新事务，有些人还想不通，"觉得给他们增加了麻烦"，这就需要开展好宣传工作，宣传银行拨款的意义，取得各有关方面对银行拨款工作正确的认识。张平之提出，"我们是干拨款的，就要整天宣传拨款"，"进行宣传工作，使大家思想一致、认识一致而后求得工作步调上一致，自然就会给工作顺利开展创造了有利条件"。他还提醒，宣传工作也会遇到困难，但是，"从革命工作过程中体验的经验，没有不可克服的困难，因为困难不克服它就会永久存在，工作就不能开展也更不可能提高"。

从1952年至1954年10月（其中，1953年4月28日，财政部派马南风任交通银行总经理，张平之改任副总经理），根据工作需要及党组织的安排，张平之领导交通银行开展了卓有成效的拨款工作，建立了一批基本适合当时实际情况的规章制度，培养了一批基本适应拨款工作的银行人才，并为筹组中国人民建设银行做了充分的组织准备。

投身社会主义改造热潮

1954年9月9日，中央人民政府政务院第224次政务会议通过《关于设立中国人民建设银行的决定》。11日，财政部决定，中国人民建设银行自10月1日起成立。财政部基建财务司明确，"拟就交通银行原有的机构和干部基础上分出一部分成立中国人民建设银行，目前暂先一个机构两块牌子进行过渡，俟条件允许时即分为两个机构"。自此，基本建设拨款监督工作整体移交给中国人民建设银行。张平之任交通银行副总经理，兼任中国人民建设银行副行长。

1955年4月，各级交通银行与中国人民建设银行正式划分机构，交通银行仅在北京、上海、天津、武汉、西安、重庆、广州、福州、杭州、南京、青岛、宁波等当时公私合营企业较多的大中城市保留分支机构，工作人员约480人。在马南风兼任中国人民建设银行行长后，交通银行的日常工作主要由张平之领导。1955年，在干部少、业务生、机构不健全、客观情况变化快的状况下，交通银行克服困难，仍然取得了不少成绩：基本查清了全国合营企业户数，接管了能够接管的股权，为开展财务监督工作创造了条件；正确贯彻盈余分配政策，超额完成了公股、代管股股息红利收缴计划；加强投资款项的监督拨付，有效节省国家财政支出和促使企业合理运用资金；大量收存合营企业各项专户资金，为企业财务管理走上轨道打下基础；试办财务监督工作也有了新的进展，对促使企业加速资金周转、节约资金使用和加强财务管理等方面都起到了积极作用。

1956年初，全国出现对资本主义工商业进行社会主义改造的高潮，财政部下发指示，所有公私合营企业的财务监督工作，一律责成交通银行专责办理。由此，交通银行的主要任务转变为对地方企业的财务监督。为解决交通银行机构规模、干部力量与工作任务不相匹配的问题，张平之根据交通银行的实际情况，迅速主持起草了机构编制方案。经国家计划委员会批准，交通银行1956年的编制人数扩充至5000人，迎来独立建制后的短暂发展。1956年11月30日，张平之再度出任交通银行总经理。

担任总经理后，张平之以更大的热情投入到社会主义改造的热潮中。在短短的几个月内，交通银行即进一步完善了合营企业的财务管理制度，加强了对合营企业的财务监督；掌握了审核财务计划和审核决算报告两个重要环节；加强了合营企业的资金管理，大力组织收入并严格监督支出；对全行上下加强了政治思想领导。根据全国开展的增产节约运动的要求，张平之认真贯彻"收归收、支归支"的原则，做好企业财务收支工作，并加强对财务计划和决算报告的审核，还会同有关部门督促协会企业建立健全财务制度工作。

不过，随着公私合营高潮期的过去，交通银行承办的合营企业财务监督业务逐步减少。1957年10月，财政部就交通银行今后的工作向国务院呈交报告，提出在全国公私合营企业基本按照国营企业办法归口管理的情况下，交通银行所担负的公私合营企业财务监督与管理的使命已经完成。1958年3月18日，国务院批转了财政部的报告，并请各地研究执行。上海市财政局为此专门下发通知，交通银行上海分行与上海市财政局企业财务处合署办公，各地也纷纷仿效执行。同年7月22日，经国务院批准，交通银行总管理处划归中国人民银行领导。1958年12月15日，国务院正式批准财政部《关于建设

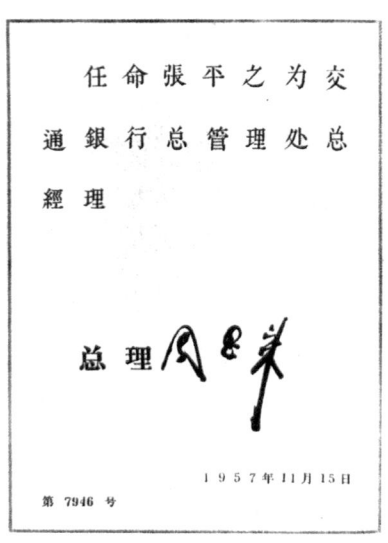

任命张平之为交通银行总管理处总经理

总理 周恩来

1957年11月15日

第 7946 号

1957年11月，国务院任命张平之为交通银行总管理处总经理。

银行、交通银行的机构性质和管理分工问题的报告》，其中提出，各地建设银行、交通银行系统的人员编制，纳入地方行政人员编制，有关机构设立、裁撤改组等，也由地方考虑决定。随后，在中国人民银行的领导下，交通银行总管理处仍继续存在，以便于对交通银行香港分行等海外机构的领导与联系，但内地各分支行相继归并、裁撤，业务活动陆续转入当地财政部门。

1958年底，张平之离任交通银行总经理，调往山东省财贸部工作。1987年10月21日，张平之因病在北京逝世，终年77岁。

银行业改革探路者顾树桢

顾树桢（1919—2023年），又名顾珊生，浙江嘉善人。他在青年时期即追随马克思主义，在党的领导下积极从事进步活动，并于1945年加入中国共产党；新中国成立后，他长期在上海从事财政工作，提出了一系列经得起实践检验的见解；改革开放后，他继续为国家经济建设奔波，在交通银行的重组、立信会计专科学校的复办、首家会计师事务所的建立等方面作出了重要贡献。

学生时代的顾树桢

从事进步活动的地下党员

淞沪会战后，日寇于1937年10月在杭州湾的金山卫登陆；11月，日寇进犯浙江嘉善一带，浙江抗战史上第一战"嘉善阻击战"爆发。战火烧到嘉善县城，顾树桢的老宅被日寇焚毁，不得不举家迁往上海。1938年，顾树桢如愿考入暨南大学，在商学院会计银行系就读。

经历过战争烽火后，顾树桢的内心深处埋下了救亡图存的种子。进入暨南大学，他便受到钦湘舟、葛一飞等进步青年的影响，积极参加学生协会的活动。学生协会是中国共产党领导下的进步学生组织，经常组织读书会、时事研讨会等进步活动。顾树桢在学生协会接触到了进步书刊，并在多种形式的进步活动中历练成长，逐渐理解了马克思主义才是能够拯救中国的普遍真理。大学期间，顾树桢还和同学徐汀权、陈祖润等合办过一份《东风》杂志。他们对当时的训育主任傅云"苟安一隅"的做法不大满意，又都爱好国文，喜欢写写文章，就专门写一些小品文对之加以鞭笞，呼吁青年学生要自强奋斗。

1941 年 12 月，太平洋战争爆发，上海全部沦陷，原来在租界内勉强维持办学的暨南大学被迫内迁，还有半年即可毕业的顾树桢不得不停学就业。在上海沦陷后，顾树桢十分痛心地对家人说，"这是上海的末日"，并在纸上写下了"The last day of Shanghai"。但是，"末日"过后，顾树桢很快重新振作起来，一边谋生一边继续从事进步活动。为了生存，他曾先后在大新商业储蓄银行、伟业商业储蓄银行、和新信托公司从事账务会计工作。抗日战争胜利后，一些未向国民党政府登记注册的金融机构被停业清理，顾树桢所在的公司也受到波及，

顾树桢的学习工作记录簿

他又辗转来到鼎新染织厂，担任稽核。这一时期，他始终保持着昂扬的斗志，研读进步书籍，与党组织和进步人士频繁联系，并在各类地下活动中积极作为。从 1942 年开始，顾树桢就被葛一飞作为培养教育的对象，进行重点培养，并于 1945 年抗战胜利后不久经葛一飞介绍加入中国共产党。

1946 年夏，为了团结和教育广大的职业青年，上海地方党组织决定成立青年会工商经济研究会（简称研究会），吸收大学商科毕业生和工商界职工为会员。受党组织的委托，顾树桢全程参与了研究会的筹组工作，并在研究会成立后担任理事长。研究会的主要活动方式是举办经济讲座，邀请进步经济学家来讲述物价、金融等经济问题，还不定期召开经济问题座谈会。由于活动的主题都密切围绕现实问题展开，吸引了不少职业青年参与进来，研究会的影响力也与日俱增，在提高职业青年的政治觉悟方面起到了积极的作用。为了进一步扩大研究会的影响，顾树桢还与葛一飞等商量，借《正言报》的版面出版了几期经济专刊，以每周一次的频率出版发行。

一直到上海解放前，顾树桢都是研究会的主要负责人之一，研究会的主要活动也几乎均由他和葛一飞直接经办。当时，党内已成立小组来领导研究会的活动，党小组的负责人初期为邝日安，后期为张寿根，参加小组的除了顾树桢外，还有葛一飞和沈家桢。

1946年暨南大学回迁上海后，顾树桢复学，并于1947年毕业。他在财会方面学有专长，且能够灵活运用。1946—1948年，他就和葛一飞一道，利用工资结余做过烧碱、布匹等的投机买卖。当时，顾树桢在鼎新染织厂工作，这些物资都是染织厂的原料或产品，买来后就存放在该厂，等价格上涨后卖掉。他们还一起买卖过股票，主要是新光、景福等厂的股票，每次买卖数量为一二百股。其中，在鼎新染织厂的股票上市前，顾树桢约同葛一飞买进了一些，等上市后股票大涨，获利颇多。不过，他们合买的股票，解放后都以顾树桢的名义捐献给了国家。

富有实践经验的财政专家

1949年5月，上海解放。受组织委派，顾树桢任上海市军管会财政处接管专员，在顾准的领导下，负责接管国民党上海市政府的会计处和审计处。顾树桢对顾准十分仰慕和敬佩，顾准则对顾树桢颇为器重，两人经常一起讨论财政、会计问题，惺惺相惜。在顾准的影响下，顾树桢深入研究财政问题，逐步成长为一位既具有实干精神又具有真知灼见的理论家。

新中国成立初期，顾树桢先后担任上海市财政局会计室代理主任、预算处处长等职。他多次参加了交通银行上海分行、华东区行关于基本建设拨款、公股公产清理等内容的会议，并做了详细的记录，既有对交通银行工作的肯定，也指出了缺点和不足。他还记录了交通银行华东区行经理葛一飞、副理陈明栋在党内民主生活会上自我批评时的发言内容，反映出当时交通银行健全的民主生活，以及交通银行与上海市之间密切的联系。

20世纪50年代后，顾树桢在上海市的党报党刊上发表了一系列阐述我国社会主义财政预算特点的文章，有的是总结财政工作

1950年1月，上海市财政局领导与外国专家合影。前排左起：王良、王纪华、朱如言、阿尔希波夫（苏联）、顾准、顾树桢、翻译；后排左起：杨志信、张企翁、邢一新等。

基本经验的，有的是探索财政预算如何能达到既积极又可靠的目标的，还有的是对企业财务工作进行精准解析和精确概括的。这些文章，都与工作实际密切结合，做到了理论性与实践性的统一。

比如，20世纪60年代针对"大跃进"期间财会工作出现的一些错误倾向，他写了《管好物、用好钱、记好账》一文，发表于《解放》月刊，该文刊发后影响颇大，不仅受到财会界的关注，还被《财政》月刊转载。1963年，针对当时将利润看作资本主义社会特有的产物，反映在经济工作中不敢提利润的现象，他在《学术月刊》发表了《关于社会主义企业经济核算的几个问题》，从理论上阐明利润是剩余产品的价值形态，剩余产品是社会发展的物质基础。这篇文章得到了当时中国社会科学院经济研究所所长孙冶方的赞赏，《大公报》还报道了文章的要点，在当时"政治挂帅"大讲阶级斗争的环境下，能毅然提出这样的真知灼见，是需要相当勇气的。

顾树桢始终认为，做好财政工作必须从发展经济出发，确立"从经济到财政"的思想，克服单纯就财政论财政的观点。1956年，私营工商业实行全行业公私合营后，资金的短缺影响了经济发展，他征得领导同意后，决定暂缓企业上交利润，将这部分资金转作生产资金，然后发动有关人员核定流动资金定额，从而保证了企业合营后的资金需要。"大跃进"时期，群众性的班组核算和经济活动分析兴起，他认真研究总结，认为这是工人自主参加管理的一种良好形式。中央财贸部于1960年3月在上海召开的财政银行工作现场会议，也对此加以肯定，并在全国范围内做了推广。三年自然灾害期间，国家财政收入大幅下滑，用于技术革新和改造的拨款大幅减少，企业生产困难，他又及时提出了用信贷办法解决国家拨款不足的设想，被上级采纳后，他牵头制定了"小型技术措施贷款办法"，确定贷款原则是投资少（10万元以内）、收效快（一年内可回收），经审核同意后可向银行申请贷款。这个办法实施后效果明显，《人民日报》做了长篇报道，不久在全国推广。同时，他根据不同行业设备损耗的不同情况，调整固定资产和低值易耗品的标准，使企业设备能及时得到更新，如医药行业的搪玻璃反应釜使用期限很短，可不列入固定资产目录。经过这番调整，各行业重新编制了固定资产目录，企业感到方便，也有利于生产。

作为财政方面的专家，顾树桢既严谨认真又不失诙谐幽默。20世纪50年代中期，在他主持召开的上海市财会工作会议上，他用简洁的语言清楚地阐明了财会人员的职责，并形象地告诫："财会人员就是要一手管好红绿灯，一手拿好算盘。"其意是财务、会计工作者要严格地把握政策、法律、法规，凡不符合规定的必须毫不留情，开启红灯，不予通过；凡符合规定的应当开启绿灯，准予放行。这一幽默而形象的比喻，让在场的同行印象深刻。另外，他还要求财会人员必须拿起"武器"（复核工具），做到"守土有责"（帮助校核）、"守土尽责"（避免差错）。

顾树桢在上海财政部门任职期间，以见解独到、学养深厚著称，先后担任财政局预算处处长、副局长，为上海的会计、审计、财税、金融等领域的发展作出了贡献。"文化大革命"期间，他因"利润挂帅"的罪名被隔离审查，但他始终对党一片忠诚，坚强地渡过一个又一个难关。

筹备交行重组的功勋组长

党的十一届三中全会后，中国开始走上改革开放的道路，顾树桢得到"平反"，恢复工作，先后担任了上海市财政局局长、上海市人民政府副秘书长等职。

改革开放初期，上海在经济发展中积累的问题和矛盾日趋突出，发展态势也渐渐落后于沿海其他地区。这引发了全市上下广泛而热烈的讨论，顾树桢作为上海市财政系统的"掌门人"，自然也对此格外关注。为振兴上海，中央派出调研组和上海地方一起调查研究寻找对策，新的经济发展战略由此呼之欲出。

1984年8月12日，中央财经领导小组在北戴河召开会议，专门听取上海经济工作的汇报。会上，中共上海市委第一书记陈国栋、市长汪道涵分别做了《关于上海经济工作的汇报提纲》《改造上海、振兴上海》的汇报，提出"改造老基地，振兴老基地，更好地为全国服务，上海必须对外进一步开放，对内进一步搞活，加快改造和振兴的步伐，根本出路在于经济体制改革"。会上曾有人提议，要恢复上海在国际上的经济地位，最好有一家总行设在上海的银行。这次会议为上海转变经济发展战略确定了基调。9月，国务院改造振兴上海调研组30多人抵达上海。

1984年9月22日，国务院改造振兴上海调研组和上海市政府联合召开的上海经济战略战役研讨会开幕。在这次会议上，来自全国各地的专家学者济济一堂，围绕战略目标、城市功能、技术改造、经济体制改革等问题各抒己见、畅所欲言，提出了许多独到的见解和解决问题的具体措施。其中，国务院经济研究中心常务干事徐雪寒正式提出，要改造振兴上海，应当有一个专门属于上海、支持上海发展的银行。这一提议，得到了与会多数人的赞同，顾树桢也是最坚定的支持者之一。

1984 年 12 月初，时任国务院主要负责同志莅沪考察，在研究上海经济发展战略以及实现战略转变所必需的政策和条件后提出："在中央银行之下，设立一个新的、全国性的银行，与四个专业银行平起平坐，总行设在上海，任务是拾遗补阙，经营对内对外长期短期存放款业务，可以与其他银行业务交叉，允许在外地设立分支机构。"这一意见，阐明了这家新设银行的性质、地位、作用和任务，成为筹建这家银行所必须遵循的基本方针。

1984 年 12 月 10 日，中国人民银行行长吕培俭与上海市副市长阮崇武、国务院经济研究中心常务干事徐雪寒、上海市副市长裴先白、上海市政府副秘书长顾树桢、上海市计委主任马一行、中国人民银行上海市分行行长李祥瑞等人，共同商议新银行的筹建问题。在这次会议上，根据裴先白、吕培俭、徐雪寒的先后发言意见，原则确定新银行名称为"中国交通银行"。此后，为了广泛听取各方面意见，充分做好新银行的筹建工作，由裴先白、马一行、顾树桢牵头，约请在沪老金融专家和富有实际经验的银行工作者举行多次座谈，就银行名称、基本任务、业务范围、银行性质、组织机构等开展讨论。

1985 年 3 月初，由马一行、顾树桢带队，赴港金融考察小组一行六人访问了香港中国银行港澳管理处、交通银行、金城银行、南洋商业银行和澳门南通银行，还参观了金银证券交易所、中银集团训练中心等处，并同中国银行港澳管理处、新华社香港分社的有关同志就在上海建立一家综合性银行的问题交换了意见。回沪后，赴港金融考察小组向上海市委、市政府建议，"这家新设银行的名称以恢复交通银行为宜"。

1985 年 7 月 15 日，中共上海市委批复建立交通银行筹备组，同意提名顾树桢任筹备组组长，陈恒平、余瑾、龚浩成任筹备组副组长。

筹备组成立后，顾树桢即马不停蹄地带领大家开展工作。当时，恰逢上海市委、市政府换届，许多组织协调工作无法顺利开展，组长顾树桢心急如焚，直接给上海市市长江泽民打了一个电话。江泽民市长直率地回复他："你继续筹备，大事情问我，小事情找副市长叶公琦。"这样，筹备工作以"24 小时工作制"的形式，连轴转地继续推进。

在筹建过程中，筹备组所要面对的困难是显而易见的。首先，要解决人员编制和干部队伍问题，新组建的银行，不仅总行要经营业务，上海分行也要同步开业，需要大量金融专业人才的支撑；其次，办公用房没有着落，必须在开业前觅定妥善的场所，既能容纳新银行大量的工作人员，还要有对外营业的窗口，并且要能体现新银行的层次。好在上海市政府全力支持新银行的筹备，不仅人员配置问题得到了有效解决，还将江西中路 200 号金城大楼（原金城银行行址）作为新银行的开业场所。

1985 年 7 月底，顾树桢、李祥瑞、陈恒平、余瑾四人专程赴京，向中国人民银行及各专业银行、国家计委、国家经委、财政部、国家外汇管理局等汇报筹备情况，并征求相关部门的专业意见。

经过紧张的筹备后，1985 年 12 月 11 日，中国人民银行和上海市政府就交通银行总管理处迁沪、董事会改组、领导班子的配备、人员编制、章程制定、资本金核拨，以及与香港分行的关系等问题，联合向国务院递交《关于重新组建交通银行的请示》（〔85〕印发字第 447 号）。1986 年 7 月 24 日，国务院批复同意，中国金融改革的大幕就此徐徐拉开。

顾树桢作为交通银行筹备组组长，为交通银行的筹备做了大量的工作。若干年后，交通银行股权与投资管理部原总经理金大建在回忆往事时还动情地提到，筹建初期，最费思量的是三件事：一是章程起草。这是为新银行"立宪"，要为中国银行体制改革在风雨莽野上辟出一条新路，其难度绝非几十年之后所能想象。顾树桢亲自主持，字斟句酌，上下左右来回请示沟通，大小会议几十次，申报才告通过。其运筹决策、指挥若定，举大事于开业之前，功莫大焉！二是新银行的取名。这涉及旧我承继、海峡两岸关系、通汇代理及历史遗留的股权债权债务等，不知前路水之深浅。顾树桢广开言路，拿捏分寸，显现了老一辈财经专家的政治智慧和战略眼光。三是选址。当年的江西中路 200 号，其体量风貌历史，都是上佳之选。即使后来上市估值之时，也是一笔巨资恒产。这没有上海市委、市政府的支持，没有对上海家底的通晓，没有厚重的人脉行政资源，恐怕困难重重。顾树桢作为筹备组长，其功不可没。

支持交行发展的常务董事

1987 年 3 月 18 日，交通银行召开第一届董事会第一次会议，顾树桢被选举为常务董事。1987 年 4 月，交通银行在上海正式开业。交通银行开业后，顾树桢又兼任了上海分行管委会主任，在分行管辖范围内行使董事会授予的各项职权。

作为常务董事，顾树桢高度关注交通银行的发展，曾多次在全国各地向行内同志宣讲，希望大家对交通银行有一个全面的认识。对于交通银行的地位和作用，他指出，鉴于交通银行重组之初的资金实力和规模，其主要任务应当是搞活地方经济，支持地方一时的困难，用形象的比喻就是"吃饭靠专业，调味靠交行"；同时，交通银行还要努力把竞争机制引入金融领域，通过与专业银行实行业务交叉，鼓励各金融机构来支持改革、支持竞争，从而改变专业银行"一统天下"的垄断局面，逐步形成一个进取向上的风貌。对于如何充分发挥交通银行的综合性优势和灵活性强的特点，他认为，要努力增强"抗震"能力，尽快形成地区性、区域性的资金调节功能；要多搞一些短期融资券和发展短期的内外币证券市场，更多地筹措投放资金，促进资金的正常运转和缓解流动资金的不足。对于如何提高交通银行的信誉，他建议，要加强与交通银行香港分行的联系，依托香港分行这个对外窗口来扩大业务和声誉。对于交通银行发展过程中遇到的一些波折，他也提醒，交通银行是金融改革的产物，她的发展必然是曲折的，这是一方面，而另一方面，她的生命力又是很旺盛的，全国各地都希望设立分行就是明证。这些都是当时情况下对发展交通银行的中肯意见。

作为上海分行管委会主任，一方面，顾树桢着力推动上海分行服务上海经济。他在分析交通银行与上海经济振兴的关系后提出，改革是交通银行生存、发展的动因和外部条件，上海发达的经济是交通银行业务开拓、衍射的基础和"泉源"，交通银行只有紧紧围绕推进改革和振兴上海这两大目标，才能不断前进。由此，他明确了上海分行在沪业务开拓的方向，包括从支持企业改组联合入手，推进上海资金市场的形成；运用综合性银行的横向联系功能，探索利用外资的新路子；开拓房地产业务，为土地批租制度的实施提供配套改革。另一方面，顾树桢积极向上海市政府请求支持。他认为上海给予交通银行政策扶持，既是上海自身振兴经济的需要，也可以为交通银行在全国各地的机构分设提供可援之例。他建议上海市从多个方面对交通银行上海分行提供支持：采取"予取兼顾，先予后取"的方针，从资金、政策上提供有力的扶持，创造适宜的经营环境；给上海分行横向联合的对象以配套性政策优惠，

2000 年 3 月 17 日，顾树桢（右二）出席交通银行咨询委员会会议。

鼓励各方同上海分行联营,从而进一步发挥综合性银行的业务特色;帮助上海分行多渠道调集业务、管理人员,使上海分行人员配备的专业结构和知识结构进一步合理化;帮助上海分行解决营业用房,使其能尽快地投入运营。

1993 年,顾树桢离休,任交通银行咨询委员会主任,仍继续关心支持交通银行的发展。

李祥瑞与重组初期的交通银行

李祥瑞（1928—1997 年）的名字，与 20 世纪 80 年代中国金融业的两项重大改革试点——全国第一家股份制商业银行交通银行的重新组建和全国第一家证券交易所上海证券交易所的顺利诞生紧密相连。作为重新组建的交通银行的第一任董事长兼总经理，李祥瑞坚持改革，开拓进取，积极学习、运用国际商业银行成功的经营管理经验，为把交通银行办成具有一流水平的商业银行做了大量卓有成效的工作，为交通银行的改革和发展打下了坚实基础，在推进商业银行的改革发展中发挥了重要作用。

解放思想，实事求是，努力探索社会主义商业银行纪检监察工作的新路子。

李祥瑞
1992.12.7

李祥瑞手迹

筹备重组

李祥瑞是上海金融界的一位资深领导人，在银行业服务历 40 余载。1949 年上海解放时，受军代表指派，他参与办理接管上海市银行账务核实工作；1952 年，他担任中国人民银行上海市分行提篮桥区办事处副主任，奋发努力，积极进取，勇于创新，使该区成为上海市的先进单位，并在 1957 年被评为全国银行系统八个红旗单位之一；60 年代，他先后担任中国人民银行上海市分行信贷、会计处副处长，参与制定了一系列贯彻八字方针和《银行工作六条》的实施细则和具体措施，对加强信贷资金管理、促进国民经济调整、提高经济效益起到了积极作用；1978 年，他担任上海市分行信贷处处长，精心组织上海同城结算工作的整顿；1979 年，他担任中国人民银行上海市分行副行长，积极组织和推进上海市金融系统的改革和发展，为建立上海金融市场、支持上海经济发展付出了极大的心血，作出了重要的贡献。

1985 年 1 月 3 日，在上海市计划会议上，刚刚履新中国人民银行上海市分行行长、党组书记的李祥瑞做了《积极发挥银行作用　为发展上海经济服务》的报告。他在报告中提出，银行既要在宏观上加强金融控制，又要在微观上放开搞活，提高自主经营思想和为经济全局服务的自觉性，充分发挥银行信贷、利率等经济杠杆的作用，把资金用好用活，取得更好的经济效益，适应上海经济发展和资金交往的需要。他的发言，紧扣当时中央领导同志"要扩大上海银行的自主权"的要求，围绕"发挥银行在改革中的作用"这一主题展开，具有鲜明的改革精神。

在交通银行重新组建的筹备阶段，李祥瑞就自始至终深度参与其中。1985 年 7 月，交通银行筹备组成立后，李祥瑞就陪同筹备组成员顾树桢、陈恒平、余瑾到中国人民银行总行汇报筹备情况，并征求国家计委、国家经委、财政部和各专业银行对筹建交通银行的意见。在筹备过程中，李祥瑞亲力亲为，就银行名称、基本任务、业务范围、银行性质、机构设置、办公场所等问题进行调研、开展讨论、出谋划策。为了在交通银行探索新型管理体制，1986 年 10 月，李祥瑞还率团赴德意志联邦共和国考察施行"两级法人制"的可行性。

1986 年 7 月 24 日，国务院下发《国务院关于重新组建交通银行的通知》。1987 年 2 月 14 日，国务院任命李祥瑞为交通银行总经理；3 月 18 日，交通银行在上海市江西中路 200 号召开第一次董事会议，通过了领导班子名单，李祥瑞任董事长兼总经理。

1987 年 4 月 1 日，经中国人民银行批准，重新组建的交通银行在江西中路 200 号正式对外营业。担任交通银行董事长兼总经理时，李祥瑞已经 59 岁。他以时不我待、只争朝夕的精神投入工作，充分运用自己实地考察美国、日本、联邦德国银行业务的所得，以及担任中国人民银行上海市分行行长主管上海金融活动的丰富经验，为新组建的交通银行领航。

李祥瑞深切地认识到，党中央、国务院之所以重新组建交通银行，是为了适应经济发展和体制改革的需要，加强金融服务，充分发挥银行在国民经济中的作用。在他的掌舵下，被赋予中国银行业乃至金融改革试验田历史使命的交通银行，从重新组建之时起，就持续深入地进行体制机制的变革与探索，在不同的发展阶段，实施一系列在中国银行业乃至金融领域具有先行者意义的探索。

改革奠基

1987 年 3 月 18 日，交通银行在上海市江西中路 200 号召开了第一次董事会。会上，李祥瑞旗帜鲜明地提出"三个第一流"的目标，即"第一流的服务质量，第一流的工作效率，第一流的银行信誉"。此后，他反复强调，要把"三个第一流"的办行宗旨落实到每一个业务领域，"力求在近几年或者更短的时间里，把我行办成一个富有改革精神的新型的社会主义银行，跻身于国际银行之林，为我国的经济发展作出应有的贡献"。

交通银行筹建初期，中国人民银行行长陈慕华就指示"要把交通银行办成一个富有改革精神的银行"。1988 年 3 月 12 日，在交通银行第二次董事会上，根据一年来的实际运营情况，李祥瑞明确提出"努力把交通银行办成一个富有改革精神的新型社会主义商业银行"的目标。为此，李祥瑞在多个方面开展了改革和探索，力图走出一条"真正办成社会主义的商业银行"之路。

其一，走企业可以选择银行、银行可以选择企业的路子。党的十三大报告指出："垄断的或分割的市场，不可能促进商品生产与提高效率。"李祥瑞清晰地认识到，银行的综合性、多功能将成为发展的必然趋势。交通银行的业务与各专业银行交叉，这就把竞争机制引入了金融领域。为了在激烈的竞争中站稳脚跟、求得发展，交通银行首先要做的就是改进服务。"三个第一流"首重服务质量，正是对此的呼应；其次是致力于改革旧的"金融商品"，在人民银行支持下推出新的业务品种，如大面额存款证、协会存款、通知存款等，并大力发展票据贴现和抵押贷款等业务，力求以新取胜、以优取胜；再次是坚持从基础业务做起，国内业务与国际业务结合、批发业务和零售业务结合、传统银行业务和非传统银行业务结合，各项业务齐头并进；最后是在竞争中建立自己的基本客户，逐步形成自己的产业支柱。

其二，实行"自主经营，自负盈亏"。交通银行坚持资金自求平衡，对企业不包资金供应，也不依赖人民银行供应资金，这就迫使其将吸收存款放在工作的首位。为此，李祥瑞在交通银行内建立了经营业务的自我控制制度，规定了若干自控指标，密切关注存款的流动性和安全性。通过探索，交通银行逐步形成了一套适合我国国情的商业银行资产负债管理制度。

其三，在经济中心城市设立机构。交通银行改变按行政区层层设置机构的老办法，将分支机构按经济区域设在经济较为发达的大中城市，并把它的辐射面扩大到周围地区，以适应横向经济联系。

其四，实行股份制和董事会领导下的总经理负责制，以利于经营权和所有权的分离。董事会是交通银行的最高决策机构，总经理为最高行政负责人，对董事会负责。交通银行的各内地分支机构，除了主要人事任免、业务政策、综合计划、基本规章制度和涉外事务由总管理处统一领导外，实行自主经营、独立核算、自负盈亏，既具有相对独立的经营权，又各自承担相应的经济责任，改变了当时专业银行高度集中垂直领导和一定程度上"吃大锅饭"的状况。

其五，干部任免和职工分配方面打破终身制。李祥瑞引进了中层干部聘任制，实行干部定期述职报告制度，加强任期目标管理，定期考核，以期做到能上能下。分配制度上则设想把职工的奖金收入与存款的增长、利润的实现和个人表现挂钩，力争打破分配上的平均主义。这些举措对调动广大干部和职工的积极性起到了一定的促进作用。

在办行过程中，李祥瑞始终坚持从"是否符合商品流通的客观规律性""是否符合自主经营、自负盈亏、资金自求平衡的经营方针""是否符合社会主义商业银行的特点"出发，作为判断是非、决定取舍的标准。这就赋予了重新组建初期的交通银行鲜明的"改革基因"，不仅为其后数十年的优质发展奠定了良好的基础，也为中国银行业的改革注入了新的血液和活力。

经营探索

交通银行重组之初的 1988 年 9 月，总管理处即印发《交通银行资产负债管理办法》，首开中国商业银行资产负债比例管理之先河。虽然资产负债管理的实施几经波折，但却得到了国家层面的高度认可，1992 年 5 月 22 日，国务院研究室财金贸易组、宏观经济组的一份报告提出："交通银行的运行机制，在一定程度上体现了银行改革的方向，有关部门应继续发挥交通银行作为改革试验田的作用。资金管理比例控制的办法在交行建行之初已试行两年，取得明显成效。"

此后，1993 年 1 月，交通银行再度首创了资产负债管理委员会。1994 年 11 月，党的十四届三中全会通过了《中共中央关于建立社会主义市场经济体制若干问题的决定》，明确商业银行要实行资产负债比例管理和风险管理。交通银行对资产负债比例管理的探索由此成为中国银行业的一个范本。

作为第一家综合性银行，交通银行重组之初就面临着综合经营和分业监管的矛盾。交通银行的业务范围涵盖了保险、证券、信托、投资、房地产等各种非银行金融业务，但中国金融体制长期以来都是以分业经营、分业监管为主。交通银行上海分行开业后，保险业务发展迅速，但将保险业务与银行业务统一核算的做法，显然不利于银行的安全经营。为此，1989年4月6日的第一届第三次董事会议上，李祥瑞明确提出，要创造条件成立全资附属保险公司。他说："关于开办保险业务问题，我们将创造条件争取成立一个我行的全资附属保险公司。在公司成立之前，有条件的分行，经过批准，可以成立保险业务部，开办保险业务。支行可代办分行的保险业务。凡是没有批准开办保险业务的分支行，暂时不办理此项业务。"

1989年和1990年，交通银行先后三次上书中国人民银行，申请成立"太平洋保险股份有限公司"。在李祥瑞和戴相龙等主要行领导的努力下，1991年4月20日，太平洋保险公司正式成立，交通银行的综合化经营迈出历史性的一步。

在李祥瑞的带领下，重新组建的交通银行义不容辞地承担起中国金融改革试验田的任务，成为第一家资本来源和产权形式实行股份制，第一家按市场化原则和成本效益原则设置分支机构，第一家打破金融行业业务范围垄断，第一家引进资产负债比例管理，第一家建立双向选择的新型银企关系，第一家从事银行、证券、保险业务综合经营的商业银行。交通银行的改革发展实践，为其他大型国有银行的改革发展探明了道路，对中国金融改革起到了催化、推动和示范作用。

李祥瑞还高度重视精神文明建设，致力于培养和树立一个好的行风。他指出，以"三个第一流"为目标，必须加强各级和各项工作的岗位责任制，做到业务制度化、行为规范化、管理企业化；一切工作要讲求高效率、高效益；要在全行职工中形成人人维护交通银行信誉、人人关心交通银行发展的好风气。同时，交通银行的人事、工资、奖励制度要有利于激发广大职工的事业心和进取心，有利于发挥广大职工的积极性。

李祥瑞于1987—1990年担任交通银行董事长、总经理、党组书记，1990—1993年担任交通银行董事长。在他担任交通银行主要领导职务期间，交通银行各项工作取得了可喜进展。仅1987年底，资产规模（不包括香港分行）就达到了67.05亿元，对外营业（或试营业）的分支机构有上海、南京、大连、沈阳、广州、重庆、武汉、青岛、苏州、无锡、常州、宁波、烟台、镇江、秦皇岛、营口16处，同日本、美国、加拿大、联邦德国、英国、法国、意大利、芬兰、丹麦、瑞典、瑞士、比利时、奥地利、荷兰、澳大利亚、新加坡、马来西亚、中国香港等国家（地区）126 家外国银行建立了代理关系，并同其中的 25 家银行建立了账户关系。为了保证业务的正常开展，交通银行重新组建当年就迅速建立了一批业务规章制度，落实了内部自我控制措施，初步做到成龙配套。

此后，交通银行发展迅速，到 1993 年底，已在全国 50 多个大中城市建立了分支机构，总管理处和上海、南京、沈阳、大连、青岛、广州、汉口、重庆等分行开办了外汇业务，与五大洲 177 家海外银行建立了代理关系。1993 年 7 月，交通银行被英国《银行家》杂志评为世界第 145 大银行。

李祥瑞在担任交通银行董事长期间，还以主要负责人的身份，参与了上海证券交易所的筹建。1990 年 12 月 19 日，上海证券交易所正式开业，李祥瑞出任理事长。

李祥瑞是中国金融业改革的重要探路者。1993 年 10 月退出领导岗位后，他受聘担任交通银行董事会高级顾问，继续为交通银行的改革和发展出主意、想办法，积极支持交通银行领导班子开展工作，深受全行员工的敬重。当人们回忆起李祥瑞的时候，最深刻的印象就是"业务精湛、朴实内敛、认真负责"。戴相龙曾回忆说："他专业水准很高，办事非常严谨，生活上很朴素。我们都很尊敬他。"让人遗憾的是，这位交通银行重组后的首任掌舵人，未能亲见交通银行此后引资上市的辉煌，就于 1997 年 1 月与世长辞。

1990 年，李祥瑞（前排左二）考察交通银行南京分行营业大楼建设工地。

1991 年 6 月 6 日，交通银行咨询委员会会议在上海市江西中路 200 号召开，右二为李祥瑞。

金融改革推动者和拓荒人龚浩成

龚浩成（1927—2020 年），江苏武进人。1951 年本科毕业于上海财政经济学院（现为上海财经大学），1955 年研究生毕业于中国人民大学，同年加入中国共产党。他曾在上海财经学院、上海社会科学院经济研究所、中国人民银行上海市分行工作，是我国金融领域重要的理论工作者、改革先行者。他参与重组交通银行、参与筹建上海证券交易所、推动设立上海银行间同业拆借市场和上海外汇调剂中心，用一生的辛勤奋斗，践行了一位共产党员"守初心、担使命"的庄严承诺。

讨论新设银行问题，做筹备工作建言者

1984 年，龚浩成调入中国人民银行上海市分行工作，任副行长。

其时，银行业改革的大幕正在逐渐拉开。中国人民银行开始单独行使中央银行职能，其商业银行职能被剥离出去，先后成立了中国农业银行、中国银行、中国人民建设银行、中国工商银行四家专业银行。为了适应改革和发展的需要，同时弥补上海建设资金的严重不足，"应当有一个专门属于上海、支持上海发展的银行"这一建议被提上议程。

1984 年 12 月，龚浩成作为中国人民银行上海市分行的代表，多次参加了讨论这家新设银行问题的会议，并对这家银行的性质、任务、发展方向等给出自己的意见。

1984 年 12 月 18 日，龚浩成在会上提出，这家新设银行应该是综合性的，什么都可以搞，起到拾遗补阙的作用；这家银行成立后，势必要跟四大专业银行重新划分势力范围，将来业务交叉，就要开展竞争，总会发生一些矛盾；应该找一些搞银行的老干部，要从各专业银行调一些干部，这样才能把这家银行搞好。

对于如何搞好这家新设的银行，12 月 19 日，龚浩成又在会上提出："我认为是要有竞争。具体做法上不一定摊子铺得很开，可一步步搞。这个银行建立的目的是振兴

上海、改造上海，不能搞成全封闭式，要对外开放。"1984 年 12 月 21 日，龚浩成又在会上补充："这个银行是综合性的，是无所不包、无孔不入的。……现在不能用行政命令让几家银行把业务划一点给新建的银行，这个办法不行，应该拾遗补阙，但不能用代收水电费、代发工资来让新建的银行做，就达不到拾遗补阙的目的。"

此后，龚浩成作为筹建工作的核心成员之一，深度参与了这家新设银行的筹建过程，就银行名称、基本任务、业务范围、银行性质、组织机构等问题开展深入的讨论。1985 年 7 月 15 日，中共上海市委批复建立交通银行筹备组，同意提名顾树桢任筹备组组长，陈恒平、余瑾、龚浩成任筹备组副组长。

参与交通银行重组，做金融改革推动者

1985 年 3 月初，由马一行、顾树桢带队赴港金融考察小组一行六人访问香港，考察香港金融业，龚浩成作为小组成员参加了考察。他们拜访了香港中国银行港澳管理处、交通银行、金城银行、南洋商业银行和澳门南通银行，还参观了金银证券交易所、中银集团训练中心等处，并同新华社香港分社的有关同志就这家新设银行的问题交换了意见。最终，经过实地考察了解，赴港金融考察小组发现，交通银行香港分行在中国银行港澳管理处所管辖的 13 家中资银行中，资产最雄厚；并且，新的银行成立后，以中国交通银行的名义在海外开设分支机构不会发生什么问题。他们最终建议，"这家新设银行的名称以恢复交通银行为宜"。

从香港回到内地后，龚浩成根据考察所得，撰写了详细的考察报告。其中，《香港金融业的点点滴滴》一文细致梳理了香港银行业的一般情况、银行业务的迅猛发展及其原因、香港银行业可资借鉴的特点。该文在《上海金融》杂志发表后，引起了国内金融业的普遍重视，也为交通银行的筹备重组提供了鲜活的经验。

作为交通银行筹备组副组长，龚浩成全程参与了交通银行重组的筹备工作。他总是毫无保留地提出自己的意见。1986 年 4 月 2 日，在交通银行筹备组扩大会议上，对于未来交通银行的设想，龚浩成鲜明地提出：交通银行应该什么业务都干；要搞透支；企业可以开几个银行户头；中国人民银行要给钱，支持交通银行上海分行。他还表示，横向联系很有搞头，在上海、外省的项目都可搞，关键是要有效益和规模，不受资金限制；还可以搞经理国库的业务，充分利用一切间歇资金。

1987 年 4 月，交通银行作为全国首家股份制商业银行在上海开业。交通银行成立

1986 年，中国人民银行组织金融体制改革试点银行行长赴日考察日本金融市场的沿革和现状。后排左二为龚浩成。

后，龚浩成担任了中国人民银行上海市分行行长，依然关心支持交通银行的发展，并兼任交通银行上海分行管理委员会副主任。

肯定交通银行成绩，做交行发展献策者

1989 年 3 月，交通银行在江苏镇江召开发展战略研讨会，龚浩成出席。他在会上做了专题发言，论述了交通银行在当时所具有的十大优势（是金融改革的产物、唯一一家股份制银行、独一无二的综合性银行等），分析了交通银行发展进程中存在的五个不利条件（区域性银行机制和行政管理机制之间的矛盾、利率体系没有理顺导致资金利润率受影响、金融界长期习惯的垄断局面对交通银行发展不利等），还对交通银行的发展战略框架谈了六点意见。

龚浩成提出，交通银行改革的方向应坚定不移，千万不要向专业银行靠拢；要强化国际金融业务，国际金融业务搞好了，可以促进国内业务发展；不能天女散花，要建立有行业特色的基本客户群；在分级机构和地域分布上要避免到处摆摊子，要注意

1989 年 3 月，交通银行发展战略研讨会在江苏镇江举办，前排右四为龚浩成。

长江这条黄金水道和沿海地区加强机构设置；要特别注意加强管理，有自己的特色，才能立足于世界大银行之林，立于不败之地；要在人才培养上下功夫，既要有高级经济专家、高级工程技术专家、法律专家，还要有一批熟练业务的人员和电脑专家。他的这些意见，有效地触达了当时交通银行发展面临的痛点和难点，给了与会者很多有益的启发。

1989 年 9 月 20 日，交通银行在长沙召开改革与发展对策研讨会，龚浩成出席，并做了题为《认真总结经验，坚定推进改革》的发言。他回顾了交通银行重组三年来取得的成绩，概括了作为改革产物的交通银行所具有的几个特点：打破了单一国家银行制度的苏联模式，建立起以中央银行为领导、国家银行为主体，多种金融机构并存、有分工协作的社会主义金融体系；打破了集中一切信用于国家银行的陈旧观念，开放了多种融资渠道和多种信用方式；打破了把银行的地位和作用局限于信贷、现金、结算三大中心的观念，发挥银行在社会主义生产、流通、分配、消费领域中的重大作用；打破了按行政区划设置机构的传统做法，开创按经济区域设置机构的新格局；打破了受专业分工限制的"四龙治水"的局面，开创了业务适当交叉、开展竞争的新局面；打破了闭关自守的陈旧观念，积极向外开拓银行业务。他还生动地比喻，正是改革的春风，使大地苏醒了，让交通银行这颗种子，沐浴着改革的阳光和雨露，逐步孕育和成长。

龚浩成认为，交通银行是改革的产物，同时也是一家改革的银行，事事处处都要考虑到改革的需要，能够使改革推进一步，才能取得自身的发展。在他看来，交通银行的产生和发展，让中国出现了崭新的综合性银行，丰富了社会主义金融体系；大大推动了金融市场的发展，开创了社会主义国家的先例；引进了大面额存款证等新的业务品种，开了国内银行业的先河；增强了银行的竞争意识，对推进银行服务作风的改善起到了很好的作用；推动了各银行强化自控机制，提升了行业自我管理能力。可以说，正是由于交通银行的重组，有力地推动了整个金融体制的改革。

他还提出，交通银行在发展中要考虑规划，第一，要有自己的产业特点，要根据各个地方的具体情况发展自己的产业，如在上海可以把重点放在发展新兴工业上；在长江这条黄金水道上，上至重庆，中至武汉，下至上海，把航运解决了就了不得，这些产业将来就可成为自己的基本客户。第二，在布局上应由东向西逐步发展，我国的海岸线像一张弓，长江像一支箭，我国的经济由沿海线与长江水系之间逐步向内地发展，交通银行也可以根据这个原则布局，但不能全国一下都搞起来，应该逐步发展。第三，要把目光放在内外业务并重，逐步发展成为一个外向型银行，立足于世界大银行之列。

龚浩成卸任中国人民银行上海市分行行长后，1992年10月6日，经交通银行常务董事会讨论通过，他又被聘为交通银行咨询委员会委员，继续为交通银行的发展建言献策。

参与筹建上海证券交易所，做体制改革拓荒者

20世纪80年代中后期，上海计划开发浦东。然而，数千亿元的开发预算从何而来是摆在上海市政府面前的一道难题。有人给上海市长朱镕基建言，要想开发浦东，就要借全国的钱，最好的办法就是建立一个证券交易所。这一建议，引起了朱镕基的重视。

1989年12月2日，时任上海市委书记、市长的朱镕基在市委康平路小礼堂，就如何深化上海金融体制改革的问题召开了市委常委扩大会议。会议主要讨论两个问题，一个是要不要引进外资银行，另一个是要不要筹建上海证券交易所。由于当时的证券

市场归中国人民银行管辖，会议还邀请了时任中国人民银行副行长的刘鸿儒参加。最终，会议决定，成立负责筹建上海证券交易所的工作小组，由时任交通银行董事长兼行长李祥瑞、上海市体改办主任贺镐圣、中国人民银行上海市分行党组书记兼行长龚浩成组成三人小组，具体负责筹建事宜，李祥瑞任组长。中国人民银行上海市分行作为当时上海金融业唯一的专职监管机构，承接了交易所筹建的办事机构职能。

筹建上海证券交易所，是那年春夏之交发生政治风波后，针对国外对我国改革开放持怀疑和抵制态度、西方七国集团对我国实行经济制裁导致大量外资撤出的严峻局面，为了表明我们继续向世界敞开大门、继续深化改革开放的一个重要决定；同时，这也是为即将宣布浦东开发开放积极做好准备工作而确定的重要举措，浦东开发开放要扮演的是为在我国建立社会主义市场经济运行体制和机制进行先行先试的角色，是要建成中国的金融核心区，而作为金融产业重要组成部分的上海证券交易所的创建，理所当然地列入了浦东开发开放的大计之中。

由此，龚浩成又一次被推到了我国金融改革开放的最前沿。

为了减少改革阻力，朱镕基确定了"对外要大力宣传，对内要低调"的工作方针。然而，筹备工作困难重重，大到机构定位、交易规则制定、与各方面关系的协调，小到英文译名、基建铺设等问题，无不面临着时间、场所、物资、人员、技术等多方面的困难。龚浩成与李祥瑞、贺镐圣等通力协作，迎难而上、开拓创新，在筹备期间陆续解决了一系列难题，包括交易所的定位、规则设计等具体问题。

在一部分工作进展较为顺利的同时，交易所选址、建设和股票交易运行的实际操作制度和程序设计等方面，推进则比较迟缓。恰好在这个时候，1990年6月，朱镕基率领上海市政府代表团访问美国、新加坡等地宣传浦东开发开放，最后一站抵达中国香港。在会见中国香港贸发局主席、香港政商界的重量级人物邓莲如时，她说，她将在12月率领一个大型经贸代表团访问内地。朱镕基很高兴，说上海证券交易所将在12月成立，届时请邓莲如和代表团成员参加上海证券交易所的开业仪式。邓莲如欣然应允。接着在记者招待会上，朱镕基宣布：上海证券交易所将在年内成立。消息一出，立即引起轰动，外电纷纷评论，这"标志着中国改革开放的目标不会变"，"上海证券市场及金融发展将矗立起一块新的里程碑"。然而，这也等于切断了上海证券交易所筹备工作的退路，必须在给定的时间内完成。

龚浩成等不得不加快了筹备工作的进度。随着工作的进展，1990年9月17日，中国人民银行上海市分行向中国人民银行总行和上海市政府提交了《关于建立上海证券交易所的请示》。19日，中国人民银行和上海市政府联合向国务院上报《关于建立上海证券交易所的请示》："建立上海证券交易所的条件和时机基本成熟，建议国务院予以批准，以进一步树立我国改革、开放良好形象，加快浦东开发、开放的进程，促进我国现已开拓的证券市场进一步发展，更好地为国家和企业筹集融通建设资金服务。"10月8日，国务委员兼中国人民银行行长李贵鲜批示同意。11月14日，中国人民银行批复同意设立上海证券交易所。

1990年11月26日，上海证券交易所举行成立大会，李祥瑞当选理事长。由此，绝迹四十多年的证券交易机构重回上海滩。

1990年12月19日上午，上海证券交易所开业仪式在黄浦江畔的浦江饭店举行。朱镕基发表讲话，阐明上海证券交易所的创建是中国扩大和深化改革开放的重要举措，并宣布上海证券交易所正式开业。龚浩成主持了开业仪式。我国证券事业就此翻开了崭新的一页，更重要的是，此举所表明的中国深化改革开放的决心和信心震动了全世界。

引进外资银行，做金融开放先行者

20世纪80年代末，上海出现了一系列外商撤资现象。当时，东方明珠广播电视塔在建设过程中，也一度因外资突然撤离而中途停工，工程烂尾的阴影开始弥漫。

担任中国人民银行上海市分行行长的龚浩成在得知此事后，以大局为重，亲自给上海各大银行的行长打电话，宣传并推荐东方明珠广播电视塔的建设项目。不久，由龚浩成牵头的交通银行、工商银行、中国银行、建设银行等44家银行参加的联合银团宣告成立，为东方明珠广播电视塔的建设提供贷款，使其顺利度过资金断流危机，让上海顺利建成了这座被誉为"东方第一塔"的标志性建筑。

经此一事，龚浩成有了新的思考：要想持续吸引外资，中国需要拿出更多的实际行动，向世界不断证明坚持改革开放的坚定决心。引进外资银行，无疑是其中关键的一环。

外资银行在上海的经营有着深厚的历史背景。龚浩成认为，选择金融领域对外资银行开放，上海有得天独厚的条件。他提出，应当有步骤地对外资银行实行开放，即要允许外资银行在沪设立分行。当时，人们对于是否引进外资银行存在较大的分歧，为此，龚浩成充分举证外资银行可以带进资金，可以沟通信息，可以引进客户，可以扩大融资和筹资渠道，可以增加金融服务手段，从而推动上海的进出口业务；此外，外资银行还可以促使国内金融机构参与竞争，改善经营管理，改进金融服务，并有助于上海形成发达的金融市场，更好地发挥上海的综合优势。

龚浩成始终坚定支持引进外资，并对持迟疑态度的人士做说服工作。不久，在中国人民银行总行的政策支持下，龚浩成全程参与引进外资银行的工作，从制定准入标准，到与外方洽谈商议，全力推动上海金融领域对外开放。到 1991 年底，已经有花旗银行、美洲银行、日本兴业银行、东方汇理银行等 12 家外资银行在沪设立了分行。率先引入外资银行的举措，也奠定了上海作为中国金融对外开放先行者的坚实地位。

"改革的结果，是新事物的诞生，而任何新事物的出现，都会经历种种困难和阻力。当遇到困难时，不要先说不行，要想一想怎么才能行。"这是龚浩成基于金融改革实践的深切感悟。他在推动上海金融改革的过程中，坚定认为作为监管机构，中国人民银行不应该办证券公司等类机构，因为中国人民银行要办成真正的中央银行，而不是做赚钱生意的机关；他认为要把专业银行办成真正的商业银行，就要成立政策性银行，要完善中国人民银行的宏观调控机制，要让商业银行建立一套自控制度，要完成专业银行向企业机制的转换；他还坚持市场化运作，参与推动成立上海外汇调剂中心、上海融资中心，推动建立外汇市场、银行间同业拆借市场，引入美国国际集团（AIG），推行保险代理人制度……他用自己的实际行动，孜孜不倦地为上海金融改革事业起草、描摹了一张张蓝图。

作为上海金融改革创新和对外开放的重要推动者、权威见证者和直接参与者，龚浩成为推进金融行业改革开放和上海金融发展作出了重要的贡献。对于自己在金融改革领域所取得的成就，龚浩成从不贪功，心心念念的始终是国家。他曾说："在整个金融改革的进程中，每个人都扮演着重要的角色。我个人起到了一定的作用，但实际上我也不过是集中了别人的贡献。而对金融业来说，坚持社会主义市场经济的发展方向不能动摇，金融业的改革更应当早走一步，以服务实体经济。"

桃李满天下，做理论发展引路者

龚浩成是一名学者型的官员。他 1947 年考进国立上海商学院银行系读本科，1951年毕业后留校任教。1952—1955 年，他在中国人民大学货币流通与信用教研室读研究生，其间通读了两遍《资本论》。研究生毕业后，他回到上海财政经济学院担任助教。后续一系列社会运动中，他长期待在农村；粉碎"四人帮"后，他被借调到《文汇报》当编辑。1978年，上海财政经济学院恢复招生，他又回到了教师岗位。此后，他历任副教授、财政金融系副主任和党总支书记、副院长等，为中国金融高等教育的发展作出了积极贡献。

龚浩成讲课有一个鲜明的特点，就是喜欢讲最新鲜的内容、最前沿的问题。20世纪80年代初，龚浩成在学校讲授货币银行学，当时中央已提出社会主义商品经济即后来的市场经济问题，但社会上对"资本"和"市场"依然讳莫如深。龚浩成认为，搞市场经济，资本市场是绕不开的问题，就用半天的时间，专门介绍资本市场的理论和现状。这在当时，是要承担很大的政治风险的，何况龚浩成还是系党总支书记。但是，他的课却十分受学生的欢迎，因为大家都是第一次听这方面的知识，都充满了兴奋和好奇。受龚浩成的影响，此后的若干年中，上海财经大学涌现了一大批在中国金融领域有影响力的学子。

1984年，中国人民银行为了适应改革开放的需要，将商业银行的职能剥离出去。在考虑中国人民银行上海市分行领导班子配备时，总行领导提出，一定要配备一名理论界的同志，于是，龚浩成就被推荐到了上海市分行，担任副行长。不过，尽管走上了"仕途"，龚浩成依然没有完全脱离教学，依然在学校里带研究生，并始终保持着学者的身份。

离开主要领导岗位后，龚浩成也依旧关心支持金融改革事业，以其学者的敏锐和造诣，笔耕不辍，写下了《专业银行向商业银行转化中若干问题的思考》《深化金融体制改革的若干设想》《上海形成金融中心的思考——金融改革的现状与发展》《上交所成立始末》《上海证券市场十年》《上海金融改革往事》等学术文章和回忆作品，继续为推进我国金融业改革发展贡献力量。

1994年6月，上海财经大学依托上海证券交易所的支持，开办了证券期货学院，龚浩成受交易所的委派，担任了董事长兼院长。当时，我国证券市场研究和教学领域尚处于"一穷二白"的局面，在龚浩成的领导和支持下，上海证券期货学院在全国率先开设大学本科教育的证券期货专业方向，大力拓展证券投资领域的培训和研究工作，培养了众多中国资本市场的弄潮儿。

龚浩成一生桃李满天下。常与学生交流，成为他的生活方式。很多学生觉得，他不像官员，更像是一位学院的学者、真正的老师。对于学者和官员这两种身份，龚浩成都十分珍惜。他觉得，搞宏观经济，实务和理论关系很密切，理论水平有多高，指挥工作就有多大自由，理论指导实践对于宏观机关的官员越发重要。在谈到学者和官员这两种角色的关系时，他曾说："在掌握了一定理论的基础上，官员的身份则给了我推行理论、实施理论的余力，能在指导实际工作上有所创新，实现理论与实践的最好结合。"

以理论指导实践，改革始终在路上，这就是龚浩成。

附　录

抗日民族统一战线下
交通银行的职工进步活动

交通银行作为一家具有悠久历史的银行，其职员以薪金收入为生活来源，待遇比一般工商企业的职员略高，岗位较为稳定，被时人称为"捧着金饭碗"，因此，老职员大多安于现状，对业务比较专注，较少关心政治。从 1933 年开始，交通银行通过考试招录了几批"甲种试用员"（二十岁以上的国内外大学、学院毕业生或高中程度之商业学校毕业生）和"乙种试用员"（十五岁以上的高中学校毕业生或初中程度职业学校毕业生），他们虽然是作为低级职员和练习生进入交通银行工作，但文化水平较高、爱国热情较强、思想较为活跃，有学习业务和参加文体活动的愿望。年轻人的大量进入，给交通银行带来了新的气象，不仅同事之间的感情变得"泄泄融融"，还时常结伴旅行或开联谊会，为此后进步活动的开展奠定了基本的群众基础。

交通银行职工进步活动的初兴

1936 年 7 月，在上海职业界救国会领导下，上海市银钱业筹组业余联谊会，这是党的抗日民族统一战线的产物。在此之前，上海市银钱业职工之间缺乏联络，没有完善的职工组织，尤以银行界为甚，虽曾有过银行职工会、银行业务联谊会、银行集益会等组织，但会员极少，同业中知晓度极低。为凝聚银钱业职工力量，支援抗日救亡，部分银行界职工发起组织了上海市银钱业业余联谊会（以下简称"银联"），以联络感情、交换学识、改良业余生活、提倡正当娱乐、增进服务效能、促进银钱业业务为宗旨。1936 年 10 月 4 日，"银联"在上海四川路青年会大礼堂正式成立。

"银联"的成立，团结了上至经理、下至练习生各等级同人，"从数百人的大银行到十几人的小钱庄，差不多家家行庄都有关系，成为上海有数之大团体之一"。交通银行的不少上层人员和普通职工都参加或支持了"银联"。"银联"成立伊始，交通银行常务董事钱新之就应邀担任名誉理事（名誉理事共四人，分别为徐寄庼、秦润卿、钱新之、潘仰尧），并在成立后不久应邀作主题为《青年应有的服务道德》的演讲；交通银行常务董事胡祖同也积极支持"银联"，除了受邀演讲外，还曾帮助"银联"争取到新华银行副总经理孙瑞璜担任理事会主席，扩大了"银联"对银行业上层人士的影响；在交通银行服务多年并长期担任经济顾问的著名经济学家金国宝也曾受邀作学术演讲；在第一届会员大会的441名会员中，交通银行的职工有22名，以后逐届增加，到1939年10月第五届会员代表大会时，"银联"会员有7200名，其中交通银行职工462名。

交通银行职工积极响应和参加"银联"的各项活动，不仅历届"银联"的理事和多项重大活动的负责人都有交通银行职工，在"银联"筹备会时期向银钱业募款和"银联"成立后举办的运动会、演讲会、参观团、口琴班、歌唱班、中国经济讲习班、征募旧衣等活动中，也不乏交通银行职工的身影。总管理处稽核处第六课办事员张照（张藜青），曾担任"银联"平剧组负责人；曾在滇行和总管理处工作的金惠民，则长期担任"银联"理事和第一届学术部主任；储祖弼（后改名为储伟修）积极发动交通银行职工参加话剧活动，"银联"话剧团的第14分队就由交通银行职工组成。

"银联"为交通银行职工提供了进步的阶梯，交通银行职工也对"银联"倾注了热爱。1938年4月，"银联"为了筹措装修汉口路115号会址和添置办公设备的费用，发起了自由捐，交通银行职工踊跃参与，其中上海界路支行经理石祥和个人经募款项374元，沪行经理王子崧也率职工参与了募集捐款，足见交通银行同人对"银联"的支持和爱护。1939年6月，"银联"举办第一届行庄田径运动会，参加者有中国银行、上海商业储蓄银行、浙江兴业银行、国货银行、汇丰银行等35家行庄。在行内"银联"会员的主持下，交通银行全行在沪职工踊跃参与，临时组织田径队，从上海南京路、民国路、静安寺路等支行以及各撤沪行处同人中甄选自愿出席的队员，整队参赛。结果，交通银行队以35分的优异成绩荣获团体亚军，任相成、姚载宁分别获得个人赛亚军、季军，大大提振了职工士气。

"银联"虽然是上海银钱业职工的群众性组织，但其基础扎实，对上层人士的统战工作做得较为深入，得到了金融界上层人士的普遍认可，并且领到了国民党上海市党部和租界当局的执照，具有合法地位，因此，其所开展的群众工作颇得人心。同时，"银联"在开展各项活动时，坚持宣传抗日救国，反对投降，坚持和平，反对内战，坚持团结，反对分裂，给了银行职工以极大的触动，对交通银行内部的群众工作也起到了积极的推动作用。1937 年，上海银行界支部建立，随后通过"银联"深入各银行内部，建立了中国、中央、交通、农民银行支部，北四行金城、盐业、大陆、中南银行支部，上海、浙兴、浙实、新华银行及外商汇丰、东方汇理银行支部，1939 年又成立金融界党委。在党组织不断发展壮大的过程中，交通银行的进步职工不断接受新思想的熏陶，培育出以杨修范、储祖弼、张宗祜、孙震一等为代表的优秀党员和一大批进步分子。交通银行的"银联"会员中，部分积极分子如张照、吴泽逸、史达甫、瞿德明、尤介伦、姚载宁、鲍忠祐等，抗战胜利后还成为"六联"（上海市"四行二局"员工联谊会）的积极分子和骨干。

除了参加"银联"的活动外，交通银行职工还加入其他进步团体，最典型的例子是 1931 年加入交通银行总行发行部的办事员杨修范。杨修范思想进步，追求真理，积极参加进步组织，从事组织和宣传发动群众工作。他于 1929 年秋加入沙千里、许德良发起的青年之友社（蚁社的前身），1933 年春担任蚁社执行委员，致力于揭露国民党媚外事敌、内战不休、祸国殃民的面目；1934 年在上海参加苏联之友社，与进步人士共同组织哲学座谈会、国际问题座谈会、妇女问题座谈会等；1935—1937 年参加上海职业界救国会，担任大队长、组织干事、党组成员等工作，其间还于 1935 年经王明扬介绍加入中国共产党，成为交通银行职工中入党最早的中共党员。杨修范不仅自己积极投身进步活动，还加强与积极分子的联系，采用交朋友、走家串户等方式，达到深入了解和加强团结的目的。他的言行举止和以身作则，感染带动了交通银行的一批青年，抗战情绪更加高昂，逐步在行内形成一股进步思潮。

交通银行在沪的职工进步活动

"七七事变"后，抗日战争全面展开。1937 年 8 月 13 日，日军入侵上海，不久，上海成为孤岛。此时的上海，成千上万的工人变成了战争难民，中共上海地方党组织的党员中也有很多人失去了工作，他们开设了不少避难所性质的小茶馆，为难民们唱歌、说书、读报和谈论时事提供场所。同时，第二次国共合作已经正式展开，抗日民族统一战线初步建立，一些进步书刊像雨后春笋般出现在上海租界里，交通银行的不少职工也开始通过书刊接触到进步思想。

1934 年进入交通银行总行的"乙种试用员"张宗祜，就经进步人士推荐，在上海租界街头买到了一部美国记者埃德加·斯诺的《西行漫记》中译本。在读了该书后，张宗祜对前所未闻的传奇般的红军两万五千里长征有了深入了解，对中国共产党的英雄事迹和抗日主张有了客观认识，对国民党长期以来对共产党、红军的无耻造谣和诽谤有了初步认知，逐渐消除了他头脑中所受反动宣传的流毒，树起了革命领袖人物的高大形象，从而让他信服地看到国家、民族的前途和希望。

1937 年 11 月，因应抗战形势需要，交通银行总行奉命改组为总管理处并迁离上海。驻留上海孤岛的交通银行上海分行同人和各撤退行处抵沪人员，除克服重重困难努力维持交通银行继续营业外，还纷纷参加救济难民、旧衣征募、缝制棉背心、街头演剧、传唱救亡歌曲、义卖等活动，同时在行内积极组织开展进步职工活动。1938 年 5 月，包括张宗祜在内的多位交通银行总管理处进步职工被调派到香港工作，在港继续从事进步活动。

1939 年 5 月，交通银行上海民国路支行办事员、中共党员孙震一介绍了撤退到上海的无锡支行办事员储祖弼入党。孙、储二人都是交通银行 1934 年招录的"乙种试用员"，背景相似、志趣相投，遂一起在行内发起组织了"乙种试用员联谊会"，主要成员有王厚渭、朱德隆、王毓钧等。联谊会在行内开展了不少进步活动，主要有：组织

1936 年 10 月成立的上海市银钱业业余联谊会，是党的抗日民族统一战线的产物。图为第七届理监事合影。

"雪影读书会",对当时的一些进步书籍进行阅读和分享,如毛泽东的《论持久战》、斯诺的《西行漫记》等;写稿揭发斥责当时伪华兴银行所发行的钞票,指出该银行的目的在于欺骗民众、掠夺物资并破坏中国的金融;举办各类文体活动,如歌咏、乒乓球比赛等,增进同人间的了解。不过,联谊会的存续时间并不长,随着抗战形势的变化,"乙种试用员"在经过短期集中培训后,大部分被派往西南各地的行处服务,孙震一也于 1939 年第四季度被调往广东韶关工作。此后,党组织通过储祖弼通知朱德隆、王厚渭等,停止了"雪影读书会"的活动,"乙种试用员联谊会"的活动也逐步停止。

1939 年七八月间,储祖弼曾发展 1933 年入行的"乙种试用员"金守方入党,但金守方在 10 月就退党了。随着孙震一被调离上海,储祖弼划归中共上海地方党组织金融党委委员江春泽、叶景灏联系领导,秘密从事中共上海金融委员会的组织工作。1940 年初,储祖弼介绍 1934 年入行的"乙种试用员"朱德隆入党,不久,朱德隆也调往交通银行南昌分行工作。从 1941 年初到下半年,上海孤岛的环境进一步恶化,租界内国民党和三青团的要员成批投敌,群众的爱国活动处处受到压制,交通银行上海分行一度被迫停业,相关负责人"于万分艰苦之中继续力支危局",行内的进步活动也暂时转入低潮。1942 年 5 月,储祖弼离开上海,前往解放区苏中抗日根据地参加新四军。此后,中国银行的中共党员刘善长、周耀瑾等主动与交通银行在沪职工中的积极分子加强联系,引导他们在力所能及的情况下参加各项活动,并建立了合作关系。1943 年,中国银行党员江春泽介绍交通银行总管理处业务部办事员游凤起入党,由刘善长单线联系,继续在交通银行内部开展活动。

交通银行在港的职工进步活动

1937 年 11 月,交通银行总管理处奉国民政府财政部命令迁到汉口,其中总管理处发行部的一部分迁移到香港,成立香港办事处。1938 年 5 月初,交通银行将总管理处主要职能迁到香港(总管理处名义上仍位于重庆),交通银行董事长胡笔江、总经理唐寿民,以及发行部经理王子崧、副经理许敬甫等带领大部分职工居于香港。这些在香港的职工中,有不少曾在上海参加过进步活动和抗日救亡运动。

在中共南方局香港区委地方党组织的推动下,1939 年 1 月 8 日,由香港职业青年组织的"香港业余联谊社"(以下简称"业联")正式成立。成立"业联"的目的,是"想在香港职业青年朋友中建立起集体的、广阔的、高尚的、自由的文化娱乐生活",

它既是一个俱乐部，也是一间业余大学，同时还是一支"抗建的后备军"。"业联"成立时，有社员 170 余人，多数是银行界、各大公司、各洋行的外省职工，交通银行职工姚建候（当时是中共上海地方党组织的党员）、葛师良、张宗祜参加了"业联"的筹组并担任理事。此后，"业联"逐步发展到 500 余人，交通银行职工有数十人加入其中，如吴志本、吴志时、谢光弼、吴隆治、王正安、陆玉贻、吴麟、陈纬之、顾隆高等，都是"业联"中的积极分子。杨修范也于 1939 年来到香港，在总管理处稽核处任职，秘密担任中共香港党组织青年委员会书记，参与了"业联"的领导工作。"业联"成立后，举办了读书会、演讲会、歌咏会、时事座谈会、话剧团、平剧组、球赛、郊游等活动，"凡是可以让生活在有益方面发展的，应有尽有"；曾应邀到参加演讲和宣传抗战的有成舍我、吴涵真、郭步陶、金仲华、胡愈之、陶行知、茅盾、乔冠华、夏衍、蔡楚生、司徒慧敏、李景波、金山等进步人士；还出版了社刊《业联》，组织社友一起练习写作，刊登了一系列宣传抗战的进步作品。

交通银行职工张宗祜作为牵头人之一发起的"业联"读书会，深刻影响了一大批先进分子。读书会由乔冠华担任导师，不公开地开展活动，成员由"业联"的骨干分子组成，以学习马克思主义基本理论为主，也定期穿插学习讨论国内外形势。平时，大家挤时间自学，每星期在一位成员家里集会讨论一次。读书会曾学习过马克思的《资本论》（第一卷）和《法兰西内战》、毛泽东的《论持久战》、米丁的《新哲学大纲》、恩格斯的《社会主义从空想到科学的发展》等著作。通过学习，让没有接触过马克思主义理论的人，初步认识了资本主义社会发生、发展和必然灭亡的规律，懂得了无产阶级革命的必要性和必然性，也让大家从毛泽东对形势、战局、力量对比、战略战术、发展变化的具有极大说服力和预见性的分析中，从"抗日战争是持久战，最后胜利是中国的"这个响亮的回答中，受到鼓舞和教育，坚定了走向新生活的信念。

"业联"曾多次发动慰劳抗战将士的募捐活动，将捐款购买的医药用品等物资运往东江游击区；发起"七七"献金运动支持政府抗战，与香港华商总会等社会团体联合提倡"节约献金""集体旅行"等活动，并积极参与"节约购债运动"；请中国救亡剧团为社员演出，为该剧团的抗战宣传出钱出力……通过这些活动，"业联"不仅"直接对祖国抗战尽了物质上的帮助"，而且在抗战的大前提下较好地团结了全港各界青年职工，让他们"时刻都关联在抗战建国的一切工作中"，"产生了伟大的成果"。

1939 年 11 月 5 日，"业联"歌咏队同香港、九龙的 18 个歌咏团体联合成立"香港歌咏协进会"，交通银行职工张宗祜被推选为协进会主席，积极组织演唱抗日救亡歌曲，受到了广大职业青年的热情欢迎。吴志本、顾隆高等交通银行职工积极宣传抗战主张，在《业联》上发表文章多篇，鼓舞社员士气。1941年12月8日，太平洋战争爆发；12月25日，香港沦陷，"业联"被迫停止活动。交通银行职工姚镇圻、张宗祜等因在"业联"表现活跃，被日军列入短期内进行大逮捕的黑名单，在中共香港地方党组织的掩护下，他们化装成难民，连夜渡海，秘密转移，经东江游击区转赴重庆。在香港"业联"的历练，进一步坚定了交通银行进步职工跟着中国共产党走革命道路的信念和决心。

与"业联"几乎可以相提并论，且有着"互相提携、共同发展"的密切关系的，还有由杨修范等原蚁社骨干成员发起、1939年1月20日正式成立的香港银行业业余联谊会（以下简称"港银联"）。"港银联"成立伊始，有会员700余人，由在港各银行中的进步职工所组织，为香港三大业余团体之一。会员中有大量的交通银行职工，交通银行董事长钱新之、总经理唐寿民都积极支持该会，且均为该会的"永久会员"，钱新之还与杜月笙、俞鸿钧、孔令侃等一道被选为理事。在"港银联"成立大会上，钱新之致辞，倡导在港银行界同人戒绝不良的嗜好、提倡正当的娱乐，提倡智育、体育、德育和群育，尤为重要的是补充新知识，"无论什么新的经济理论，新的经济学说都要学习，才不会落伍"；他还很剀切地勖勉同人戒赌、戒嫖、戒早婚，并列举了一些贪图目前享受而倾家荡产的事实，让大家有所警惕。

"港银联"成立后所组织的活动，与"业联"大体相似，有歌咏队、戏剧团、国语班、讨论会等，在银行职工中积极提倡体育、交流感情、联谊旅行，并出版《银联》月刊。该会也曾邀请夏衍、唐槐秋、胡愈之、徐迟等进步人士为会员演讲，还每月举行一项剧本、化装等研究，不定期举办戏剧演讲会、参观影片公司、联络相关剧团等。尤为具有轰动效应的是公演了一系列鲁迅的作品，在冯亦代的帮助下

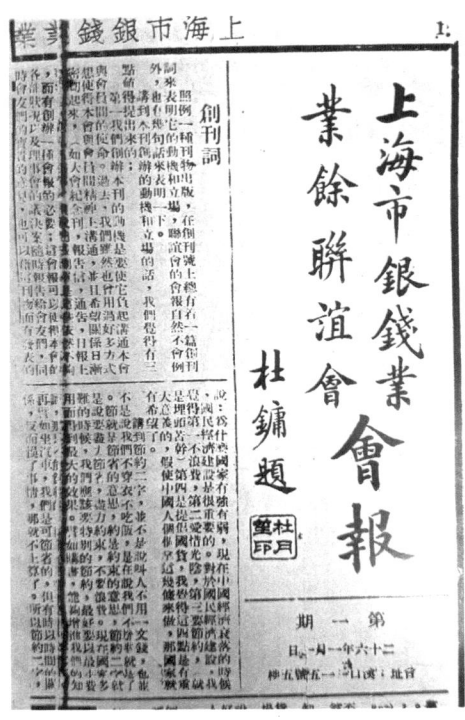

"银联"得到了银行业上层人士的支持，其会报即由杜月笙题签。

排演过鲁迅作品中的《过客》和萧红创作的四幕剧《民族魂鲁迅》，邀请徐迟朗诵过鲁迅作品《聪明人和傻子和奴才》，邀请田汉改编、李景波自导自演过鲁迅的《阿Q正传》第五幕，而在这一系列作品中因扮演鲁迅而声名鹊起的正是交通银行职工张宗祜，他不仅"长相很像鲁迅先生"，并且"演得很好"。"港银联"通过组织开展各种进步活动，传递共同的信念、纯真的友爱、无私的互助，并号召人们扬弃养尊处优的习惯，在集体中生活，在集体中学习，精诚团结，一致抗日。

交通银行在渝的职工进步活动

交通银行总管理处迁到重庆后，沦陷区各撤退行处的职工也纷纷来到西南，导致在渝的同人日益众多。大家虽共事一处，但彼此接触机会较少，互不相识者也不在少数。交通银行总管理处位于重庆市郊，业余之暇缺少联谊组织，难以使职工的私人生活融入团体生活。1941年7月，总管理处进步职工陆玉贻、李嘉有、吴志时等发起组织"同人业余联谊会"。交通银行高层认为此项组织确属需要，遂起草章则、成立理事会，并推进各项会务。理事人选由各部处负责人担任，理事会下设干事会，分学术、

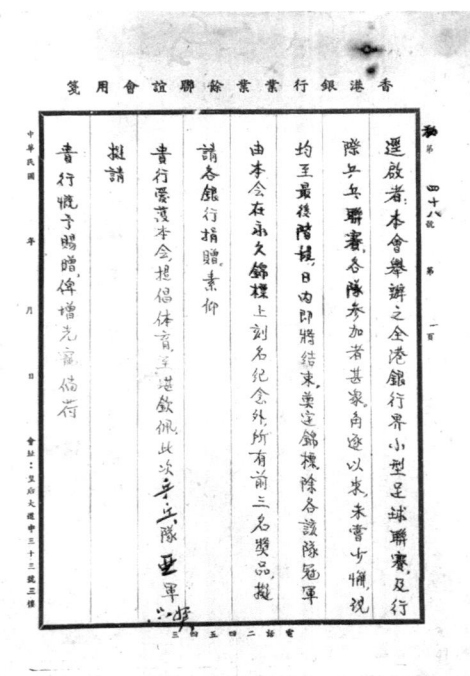
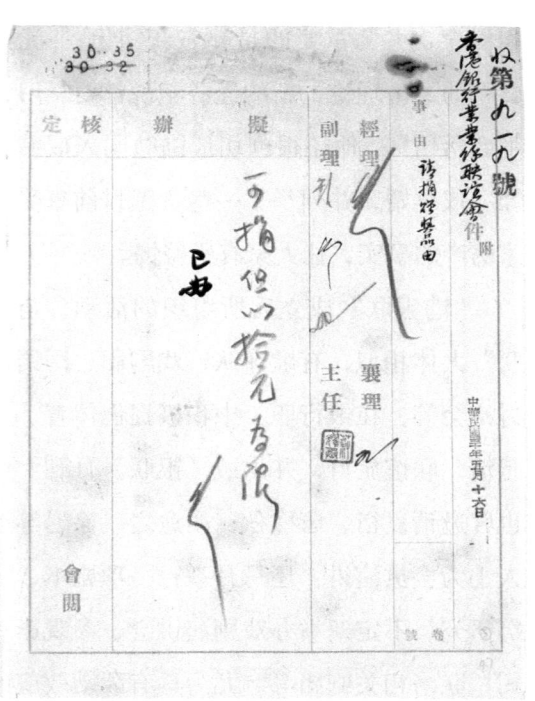

1941年5月，交通银行香港分行收到"港银联"关于捐赠奖品的函件。

娱乐、体育、卫生四组。随着在港人员悉数赴渝后，总管理处人数激增，交通银行高层也越发重视职工业余生活，遂于1942年8月将"同人业余联谊会"扩充组织，并定名为"交通银行总管理处同人业余联谊会"（以下简称"联谊会"）。

"联谊会"以"联络同人感情，交换智识，砥砺学行，锻炼身体，增进服务技能，共谋同人福利"为宗旨，在丰富交通银行职工业余生活的同时，也促进了职工进步活动的开展。会内分设总务、学术、体育、娱乐、卫生5股，计25组，每股设干事5~8人，其中，总务股干事范楚臣、吴志时、陆玉贻，学术股干事石志侃、吴志本、余捷琼，卫生股干事潘志云，体育股干事吴隆治，娱乐股干事张宗祜等，都是与党关系密切的先进分子。"联谊会"会长朱通九是稽核处副处长，也是学术界活跃开明的经济学家，虽然他同时担任了国民党党部书记，但对职工活动却颇具热心，这就为交通银行职工进步活动的开展留出了空间。

已经担任总管理处稽核处整旧课课长的杨修范，党内身份是在重庆中共中央南方局青年组负责职业青年工作，随后又转到重庆八路军办事处南方局经济组负责经济情报工作。他根据党的指示，以"联谊会"为依托，在交通银行总管理处联系了一些思

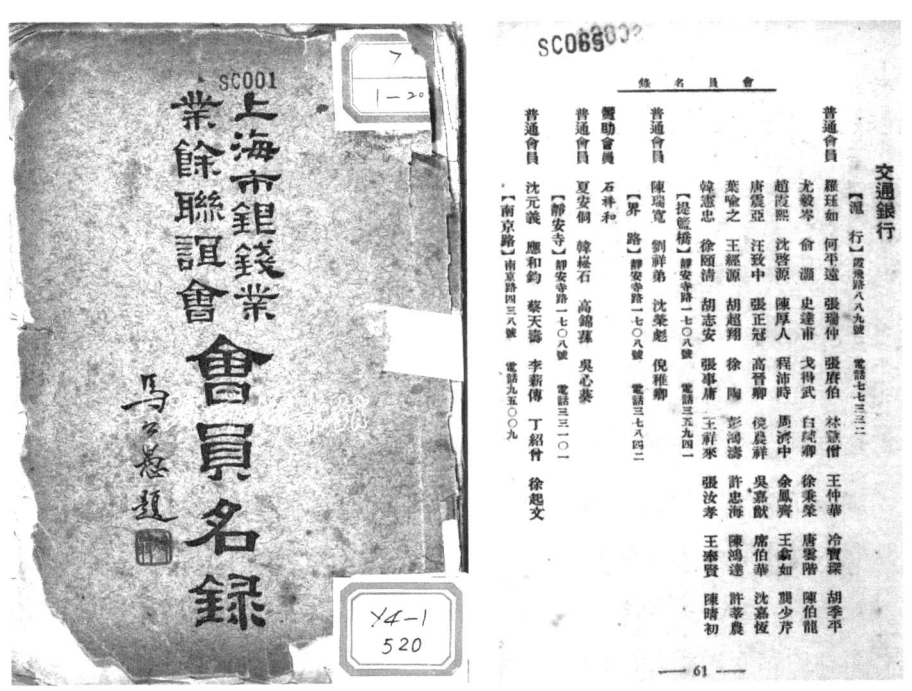

交通银行的不少上层人员和普通职工都参加或支持了"银联"

想进步的职工，通过秘密、分散的方式组织了"读书会"和"互助储蓄会"等活动。

1941年，杨修范搬到重庆化龙桥交通银行宿舍后，经常在晚间和假日组织"读书会"，参加活动的有事务处的陆玉贻，稽核处的吴隆治、吴志时、谢光弼、华春、张宗祜、王正安，人事处的吴志本，以及杨修范的爱人王纯等，地点一般在杨修范家里，或在谢光弼、吴志时、华春三人合住的行员宿舍内。"读书会"除了座谈时事形势、交流相关情况外，还会开展理论学习，曾学习过艾思奇的《大众哲学》、毛泽东的《新民主主义论》等作品。杨修范还曾带领"读书会"的骨干访问过八路军办事处和郭沫若。当时，交通银行新招收了一批青年职工，在杨修范等人的影响下，唐梅林、潘志昌、黄西雄等人都发展成为新的进步力量，唐梅林后来成为党的外围骨干分子，在"中国经济事业协进会"中发挥了重要的作用。

"互助储蓄会"是杨修范、陆玉贻和行外的沙千里、何惧、徐赜敖五人串联发起的不公开的群众组织，主要吸收工商界、银行界进步人士入会，开展互助互利活动，总人数三四十人。交通银行曾在香港参加"业联"的积极分子如张宗祜、吴志本，以及"读书会"的成员，都参加了"互助储蓄会"。"互助储蓄会"会员每月根据自身经济情况交存一笔储金，供集中使用。该会每周日上午聚会座谈时事，有时也会请学者、名流如沈钧儒、黄炎培、邓初民、王若飞、章汉夫、乔冠华等来演讲，此外还组织成员参加社会上的其他进步活动。

杨修范是交通银行总管理处的资深行员，对稽核处和发行部这两个核心部门的相关情况较为熟悉。他除了动员行内进步分子积极组织和参与"联谊会"的活动，做好群众中的宣传工作，还注意收集交通银行发行钞票和准备金的数量、官僚资本企业和迁川的私营企业活动情况，通过交通银行人事变动了解四大家族派系之间的矛盾，了解四联总处增发钞票的秘密，以及国统区经济、金融的相关重要信息，通过许涤新提供给党组织参考。杨修范十分善于与总管理处同人处理好关系，在交通银行宿舍内动员进步青年订阅《新华日报》和《群众周刊》，宣传党的抗日救国主张，扩大了党的统一战线，加深了交通银行职工对共产党及其政策的认识和了解，逐步消除了人们对中国共产党的误解和偏见，从而一步一步向党靠拢。

此外，杨修范还注意联系交通银行外的银行界进步人士，如联系中央银行寿进文、袁君实，中国农民银行陈慕安、华丁夷，中国银行耿一民，川康银行赵景深，四联总处欧阳执无，中央信托局顾濂溪等人。抗战后期，杨修范还将这些进步人士介绍

给许涤新，请他们向党组织提供
了许多重要的经济情报，并参加
了"中国经济事业协进会"，在国
统区的职工运动中贡献了力量。

当然，杨修范、张宗祜等人
在交通银行开展的进步活动并非
一帆风顺，他们也曾受到特务的
注意和恐吓。1941 年四五月间，
国民党机关曾发给交通银行一件
机密公函，要求交通银行成立防
奸小组，监视行内有无中共党员
活动。该函为交通银行事务处陆
玉贻收拆，他将函件交给杨修范
和谢光弼，而杨、谢恰恰都是进
步人士，他们将函上交交通银行
高层后，杨修范紧急与许涤新面
商，叮嘱他注意事态进展。所幸

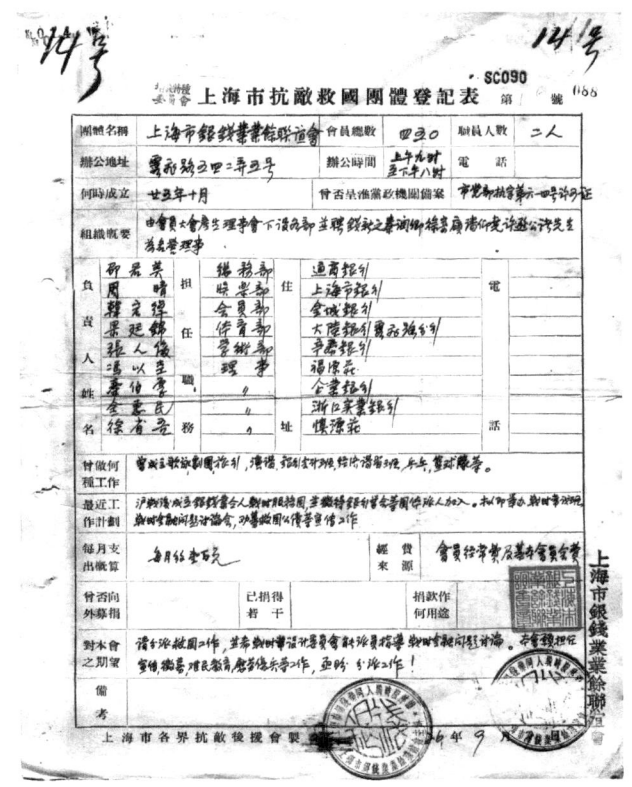

上海市抗战救国团体登记表

此后交通银行人事部门并未加以追究，只是责成朱通九去处理，最后不了了之。1942
年 3 月，张宗祜请乔冠华到宿舍讲解国际形势，被特务跟踪。特务到交通银行恐吓陆
玉贻，称交通银行有秘密金融小组在宿舍开会，并拿出特务组织"通讯网"登记表，
交陆登记。陆置之不理，后来送给特务一段呢料，才将此事"糊弄"过去。此外，还
曾有人向交通银行当局反映杨修范、张宗祜、谢光弼三人的活动情况，称他们为"危
险分子"，恰好人事室襄理吴志本也是曾参加左翼作家联盟的进步人士，辩解说杨修范
只是主张坚决抗日，对现状有些不满而已。经过了一系列波折后，杨修范等人也更加
注意掩护自己，跟交通银行总经理赵棣华的亲信们打成一片，使当局无法辨别和判断
他们的身份，由此得以隐蔽下来，继续坚持为党从事进步活动。

抗日战争是中华民族同仇敌忾、艰苦卓绝的卫国战争，是争取民族解放、中华复
兴的伟大战争。在中国共产党倡导的、以国共合作为基础的抗日民族统一战线的旗帜
下，交通银行的进步职工活动一直在中共地方党组织的领导下有条不紊地开展。党组

织从思想启蒙、意识唤起、价值实现、组织建设等方面全方位地对职工进步活动进行教育启蒙和引导，把广泛发动职工群众与争取中上层人士的统战工作紧密结合，在争取到中上层人士的支持的同时，也掩护了下层职工群众的合法斗争，从而有力推动了交通银行全行的抗日爱国运动，为抗战事业作出了一定贡献。在中共党员的带动和影响下，随着进步活动的深入开展，交通银行总管理处内涌现了一批具有共产主义思想倾向的积极分子，他们在抗战胜利后和交通银行的职工进步活动中进一步发挥了积极作用。

上海解放前交通银行的职工进步活动

1945 年 8 月，经过 14 年的浴血奋战，抗日战争取得最终胜利。全国人民热望和平，期待在和平环境中建设好自己的国家。百废待兴，中国共产党顺应民意，提出要用一切方法争取和平，在和平的基础上完成国家政治变革，使遭到战争摧残的国家恢复生机，推进国家的工业化和农业近代化。毛泽东亲赴重庆与蒋介石谈判，签订《政府与中共代表会谈纪要》，即"双十协定"。1946 年 1 月，政治协商会议在重庆召开，通过了和平建国纲领等五项协议。

然而，不管中国共产党拿出怎样的诚意、付出多大代价、作出怎样的努力，全国上下对和平抱有多么殷切的期望，蒋介石集团打内战的决心已定。1946 年 6 月，蒋介石悍然撕毁"双十协定"和政协决议，发动了向解放区的全面进攻。

中国共产党坚定地同全中国人民站在一起，依靠人民反对国民党挑起的内战。上海金融业中，包括交通银行职工在内，在中共上海地方党组织的领导下，积极参加了蒋管区人民"第二条战线"的斗争，为打倒国民党反动统治、解放全中国作出了应有的贡献。

"复员"初期的斗争

1945 年 8 月，日本投降后，国民政府即制定《行政院各部会署司派遣收复区接收人员办法》。此时，全国各地物价飞涨，职工生活雪上加霜。上海交通银行当局却以等待重庆总管理处派员前来接收为由，将职工工资冻结。从大后方回到上海的官僚资本集团，正在进行掠夺式的"接收"，丑闻频传。交通银行职工对自己几年来受到敌伪压制的经历已经深感痛苦，眼见胜利后依然看不到任何好转的希望，部分积极分子不得不开始酝酿发动经济斗争。

在党员游凤起、积极分子张金鉴等的组织领导下，交通银行职工按照商定的计划，以栈司拒绝出库、工友阻止开门营业为序幕，举行罢工，并推派代表与行方谈判。在这次斗争中，职工代表积极争取行内中层管理人员的支持，让他们也站到了职工一边。由于双方力量对比悬殊，职工方面占据绝对优势，行方全部接受了职工方面提出的要求。经过谈判，罢工取得胜利，由此揭开了交通银行下一阶段职工进步活动的序幕。

1945 年 9 月中旬，重庆总管理处所派的接收人员抵达上海，开始接收工作。政府当局希望通过大规模接收敌伪产业，挽救抗战以来已濒临崩溃的财政经济，其中经济接收以金融和工矿两者最为重要。在敌伪金融机构比较集中的南京、上海，仅接收的银行就有近百家，财产数额巨大，仅交通银行就接收了日本的住友银行、上海银行株式会社、汉口银行株式会社上海支店等。国民政府接收的金融资产，本应成为稳定经济的重要资本，为战后经济复苏奠定良好的基础，然而，在接收过程中，国民政府的各路接收大员却无不趁火打劫、顺手牵羊、浑水摸鱼，大肆地贪污盗窃、营私舞弊、中饱私囊，搜刮装入私人腰包的资产不计其数。由于性质过于恶劣，造成了无法估量的声誉损失。曾任接收大员的邵毓麟向蒋介石当面进言："这样下去，我们虽已收复了国土，但我们将丧失人心！"

接收工作实质上变成了"劫收"，国民党要员们种种关于"五子登科"（抢夺位子、房子、金子、车子、女子）的丑闻，让交通银行职工进一步认清了国民党当局的丑恶面目。更为恶劣的是，行方将上海交通银行的职工区别对待，称沦陷时期留沪职工一律作为"复进"，之前在交通银行的工作资历作废，工资改为"维持费"，仅及重庆返回职工待遇的 1/3，在政治上、经济上也都对他们备加歧视，让交通银行职工产生极大反感。

中共上海地方党组织经过反复研究，决定利用国民党统治势力青黄不接之际，发动群众开展一场政治上、经济上相结合的"反歧视"斗争，与上海市工人、学生、教师的"反歧视、反甄别"斗争相呼应。广大交通银行留沪职工在提高认识的基础上，迅速发起了"反歧视"的斗争。游凤起、吴泽逸、瞿德明、史达甫、姚载宁等分别采取签名要求、推荐代表找接收大员谈判等多种方式，向行方主张留沪职工与重庆返沪职工同等待遇。在他们的带动下，1945 年 10 月 8 日，交通银行上海分行所属霞飞路支行、南京路支行、静安寺路支行、民国路支行等集体实行罢工，要求行方当局按照中国银行办法，将行员福利基金及营运所得盈余悉数平均分配。

经过两个多月的斗争，有效地打击了行方的官僚气焰，提高了积极分子和抗战期间留沪职工对自身合法权益的认识，也为中共党员积累了在新阶段、新环境开展新斗争的经验。到 1945 年 12 月中旬，交通银行当局基本接受职工所提经济上的要求，但在政治上，仍未解决职工资历问题，在 1946 年 12 月印发的《交通银行同人录》中，凡上海沦陷时期留沪行员的"到行年月"一栏内，仍印明"民国三十四年十月复进"。

交通银行职工的"反歧视"斗争，与当时社会上工人、学生、教师的"反歧视、反甄别"斗争遥相呼应，有效提高了职工们联合起来进行斗争的觉悟。通过斗争，广大职工也进一步看清了国民党当局的反动腐败，原来仍保持的幻想和迷信开始分崩离析，也为此后更好地开展斗争积累了经验做好了准备。

"四行一局"职工联合怠工斗争

1946 年初，由于国民政府加紧掠夺，上海物价飞涨，不到一个月米价就上涨了 1 倍多。国家行局一般职工的每月实际收入，一下子从抗战胜利初期的折合食米 4 石下降到不足 2 石，银行职工的收入已经到了"副经理的待遇不及擦皮鞋的朋友""靠工钱个人也不能够维持"的地步。时逢农历年关，广大职工迫切希望增加薪金。

但是，当时国家行局职工的薪金由"四联总处"统一管辖，行局职工要求改善待遇的斗争，其对手已不是各自的东家，而是蒋介石亲自主持的"四联总处"，势必需要各行局职工联合起来共同进行。由于各行局的群众工作基础互有差异，国民党当局对各行局的控制也有强弱之别，加上各行局的职工间缺乏联系，要做到统一行动实属不易。

1946 年 2 月 7 日，中国银行、交通银行的党员和积极分子四五十人在四川路青年会食堂聚餐，提出加速发展"四行一局"（中央银行、中国银行、交通银行、中国农民银行、中央信托局）职工间的联系（邮政储金汇业局的职工待遇按邮政系统标准计算，因此未加入）。其中，来自交通银行的张照、吴泽逸、史达甫、瞿德明、尤介伦、李文泉等都是颇有资历的老职工，在群众中有着较强的影响力和号召力。大家经过商讨后，一致认为"四行一局"职工必须联合起来斗争，才有可能让当局提高职工待遇。于是，中国银行、交通银行的积极分子分头负责与其他三个行局职工组织取得联系，经过大家的协同努力，在三天内就形成了初步的"联合"。其中，交通银行工友任龙生、李经芳起到了积极作用。

当时，"四联总处"规定各行局职工待遇的计算方法为照薪水加80倍，基本生活补助费为法币12800元，有家属米贷金照中等米市价计算，膳费亦照中等米一石，分三级核发。照此标准计算，如助理员底薪50元者，每月可得52800元；办事员底薪200元者，每月可得64800元。经过职工们的商议，向"四联总处"和各行局总处提出职工每人每月最低生活标准为法币15.6万元，工友按照七折计算，为法币11.7万元。

1946年2月10日，以中国银行、交通银行积极分子为主，商讨拟具了准备发动群众联合签名的"签呈"草稿，要求各行局从2月开始按标准发放。在中国银行、交通银行的党员和积极分子的共同努力下，"四行一局"各单位均确定了一批可靠的联系对象，并于11日晚拟订了职工联合行动计划，由中共中国银行支部负责向上级党委报告。

经过紧张的秘密征集签名活动，1946年2月12日，"四行一局"职工的联合"签呈"分别送交各行局。2月14日、15日是各行局发放当月薪金的日子，各行局仍按照老办法发薪，结果有的单位中层以下职工全部拒收，有的单位则部分职工拒收。2月14日晚，各行局积极分子再次在中国银行食堂秘密集会，决定于2月16日（星期六，适逢元宵节）上午9:00开始联合举行两小时的"静坐"怠工，并推定了各单位的联系人，商妥联系方法。2月16日上午，交通银行职工按照约定计划照常到行，但却紧闭行门，封锁库房，职工神情严肃，镇定静坐，账簿不出库，营业厅电话断线，电灯没有全开，光线暗淡。

1946年2月11日，以中国银行、交通银行积极分子为主，商讨拟具了准备发动群众联合签名的"签呈"草稿。

当时，"四行一局"参加怠工斗争的有2000余人。怠工宣言为：物价不断高涨，首受影响者为薪水阶级，余等为四行及中信局职工，所得薪金报酬微薄，余等已再三呈请当局改善待遇，至今尚无结果，是以迫不得已乃做是种"静坐"怠工运动，以期引起当局注意，能迅即调整余等之待遇。

在获悉"四行一局"职工的怠工消息后，金城银行全体职工筹资购买慰问品，向每位怠工职工赠送了"烟卷五支、饼干两块",以表达他们的慰问和"无限同情";邮政储金汇业局职工也派代表前往慰问。《申报》《新闻报》《市民日报》等部分报社的记者闻讯前来采访。在怠工两小时后,全体职工即迅速恢复工作。由于前期组织得力,这次怠工取得了较好的效果。

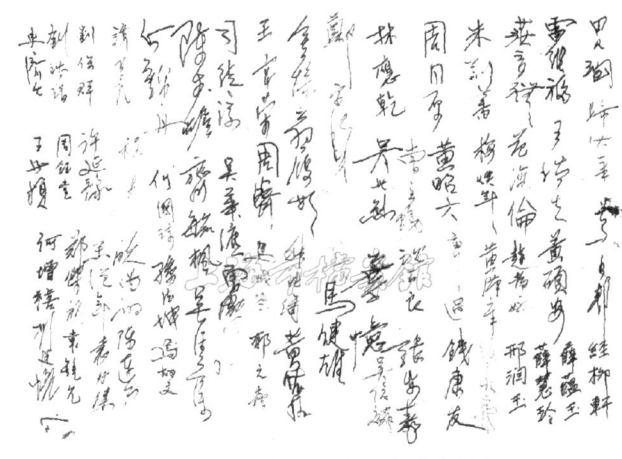

1946 年 2 月 11 日,秘密征集的群众联合签名。

上午 11:00,财政部特派员办公处紧急召集中国银行徐维明、交通银行李道南、中国农民银行朱闻生、中央信托局沈熙瑞及"四联总处"上海分处负责人,商讨应付办法,一面以财政部特派员名义发表告同人书,劝大家安心服务;一面联系重庆"四联总处"及各行局总处,请速确定职工薪金调整办法。经紧急商定,加薪办法为额定补助 4 万元,此外照薪金基数增加 200 倍。

对于"四行一局"所提出的解决方案,职工们显然不能同意。1946 年 2 月 17 日,各行局积极分子在中国银行图书馆集中开会,商讨多项议题,包括:职工所提薪金要求,如果星期一仍未获解决,将再推代表与行局负责人谈判;为更好地维护职工利益,筹组"四行二局员工福利会",以体现职工团结一致。

2 月 17 日下午 16:30,"四联总处"上海分处召集各行局负责人在中央银行召开紧急会议,出席者还有国民政府上海市市长钱大钧、社会局局长吴开先、警察局局长宣铁吾等,交通银行参会代表为上海分行副理潘仲麟。会上讨论热烈,讨论到晚上近21:00,各方意见仍未能达成一致。最后,经中国银行总经理宋汉章、徐寄庼等极力斡旋,决定全盘接受职工要求:"在正式调整办法未决定前,二月份之津贴,职员每人预借 15 万元,工役每人预借 11 万元,将来在调整后之薪津中扣除。"

至此,"四行一局"职工的联合怠工斗争取得完全胜利。

支持建立"六联"

"四行一局"职工联合怠工斗争取得胜利后,广大职工情绪高昂,在中国银行、交

通银行党员和积极分子的组织下，于1946年
2月18日上午，由110位发起人组成"四行二
局员工福利会筹备会"，并立即征集会员。在
筹备会上，党员建议把团体名称改为"四行二
局员工联谊会"（以下简称"六联"）。到2月底，
"六联"共征得会员1950余人（其中交通银行
职工398人），约占当时"四行二局"职工总
数的1/3。

1946年3月3日，"六联"假座浦东同乡
会大礼堂举行成立大会。

1946年3月3日，"六联"假座浦东同乡
会大礼堂举行成立大会，通过会章，选举会员
代表。"六联"的成立是金融业的重大事件，
标志着"四行二局"职工的群众进步活动从此
进入一个新的阶段。

1946年3月9日，"六联"第一次代表大
会在外滩中国银行大楼召开，选举干事25人、
常务干事7人、监事9人。交通银行张照、瞿德明获选为常务干事，汪子静、吴泽逸、
游凤起、李文泉、李经芳、任龙生获选为干事，尤介伦、殷永胜、崔祖德获选为监事。
张照年高资深，在职工斗争中表现积极，有着很好的群众基础，被推选为干事会主席。

为了密切与群众的联系，"六联"成立后，积极开展了各种文娱体育和为群众服务
的活动，如郊游、各种球队、平剧组、话剧组、国乐组、联欢会、聚餐会等，并定期
举办大型文体活动，扩大联系面，加强群众之间的联系。交通银行职工积极参加"六联"
举办的各类活动，有效增进了职工活动的深度和广度。

1946年5月25日，"六联"创办了会刊《联讯》，每月出版一期，为职工活动开拓
了一个重要的宣传阵地。交通银行张照（笔名肖伧）、瞿德明（笔名商木、双目室主）、
葛一飞（笔名衣辉）等经常供稿，瞿德明还承担起了《联讯》初期的总发行工作。《联讯》
出版后，广受喜爱，成为"不单单是会友们人人所爱护和爱读的一份报纸，实在是国
内外"四行二局"任何一个分支机构员工们所热烈批阅着的，它可以说是联谊会的灵
魂"。抗战胜利后各地银钱业同人团体的出版物，不论在形式和内容以及题名上，很多
都模拟了《联讯》。在"四行二局"职工眼里，《联讯》切切实实地做到了"会友的喉

舌"和"大众的心声"。《联讯》的编辑出版发行工作，始终在中共上海地方党组织的领导下进行，这也使它迅速成为宣传党的方针政策、传播进步思想的平台，成为团结群众、鼓舞斗志的号角，成为职工互通声气、联络感情的桥梁，成为反映群众疾苦的喉舌以及职工发表文艺和业务作品的园地。

1947 年 5 月，"六联"开始第二次征集会员，至 8 月 31 日，会员人数达到 4783 人，比刚成立时增加 1 倍多。交通银行的会员征集，由吴隆治任队长，谢光弼、魏蕴轩、戈得武、张宗祜、陆士桢、顾隆高、吴志良、姚载宁、张黎青、李经芳等职工中的积极分子任副队长，广泛动员职工们加入"六联"。当时交通银行职工总数为 1204 人，参加"六联"的有 784 人，占 65.12%。"六联"的成立，拉近了职工之间的距离，一些向来明哲保身的职工，联合到了一起；穿着西装长衫的知识分子和工友在这里开始并肩战斗了；普遍比较安分守己的银行职工，在金融业这个国民党政权的心脏部门建立起了联合斗争的组织。这堪称党在金融业工作的首创性成果和战略性突破。

"九二六"饿工斗争

1946 年 6 月，国民党军队发动对解放区的大规模进攻，全面内战爆发。在中共上海地方党组织的领导下，交通银行职工积极参加"六联"开展的经济斗争和政治斗争，并通过斗争培育和锻炼了一大批积极分子，党的队伍也不断壮大。

在国民党企图以速战速决的方式消灭人民革命力量的计划宣告彻底破产的情况下，1947 年 2 月，国民党政府颁发《紧急经济措施方案》，以不择手段的方式压制统治区内的人民来加强反动内战，随后又颁布《维持社会秩序临时办法》《紧急处置法》等反动法令。在统治区陷入严重经济危机的情况下，国民党政府妄图通过设置经济警察，冻结生活指数，降低职工实际工资，禁止工人罢工、学生罢课，禁止游行示威等方式，继续维持其反动统治。然而，哪里有压迫，哪里就有反抗。1947 年，全国 20 多个大中城市中先后有 300 余万工人罢工。在这种形势下，交通银行的职工进步活动也有了进一步的发展。

1947 年 8 月，国民党政府为了平息公教人员要求与"四行二局"职工同等待遇的风潮，在报纸上公开发布"国家银行职工待遇过优""对四行二局职工待遇将予冻结降低"等论调。9 月，国民党政府又以"总统手谕"的形式，强调"行局员工与公教人员待遇必须一致"，由"四联总处"下令削减行局职工（邮政储金汇业局除外）的米贴计职员 7 斗 8 升、工友 3 斗 4 升（这些米贴是 1946 年 2 月行局职工怠工斗争取得胜利后增加的），并取消煤炭津贴。这实质上是对之前职工斗争胜利成果的反攻倒算。

"六联"骨干经过多次秘密会商后，迅速发起"不减薪"运动，于 1947 年 9 月 12 日由"四行一局"职工联名"签呈"，分别向各该行局最高负责者呼吁，要求当局"收回成命，以保障员工的最低生活"。其中，列举的理由有三点：第一，物价上涨未见加薪，反而准备减薪，诚不合理；第二，中纺等国营机构并未减薪；第三，公务员待遇实属过低，应予调整，但不宜减低行局员工待遇。同时，还提出在 9 月 25 日前借支薪金一个月等四项要求。包括不少中层管理者在内，交通银行职工普遍参加了这次签名。但是，各行局当局都要看"银行中的银行"中央银行的动静，只能异口同声表示："此事并非出自行局本身的决定，无法改变。"在中央银行，秘书处和同人关于此事"一张一张的签呈，都压在新婚不久的张老总裁公权的桌上，连翻都没有翻"。为此，部分积极分子提出，要采用更高形式的斗争。

"六联"各行局积极分子和部分群众经过讨论，认为采用"绝食一餐"的"饿工"斗争（绝食但仍坚持工作）方式来表达抗议比较适当。这一设想得到了上级党委的同意和支持。

各行局党员和积极分子对"饿工"斗争进行了周密的部署，交通银行由李经芳等组织工友在 9 月 25 日下班后打扫营业厅和办公室时，在每一张办公桌的玻璃台板下统一放了一张铅印的绝食抗议宣传单，详细说明绝食的目的、纪律和时间。9 月 26 日上午，又由"六联"统一发出《绝食抗议宣言》，措辞有理有节："通货无限制膨胀，物价不断上扬……待遇反被屡次削减。经再三请求收回成命，迄未有效果。为使当局注意并作迅速合理解决，我们决定今天中午绝食一餐。……我们的行动是和平的、合理的。但是，我们的情绪是沉痛的、坚决的。我们借此先作一次无声的抗议。"

这天中午，各行局 6000 多名职工，其中也包括大多数中层人员，都参加了"饿工"斗争。交通银行上海分行楼梯旁的墙壁上张贴上了大幅漫画，中午吃饭时，一些工友还在饭厅门口和走廊里巡查，一经发现有个别职工去饭厅吃饭，就上前劝阻。因为组织得力，交通银行职工大都没有吃午饭。当时的《立报》曾报道，"行局膳厅里几百桌饭菜，摆着没有一个人在吃"。交通银行总管理处的办公地点在静安寺路 999 号，在王自慎、张宗祜、王正安、金惠民等"六联"骨干的串联推动下，职工们也普遍响应，拒吃午饭。"六联"监事尤介伦在当天的日记中记载："有如此好秩序，意料之外。"

当天下午，金城银行、大陆银行等同业职工为表示同情起见，准备了大批蛋糕、面包、牛奶、点心、果酱，分头前往各行局慰劳参加"饿工"斗争的同人。不过，参加斗争的职工纷纷予以婉言谢绝，并没有进食，因为"绝食就是绝食，既然不吃饭，当然更不吃面包"。上海区海关同人福利会、四行储蓄会、金源钱庄、花旗银行、浙江实业银行、邮政储金汇业局、台湾银行、浙江兴业银行、中汇银行、四明银行、新华银行、天元公司、中棉公司、太平保险公司、上海票据交换所、国货公司等都发来函电慰问，南京、杭州等地的行局职工也都致电声援。南京的中国银行、交通银行职工于 9 月 27 日中午也绝食一餐，以示对上海同人的支持。

一直以来都被视为"捧着金饭碗"的国家行局职工，竟然要为抗议降低待遇而举行绝食，这是对国民党当局的莫大讽刺。"饿工"事件一经媒体披露，社会影响巨大，国民党当局也大受震动。很快，"四联总处"被迫答应先给行局职工每人支借一个月薪金（但削减米贴的命令并没有取消），算是暂时缓和了矛盾。

"饿工"斗争是"六联"组织开展的一次大规模的职工进步活动，关于斗争的过程，《联讯》上有详细的报道。这也让《联讯》越发声名远播，一些其他省市的职工纷纷致函《联讯》编辑部，要求订阅《联讯》。

为了揭露国民党当局的腐朽与无能，1947 年 10 月 15 日，《联讯》以整版的篇幅刊登了《关于待遇问题的几件零星资料》一文，登出上海市物价指数、生活指数、家庭开支的比较表（这些统计数字都来自官方的资料），以无可辩驳的数字反映出 1947 年 9 月第四周上海的物价比抗战时已上涨了 67568 倍，而职工的实际收入却在不断下降。该文形象地将"物价"比喻为"无疆的野马腾云驾雾的神仙"，将"生活"比喻为"老牛破车，荷着重负，越重山翻峻岭，终有一天将倒毙途次"，并直言："物价在狂涨，生活费用在增加，待遇的实际收益在逐渐减少，暗扣之外，再加明折，政府还要命令减薪，究竟为什么？难道说我们的待遇使公务员羡慕吗？那么又为什么不提高公务员的待遇呢？国库不堪负担吗？那又是为什么呢？请大家多多想想。"

同时，《联讯》还刊发了多篇文章，对国民党当局的种种恶行予以驳斥。如何生亮的《知足不辱》一文，对国民党当局限制职工就待遇问题提合理要求的荒唐行为，进行了义正词严的抗辩，指出国民党当局一直以层出不穷的所谓"合理""合法"措施来硬"训"同人"知足"，恐怕最后的受"辱"绝不是小职员本身；同若的《泡沫与浪花》一文，阐明了物价暴涨的过程，形象地指出"钞票初发行时一定是很大的一张，逐渐缩小，小呀小的，又突然地变大了，不过已非旧时面目，看样子今日又逢到了这变的阶段"；小木陀的《今日之银行员》一文，则以打油诗的形式刻画现实："钞票越发越多，薪水越拿越少，肚子越吃越饿，物价越压越高，工作越赶越忙，身体越变越瘦，年纪越来越老，孩子越生越多，日子越过越难，太太越做越像老妈子。""四行二局"职工均深感"减低待遇影响工作情绪"，一致呼吁当局将银行职工待遇合理化。很显然，大家已经清楚地看到国民党当局财政濒临破产、经济陷入困境、政权行将覆灭。

到了1947年11月，各行局职工生活越加恶化。交通银行同人中，"大多数均受物价飞腾生活高压之影响，群感入不敷出之苦"，而子女较多的同事，"尤以子弟之学费与衣着负担为重，无不借债度日"。

"三八"坐工斗争

随着人民解放军由战略防御转入战略进攻，国民党政权的统治显得摇摇欲坠。为了维持其战争机器的有效运转，国民党政府开始滥发钞票，经济濒临崩溃，物价疯狂上涨，人民窘困度日，工潮学潮频发。1948年2月，为了缓和公教人员的不满，"四联总处"下令再次削减国家行局职工的"实物配售差额金"。命令公布后，"四行一局"职工非常愤慨，1947年9月削减米贴的问题尚未解决，竟然又要在"百物飞涨漫无止境""每月辛劳所得，实不敷维持生活"的情况下大幅度降低待遇，让人难以忍受。

为了更好地开展职工的进步活动，1948年2月，行局总支建立行局工友支部，由交通银行陈品梅任支部书记，任龙生任组织委员，中国银行何金水任宣传委员。在行局总支和行局工友支部的组织下，"六联"的骨干们在多次研讨后，决定针对削减"实物配售差额金"再次发动联名"签呈"。

联名"签呈"先由各行局分别提出，主要内容是要求增发职工每人每月食米1石、工友4斗，以补偿这次"实物配售差额金"的削减；生活指数按月调整，并将指数计算底数自30元提高至50元，工友自16元提高至30元，在50元以上者，按指数1/10发给；工友子女教育费应由行局方面予以补助。1948年3月1日，各行局职工分头向当局送出"签呈"。当局的回复是，子女教育费问题可以解决，其他两项则不能满足。

职工们获得答复后，自然不能满意。1948年3月初，各行局党员和积极分子在交通银行地下室召开紧急会议，决定采取"坐工"方式，选定3月8日晚上，职工下班后分别各自留在办公地点静坐，就职工待遇问题等候行方的合理答复。这一斗争方式，形式上较为温和，不会影响行局正常业务的开展，也不妨碍社会公共秩序，但是，如果职工得不到满意的答复，通宵静坐，势必影响次日的工作质量，而责任又不在职工。

可惜的是，由于不适当地借用了当时百货业"事先扩大宣传，争取社会同情"的做法，职工们 3 月 7 日（星期日）就在行局内广为张贴要求增加待遇的标语和漫画，并向各报社发出了"四行一局职工将在 3 月 8 日下班后坐工 2 小时"的消息，给了行局方面事先准备的时机。8 日晨，国民政府财政部致电中央银行并转各行局，申明"要求增加待遇之企图，殊属非是"，责成各行局主管负责开导职工，"倘有逾越行为，应即严予制裁，以正风纪为要"。

1948 年 3 月 8 日一早，各行局职工正式发出当天下班后 17:00~21:00 开展"坐工"的通知，并散发了以"团结、合作、求生存"为通栏标题的《联讯》快报。与此同时，各行局当局也在行内张贴和分发事先印好的《告同人书》，告诫职工"体念时艰，共济安危之义，毋作越轨行为"，"挟众怠工系属扰乱金融情节尤为严重，现当戡乱时期，扰乱金融妨害治安，律有明文，凡迹近要挟之举动，或干涉他人之自由，不仅违反行局纪律，亦必为治安当局所不许"，并恫吓职工"如以身试法，其处分不止依照行局规章开除而已……毋为他人利用，而作无谓牺牲"。

为防止职工继续开展"坐工"斗争，当局做了周密的部署。当天下午，交通银行上海分行营业厅里就有一些维持秩序的便衣特务出现；16:00 左右，交通银行各部门的经理和襄理便开始分头"半强迫半哄劝"地要求职工们停止办公，早些下班回家，个别经理和襄理还帮职工将所办文件账册收起。交通银行的职工意志较为坚决，开始并不为所动，依旧在办公室内上班，不肯离开。随后，上海市警察局逮捕中国银行三位"六联"骨干的消息传来，大家义愤填膺，却又不知该如何应对，"除极少数以工作未可仍滞留外，其余均纷纷离行"。"坐工"斗争至此以"流产"而告终。

响应"三一三"罢工斗争

中国银行的刘善长（"六联"常务干事，同时兼任中共上海地方党组织金融党委委员、行局总支书记）、周耀瑾（"六联"干事，同时兼任行局总支委员、中共中国银行支部书记）和张松簏（《联讯》信箱负责人）因"有运动'坐工'之嫌"而被捕后，中共中国银行支部与上级党委的联系中断。中共上海地方党组织金融党委书记杨世仪根据实际情况，及时与中国银行的党员建立联系，发动中国银行职工营救被捕同事。

1948 年 3 月 13 日晨，被捕三人的家属在党员和积极分子的陪同下，来到中国银行营业大厅当众申诉，迅速激起了在场职工的义愤，中国银行营业大厅工作人员都熄灭电灯，停止工作。中国银行职工罢工的消息传到交通银行后，交通银行职工的反应同样十分强烈，大家三三两两聚集到一起，议论纷纷，无心工作，近于停工。交通银行职工对中国银行职工罢工斗争的响应，是对营救三位被捕同人的无声支持。

迫于来自行局职工的压力，当局于 1948 年 3 月 15 日上午 11:00，将刘善长等三人解至地检处侦查，经检察官开庭询问后，提出三人每人各交 5 亿元作为保证，可以保释。当天下午，被捕的三人获得保释，恢复了人身自由。

保卫"六联"的斗争

"三一三"罢工斗争后，职工要求恢复两次被削减的待遇的问题仍没有得到解决，组织开展活动的"六联"却引起了国民党当局的高度警惕，国民党当局和各行局从各方面向"六联"的骨干施压，企图瓦解"六联"。1948 年 3 月 22 日，国民党上海市长吴国桢要求社会局取缔"六联"，随后，社会局以"六联"未经核准登记为由，于 4 月 6 日函请警察局取缔。

交通银行上海分行副理李轫哉是国民党上海市金融特别区党部常务委员，对行内的职工活动一向较为关注，早在"六联"成立之初就曾多方打听消息，对进步活动加以阻挠。在国民党当局明确取缔"六联"后，李轫哉找到"六联"干事会主席张照和干事李文泉，通过谈话加以威胁，要求他们辞去"六联"职务。张照找刘善长商量对策，刘善长表示将在短期内改选主席，请张照暂时先顶住压力。

为了在金融业内保留"六联"这个职工组织，党采取措施加强了各行局内部的党员力量。1948 年 5 月，党把交通银行上海分行储蓄股办事员葛一飞的组织关系转到交通银行（她的组织关系之前一直不在交通银行），随即成立中共交通银行支部，由行局总支委员王自慎兼任支部书记，葛一飞任组织委员，冯宝豫任宣传委员。中共交通银行支部的成立，为发动交通银行职工保卫"六联"的斗争做好了组织准备。

1948 年 5 月中旬，在行局党支部的领导下，"六联"推出以中国银行刘善长、中央信托局顾濂溪两位党员为首，包括交通银行游凤起、任龙生、李经芳等在内的 12 位骨干，作为向社会局申请登记的承转人，积极组织征集群众签名的活动，以阻挡当局的迫害活动。不到一个星期，"六联"就在各行局征集到 3884 人的签名，显示出"六联"在群众中具有极高的认可度。当时，上级党组织交给中共交通银行支部的首要任务，是发动群众搞好"六联"的改选。葛一飞在"六联"改选前夕的一次骨干会议上做了关于保卫"六联"的精彩发言，为她当选为理事奠定了基础。5 月下旬，"六联"组织了声势浩大的会员代表、理事、监事改选活动，参加选举的会员达到 5335 人，先由各行局选出会员代表 656 人，再从中选出理事 25 人、监事 9 人。交通银行葛一飞、瞿德明、史达甫、任龙生、李经芳 5 人当选为理事，金惠民当选为监事。会员代表会议将干事会改称为理事会，中国银行刘善长被推选为理事会主席，交通银行任龙生和中央信托局顾濂溪被推选为副主席，交通银行葛一飞兼任"六联"学术部副部长和《联讯》编委会委员。通过改选，进一步加强了党对"六联"的领导，群众对开展进步活动的情绪更加高涨。

"六联"成功改选后，于 1948 年 6 月 16 日将有 3800 多人签名的集体申请登记信送达上海市社会局。一周后，社会局驳回了申请，理由是"四行二局"已经有福利组织，没有必要再组织"六联"。之后，"六联"再次致函社会局，申明组织成立"六联"是行局广大职工的愿望，应予登记注册。社会局同样予以驳回，并称这是"妄自渎陈，应予申斥"。警察局也配合社会局，多次派人找到刘善长等人，加以威胁。幸好每次都有数十位"六联"同人自动集合起来保护，与警察局的人对峙说理，顶住了压力。为了缓和对立的形势，"六联"推派部分理事和监事组成代表团，分访各行局当局，向他们说明"六联"的宗旨和成绩，争取他们的支持。交通银行金惠民作为代表团的成员也参与其中。

在与国民党当局斗争的过程中，"六联"仍坚持出版《联讯》。《联讯》最初是靠会员的入会费办起来的，后因纸张价格不断上涨、印刷数量剧增，经费发生了严重困难，于是在 1947 年 10—12 月发动了第一次自由捐，上海各行局职工 3200 余人捐献了近 9000 余万元，外地行局分支机构 50 处职工捐献了近 3000 万元；其中，交通银行共 732 人捐款，捐献 1431 万元。到了 1948 年 7 月下旬，随着《联讯》的发行量激增，纸张、印刷、邮资等开支大涨，经费再次出现困难，"六联"慎重研究后决定在各行局职工中再度发起自由捐。第二次自由捐活动仍旧得到了各行局职工广泛的支持，不到一个月的时间中，参与捐款的人数就达到 5614 人，捐集经费法币 101 亿元，其中，来自外地行局职工的捐款达 21 亿余元，占 20%。交通银行职工中，除了少数没有参加捐款外，几乎每个人都捐了款。交通银行粤行职工除了汇来捐款外，还寄来30万元邮票，要求以后多寄几份《联讯》给他们。这次捐款，不但使《联讯》的出版经费得到了有效缓解，还造成了更为浩大的声势，《联讯》的影响力得到了进一步增强。先后两次自由捐的圆满成功，充分说明党对《联讯》领导有方，《联讯》的出版发行工作深得人心。

1948年8月中旬，警察局追踪查询《联讯》的承印情况，还密函邮局，不准将信箱租给《联讯》使用。事实上，在"三八"坐工斗争时，《联讯》的邮政信箱就已经停用，在承印单位职工的同情、配合下，《联讯》的排版、校对、印刷、发行等工作都安排在夜间秘密进行。当时，交通银行支部围绕保卫"六联"，团结带领一批积极分子如唐荣钰、吕翠珍、吴美贞、孙球、黄秉杰等，或积极为《联讯》组稿，或帮助做好发行工作，在斗争中得到了锻炼，提高了觉悟，并不断向党组织靠拢。

这一时期，社会局、警察局和各行局当局不断采取各种方式对"六联"及其骨干进行分化、迫害。1948年7月，交通银行总管理处人事室主任徐象枢（国民党候补中央委员）亲自写签呈，将"六联"监事金惠民调到南昌交通银行工作。调令发出后，"六联"理事葛一飞、史达甫、任龙生、李经芳等都义愤填膺，一起出面发动职工联合签名，要求行方收回成命。交通银行的多数职工包括一些中层干部都参加了签名。与此同时，"六联"理事会又派理事葛风（中央信托局）、侯湘（中国银行）等，同交通银行当局交涉，说明金惠民是"六联"监事，调离上海后将会影响"六联"的正常工作，希望行方能慎重考虑。金惠民本人也通过其他人请交通银行董事长钱新之出面干预。虽然这些努力都没能改变调职的决定，但却显示出"银联"的号召力和群众的响应力，给行方造成了巨大压力。金惠民离上海前，"六联"还举行了一次欢送会，参加者多达一百余人，大家纷纷表示要团结一致、提高警惕、坚持斗争。在"六联"的影响下，金惠民到达南昌一个月后，就又被改调到离上海较近的湖州交通银行。此后，交通银行再未发生过调动"六联"骨干的事情。

1948年7月27日，社会局约集"四行二局"人事主管人员和国民党上海市党部委员陈保泰，以及金融特别区党部常委范鹤言、李轫哉等，秘密召开会议商讨如何搞垮"六联"。交通银行李轫哉在会上大肆吹嘘自己之前在交通银行创办"消费合作社"和各种福利文体组织的经验后说："我看今后只能从福利、文娱等方面来吸引他们。"经过商讨，最后定议各行局应对参加"六联"的职工劝告约束、各行局应成立或加强员工福利社，以及由社会局取缔"六联"等五项"办法"。

1948 年 8 月，李轫哉约谈葛一飞，希望她能退出"六联"，劝告她"'六联'是非法组织，刘善长这种人是有背景的，你不要跟着他们跑"。葛一飞回答，"我看刘善长对人热心，处处为同人谋福利"，"'六联'是职工业余联谊组织，既然大家选举我当理事，我不能不干"。李轫哉见劝阻无效，便凶相毕露，声称自己与搞群众运动的人势不两立，会斗争到底。葛一飞不为所动，李轫哉最后无可奈何。李轫哉还找史达甫谈话，胁迫他辞去"六联"理事，也被史达甫拒绝。此外，李轫哉还通过瞿德明的行政领导向瞿德明施压，并通过各自的入行介绍人向任龙生、李经芳、陈品梅等工友劝说，要他们停止参加"六联"的活动。

这时，国民党军队在战场上节节败退，中国人民解放军已经从侧背威胁南京，国民党的统治岌岌可危。为了维持其统治，国民政府强制推行币制改革，发行金圆券来取代已经形同废纸的法币；同时，冻结职工工资，以高压手段对人民进行搜刮。1948 年 9 月初，针对国民党假借币制改革名义发行金圆券的事实，《联讯》发表了一批揭露国民党币制崩溃情况的文章，还发表了职工代表座谈"物价与生活"的记录，以及向职工广泛征求对冻结待遇意见的汇总材料，表达了广大职工群众对国民党倒行逆施的抗议和对前途的绝望。

1948 年 9 月 21 日，"四行二局"接到"四联总处"发出的密函，转发南京"总统府"的指示，要求各行局"了解'四行、两局员工联谊会'的组织情况和负责人的最近活动，详细具报"。22 日，"四行二局"联合具名，铅印了一份《告同人书》，指出"已参加'四行、两局员工联谊会'者，应洞明是非，立即退出；倘再从事暗中活动，必将受国法制裁"。在《告同人书》发出之前，"六联"骨干已获悉其中内容，立即召开紧急会议，并连夜起草刻印了名为"洞明是非"的传单，对《告同人书》中的内容做了针锋相对的驳斥，在次日一早抢先散发。"四行二局"当局见此情形，也就没有发放《告同人书》。但是，没有发放成功的《告同人书》成为国民党将对"六联"以暴力手段实施血腥镇压的一个强烈信号，让中共上海地方党组织不得不更加慎重地考虑如何应对接下去的斗争。

在日益严峻的形势下，中共上海地方党组织从实际出发，根据党中央 1948 年 8 月 22 日关于党在国统区的斗争"在城市方面，应坚决实行疏散隐蔽、积蓄力量、以待时机的方针"的精神，决定及时改换斗争方式，避免党员和积极分子遭受损失。过去，"六联"所开展的一系列斗争已经使国民党当局在政治上、经济上受到相当大的打击，在新的严峻形势下，"六联"可以停止表面的活动，将党员和积极分子尽可能分散，并继续做好团结群众的工作，以保存有生力量，等待时机、迎接解放。

在经过上级党委同意后，"六联"召开了理事、监事联席会议，决定于 1948 年 9 月 29 日以全体理事、监事的名义发出《告会员书》，详细说明面临的形势和"六联"受到的压力。在这种艰难的情况下，全体理事、监事向全体会员提出辞职，会务活动停止，《联讯》正式休刊，并请求全体会员谅解。《告会员书》发出后，各行局职工深受震动，纷纷对理事、监事表示理解和同情，同时对他们的人身安全深表关切。在党员和积极分子的组织下，各行局会员通过踊跃签名，支持理事、监事们的主张，并要求各行局当局保证不对"六联"理事、监事进行迫害，发挥了群众掩护撤退的积极作用。"六联"虽然解散了，但骨干及广大职工的情绪并没有受到太多负面影响；相反地，不少积极分子还提出要从集中行动转向分散联系，以便更深入地联系群众、开展斗争。

由于"四联总处"函催各行局追查"六联"理事、监事活动情况，"六联"各理事、监事在向全体会员请辞后，还分别向行方做了书面备案，说明已经辞去在"六联"所任的职务。当交通银行葛一飞、瞿德明、史达甫、任龙生、李经芳五位原"六联"理事将分别签名的备案书集中起来交给李轫哉时，李轫哉说："你们仍是集体行动，不太好。"可见，国民党当局是相当害怕群众的集体行动的，而"六联"也的确对当局造成了极大的困扰。

组织"交通剧团"

"六联"停止活动后，上级党组织要求"六联"骨干保持密切联系，各行局开展分散活动，与群众广交朋友，成立各种小型多样、适合各种不同层次需要的社

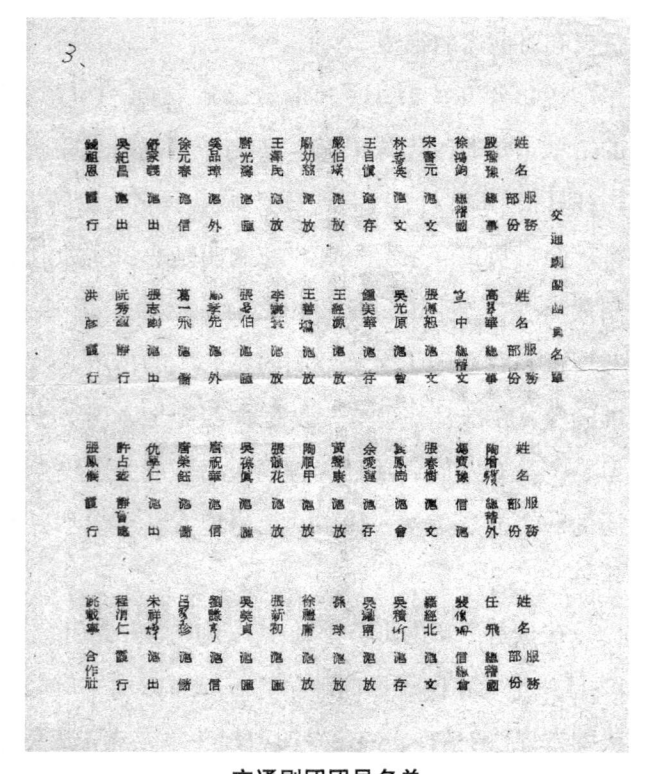

交通剧团团员名单

团，如读书会、联谊会、文化娱乐团体等，有的还可以通过结拜兄弟、结拜姐妹团结群众。"六联"原来的部分骨干于1948年10月10日组织了一次无锡旅游，"四行二局"职工中，共有四五十人参加，交通银行参加者有葛一飞、罗经北、唐荣钰、吕翠珍、冯宝豫、孙球等。借着旅游的机会，大家商量如何保持联系、开展活动。

因应开展进步活动的需要，考虑到职工中有不少年轻人，且都爱好文娱活动，中共交通银行支部于1948年10月牵头创办了交通剧团，核心成员都是"六联"积极分子。交通剧团旨在吸收职工中话剧爱好者参加，在排练、公演、座谈、聚餐时交流思想、联络感情。经支部研究决定，交通银行由冯宝豫、罗经北出面组织，参加者包括严孝修、唐荣钰、吕翠珍、黄声康、舒家义、张新初、邬孝先、孙球、徐礼庸、严伯瑛、吴美贞、阮秀堃、屠幼慈、钱祖恩、王善壎、张志麟、吴纪昌、张晏伯、黄秉杰、王经源等50余人，公推严伯瑛为团长。

交通剧团的成立，并未得到行方的支持，反而受到李轫哉的多方刁难，不仅不给经费、不借场所，而且给职工施压，劝说职工不要参加剧团活动，冯宝豫、唐荣钰、吕翠珍等都曾受到行方劝止，冯宝豫因在交通剧团中比较活跃，还被行方调整岗位以限制他的活动时间。尽管遭遇重重阻力，但参加剧团的职工情绪高昂，他们自筹经费，在行外借用场地，连聘请导演的费用也是自力更生解决。交通剧团排练过《未婚夫妻》《一块牌子》《父归》等讽刺性的短剧，影响良好。

1949年2月20日，交通剧团在四川北路横浜桥上海市立实验戏剧学校开展首次公演，交通银行、中国银行的不少职工都前去观演，以表示对交通剧团的支持。这次公演，得到了上海市立实验戏剧学校学生们的帮助和指导，双方在演出前一天一夜的时间里通力协作，使演出得以高水平地顺利开展。首次公演活动取得圆满成功，不仅让交通剧团在行内扩大了影响，也吸引了不少老职工加入剧团，充实了剧团的实力。

交通剧团除了在排练、公演过程中加强职工间的相互联系外，还通过举办座谈会、郊游会、聚餐会、相互访问等途径联络大家的感情，并在各种活动中进行形势教育，宣传党的政策，培养积极分子。交通剧团的活动一直持续到上海解放前夕。剧团中的积极分子唐荣钰于1949年2月由葛一飞介绍入党，参加中共交通银行支部的组织生活。还有一些骨干团员后来成为职工"应变"组织和解放初期职工协助接管组织的积极分子。

成立员工互助会

1949 年元旦，新华社发表《将革命进行到底》的社论。人民解放军蓄势挺进江南，解放全中国指日可待。国民党政府提出所谓"应变"口号，疯狂掠夺，准备逃跑。对此，中共上海市委明确指示，要利用"应变"口号，保护财产和人员安全，配合人民解放军解放上海。中共行局总支及时提出了"组织力量，迎接解放，保护行产，反对逃跑，加强政策宣传，加紧调查研究，收集资料，协助接管"的新的斗争任务。交通银行由葛一飞、陈品梅出面，在 4 月人民解放军渡江前夕，成立了"应变会"性质的交通银行员工互助会。

员工互助会经职工推派代表，选出 20 余人作为委员，其中既有代表行方的上层人物如朱通九（总管理处稽核处处长）、李轫哉，又有中层职工代表如张宗祜（总管理处稽核处放款课课长）、吴志本（总管理处人事室襄理）、张金鉴（总管理处事务处第一课副课长），还有普通职工代表王自慎、葛一飞、陈品梅、任龙生等。员工互助会下设的总务组由葛一飞负责，联络组由陈品梅负责，宣传组由张宗祜负责。

员工互助会的一项重要工作是保护行产。在陈品梅的组织下，以收藏保管的名义，将上海分行警卫班（共 7 人）的枪支弹药全部收齐，集中保管，并遴选进步工友如任龙生、李经芳、高岐山、魏润裕、程友荣、凌永浩、陈祖豪等成立护卫队，在行内外日夜值班巡逻，防止破坏。护卫队在永嘉新村家属宿舍前后门装置木栅栏，男职工晚上分批轮流值班，女职工负责组织救护队以应不时之需。1949 年 5 月 25 日，在人民解放军已经控制苏州河以南地区的情况下，陈品梅组织部分工友把守位于苏州河北岸的交通银行仓库库房，不许任何人开库，以防转移物资财产或涂改账册。李轫哉曾一度勒令开库营业，被陈品梅坚决拒绝，直到 1949 年 5 月 27 日军代表到行接管后才开库。

此外，员工互助会还将居住在虹口、闸北和郊区的部分职工家属搬迁，集中到静安寺路 999 号居住，以策安全；把消费合作社结存的米、油等物全部分给职工（工友和临时雇员经争取后与职员享有同等分配待遇），以安定人心；由张宗祜负责，委托总管理处职工路伯奇、陶增骥编发油印的《会讯》，报道员工互助会的活动信息（共印发 4 期），为职工们及时提供最新消息。1949 年 5 月初，中国银行给职员分发"应变费"每人银元 80 元、工友 48 元，交通银行行务委员会援例分发"救济费"。一周后，国民

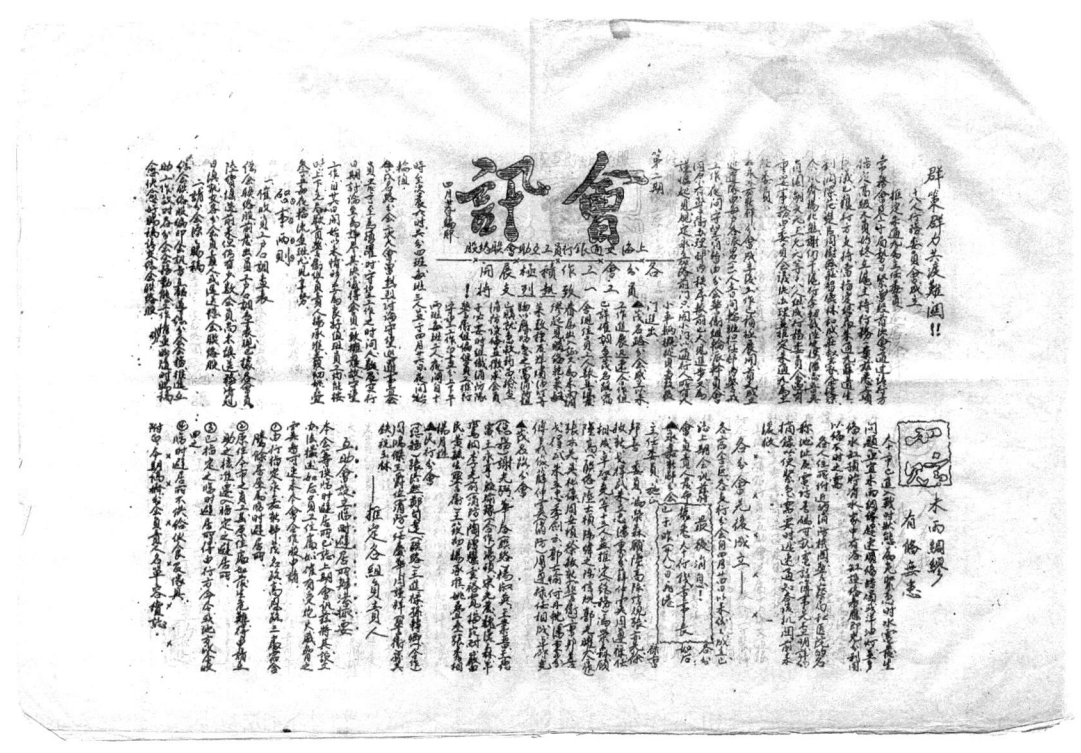

上海解放前，交通银行职工成立员工互助会，并印发《会讯》

党淞沪警备司令汤恩伯获悉此事，勒令在两天内全部退回，违者"军法从事"。中共交通银行支部及时向行局总支请示汇报，行局总支认为在解放上海前夕不宜与敌人死拼硬顶，以免招致严重后果。中共交通银行支部通过党员、积极分子和员工互助会，在职工中进行广泛深入的劝说工作，广大职工信任党员和积极分子的劝告，在短期内就如数退回了"救济费"，避免了不必要的牺牲。

迎接解放

1949 年 4 月 25 日，中国人民革命军事委员会主席毛泽东、中国人民解放军总司令朱德签发《中国人民解放军布告》，向全体人民约法八章。中共行局总支收到《中国人民解放军布告》后，即交给行局工友支部，由工友支部设法油印后分发给各行局中上层（主任、襄理以上）留沪人员，责令他们保护行产，听候接管。行局工友支部在汉口路中国银行老楼内，由陈品梅刻写，任龙生、何金水油印，任龙生正在读小学的儿子写信封，在不同地段的邮筒中寄出。这些宣传接管政策的信件，为上海解放后顺利接管交通银行创造了有利条件。如交通银行上海分行文书股主任林欣谷收到信件后，即布置办事员沈吾鹏将文书股掌管的人事资料及公文档案整理编目，等候接管。

随着上海的解放，交通银行上海分行的职工进步活动也胜利结束。在整个解放战争时期，在中共上海地方党组织的领导下，通过将经济斗争和政治斗争相结合，交通银行的职工进步活动有条不紊地开展，在职工群众中取得了良好的影响。其间，虽然也有失败和挫折，但在党的坚强领导下，克服了困难，纠正了错误，壮大了进步队伍，党在交通银行的力量也得以不断增强。截至上海解放前，中共交通银行支部和行局工友支部共有交通银行职工党员18人，其中中共交通银行支部9人，分别为王自慎、葛一飞、游凤起、冯宝豫、罗经北、严孝修、唐荣钰、刘奋之、张凤仪；行局工友支部9人，分别为陈品梅、任龙生、李经芳、吴海涛、高岐山、许学连、郑泉、凌永浩、杜梦陵。此外，在交通银行职工中，党组织关系不在交通银行的党员有4人，分别为杨修范、王正安、钱祖恩、笪中。与此同时，在交通银行职工中也培养造就了一批具有共产主义倾向的积极分子。这些党员和积极分子在职工进步活动中经受了磨炼，得到了成长，思想觉悟和工作能力得到了大大提高，新中国成立后，不少人成为各条战线的骨干。

后　记

　　当我在北京的瑟瑟秋风和萧萧落叶中整理这部写于上海的书稿时，我时常会怀想交通银行的先辈们是如何辛勤奔波于京沪之间的。在他们创业之初，没有高铁，更遑论飞机，却要在北京和上海之间来来去去，尤其在动荡的年代里，交通银行总管理处（总行）在北京、天津、上海、武汉、重庆、香港等地几易其址，所有人员也跟着漂泊不定，他们所经历的艰难困厄无法想象。而那些我从上海市档案馆、北京市档案馆、重庆市档案馆、南京市档案馆等地翻找出来的行史资料，竟也变得栩栩如生起来，仿佛在向我展示先辈们投身银行事业时的一帧帧画面，他们的话语、容貌、动作都以一种特殊的精神形式影响、感染着我的心情。

　　鲁迅文学院的学习，给了我一个深入北京市档案馆翻查交通银行历史档案的机会。而在一页页新见档案和一篇篇旧时作品相互印证的过程中，写作本书的那些令人难忘的日日夜夜也变得犹如昨日一般清晰生动。对于交通银行历史的兴趣，源于五年前。那时我的工作岗位有了新的变化，我也顺势翻看起历史资料，发现交通银行的历史上有很多的故事还没有被挖掘、很多的人物在烟尘中被埋没，于是就有了整理交通银行史的冲动。记得第一篇作品发表在《中国金融》上的时候，那种快乐无以言表。

　　四年多来，我的写作得到了学术界和金融业朋友的许多支持，我与他们建立了深厚的友谊。如果没有吴景平、范永进、高明、彭晓亮、何品、刘平、黄沂海、张卫东等学术界朋友的帮助督促，我可能难以持久地保持写作的兴趣；如果没有帅师、雍波、阎雪君、徐建华、童丽、齐在发、李恬、顾琰等银行业同仁的关爱鼓励，我必定无法源源不断地产出成果；如果没有葛师良、葛一飞、施振、张宗祜、薛遗生、顾树桢等先贤的家属们的支持爱护，我的写作之路难免会遇到更多的艰难险阻。我还要由衷感谢《中国金融》的纪崴女士，《中国银行业》的戴硕先生、安嘉理女士，《中国银行保险报》的方磊先生，《金融文化》的向东明先生、王苗苗女士，《金融博览》的刘光辉先生、王乔女士、《中国金融家》的李丹女士等对我的厚爱与关怀，本书的作品能够在发表后引起一定的反响，完全是这些师长、朋友辛勤工作的结果。当然，我也要感谢交通银行给了我研究银行史的良好平台，感谢同事们对我的宽容和关心。

还要感谢屠光绍、姜建清、连平等诸位先生，他们都是我素所景仰的大家，能得到他们的嘉勉和鼓励，是我莫大的幸运，我将在创作之路上更加勇往直前；感谢家人对我的包容和支持，多年以来，他们为我付出了太多太多……

最后，要特别感谢中国金融出版社对于本书出版的大力支持，感谢肖丽敏主任和赵晨子编辑为本书付出的大量劳动。这部关于银行史的作品能够在专业的出版社出版发行可以说是我最大的心愿。

此刻，站在鲁迅文学院 604 房间遥望上海，我的内心充满了复杂的情感。我曾经在北京生活过三年，那时候的北京是我理想中的学术中心；而今我又在北京生活了三个月，这时候的北京又变成了文学圣地。时隔二十年，我没有成为历史学者，似乎也没有成为文艺作家，那么，我写的到底是历史还是文学？一时竟然有些恍惚。不过不要紧，三个月的"充电"很快就将结束，等我回到上海，我还会更加元气满满地继续写下去。

毛志辉

2024 年 12 月 12 日于北京芍药居